GEARBREAKERS
REBELIÓN

ZOE HANA MIKUTA

YOUNG KIWI, 2023
Publicado por Ediciones Kiwi S.L.

Título original: *Gearbreakers*
Primera edición, febrero 2023
IMPRESO EN LA UE
ISBN: 978-84-19147-52-3
Depósito Legal: CS 910-2022
© del texto, 2021, Zoe Hana Mikuta
© de la cubierta, Michael Burroughs
© de la ilustración de cubierta, Taj Francis
© del diseño interior, Michael Burroughs / adaptación Ediciones Kiwi
© de la traducción, Tamara Arteaga y Yuliss M. Priego

Publicado en acuerdo con Feiwel and Friends, un sello de Macmillan
Publishing Group, LLC Limited Partnership a través de Sandra Bruna
Agencia Literaria SL. Todos los derechos reservados.

Código THEMA: YF
Edad recomendada: 13-18

Copyright © 2023 Ediciones Kiwi S.L.
www.youngkiwi.com

Para los imprudentes y enamoradizos.
(Los primeros pueden ser letales,
pero los segundos hacen que valga la pena).

CAPÍTULO UNO

SONA

Tiene sentido que, cuando los tiempos eran lo bastante desesperados y la histeria se apoderó de las personas, en cierto momento pasáramos de rezar a las deidades a empezar a construirlas.

Yo nunca lo he llegado a entender del todo.

Entonces, abro los ojos y me ahogo con la vista del cielo carmesí.

Incluso mientras trato de aferrarme a los bordes de la cama sintiendo arcadas, y mientras el cielo escarlata arde sobre mí, lo comprendo. La lógica de todo ello. La brutal necesidad humana de supeditarse a seres superiores.

«Humana».

Parpadeo despacio y espero para organizar mis pensamientos mejor.

Al menos esos me los dejaron.

Me yergo y levanto las manos para inspeccionarlas. Aún noto cómo las puntas de los dedos se crispan ante mi dominio. Parecen míos. Los callos siguen ahí, duros y suaves como piedras erosionadas. Echo el pulgar izquierdo hacia atrás y busco la fina cicatriz pálida que marca su base, donde no dejaba de hincarme la uña para tratar de detener el temblor de las manos.

Ahora ya no lo harán más, pero no porque no sienta temor ni miedo. En ese sentido, no me han cambiado.

No hay cicatriz.

Eso también tiene sentido. Los callos son útiles. Las cicatrices solo albergan recuerdos. Preserva al soldado y desecha sus defectos; conviértelo en un Dios.

Presiono la uña del dedo índice en el lugar donde la cicatriz debería estar.

La hinco más y más, hasta que el nudillo se me pone blanco, y espero a que la piel ceda...

La pequeña incisión abre la carne. Una gotita roja se desliza por mi piel y cae sobre el suelo embaldosado.

No me han quitado la sangre, pero sí el dolor.

No lo volveré a sentir hasta que esté sincronizada al Ráfaga.

Mi Ráfaga.

Vuelvo a desviar la vista y contemplo el color rojo del cielo matutino, aún salpicado de motitas de éter, y una luna pálida que permanece, resiliente, allí clavada pese al rubor del horizonte.

Si abriera la boca, podría pedirle al techo que cambiara hasta mostrar un cosmos saturado de estrellas, o una tormenta eterna, o cualquier otro millón de imágenes. Para los estudiantes estrella de la Academia solo lo mejor.

No hablo. Desee lo que desee, seguirá estando satinado de rojo, igual que las paredes e igual que mis brazos y piernas. Me aterroriza que mi voz haya cambiado. Podrían haberla alterado como ellos hubieran querido, o habérmela arrebatado directamente. Solo me han quitado el dolor, la capacidad de respirar y el ojo.

No importa; sea cual sea la proyección del techo, no sería más que una colección de espejismos prensados contra el cemento frío. Cosas bonitas maquillando la dura realidad. Hace tiempo aprendí a ser cauta con las cosas bonitas. Con la belleza, con la gracia de los Dioses de acero y cables; qué fácil sería seguir esas preciosas raíces hasta el suelo negro y fértil.

Tan solo es piel cálida ocultando cables, tornillos y los afilados bordes de los microchips.

«Muévete». El pensamiento aflora con un destello de miedo. «Tienes que moverte, o el miedo te encerrará aquí».

Me asomo por el lateral de la cama. Apoyo un dedo del pie en el suelo poco a poco y tanteo el peso de mi cuerpo. Espero a que alguna de las uniones de la pierna se separe; que se les haya olvidado sellar alguna parte de mí cuando terminaron de instalar las modificaciones para que me abrieran y me cablearan.

Apoyo el otro pie en el suelo y me levanto por completo de la cama. No me desarmo.

Ni siquiera me tambaleo.

Ya no necesito respirar, y sin el subir y bajar del pecho me noto muy inmóvil. El miedo que siento es insonoro y vacío.

Las luces del espejo se encienden cuando entro en el cuarto de baño. Los azulejos que revisten las paredes son de un negro puro. La piedra azul salpica el lavabo de mármol blanco. Conozco este sitio. Lo conozco, pero por mucho que me aferre al recuerdo de sombras pasadas, todo a mi alrededor sangra.

Aunque «sangrar» no es la mejor palabra de definirlo.

Ya he hecho sangrar cosas antes; el rojo siempre se encuentra presente. Mancha ropa, tablones del suelo y labios, solo las cosas que *yo* le permito.

Pero ese color yace a mis pies como las olas del mar y corrompe el aire que me obligo a recordar no respirar, aunque no lo siento como una victoria.

Maldito ojo.

El izquierdo, para ser exactos. La distinción es importante. Uno es artificial y el otro no. Uno contiene un filtro rojo que tiñe el mundo de ese color y el otro me pertenece.

Tardo un rato en desviar la vista de la encimera al espejo, y cuando lo hago, la piloto de Ráfagas Dos-Uno-Cero-Uno-Nueve me devuelve la mirada. Envuelve los dedos alrededor de mis brazos, me abre los labios, me encorva los hombros hacia adelante y emite un chirriante y quebrado ruidito a través de la garganta, mitad jadeo mitad quejido irregular.

Justo antes de que se extinga, cambia a una carcajada.

«¿Qué narices he hecho?».

La piloto mueve las manos de los brazos al rostro y hace inventario de sus rasgos. La fuerte mandíbula de su padre. La nariz pequeña y la boca de su madre.

Ellos nunca hubieran imaginado que su hija sería algo más que un saco de huesos y sangre.

—Me llamo... —El susurro sale despacio—. Me llamo Sona Steelcrest.

La hija sigue aquí.

—Me llamo Sona Steelcrest. Sigo siendo humana.

Sigo estando aquí.

No han podido hacerme desaparecer por completo, no sin eliminar también las piezas que ansían utilizar. Que *necesitan* utilizar.

Qué suerte tengo de ser perfecta ahora.

Me quedo quieta un momento y luego coloco la palma de la mano sobre el ojo izquierdo.

Los colores regresan de golpe. El negro se derrama sobre los azulejos y el marrón, sobre mi pelo y mi ojo. Mucho mejor que el rojo que reluce bajo mi mano, el que me han insertado a la fuerza.

Qué suerte tengo de que, cuando los cirujanos de la Academia me estuvieron manipulando para deshacerse de todas esas molestas imperfecciones humanas, no metieran mano en los malvados pensamientos que se gangrenan bajo mi piel. No pensaron en mirar más adentro, donde a lo largo de cada vena y hueso he grabado la promesa de que, a la larga, yo también conseguiré destrozarlos a ellos.

Aparto la mano despacio, dejo el ojo cerrado y le devuelvo la mirada a la chica medio ciega del espejo. Está compuesta de tornillos, cables y láminas de metal. Está compuesta de hueso y sangre, y de rabia.

—Me llamo Sona Steelcrest. Sigo siendo humana. —Respiro y dejo que el aire se arremoline en mi interior y me espolee—. Y estoy aquí para destruirlos a todos.

CAPÍTULO DOS

SONA

Tengo unas fisuras cuadradas en los antebrazos.

Cuando las toco y palpo la piel, pienso: «son injertos de tu propia piel y de tus propios nervios, así que no hace falta que te eches a llorar».

Siento un picor en los ojos. Trato de calcular el peso de uno de mis brazos con la mano y después del otro. Me parecen iguales. Y también los siento iguales. Me hago un destrozo en el labio inferior con los dientes.

Llaman a la puerta.

El espejismo de la habitación se interrumpe antes de desaparecer por completo, con lo cual ya no veo el falso amanecer; en su lugar solo queda la ventana rodeada de hormigón con vistas a la inmensidad de Deidolia. Al ser la joya de la corona, la Academia se encuentra ubicada en el centro de la ciudad, el epicentro de una metrópolis abarrotada con 80 kilómetros cuadrados. Lo que hay al otro lado de las murallas se denomina «las Tierras Yermas», tierras saqueadas a causa de las guerras y salpicadas por pueblos de abastecimiento. Deidolia es la dueña de todo el continente.

Desde aquí arriba lo único que puedo atisbar son los rascacielos, tan altos que se alzan sobre la nieve fantasmal como si fueran cipreses en un pantano.

Cuando la puerta se abre, realizo el saludo militar con la mano y el índice pegado a la ceja. Desvío la vista a las botas militares de la persona que acaba de entrar.

—Descanse —dice el coronel Tether con voz monótona.

Me ha dado permiso para levantar la mirada, pero no se me permite mirarlo a los ojos. Los estudiantes tienen prohibido mirar a sus superiores a los ojos.

Durante la primera semana que pasé en la Academia de Ráfagas desconocía esa regla, cosa que provocó que un hombre me pisoteara el abdomen y el costado cuando tuve el descaro de caer de rodillas. Ahí estaba yo, con doce años y jadeando en el suelo. Hasta que no dejé de sufrir arcadas, no me di cuenta de la suerte que había tenido. De que me habían hecho daño, pero no me habían echado a la calle, de donde me sacaron; de que, destrozada y hambrienta, me dieran de comer; tuve suerte porque cuando me quedé sola y sin saber qué hacer, me brindaron la oportunidad de convertirme en alguien adorado, en una deidad.

Así de misericordiosos son.

Deidolia es un lugar misericordioso.

Tether se acerca. Yo no me muevo del sitio.

Seguro que es capaz de percibirlo. La repulsión, la injusticia que me carcome. ¿Cómo ignorarlo si es lo único en lo que puedo concentrarme? Es lo que me mantiene inmóvil.

—Steelcrest —murmura—. ¿Preparada para convertirse en Valquiria?

Contra mi voluntad, el corazón me da un vuelco y casi me echo a reír al sentirlo. Somos pequeños. Mortales. Y me preguntan si estoy lista para convertirme en una deidad.

—Sí, señor. —Como si hubiera otra cosa que responder.

Se vuelve y empieza a caminar a paso ligero, conduciéndome al exterior del ala residencial. Bajamos por las escaleras hacia la planta de las clases. Pasamos los domos de simulación, donde los chavales de entre doce y dieciséis años están encerrados tras unas barreras de cristal luminiscente. Estiran los brazos hacia las imágenes que proyectan sus cascos. Ven ejércitos de mechas automáticos, helicópteros equipados con subfusiles y tanques verdes con cañones apuntando a sus cabezas. Cambian de posición para evadir, proteger y eliminar.

En uno hay una niña con el pelo recogido en dos coletitas hasta las orejas. Va descalza y lleva el uniforme de los estudiantes de la Academia: pantalones de camuflaje negros y una camiseta gris que se oscurece en las zonas donde transpira. No sé qué estará viendo con el casco, pero soy testigo de cuando pierde. Su postura es débil, asustadiza. Tras el casco tintado de verde, mira hacia la izquierda, levanta el brazo más y más... y vacila.

Aquello que la ataca no hace lo mismo. Su defensa flaquea. Su pequeño cuerpo se desploma al suelo y ella suelta un chillido agudo al tiempo que se lleva las manos a las costillas. No tiene ni trece años.

Sigo andando.

Las simulaciones demostraron que la guerra se me daba muy bien.

Informaron a la Academia de que estaba lista para matar, para que me concedieran un mecha.

Pero todo aquello eran simulaciones. Pan comido para cualquier crío con la rabia suficiente dentro.

Entramos a un ascensor de cristal. Tether pulsa uno de los botones plateados con el pulgar antes de lanzarme una sonrisa malévola por encima del hombro.

—Parece nerviosa, Steelcrest.

—No, señor.

Oigo el ruidito que señala que las puertas se han cerrado.

—Recuerde que no le he dado permiso para morir durante la prueba —dice, al tiempo que gira la cara hacia mí.

Paso el pulgar por el brazo y sobre el fino hueco en la piel.

—¿Y qué pasa si lo hago?

Se le congela la sonrisa.

—Me temo que la he oído mal.

—No. —Alzo la mirada y estudio sus facciones ordinarias y tensas; la barba incipiente, la boca curvada y el ángulo de su nariz—. Si muero durante la prueba sin su consentimiento, ¿qué hará?

Clavo mi mirada en la suya.

No sé de qué color tiene los ojos, ni me importa.

Su iris izquierdo no es artificial, cosa que demuestra que no tiene capacidad. Tal vez bajo las capas y capas de arrogancia haya un levísimo rastro, pero jamás se podría comparar al poder que me ha imbuido la Academia.

—Se ha pasado de la raya, Steelcrest —gruñe Tether.

Respondo con suavidad.

—Y usted ha olvidado que ya no le conviene hacerme daño. No cuando ya no siento tanto dolor como para gritar.

El ascensor continúa su descenso y el único punto de luz es la abominación que tengo en la cuenca izquierda.

—Además —apostillo, para su sorpresa—. ¿Qué parte de mí se atrevería a dañar ahora?

La pregunta es genuina. A juzgar por cómo le palpita la mandíbula y la tensión en las líneas de expresión en torno a su boca, quiere destrozarme. Que se quede con las ganas.

Tether no responde.

El ascensor se hunde en el humo y la ciudad aparece en mi campo de visión. Los rascacielos se elevan entre la neblina, como si esas monstruosidades relucientes pudieran cargar con el peso del mismísimo cielo. Cada borde y rincón está bañado de luz y, gracias a la visión artificial, es como si todo estuviese pintado en tonos rojos brillantes. Cae hasta las calles sinuosas de abajo, a rebosar de movimiento.

Hay una sarta de luces y farolillos de papel colgando sobre las calles, las aceras y las carreteras repletas de gente. Sale vapor de debajo de las lonas de plástico pintadas de los carros de los vendedores de comida ambulante. Chicas esbeltas se balancean sobre tacones en las esquinas de las calles. Visten kimonos de seda o vestidos extravagantes iluminados por las farolas, atrayendo a los peatones que las miran con ojos desorbitados.

El interior del ascensor huele a limpio, como a ropa recién lavada y a un leve toque de lejía. Imagino el hedor del sudor, del agua de lluvia sucia y el olor del tubo de escape de las calles de abajo. Llevo siete años sin salir. Tal vez las cosas hayan cambiado.

Como yo. Ahora no sé qué olor aborrezco más. Ya sea aquí dentro o fuera, la ciudad es agobiante.

Por muy atestado que esté todo, la gente de abajo tiene suerte, puesto que viven bajo la protección de Deidolia en lugar de ser sus presos. Lo único que tuvieron que hacer fue nacer aquí en lugar de hacerlo en las Tierras Yermas. Siempre ha sido así: algunos nacen con suerte y el resto se afana en sobrevivir con lo que les toca.

El ascensor prosigue el descenso bajo tierra y nos vuelve a sumir en la oscuridad. La velocidad se ralentiza y mi asco se intensifica cuando las puertas se abren.

Hemos llegado al hangar de los Ráfagas.

El cuartel de los mecha, donde se arman.

Donde descansan al regresar de las Tierras Yermas y se les limpia la sangre y los restos de cadáveres de los pies antes de cubrirlos con una capa de pintura.

Tether me agarra de la muñeca para que acelere. Me clava las uñas en la piel, pero yo ignoro la punzada y miro en derredor, hacia los mechas que se elevan a nuestro alrededor. Sus cabezas metálicas relucientes casi rozan el techo, a sesenta metros de altura.

Los dotan de rasgos humanos; moldean las planchas de hierro que hacen las veces de cejas para que parezcan enfadados; curvan sus labios en señal de concentración; les confieren una mirada entrecerrada y llena de decisión. En cuanto se vinculan a un piloto, sus pupilas se encienden hasta adoptar un tono escarlata.

En cuanto mi mecha se active y los cables que la academia insertó en mi riego sanguíneo se conecten al sistema central, sus ojos se convertirán en los míos. La Valquiria y yo seremos uno; yo seré el mecha y moveré cada enorme extremidad con la misma facilidad con la que muevo mis propios dedos.

Los mechas están colocados según tipo. Los han abrillantado de arriba abajo. A nuestra izquierda están los Ráfagas Berserker, con la suficiente artillería en las manos y las costillas como para cargarse un rascacielos. Después están los Paladines, que solo cuentan con veinticinco metros de alto y que sirven más como arietes que otra cosa. También tienen una gruesa plancha de hierro a modo de piel. Los Ráfaga Fénix brillan en tonos rojizos sin necesidad de mirarlos con este ojo, representando así las llamas que escupen a través de los cañones térmicos que sustituyen sus brazos derechos. Cualquier criatura que ose acercarse sentirá casi al instante quemaduras de segundo grado.

Lo primero que uno tiende a notar de los Ráfagas es su altura, y los han construido así a conciencia: es para inspirar y evocar el sentimiento de insignificancia, de impotencia.

—Steelcrest —me llama Tether con un gruñido.

Me tropiezo al ver el Ráfaga que se cierne sobre nosotros. Y, una vez cierro el ojo izquierdo, juro que esa sonrisa burlona sobre el labio se vuelve más pronunciada.

Las grebas, que relucen de color oro, protegen sus espinillas flexibles. Son cinco veces más grandes que yo. Por encima tiene una armadura de metal negra atornillada desde las caderas hasta el pecho, que se separa en varias piezas en torno a sus hombros y desciende por los brazos en un conjunto de pinchos teñidos de blanco. El mecha desvía su mirada rojiza hacia abajo con el ceño fruncido. El casco es negro con molduras doradas y hay plumas grabadas en él. Tiene las manos juntas, en posición de rezo, cubiertas por guantes cromados, y entre ellas descansa una espada negra de hoja larga. Su contorno es de hierro y la punta apenas roza el suelo frente a nosotros.

Me siento atrapada entre una mezcla de asombro, asco y miedo.

—Una Valquiria —susurro—. Es preciosa.

—Lo es —interviene alguien a escasos centímetros de mi oreja.

Nos enseñaron a no estremecernos y atacar; sin embargo, cuando me giro con los puños en alto, una mano se cierra en torno a mi muñeca sorprendentemente deprisa y de repente tengo una cara pegada a la mía. Siento un tic en el ojo rojo y reluciente de mi cuenca izquierda.

—¡Vaya! Es la primera vez que uno de mis pilotos casi me pega —dice con una carcajada. Tiene mi pulgar a escasos centímetros de su mandíbula, pero no parece importarle que casi le haya golpeado—. Antes de presentarnos, eso sí.

El hombre joven me libera y apoya una mano en la cadera. Con la otra se rasca la parte trasera del cuello. Me percato de la hendidura rectangular que se aprecia desde la muñeca al codo. Acaricio con el pulgar mi propio antebrazo de forma inconsciente.

—Mira que me dijeron que eras joven, pero por los Dioses —murmura. Su otro ojo es azul como el cielo al mediodía. Paso la vista por las demás facciones: pelo rubio platino, hoyuelos y una sonrisa atenta que no correspondo—. Me llamo Jonathan. Jonathan Lucindo. Soy el capitán de tu unidad. Tú eres Bellsona Steelcrest, ¿verdad?

—Sona a secas...

—Correcto —interviene Tether a la vez. Lucindo mira al coronel como si acabase de reparar en él y desvía la vista hacia abajo, hacia donde Tether tiene aferrada mi muñeca.

—Le he preguntado a ella, señor —dice Lucindo. y crispa los labios ante aquella forma de cortesía tan común. Cambia de expresión tan rápido como la pone, y en su lugar solo permanece una mirada fría—. ¿Piensa que también va a golpearle a usted?

Tether parpadea.

—¿Señor?

La sonrisa de Lucindo es animada, pero nada cálida.

—Suelte a la Valquiria.

Tether resopla al tiempo que separa los dedos de mi muñeca, dejando bajo cada uno una marca en forma de luna creciente.

—Ni se te ocurra morir y avergonzarme, niña —escupe.

Me imagino la marca que dejarían mis nudillos en su pómulo; me abandonaría a la adrenalina de pelear, cosa que nunca me he atrevido a hacer. Y ganaría, como las demás. Pero el poder reside en acabar las peleas, no en empezarlas, así que relajo las manos a los costados, sonrío y respondo:

—Moriré cuando me dé la gana.

Tether se marcha, seguramente a vigilar la prueba, y a mi espalda Lucindo suelta una carcajada amenazante. Me vuelvo y veo que el Valquiria me ofrece la mano.

El valor se me queda atrapado en el pecho. Me quedo mirando el panel de su brazo, el área donde la academia le abrió la carne y le robó a saber qué. Nos lo hicieron a ambos. Ahora se encuentra frente a mí, parpadeando como si ambos ojos fueran suyos y fingiendo que el gesto que hace solo es con sangre y huesos y no con los cables que los rodean.

Cuadro los hombros y saludo a mi nuevo capitán. Es un acto que considerará una muestra de respeto en lugar de un intento por ocultar mis miedos. Necesito estar totalmente concentrada para sobrevivir a la prueba, y no seré capaz de mantenerme así si estrecho la mano de Jonathan Lucindo y la siento tan fría como el bronce que atraviesa nuestro cuerpo.

—De acuerdo, Sona a secas —dice, retirando la mano y esbozando otra sonrisa—. Felices diecisiete. Veamos qué sabes hacer, ¿no?

A pesar de la plaga de deidades que hay últimamente, el mundo solía estar desprovisto de ellos.

Los rascacielos se erigían entre las nubes y las ciudades estaban superpobladas, no eran sostenibles; acabaron asediadas por la hambruna y las enfermedades contra las cuales no pudieron defenderse. El miedo y la desesperación asolaba las calles como las aguas residuales y, como en el pasado, los humanos empezaron a elegir dos direcciones distintas. Una de ellas fue hacia el pecado y el vicio, puesto que la gente buscaba aplacar el dolor con el placer; y la otra, hacia la religión, para así buscar a los Dioses y que estos nos salvaran a todos. Los honrados y desesperados crearon una nueva religión, una que combinaba a las deidades del mundo dominante en una única doctrina, y castigaron a aquellos que se volvieron inmorales y proclamaron dos infiernos distintos; uno para aquellos que cometían pecados físicos y otro para los pecados de la mente.

El fervor religioso agravó las relaciones diplomáticas inestables entre naciones, ya que la gente buscaba la devoción de la que carecían y condenaban a aquellos que consideraban que no la tenían. Mientras entraban en pánico y rezaban, vieron que aquello no era suficiente y que necesitaban que las deidades estuvieran con ellos y matasen por ellos. Esculpieron a sus nuevas armas de destrucción masiva a imagen y semejanza de los Dioses y los llamaron Ráfagas.

Las naciones más poderosas contaban con los Ráfagas más poderosos y los usaban para hacerse con los suministros que ya escaseaban. La Guerra de los Manantiales apenas se libró con humanos... hasta que Deidolia, implacable y decidida, creó la primera generación de Ráfagas pilotados en lugar de los sistemas automáticos convencionales.

Supongo que fue un poco irónico que utilizasen el factor humano arrebatándoles a dichos humanos partes de su cuerpo. Para eso se creó la Academia: para encontrar a aquellos con tiempos de reacción perfectos, que tuvieran madera para la estrategia y, por supuesto, un instinto innato que ninguna máquina pudiera copiar.

Y así emergió Deidolia, autodenominándose la capital del mundo. Nos enseñan que los Ráfagas estaban destinados a ser un rayo de esperanza. Que es como si los mismos Dioses hubieran descendido para protegernos. Que celebremos los cielos rojos y la piel insensible porque marcan nuestras partes inhumanas.

Y, sin embargo, llevo reprimiendo un grito desde que desperté de la operación. Para mí y aquellos que viven tanto dentro como fuera de los límites de Deidolia, lo que al principio iba a hacer desaparecer el miedo ha acabado prosperando con él.

Lucindo se gira hacia el Ráfaga y yo veo la insignia grabada en la parte posterior de su chaqueta gris oscura. Es la marca de la unidad de las Valquirias: una espada negra, con el mango y la hoja ribeteados con un hilo plateado cosido sobre una imagen del cielo nocturno.

Lo único que nos supera en altura es el cielo, y casi ni eso, porque estamos a punto de rozar las estrellas.

Me conduce hasta la base de la Valquiria. En su bota hay una puerta.

—Mira ahí —me pide al tiempo que señala un pequeño orbe de cristal que sobresale de la puerta. Me inclino, pero él sacude la cabeza—. No, no, abre el ojo izquierdo.

Reprimo una mueca, pero obedezco. La puerta se abre y revela el interior del Ráfaga. Lucindo empieza a ascender por una escalera que sube por el interior de la pantorrilla.

El interior del mecha brilla debido a los cables de bronce y plata que sisean por la electricidad, por los engranajes que funcionan de manera constante y las válvulas que expulsan vapor sobre los peldaños de la escalera. Mientras nos acercamos a la zona del pecho, veo una gran caja suspendida donde debería estar el corazón: el sistema central del Ráfaga.

En cuanto el chip que me implantaron en el cerebro se sincronice con la red, la Valquiria y yo nos conectaremos y nos volveremos uno.

Eso suponiendo que mi cerebro pueda soportar la presión.

Me detengo en la escalera al ver que hay una plataforma que se desvía de la caja del sistema central y que queda a unos metros por encima de mi cabeza.

—¿Vienes o no? —me llama Lucindo a unos diez peldaños por delante.

—¿Por qué… por qué hay una plataforma?

—¿Qué? —Parpadea—. Para los guardias.

—¿Los guardias?

—Sí, los guardias.

Me quedo callada durante unos segundos, pero la curiosidad me puede.

—¿Por qué hacen falta guardias?

—Por los Asesinos de Dioses.

Pestañeo.

—¿Los Asesinos de Dioses?

«¿Te has enterado? Destruyeron a un Berserker ayer a las afueras de Auyhill».

«Un Paladín salió la semana pasada y no ha vuelto».

«Encontraron al piloto desaparecido en el fondo del río Hana. ¿Deberíamos temer a los Asesinos de Dioses?».

«¿Te preocupa acaso?», decía otro siempre. «Seremos Dioses».

—¿Todavía no os han hablado de ellos allí arriba? —exclama Lucindo al tiempo que se gira para mirarme.

—Pensaba que solo eran rumores de clase. —Me quedo en silencio—. No lo entiendo. Son... son...

—¿Pequeños? Sí, pero, por mucho que odie admitirlo, son inteligentes. En cuanto se cuelan dentro solo hace falta uno de ellos para conseguir desplomar a un mecha. Cortan cables aquí y allá, rompen engranajes y...

Miró hacia la plataforma, donde la pierna de la Valquiria se extiende unos treinta metros hacia abajo. Se soporta gracias a unos pilares de hierro y unos engranajes acanalados; algunos son tan pequeños como mi meñique y otros tan grandes como mi torso, y todos están en contacto. Con un mero atasco de rotaciones, el mecha quedaría inservible.

Por eso no nos hablan de los Asesinos de Dioses en la Academia. Sería como admitir que sus Dioses tienen puntos débiles.

—Supongo que esto solo demuestra que Deidolia es la única nación civilizada que queda. —Lucindo suspira—. Los Asesinos de Dioses... solo son unos bárbaros.

Unos bárbaros capaces de destruir a los dioses.

Llegamos a la cabeza. El espacio es más grande que mi cuarto. Hay dos ventanas largas que hacen de ojos de la Valquiria. Orgulloso, el mecha fulmina el hangar de los Ráfagas con la mirada. El centro del suelo es de cristal luminiscente, del mismo tamaño y forma que el de los domos de simulación. Muchos cables envueltos en goma cuelgan del techo y, al verlos, estoy a punto de gritar. Consigo reprimirme a la vez que Lucindo se gira hacia mí y me vuelve a ofrecer una mano. Esta vez la acepto.

Me conduce por encima del cristal, que se ilumina aún más al sentir nuestro peso, y después al origen de los cables. Siento cuándo está a punto de soltarme la mano y yo aprieto la mía sin querer. Se me ruborizan las mejillas. Ojalá me hubieran quitado la capacidad de sonrojarme.

Pero Lucindo me mira con comprensión y su sonrisa casi me tranquiliza. Le suelto la mano.

—Las palmas hacia arriba, por favor —me pide con suavidad.

Las alzo y él me quita los injertos de piel con cuidado, desvelando los paneles que suben por mis antebrazos. Cuando aprieta ligeramente, se abren, y yo me preparo; para ver sangre, huesos y arterias que se mueven con cada latido e hilos de venas que destellan bajo la luz. Para sentir que la piel se enfría a causa del aire.

Pero solo veo un simple círculo plateado en cada brazo flanqueado por filas de pequeños enchufes.

Lucindo ve lo sorprendida que me he quedado y se ríe.

—Yo también esperaba que fuese asqueroso —confiesa—, pero nos dejan muy bien, ¿eh?

Cambio la expresión y asiento para que continúe. Él estira el brazo para coger uno de los cables y tira de él para llevarlo hacia mi antebrazo.

—No estaréis sincronizados hasta que los tengas todos enchufados —murmura al tiempo que conecta el cable a uno de los enchufes—. Y en cuanto lo estés, en cuanto la Valquiria esté sincronizada, tómate tu tiempo. Es casi como cuando te despiertas por las mañanas.

Tengo el brazo izquierdo conectado a seis cables que salen de mi piel y es como si la sangre manara de la vena radial. Siento náuseas en el estómago y después me entran ganas de salir huyendo. Me imagino enrollando los cables en torno a su cuello y retorciéndolos, aferrando los peldaños con las manos antes de que su cuerpo caiga al suelo. Imagino cuántos metros sería capaz de recorrer hasta que una bala me rompa el cráneo.

Cavilo sobre la muerte y sobre lo mucho que pienso en ella, así como en el poco daño que puede infligir un cadáver.

Lucindo se coloca a mi derecha.

—Y volverás a poder sentir dolor. Es un tipo de dolor distinto, eso sí. Como un dolor fantasma, porque en la cabeza sabrás que no es real y que podrás desenchufar los cables en cualquier momento y dejarás de sentirlo. Supongo que, si lo piensas, es un poco raro, como si una parte de ti no existiera, pero te acostumbrarás.

Me acostumbraré.

Deja la mano inmóvil, con un cable entre los dedos, sobre el último enchufe libre. Me mira con un ojo apagado y el otro brillante. Natural y antinatural a la vez.

—Hágalo —le digo.

—No puedo. Si no estás preparada, no. Has de tener la actitud adecuada, porque, si no, el chip que tienes en la cabeza te freirá el cerebro.

Él espera y yo permanezco en silencio.

—A ver. Escúchame, Sona —me dice, aflojando el agarre. El cable vuelve a pender en el aire—. ¿Sabes por qué las Valquirias son la unidad de élite de los Ráfagas? ¿Por qué son los mechas más valorados y solo se nos asignan las misiones más peligrosas?

—Porque... —empiezo a responder y me trabo en un intento por recordar las clases—. Porque, gracias a su metal ligero, son los más rápidos. Se construyen con el máximo cuidado, por lo que son los que más se parecen al cuerpo humano. Mientras que otros Ráfagas solo pueden caminar o correr, las articulaciones de las caderas, los talones y las piernas de las Valquirias tienen unos engranajes diminutos que les permiten volverse y realizar movimientos más complejos, como una patada giratoria. Pueden copiar cualquier estilo de lucha que utilice su piloto con una precisión perfecta.

Lucindo sacude la cabeza.

—Respuesta incorrecta, Sona.

—No.

—De hecho, sí —me rebate, acercándose. Clava sus ojos en los míos—. Tendrías que haber dicho «yo». *Yo* soy el mecha más rápido que se haya creado nunca. *Yo* lucho con una precisión perfecta. *Yo* soy el Ráfaga más fuerte que hay. *Yo* soy una Valquiria. Repítalo, soldado.

Alzo la cabeza.

—Yo soy una Valquiria.

Lucindo esboza una sonrisa y estira el brazo para asir el último cable. Cierro los ojos y el mundo deja de ser rojo, colorido, o de cualquier otra tonalidad intermedia.

El cable se conecta a mi brazo.

Siento una corriente en la columna, como una corriente de electricidad que me deja de rodillas y hace que chille. La sacudida me obliga a abrir los ojos, pero no veo el suelo de cristal, como esperaba.

Sino la cara sorprendida del coronel Tether.

La goma de sus botas chirría al tambalearse hacia atrás para escapar mis dedos enguantados, extendidos contra el suelo. Con la otra mano aferro el mango de la espada. Por el rabillo del ojo veo que brilla.

Levanto la cabeza y me percato de la gente que se ha quedado quieta al verme. No les hago caso. Me llevo una mano a los ojos y veo cómo se crispan los dedos y el brillo del cromo.

Vaya.

No esperaba sentirme así.

No es nada raro, ni ajeno.

Soy… yo.

Soy yo, aunque, por primera vez en mucho tiempo, me siento como antes.

Me enderezo y sus ojos me observan, embebeciéndose en la imagen de un Dios que acaba de cobrar vida. Doy un paso y en parte soy consciente de que el suelo de cristal bajo mis pies se mueve y los cables que me rozan la piel también. Sé que Lucindo me mira. Soy consciente de mi otro yo, tan pequeño como aquellos que me contemplan maravillados, pero ahora mismo no somos iguales. Soy alguien que ella jamás podrá ser.

Alguien que podría destruir Deidolia si quisiera.

Crearon a los Ráfagas para proteger esta nación.

Me crearon *a mí* para proteger esta nación.

Deidolia me necesitaba, así que la Academia me desmontó y me insertó los modificadores en zonas donde antes solo había aire, color y vida, y lo denominaron mi evolución.

Me dijeron que celebrase el día en que el cielo se tiñó de rojo para mí.

Lo celebro. Lo disfruto.

Porque no solo crearon a otro piloto. A otro soldado. A otro protector.

Crearon su destrucción.

—Me gusta esta sensación —digo, y creo que mi otro yo sonríe de oreja a oreja—. Me siento de puta madre.

CAPÍTULO TRES

ERIS

Tres Semanas Después

Hay muchas razones por las que despertarse enfadada.

Podría ser por lo primero que ves cada mañana: un techo lleno de humedades y grietas que dividen el yeso barato en varios fragmentos muy cuestionables estructuralmente hablando. O por el hecho de sudar debido al calor que desprende el chico rubio tumbado bajo las sábanas junto a ti. O porque anoche te quitó la camiseta y tal vez otras prendas de su elección también y, llegados a cierto punto, vas a tener que ir a buscarlas.

O tal vez se deba a tu conductora, que no deja de aporrear la puerta con esos puños pequeños pero chutados de cafeína y chillarte que salgas de la maldita cama porque hay otro mecha de sesenta metros suelto y haciendo estragos en el mundo, y tu trabajo es ir a solucionarlo.

Sea por una cosa u otra, da igual, porque no importa. Aunque me levante enfadada o sonriente, toca ponerme los zapatos e intentar no morir hoy.

—¡Que ya me he levantado, joder! —grito, y luego el polvo satura mi garganta y me doblo hacia adelante para toser como una descosida.

Hace unos diecisiete años, mis padres nombraron a su segunda hija como una de las muchas diosas de la discordia, llamándome a ser, incluso cuando no era más que una cría regordeta que correteaba por las instalaciones de los rebeldes, sinónimo de caos.

26

Y ahora, mientras me froto los ojos con las manos, pienso en que solo soy capaz de solucionar uno o dos desastres mediocres antes de tener que echarme una siesta.

Aparto la manta a un lado y no llego ni a tocar el suelo de madera con un pie cuando Milo me agarra la muñeca. Aún tiene los ojos desenfocados por el sueño y los labios estirados en una sonrisa cursi.

—Me debes al menos cinco minutos más —murmura.

—Y una mierda —espeto, apartando el brazo de un tirón. Me pongo de pie y el frío del suelo me sube por las piernas al instante. Por un momento reconsidero su oferta, pero entonces vuelvo a entrar en mis cabales.

—Vamos —gruño, igual de borde que antes. Tenemos trabajo.

Él se apoya sobre los codos y me sonríe, enseñando el hoyuelo que se le forma en la mejilla derecha. Me observa mientras me visto con un peto negro de una de las pilas de ropa amontonadas en la habitación. Entrecierro los ojos y examino el suelo.

—¿Buscas esto? —pregunta, sacando mi sujetador de debajo de las sábanas. Ya se lo veía un poquitín demasiado cómodo, pero es que ahora parece habérsele subido demasiado a la cabeza.

Me apoyo en el filo de la cama y recupero la prenda con una mano, mientras que con la otra le aparto el pelo de la frente.

—Hola —murmuro, inclinándome hacia él y acercando mis labios a los suyos—. Sé que es temprano, cariño, y sé que tenemos un día muy largo por delante. —Sonrío con amplitud. Él se lo ve venir, pero entierro los dedos en su pelo antes de que pueda recular y tiro hacia atrás. Él abre mucho sus ojos verdes—. Pero cuando tu capitana te dice que te levantes, te levantas.

—O si no ¿qué? —me provoca Milo, aunque ahora su sonrisa es nerviosa—. ¿Vas a llevarme en brazos como si fuera nuestra noche de bodas, Eris?

—Puedes llevarte tú solito. —Localizo la camiseta debajo de la manta y lo suelto para ponérmela—. Todo depende de si lo haces andando o arrastrándote, porque pienso dejarte solo un par de extremidades.

Para cuando termino de colocarme las tiras del peto ya se ha levantado, llevándose la calidez consigo para ponerse los vaqueros. Me agacho y estiro la mano debajo de la cama para tratar de encontrar las correas de mis gafas protectoras.

—Tus amenazas funcionan mejor que el café —me informa.

Me coloco las gafas.

—Perfectas para mantenerte despierto por la noche.

Milo se detiene frente a la puerta, pensativo, y luego se gira para darme un beso en los labios. Yo le dejo, porque, aunque todo me sabe a cenizas en La Hondonada, a veces consigue que me sepan un pelín dulce.

—Te quiero —me dice, pero yo no se lo devuelvo. No porque no sea verdad, sino porque siempre cabe la posibilidad de que un Ráfaga lo pise y muera de forma horrible.

Tener corazón no es precisamente lo ideal en este trabajo. No es que yo no tenga, o que no les tenga cariño a todos estos idiotas que conforman mi equipo, pero soy consciente de que es un problema. Así que no pienso demasiado en que puedan morir, al igual que tampoco en que los quiero. Pensar en una de ellas siempre alimenta la otra, y entonces siento que mi corazón no es más que un agujero vacío en el pecho y, francamente, a la mierda todo eso.

Espero a oír la puerta cerrarse, pero al no hacerlo, digo sin girarme:

—Debes de ser un puto masoquista si...

—No lo soy —me interrumpe otra voz cargada de aburrimiento.

Me vuelvo. Jenny Shindanai se encuentra apoyada contra el marco de la puerta y con una chaqueta oscura de lona suelta de un hombro. Lleva las gafas protectoras sobre la cabeza cual corona, con lentes tan negras como sus ojos y su largo cabello, que se amontona de forma salvaje alrededor de sus hombros siempre que no está peleando. Lleva un portapapeles con los planos de los Ráfagas.

Le quito el portapapeles de la mano y canturreo:

—Te han vuelto a suspender.

Jenny no dice nada, ni siquiera me mira; solo le quita el capuchón al bolígrafo de detrás de su oreja y tacha algo de su lista, escrita por toda la extensión de su brazo:

HARRY (ENTREGAR INFO)

POPPY (ENTREGAR INFO)

CABRONCETA (ENTREGAR INFO)

DATO: NO ME SUSPENDERÁN SI SIGO TRABAJANDO (PELEAR CON ROBOTS)

Luego me agarra la muñeca y, haciendo caso omiso de mis gritos, garabatea algo en el dorso de mi mano:

SI ME ENCUENTRAN: QUE ME ENTIERREN.

Vuelve a colocar el capuchón con los dientes y se aleja, diciendo con desinterés:

—Púdrete, hermanita.

—Sí, sí. —Cierro la puerta y me coloco frente al espejo. Meto los mechones de pelo negro sueltos por debajo de las correas de las gafas y luego trato de borrar la tinta de la mano. Solo consigo empeorarlo y mancharme los dedos.

Se me ven los puntos negros que me salpican la clavícula por debajo de la camiseta blanca y justo por encima del peto. Una ruedita de engranaje tatuada por cada mecha derribado.

Ochenta y siete engranajes.

Ochenta y siete mechas menos en el mundo.

Conozco el montaje de los Ráfagas, y cada vez que penetro en sus extremidades sé exactamente qué piezas arrancar y destruir para que esa atrocidad se derrumbe como un castillo de naipes. Porque, por mucho que a Deidolia le guste jactarse de lo contrario, la línea que separa a sus deidades de la chatarra se desdibuja con el odio de un solo ser humano.

Y los bots —los pilotos que fulguran rojo y tienen más cables dentro que carne y hueso, y quienes han preferido dejar de ser humanos para destruir a *mi* gente— no son distintos. Los Ráfagas no funcionan sin sus movimientos, así que cuando las máquinas dejan de destruir, ellos son mi siguiente objetivo. Son incluso más fáciles de desarmar que los mechas.

Sonrío a mi reflejo. No diré que soy sinónimo de caos, no realmente. Si el mundo me ha enseñado algo es que los humanos no tenemos derecho a jugar a ser dioses.

Pero soy una Asesina de Dioses, y eso se le acerca bastante.

Con el pelo lleno de polvo, las mejillas sonrojadas y repantingados sobre el mobiliario carcomido por las polillas de la sala común a no sé qué puta hora de la mañana, los chicos de mi equipo son como agua en el desierto. Yo, por desgracia, no estaría haciendo bien mi trabajo si no estuviera cansada constantemente.

Nova, nuestra conductora, se encuentra sobre la mesa astillada. Está sentada y haciendo equilibrios sobre los dedos de los pies. Vuelve a comer palomitas para desayunar y las quemadas las está dejando en la maraña de pelo de Theo. Con la cabeza colgándole por un lateral del sofá biplaza raído y las piernas por el respaldo arrugado, nuestro tirador gruñe obscenidades mientras rebusca las palomitas desperdigadas por su pelo.

En otro sofá, Arsen bien puede estar dormido o muerto bocabajo; está inmóvil sobre el regazo de Juniper. Ella tiene la cabeza girada, con la mejilla apoyada contra el respaldo y la mirada castaña perdida mientras se retuerce los rizos alrededor de sus dedos color avellana y llenos de cicatrices. Detrás de ellos, Xander se encuentra junto a la única ventana que deja entrar una mínima cantidad de luz, con la cara demasiado pegada al cristal asqueroso y creando nubes de vaho a juego con las del exterior.

Milo está sentado en la mesa, impoluto, con un librito de tapa blanda en la mano y el rifle apoyado como si nada contra la silla.

—Buenos días —los saludo.

Milo es el único que levanta la vista hacia mí. Yo directamente lo ignoro.

—Asesinos de Dioses, he dicho buenos días.

30

Nova me mira con una sonrisita culpable.

—No has dicho *a todos*.

Le devuelvo la mirada, impasible. Ella saca la lengua por entre el hueco que separa sus dos paletones, la menea de un lado al otro y luego tira el paquete de palomitas sobre la cabeza de Theo. El maíz se queda pegado a las fibras de la alfombra y a las costuras del sofá biplaza, y crepita y chisporrotea en la chimenea.

Theo se lanza a por ella.

—Púdrete, hija de...

—Eh, eh —me lanzo hacia delante y trato de agarrarle el cuello de la camiseta, pero llego demasiado tarde.

Nova chilla y derrapa contra la superficie de la mesa antes de lanzarse sobre Juniper, que implica también saltar sobre Arsen. Este aúlla y se despierta justo cuando Theo llega junto a ellos, y entonces los cuatro acaban en el sofá gritando y apaleándose. Xander se aleja de la ventana con la punta de la nariz sucia y se sube al sofá por el respaldo para entrar en la refriega. Milo pasa una página de su libro, completamente indiferente y nada cooperador.

Agarro la silla que más cerca veo y la arrojo contra la pared más lejana.

Cuando me vuelvo a girar, todos se han separado y sentado, respetuosos, en los asientos libres.

—Bien —digo, dándole una patada a la pata de una silla antes de bajar la vista hacia el portapapeles. Las páginas muestran los planos de un Fénix, unas gráficas sobre la hora asignada durante la que tendremos acceso a él y también información sobre el piloto. Toda esa información proviene de otros mechas desarmados, o de guardias y bots a los que hemos conseguido abrirles la boca con mucha tenacidad. Luego los de arriba la distribuyen por toda La Hondonada —el cuartel general de los Asesinos de Dioses— a los equipos más aptos para la tarea. Y el mío, aunque no lo parezca ahora mismo, siempre es candidato.

Chicos temerarios para trabajos temerarios, se podría decir. Además, saben que les conviene dejarnos desfogar un poco.

También encontramos otras formas de pasar el tiempo, claro. Leemos todo lo que cae en nuestras manos (aunque June es la única a la que le gustan las novelas románticas), vemos pelis (Nova tiene prohibido hacer palomitas porque las hace fatal), y, en general, organizamos actividades divertidas y recreativas (como la semana pasada, que creíamos que tendríamos que pintar las paredes porque Xander pensó que sería una idea cojonuda lanzar la anilla de una de las antiguas granadas de Arsen sobre la mesa mientras cenábamos; o como ayer, que Theo colgó a Nova por la ventana y después todos tuvimos que detenerla antes de que le arrancara la cabeza).

Pero, para nosotros, nada supera el ir a destruir mechas. Llámanos adictos a la adrenalina. Joder, incluso suicidas. No nos tomamos la tarea a la ligera. Se nos da bien lo que hacemos, y lo hacemos por todas las personas que no pueden y que no pudieron.

—El Fénix protege a un tren de carga que va de Pixeria, ese pueblecito minero a unos cuarenta kilómetros al sur de aquí, hasta Deidolia —explico, frotando un pegote de pasta de dientes de la esquina superior de la página. Se me cayó hace diez minutos mientras me lavaba los dientes y leía la información, diseñando el plan deicida de hoy a la vez que trataba de hacer caso omiso de lo asqueroso que teníamos el baño. Más les vale limpiarlo cuando volvamos—. Como este mes no han podido llegar a la ridícula cuota de carbón que les exigen, Pixeria ha solicitado nuestra ayuda para que nos aseguremos de que el tren no llega a la estación; si no, los números se calificarán como insuficientes y mandarán a un Ráfaga a masacrarlos antes del próximo atardecer. Ya sabéis cómo va el asunto: destrozamos al Fénix, detenemos el tren, saqueamos la carga y regresamos a la ciudad.

—Y cargamos con las culpas —añade Juniper sonriendo de oreja a oreja. Así se le ven los hoyuelos.

—Yo encantada. —Es una situación beneficiosa para todos; el pueblo sobrevive, ya que el carbón se notifica como robado en vez de insuficiente, y mi equipo sigue escalando puestos en la lista de los más buscados de Deidolia—. Nova, tú nos llevarás hasta el hueco entre el tren y el Fénix, preferiblemente evitando sus pasos; Xander y yo abriremos una entrada en el tobillo. Milo y Theo, artillería, como siempre. No quiero que vuelvan a disparar a nadie, así que, ya sabéis, disparad primero y eso. Más cosas...

—Yo quiero conducir esta vez —dice Theo.

Paso una página y estudio los planos del tren.

—Vale. Dale tu arma a Nova.

—*Sí.* Dale tu arma a Nova —repite Nova.

—Da igual —repone Theo.

—En cuanto entremos, Juniper y Arsen saltarán al segundo vagón y colocarán explosivos por todo el eslabón que une la carga con la sala de máquinas —prosigo—. Si hay un conductor que se interponga en vuestro camino, deshaceos de él, pero no vayáis buscando pelea. Lo digo en serio. Dejad de sonreír así. Nova estará cerca, así que volved al coche en cuanto instaléis las bombas. Las haréis explotar de forma remota. Lo suyo es que para entonces Xander y yo ya hayamos acabado con el Ráfaga. Intentaremos salir por el mismo sitio por el que entramos, pero si el mecha ya se está cayendo, tendremos que abrirnos hueco por otro lado. Estad atentos, por nosotros y por si caen escombros. ¿Alguna pregunta?

La estancia permanece en silencio. Igual que antes de cada misión, la emoción ha empezado a electrificar el ambiente. Nos revitaliza el alma. Vivimos únicamente para poder ver ese último brillo carmesí en los ojos de los mechas antes de que dejen de funcionar, para causar discordia y caos y, aun así, quitarnos el humo negro de los ojos cuando todo acaba y reconocer la auténtica ridiculez, no, la auténtica *imposibilidad* de seguir vivos.

Me tomo un momento para mirarlos una vez más. Son un puñado de chicos dispersos por la estancia destrozada, en un mundo derruído, que ayudan a derruirlo aún más. Unos chicos que han sufrido por Deidolia y los Ráfagas, que han perdido a gente por su culpa; unos chicos a los que mandaron a los putos infiernos y han vuelto pataleando, gritando y deseando, más que nada, devolverles el favor.

Sí, somos jóvenes. Sí, somos humanos. Pero también somos Asesinos de Dioses, y estamos aquí para desmantelar a los cabrones que pensaron que íbamos a quedarnos de brazos cruzados y aguantar todo lo que nos echaran.

Me llevo una mano a la cadera.

—Preparaos, Asesinos de Dioses. No tenéis permiso para morir hoy.

CAPÍTULO CUATRO

ERIS

Nova arranca el motor cuando el resto salimos de nuestro cuarto. Ha sacado un brazo por la ventanilla y la manga de su traje ignífugo brilla bajo la luz del sol que se cuela por entre el follaje.

Nos subimos a la parte trasera de la camioneta. Milo se hace con el asiento contiguo. Coloco los pies encima de los suyos y él se me queda mirando mientras yo ajusto la tira de los guantes criogénicos negros en torno a mis muñecas. Los tubitos que contienen el líquido azul están bien cosidos a la tela y se adhieren a ella como si fueran las venas de una mano. Hay un botoncito junto al índice que, cuando se pulsa, activa los guantes. Son lo más valioso que tengo y sirven para todo tipo de situaciones, sobre todo cuando hay un Fénix de por medio.

Nova conduce por La Hondonada y de vez en cuando saca la cabeza por la ventanilla para gritarle a la gente que cruza de un edificio a otro con planos, herramientas o barritas para desayunar en las manos. Dentro del recinto hay unos caminos de hormigón entre los troncos de los viejos robles que se elevan casi hasta el cielo. De ellos penden hojas otoñales que parecen cernirse sobre el suelo. Jenny crea algún tipo de espejismo tecnológico en el bosque cuando los árboles pierden todas las hojas, pero en invierno casi todos contenemos la respiración cuando un helicóptero de Deidolia sobrevuela nuestra ubicación.

Nos acercamos a la reja. Aparte del operador, hay alguien que me resulta familiar. Su parka es del mismo color negro que las estacas de hierro tras él. Está tieso, aunque apoyado sobre un bastón con el mango curvado y plateado. Lleva el pelo cano rapado; por lo visto antes era el peinado típico militar, aunque a mí me da la sensación de que solo consigue que las venas de la cabeza le resalten más. Le palpita un músculo en la mandíbula llena de cicatrices y tiene líneas de expresión en torno a los ojos.

No es otro que James Voxter, el primer Asesino de Dioses.

Me pellizco el puente de la nariz.

—Mierda.

Han pasado casi sesenta años desde que Voxter demostró que los humanos podían cargarse a los Ráfagas desde dentro y setenta desde que la gente de su pueblo trató de escapar del dominio de Deidolia. La mayoría intenta evitar la servidumbre escapando al otro lado del mar, por lo que su pueblo se dirigió a la costa.

Medio día después enviaron a los Berserkers.

Conforme la noche caía sobre la zona masacrada, Voxter aprendió una lección muy valiosa: desde el comienzo de la supremacía de Deidolia, se había infundado cierto temor en las Tierras Yermas, por lo que la gente prefería huir antes que plantarles cara. Todo se reducía a la creencia de que los mechas eran invencibles. Solo hacía falta que alguien les demostrase lo contrario.

Así que Voxter, que por aquel entonces solo tenía dieciséis años, salió con explosivos en el bolsillo y se puso a luchar. Así empezó la resistencia de los Asesinos de Dioses, fundada con el objetivo de mandar un mensaje tanto a Deidolia como a la gente de las Tierras Yermas: se puede luchar contra ellos.

Me levanto para entregarle mi portapapeles al encargado de la reja. Voxter engancha el mango plateado del bastón en el borde de la caja de la camioneta.

—No me fastidies el coche, Vox —espeta Nova.

Voxter la ignora y pone los ojos en blanco. Está cabreado. Otra vez.

—Shindanai...

—Un momento —le pido antes de girarme. Detrás tengo a Juniper sentada junto a Arsen. Ambos tienen las cabezas juntas y las manos entre los cables sobre sus regazos. Los rizos castaños de

Arsen se entremezclan con el pelo verde de Juniper. Varios viales con líquidos coloridos se encuentran sujetos entre sus rodillas pegadas. Chasqueo los dedos.

—Os dije que dejaseis de jugar con eso.

Arsen levanta la cabeza y me enseña unos ojos negros llenos de inocencia.

—¿No quieres que explote el tren?

—Solo quiero que explote *una parte*.

—Ah —murmura, volviendo a mirar los cables—. Ah, vale.

—¿Nos vas a dejar salir o qué? —le digo al encargado—. Tenemos que interceptar un tren.

—Shindanai. —Vox vuelve a la carga—. ¿Qué es eso de que alguien de tu equipo colgó a otro por la ventana ayer?

Me encojo de hombros.

—Pues me acabo de enterar.

Y Juniper dice a la vez:

—Pusimos colchones debajo, señor.

Es cierto, pero Voxter es consciente de que vivimos en una quinta planta, por lo que abre la boca para empezar a reprendernos.

—Jenny se está saltando la suspensión —le digo al tiempo que se abre la verja. Se pone rojo de la rabia. Nova pisa el acelerador en cuanto hay espacio suficiente para que el coche pase. Voxter y La Hondonada se vuelven cada vez más pequeños y sus mejillas sonrojadas se mezclan con el color de las hojas en otoño. Yo sonrío y lo saludo con la mano antes de sentarme de nuevo.

Media hora más tarde, los árboles se quedan atrás. Nova conduce entre los escombros de los edificios diezmados y las huellas de los Ráfagas que, todos sabemos, son cementerios, aunque los huesos pulverizados tampoco es que dejen muchas marcas que digamos. El paisaje presenta signos de peleas de antaño, cuando la gente que luchaba contra el dominio de Deidolia levantaba la cabeza y veía a los mechas erigiéndose hacia el cielo en lugar de a los Dioses a los que rezaban.

Nosotros nacimos en una guerra que ya estaba perdida. Sin embargo, una vez la resistencia de los Asesinos de Dioses comenzó y la gente empezó a darse cuenta de que podíamos destruir a esas deidades, algo nuevo nació. Algo que me hace sonreír en vez de retorcerme de dolor cada vez que me hacen otro tatuaje en la clavícula. Algo muy parecido a la esperanza.

En la parte delantera, Nova se inclina hacia la guantera y la abre. Rebusca entre las cintas de música antes de decantarse por una. La sopla con cariño, le da un besito y sonríe hacia la parte trasera del vehículo antes de meterla en la rendija.

La música resuena y siento tantísima felicidad que lo único que me sale hacer es apoyar la cabeza en el hombro de Milo y sentir la brisa contra mis mejillas.

Un rato después, el terreno se allana y solo queda polvo. En la línea del horizonte se diferencian dos mitades perfectas: el cielo azul y el suelo marrón sobre el que se intuyen un mecha de más de cincuenta metros de altura y un tren aproximándose por el este.

Theo grita de alegría y da una palmada en el lateral de la camioneta.

—¡Métele caña, Nova! —chilla, y el motor ruge y levanta nubes de polvo detrás de nosotros. Recorremos el desierto como una bala gritando de alegría por llevar a cabo algo tan temerario e importante a la vez.

Viramos y nos colocamos junto al ferrocarril. Durante algunos instantes las ruedas pisan los tornillos de cromo, pero Nova da un volantazo y nos conduce hasta la sombra del Ráfaga. Me estremezco y sonrío al tiempo que todos nos ponemos las máscaras y el intercomunicador se enciende. Las viseras de plástico se cubren del polvo que sueltan los pies en movimiento del Fénix.

Nos encontramos a cuarenta y cinco metros de distancia del objetivo. Después a veinticinco. Nova no da tregua al motor y hace que el tubo de escape suelte una chispa de fuego. Siento un subidón de adrenalina con el incremento de velocidad. A menos de diez metros ya.

—La caballería —dice Arsen por el micrófono con un bostezo. Su voz se escucha clara contra el viento al tiempo que el cuello negro de una metralleta aparece del último vagón. El rostro del que va a disparar está protegido por un casco antibalas antidisturbios.

Nova pega un frenazo que nos obliga a todos a buscar un punto al que agarrarnos. A unos pocos metros del capó, el suelo se agrieta debido a la lluvia de balas. Los disparos son en línea recta y Nova tararea, gira el volante hacia la derecha y da marcha atrás tras girar ciento ochenta grados. Las balas impactan justo donde estábamos. Nos desplazamos hacia atrás como un rayo.

—Al cuello —digo.

—Ya. —Milo apoya el rifle contra el hombro, tarda un milisegundo en apuntar y la bala impacta en el cuello de quien sea que disparaba.

Este sale impulsado hacia atrás antes de caerse del tren. Permanece en el suelo detrás de nosotros y el polvo se lleva su último aliento.

Nos colamos entre el tren y el Fénix y Nova nos acerca a los pies del mecha tanto como puede. Yo aprieto con el pulgar los botones de los guantes criogénicos y los tubitos se iluminan de un color azul.

—¡Lista! —grito al tiempo que me inclino hacia el Fénix con las manos abiertas. El mecha pisa con el pie izquierdo delante de nosotros con tal fuerza que me partiría los dientes de no tenerlos sujetos ya por unos aparatos. En cuanto lo apoya, le toco el tobillo. Los paneles en contacto con mi guante reciben un chorro frío de energía y el metal empieza a echar vapor y a quemarse.

Retrocedo antes de que la fuerza de la pisada del Fénix me tire de la camioneta. Justo entonces, Nova exclama:

—¡La mano!

El cielo desaparece a la vez que una palma con placas rojizas desciende con el afán de agarrar el coche y lanzarnos al desierto.

—¡Frena! —chilla Theo.

—¡Acelera! —grita Juniper.

—¿Qué os tengo dicho sobre darme órdenes desde ahí atrás? —les contesta Nova también a voz en grito.

—¡Nova, mantén la velocidad! —Arsen mete la mano en la chaqueta y saca un orbe diminuto que lanza hacia arriba. Este se pega a la palma en descenso del mecha y la pequeña luz titila un par de veces antes de explotar con un destello.

—Una bomba pegadiza —dice Juniper con una risita al tiempo que levanta la mano para apartar los trozos de metal que caen en una lluvia de acero.

Arsen y ella se vuelven hacia las vías y él levanta un pulgar por encima del hombro.

—¡Cuando digas, capi!

Sus explosivos son efectivos; entre los corrosivos casi sádicos de ella y la habilidad de Arsen para destruir cosas, no me cabe duda de que explotará. Siempre lo hace. Hago un pequeño gesto a Theo y este gira el arma en sus manos y fija el blanco en la zona donde mi palma ha estado en contacto con el Ráfaga durante unos instantes. Ahora, bajo la superficie, el suero criogénico se desliza entre el metal, devorando el calor que ose interponerse en su camino.

La culata del rifle de Theo impacta contra el tobillo y la piel se quiebra como un panel de cristal.

—Está cargándose —grita Arsen al oír un sonido repentino parecido a un zumbido.

—Eso es problema tuyo, no mío. Yo voy primero —respondo. Observo que, con el siguiente paso del Ráfaga, la pierna le tambalea y sale vapor por la herida. Al otro lado, el aire en torno al cañón térmico se satura de calor a la vez que el mecha se prepara para el ataque—. Tú vas después, Xander. June, Arsen, al tren.

No espero su respuesta. No me hace falta. La pantorrilla retrocede y yo salto de la camioneta al agujero. Permanezco en el aire menos de un segundo antes de introducirme en el mecha.

Por instinto me agarro a la escalerilla antes de espachurrarme contra el otro lado de la pantorrilla y apago los guantes para que no destruyan el metal del todo. Me pego a la escalera mientras el Ráfaga sigue avanzando y la fuerza del movimiento me deja sin aire. A continuación, echa la pierna hacia atrás, así que aprovecho la oportunidad de echar un vistazo a mi equipo y a Xander, que se acerca deprisa por el espacio que nos separa. Logra atravesar el hueco y se aferra a un peldaño para no chocar conmigo.

Se quita la visera y la capucha y alza la vista en silencio.

Escalamos.

Al llegar a las caderas del mecha, vemos unos cables que penden, gruesos, por el aire. Dejamos la escalera a un lado y nos subimos a una viga de apoyo que se extiende por todo el abdomen. Coloco una mano en la coronilla de Xander para que mantenga la cabeza gacha mientras yo miro en derredor para detectar cualquier movimiento encima de nosotros.

—Vete por la derecha —digo—. Cuando dé la señal atranca los engranajes de la pierna. —Él se gira para ponerse en marcha y yo agarro su brazo flaco antes de echarme la visera hacia atrás para mirarlo a los ojos—. Nos han dicho que hay dos guardias. No seas idiota y pide ayuda si te hace falta. La caída será dura y rápida. No me esperes. Si encuentras una vía de escape, vete. Es una orden.

El chaval asiente de nuevo, igual de silencioso que siempre, y sube por la viga de apoyo, colándose por una cortina de cables antes de desaparecer. Todavía me acuerdo de aquellos días en los que no le quitaba los ojos de encima o no le dejaba estar solo en el interior de un mecha. No porque me diera miedo que lo mataran, sino porque me hubiera muerto de la vergüenza si un integrante de mi equipo la palmase cuando me acababan de nombrar capitana.

Por suerte, tengo tal reputación que todos son conscientes de que morir no tiene sentido, porque, si lo hicieran sin mi permiso, iría hasta los mismísimos infiernos y los arrastraría a todos de vuelta.

Levanto la cabeza y, tras estudiar varios tornillos, engranajes y tuercas, encuentro el mecanismo que controla la pierna izquierda. Está protegido por unos cables que hacen las veces de arterias y nervios artificiales. Sigo sin entender por qué Deidolia insiste en que sus pilotos sientan el daño de los mechas, pero no me quejo. Me brinda más opciones.

He aprendido que los todos los dioses tienen un punto débil. Y, si no lo tienen, lo creo yo.

—¡Oye! —grita alguien. Levanto la cabeza y veo dos siluetas y el perfil de las armas en sus manos. Armas rudimentarias y muy poco imaginativas.

—A ver si me... —me muevo hacia un lado al tiempo que una bala pasa a escasos centímetros de mi oreja izquierda— ...atrapáis. Qué... —y vuelven a disparar. Me llevo los brazos al pecho y, por un momento, piso el aire. Me yergo enseguida— ...maleducados. Seréis cabluzos. Ahora no tengo tiempo para esto.

Me piro antes de que vuelvan a disparar. Desaparezco entre las sombras y camino entre engranajes y cables vibrantes.

Salto y me agacho antes de levantar la cabeza hacia la oscuridad en la zona superior. «Tengo que darme prisa. Esta deidad ya es mía».

En cuanto dejo de oír a esa gente, salto hacia una viga de apoyo vertical. Forcejeo con los tornillos gigantes y los uso como punto de apoyo para subir por el Ráfaga. La velocidad del mecha provoca que me castañeen los dientes, aunque, mejor dicho, puede que se deba al subidón de adrenalina. En fin, da igual. Aprieto la mandíbula para no morderme la lengua. El mecanismo de la cadera emite un ruido y la palanca gigante rasga el aire conforme el Fénix corre.

Estiro la mano hacia la plataforma que sujeta la cadera. Tiene un borde de unos quince centímetros de ancho. Subo, apoyo los pies en él y pego la espalda a la viga de apoyo. La caída es de unos treinta metros y, debido a la gravedad, mi cuerpo quedaría hecho puré.

Enciendo los guantes criogénicos y los coloco sobre uno de los engranajes. Los hilos de escarcha se despliegan bajo mis dedos. Recorren el metal y se ciernen a los recodos de hierro, por lo que el engranaje se ralentiza.

—¡Detente!

A unos seis metros a mi izquierda hay un guardia sobre una viga de apoyo más estrecha apuntándome a la frente con un rifle. Yo retiro la mano y levanto ambas sobre la cabeza.

—Hola —lo saludo—. ¿Dónde está tu compañero?

—Quítate los guantes o disparo.

Lo miro a la cara, la cual aún parece conservar la redondez de la juventud. No es mucho mayor que yo.

—Más te vale no fallar.

—¿Qué?

Señalo a nuestro alrededor.

—Si fallas, la bala rebotará. Es mejor que te acerques. No tengo nada que hacer. Pero hazlo rápido.

Él vacila y crispa los dedos sobre la pistola. A continuación, como ciudadano al que le han inculcado desde pequeño que la gente de las Tierras Yermas somos unos bárbaros estúpidos, empieza a acercarse despacio. Ahora solo me queda colocar la mano sobre la viga, ladear la cabeza para esquivar la primera bala y —oye, ¿de verdad ha disparado una segunda?—, en cuanto la escarcha arraigue, propinarle una patada.

La viga se rompe y, sin dicha sujeción, el tronco se parte por el peso y el chico comienza a caer. Tiene los brazos extendidos, pero no hay nada que hacer. Dos segundos después se oye un fuerte ¡plas!

Giro el cuello y vuelvo a mirar hacia la turbina.

—¡Xander, ahora! —grito, preparándome para darle un puñetazo al engranaje ralentizado.

No ocurre nada.

El guardia.

«¿Dónde está tu compañero?».

Me separo del borde de la cintura y abrazo la viga de apoyo antes de deslizarme hacia abajo. El agarre helado de los guantes hace que la caída sea más lenta. Desciendo hasta la zona donde nos separamos y atravieso la cortina de cables. Justo encima, Xander está tambaleándose en el borde del mecanismo de la zona derecha de la cadera. Tiene la espalda pegada a la viga para tratar de mantener el equilibrio, tal y como le enseñé. En una mano porta una palanca y con la otra se agarra. Le chorrea sangre de los dedos que se acumula a mis pies.

Delante de mí hay un guardia con un rifle apuntándole a la cabeza.

La mirada de Xander viaja hasta mí y apenas reconoce mi presencia durante un segundo antes de desviarla.

—¿Qué te había dicho sobre que te hirieran? —exploto.

La cabeza del guardia gira y el pelo y la barba entrecanos relucen a pesar de la oscuridad que se cierne sobre nosotros. Es mayor y seguro que lleva bastante tiempo trabajando de esto. No volverá a errar el tiro.

¿Y por qué no lo ha hecho todavía? Se está tomando su tiempo. Y mira que dicen que los bárbaros somos nosotros.

Mientras tanto, Xander vuelve a mirarme. El chaval casi nunca habla, pero siempre sé qué es lo que quiere. En silencio, me dice «Vete a la mierda».

Pongo los ojos en blanco y levanto las manos.

—Puedes dejar que se vaya —le digo al guardia.

Este sonríe casi de manera paternal, si es que podemos obviar el rifle y la sangre del miembro de mi equipo manchándole las botas.

—¿Te ofreces voluntaria para ocupar su lugar, Invocadora de Hielo?

—No me digas que has oído hablar de mí.

—Pues sí —me confirma—. Eres la chica que se encontró unos aparatitos endebles hace unos años y ahora se cree capaz de hacer frente a Deidolia.

Me desplazo unos milímetros a la vez que los movimientos del Fénix se vuelven cada vez más erráticos. Tal vez estén persiguiendo a mi equipo en círculos por el desierto. Aunque es aún más probable que Theo y Nova estén forcejeando por llevar el volante y Milo esté tratando de matarlos a los dos, con lo que dejarían al piloto confuso y desorientado. Ojalá pudiese decir que es una estrategia bien pensada, pero no; son así de idiotas. Y también desearía no saberlo por experiencias previas.

Cuadro los hombros.

—Al menos tengo aspiraciones. Menuda autoestima tendría si deseara ser alguien inútil, como un sacerdote. —Hago una pausa—. O un guardia de Ráfagas.

—¿No te han dicho que jugar a ser la heroína solo retrasa lo inevitable? —musita el guardia al tiempo que desvía el rifle de Xander a mí. Lanzo un suspiro de alivio—. ¿Quieres decir unas últimas palabras?

—Sí. Eh... ¿soy muy famosa en Deidolia?

Me lanza una sonrisa torcida.

—Sí. Los Asesinos de Dioses sois un fastidio. ¿Alguna vez has intentado quitar los trozos de carne de la suela de las botas de un Ráfaga? Por lo que me han contado, se tarda mucho.

—Supongo. Pero matarte no me costará tanto.

—Más quisieras, niñata.

No puedo evitar sonreír.

—¿No me digas?

Abro las manos.

Las venas del guante se tiñen de azul y luego de blanco, y nace una chispa de luz a partir de los paneles de la palma. Como un cometa, el suero atraviesa el aire y la luz contrasta con la oscuridad del interior del mecha. El haz impacta en el hombro del guardia y la luz se instala en su nuevo huésped. Aun cuando nos volvemos a sumir en la oscuridad, veo que siente un espasmo en la punta del dedo, como si quisiese apretar el gatillo. No sirve de nada; el hielo ya ha hecho efecto.

Me acerco a él y soy consciente del miedo que destella en sus ojos. He visto esa misma expresión muchas veces. Cuando era más joven, contemplaba los rostros teñidos de dolor en busca de algún sentimiento de culpabilidad en mi interior, pero nada. Eso no me convierte en una mala persona. Solo implica que nadie que trabaje para Deidolia merece mi compasión.

—Verás, lo malo de los aparatitos endebles es que hacen muchísimo daño —murmuro mientras apoyo la mano enguantada en su hombro. Bajo la piel, el suero criogénico se enrosca en torno a sus venas y hace desaparecer cualquier rastro de calor—. Pero solo al principio. No te preocupes, esto ya no lo sentirás.

Aprieto y el hombre se rompe en pedazos bajo mis dedos, con su último aliento congelado en los pulmones.

Miro a Xander.

—¿A qué esperas, a que te monte un desfile?

El muchacho me dedica un gesto terriblemente grosero. Hay gotas de sangre sobre su pelo negro.

Me limpio las manos en el peto para deshacerme de los trocitos del guardia y aparto de una patada lo que queda de él por el borde de la viga.

—Ya, lo que tú digas. Venga, que ya vamos de culo.

CAPÍTULO CINCO

ERIS

Desactivo los guantes antes de que Milo me agarre de la mano y me ayude a salir del Ráfaga. Xander ya está en tierra firme, demasiado pagado de sí mismo, mientras Juniper y Arsen arman un buen escándalo sobre su herida de bala, los dos con manchas negras de hollín en la cara. A nuestros pies yace el Fénix inmóvil, inerte sobre la arena con las extremidades en ángulos nada naturales. La cabeza, con ambos ojos resquebrajados y vacíos, descansa contra su hombro. El piloto sigue escondido dentro, con el cuello roto debido al impacto de la caída, según parece. Con suerte con trozos grandes de cristal atravesándolo en distintos puntos, por si acaso.

Le levanto la visera a Milo y tiro de su capucha hasta que está lo bastante bajo como para poder besarlo. El cañón del rifle que lleva a la espalda se aproxima demasiado a mi sien.

—¿Estáis todos bien? —pregunto, separándome para darme la vuelta. Por encima de la curva del muslo del Ráfaga, Nova ha abierto la puerta de un vagón del tren y emerge de ella con un bulto negro en la mano.

—¡Qué aburrimiento! —declara, tirando el carbón. Este rebota inocuamente contra la chapa del Fénix. Se lleva las manos a la parte baja de la espalda y ladea la cabeza para mirarnos—. Ah, guay. Estáis vivos.

Theo, que había estado deambulando por el cadáver del Ráfaga, se desliza por la bota y aterriza frente a ella. Nova arruga la nariz ante la nube de polvo que levanta.

—Pero no gracias a tu loca forma de conducir —se mofa él, torciendo el rostro pecoso en una sonrisita de suficiencia.

Nova coloca la mano sobre su esternón y lo obliga a retroceder.

—Al contrario, imbécil. Conduzco de maravilla. Si alguna vez en tu vida aciertas un disparo, entonces hablamos. Hasta yo podría hacerlo mejor que tú.

—Pues venga, princesa. Inténtalo —espeta, desenfundando la pistola y sujetándola con un dedo frente a ella. Ella hace el amago de cogerla, pero él levanta la muñeca, así que Nova le asesta un rodillazo en el abdomen y le quita el arma cuando Theo se dobla hacia adelante.

—¡Púdrete! —chilla Nova mientras él se yergue con ella retorciéndose al hombro.

Aunque terminen otra vez con un brazo roto o medio ciegos, yo soy perfectamente capaz de conducir y disparar, así que los dejo peleándose y salto a tierra firme, donde Juniper ha terminado de vendar el brazo de Xander.

—Lo has hecho bien, chaval —digo, y como respuesta recibo un tenso asentimiento de cabeza—. June, Arsen, ¿algún contratiempo con el tren?

—Todo bien —responden al unísono.

—Genial. Pronto llegará un equipo de limpieza para recoger el cargamento —digo, viendo a Nova pasarse las manos por el pelo y tiñéndoselo de negro debido al carbón. Theo está de rodillas en el suelo, con la frente pegada a la arena. Es evidente que Nova se las ha ingeniado para escapar de él con un golpe bajo—. Vámonos de aquí.

Todos nos subimos a la camioneta. Nova va en el asiento del conductor y los demás en la parte trasera. Milo tiene la pierna pegada a la mía otra vez. Theo, que se ha recuperado rápido, tamborilea los dedos contra el lateral sucio del vehículo, tarareando mientras el motor se enciende. A nuestro alrededor hay partes del paisaje que relucen gracias al vidrio esparcido por la arena; son pruebas de la lucha con el Fénix.

—No ha sido para tanto, ¿no? —pregunta Milo.

Me encojo de hombros.

—Tan fácil como siempre. ¿Y los demás?

La camioneta sale despedida hacia adelante, gira ciento ochenta grados y luego se detiene de repente. Detrás del volante, a Nova se le corta la respiración.

—Eh... ¿chicos? —nos llama, y todos levantamos la mirada.

—Mierda —maldice Theo.

Ante nosotros yace la cabeza del Fénix, fulminándonos con un único ojo prendido.

—Theo, Milo —grito, aunque un terror repentino me recorre por dentro. Ellos me prestan atención al instante—. Tratad de disparar al piloto. Nova, sácanos de aquí.

El motor se revoluciona y la camioneta derrapa para rodear la rodilla del Ráfaga. Estamos a punto de dar la curva de la cintura cuando el mecha se mueve para sacar un brazo —sin mano— desde debajo de su estructura rota, con cables sueltos y a la vista desde la extremidad mutilada. El brazo aterriza delante de nosotros y Nova da un volantazo para evitar que choquemos de bruces con él.

El Ráfaga se eleva desde la cintura destrozada y mueve su otro brazo desde la espalda. Alguien a mi izquierda dispara, y luego alguien a mi derecha. y por un momento el silencio atraviesa mi cabeza, roto por una voz débil y esperanzada: «Estamos bien».

Los írises se fragmentan y llueven cristales. Los disparos, perfectos, me llenan de orgullo, hasta que me doy cuenta de que el mecha sigue moviéndose.

Su cañón térmico aterriza con fuerza en la arena y hace temblar el suelo bajo nosotros. Su abertura es lo suficientemente grande como para tragarse el vehículo entero.

Al piloto probablemente solo le queden unos cuantos segundos de vida, pero solo hace falta que mande un único y último pensamiento.

Desde el interior del cañón, una pequeña llama naranja cobra vida.

—Mierda —grita Theo.

La llama ruge, y el aire caliente nos da una bofetada en toda la cara. El polvo se arremolina a nuestro alrededor.

—¡No consigo movernos! —grita Nova y, al instante, abre la puerta y se arrodilla junto a los neumáticos—. ¡La rueda está atrapada!

—¡Vuelve adentro y ponte la visera! —grito, poniéndome de pie. Activo de nuevo el poder de mis guantes pulsando un simple botón y permito que el suero criogénico corra por sus venas.

Sobre nosotros, el cañón nos mira, gigantesco, como con la boca abierta y una lengua naranja meneándose furiosa entre sus confines. Piensa que somos su siguiente almuerzo; pretende hacerse con tantas vidas como le plazca, igual que lleva haciéndolo Deidolia durante décadas.

Junto las manos con fuerza y expulso el suero a las palmas antes de cerrarlas en puños. Los filamentos de hielo se cuelan por entre mis dedos y relucen en el aire. Mi ira no es una entidad que arda, como le ocurre a mucha gente, pero es igual de devastadora.

El invierno es inofensivo para la Invocadora de Hielo.

Por entre mis palmas sale despedido un rayo de energía azul que surca el aire como un relámpago. Se retuerce con alegría durante un instante antes de conectar con la llama del Fénix, que recibe el suero de la misma manera que un globo una aguja: inflándose alrededor del punto de impacto y luego reventándose.

El vapor sale expelido del cañón y me golpea con tal fuerza que pierdo el equilibrio y caigo contra Milo.

Durante unos minutos, el aire es opaco. Desactivo los guantes y me quito la visera.

—Más os vale a todos estar vivos —digo en alto, a lo que solo recibo toses como respuesta.

Los dedos familiares de Milo encuentran mi mano y la agarran con fuerza. Yo muevo la otra por su brazo, hasta su rostro, y lo palpo; todo parece estar en su sitio.

—Eris —musita—. Eres increíble. Lo sabes, ¿verdad?

—Eh, sí. Acabo de cargarme el cañón de un Fénix.

—Me estás poniendo muy difícil el hacerte un cumplido.

—Tiene que ganarse el derecho de hacerlo, soldado.

Nos quedamos en silencio un momento. Alguien se mueve en el asiento delantero.

—¿Os estáis morreando? —pregunta Nova.

—Sí, pervertida —responde Milo, aunque me ha soltado la mano.

Palpo alrededor y encuentro a Arsen, Juniper y Theo desparramados unos sobre otros y riéndose por lo bajo.

—¿De qué os reís? —espeto.

—Es que... —empieza Theo, tomándose un momento para coger aire—. Nunca había oído a Nova tan acojonada.

—¡Oye, tú! —gruñe ella—. ¡Si te viera, te daría una buena tunda!

Hago caso omiso de ellos y sigo palpando a mi alrededor.

—¿Xander? Di algo. Puede ser bajito, si quieres. Pero tengo que saber que estás aquí, chaval.

Todos se quedan tan callados como el vapor que nos envuelve. Se me hiela la sangre en las venas.

—¿Xander? —repito, solo que esta vez con el miedo evidente en la voz—. Di algo, lo que sea, por favor. Tenemos que saber que estás vivo, ¿vale?

Más silencio. Se me para el corazón.

—¡Está aquí! —exclama Milo, aunque apenas se distingue su silueta. Gateo hasta él y estiro el brazo a ciegas. Rozo la mejilla macilenta de Xander con los dedos.

—Joder —jadeo, aferrando su rostro—. X, ¿por qué no has dicho nada?

El chico permanece inmóvil. Deslizo la mano por su mejilla y delineo su mandíbula. Tiene la barbilla apuntando hacia el cielo.

Yo también alzo la mirada. Por encima de nosotros, a lo lejos, el sol no es más que un puntito brillante cuyos rayos apenas son capaces de atravesar la neblina. Atisbo la silueta de un águila enorme con las alas extendidas y planeando contra el cielo nublado.

Luego se inclina y las plumas relucen con el brillo del metal.

No es un ave.

Es una forma compleja de láminas de hierro parecida a una armadura de caballero, pero sin casco afilado. El sol desaparece por completo y por detrás de una visera curva y rayada resplandecen dos eclipses rojos.

—Una Valquiria —susurra Xander.

Algo sobrevuela el cielo por encima de nosotros; es oscuro como la noche y, de lejos, el doble de grande que nuestra camioneta. Disipa la neblina a su paso. El Ráfaga entra en nuestro campo de visión, espada de hierro en mano y con hilillos de sedoso vapor adheridos a su hoja negra. Observa fijamente el suelo, a los mortales que tienen la audacia de devolverle la mirada.

Cojo aire y me pongo de pie. Miro a la Valquiria a la cara, en cuyo interior están los cables conectados al riego sanguíneo de su piloto. Qué fácil se olvidan de lo pequeños que son realmente.

Me coloco de pie sobre el capó de la camioneta y luego salto sobre el brazo sin mano del Fénix, cuya piel de metal vibra cuando me poso sobre ella. Cuando echo la mirada atrás a mi equipo, Milo ya está negando con la cabeza.

—Eris —dice con suavidad—. No.

—Asesinos de Dioses —digo, pero el miedo coagula mi garganta y la voz me sale a trompicones—. Asesinos de Dioses, esto es una orden de vuestra comandante. Milo es el nuevo capitán. Intenta ser tan bueno como yo, ¿vale?

—Eris...

Mi nombre en sus labios, pronunciado con tanta delicadeza, suena... ridículo. Tanto que el calor inunda mis mejillas y mi cabeza en general.

—Quiero... —murmuro, quebrándoseme la voz. «Quiero volver a casa». Quiero estar en la sala común, con todos esos muebles polvorientos y asquerosos, con la chimenea encendida y mi familia alrededor, peleándose como idiotas y recibiendo mis amenazas como nadie más podría.

Pero ya no hay tiempo para eso. No hay tiempo para nada más que el frío.

—Voy a matar a esa puta cosa —declaro, porque odiar es fácil, y mi odio es incluso más grande que yo. Me hace erguir la espalda y que las palabras salgan con furia de mi lengua, incisivas en vez de rotas, y eso es lo que necesitan oír—. Y no hace falta que nadie lo vea. Nova, sácalos de aquí.

Se produce el silencio. Hago contacto visual con sus ojos verdes por detrás de la visera sucia y la fulmino con la mirada. Ella asiente una vez.

—Dicho y hecho —susurra, envolviendo sus dedos tímidos alrededor del volante.

Los neumáticos revuelven la arena durante unos instantes antes de desatascarse y la camioneta retrocede. El Ráfaga rompe su reposo, divertido y engreído, y da una estocada con la espada. Nova la esquiva, pero la punta araña la chapa, lo cual casi los hace volcar, y se clava en el antebrazo del Fénix. Yo salto hacia atrás, separo los guantes criogénicos y lanzo un rayo de hielo para sellar la espada a la piel, aunque solo sea por unos momentos cruciales.

Milo se aferra al borde del maletero de la camioneta con la cara blanca como el papel.

—¡Marchaos! —rujo, y luego el polvo se levanta a su paso.

La Valquiria se gira con una velocidad terrorífica, más rápido que cualquier otro Ráfaga, y estira las garras en dirección a la camioneta. Yo levanto las manos y envío un rayo de hielo a su hombro izquierdo. Solo consigo que se tambalee durante un paso, pero lo suficiente como para que Nova pase junto al tren.

Y entonces desaparecen; están a salvo, lo cual me facilita la vida.

«O la muerte», pienso con sequedad, mirando de frente a la Valquiria desde su propia sombra. «Pero, bueno... es una forma de hablar».

Me imagino a la persona minúscula y débil suspendida dentro de esa forma falsa, embriagada de su propio sentido distorsionado de poder, de la fantasía de que pueden ser algo más que simples humanos.

—¿Quieres atraparme? —grito, apretando los puños. El suero gotea entre mis dedos, deslizándose por mi piel cual lágrimas inofensivas. El hielo sabe mejor que nadie que no debe hacerme daño—. Pues ven a por mí.

CAPÍTULO SEIS

SONA

La extremidad cae al suelo y yo me giro para rajarle el cuello.

Los cables rotos chirrían a modo de respuesta y el robot de entrenamiento decapitado se desploma en el suelo. Limpio el aceite de los engranajes de la hoja con el dedo y cuadro los hombros. Tengo la camiseta pegada a la piel a causa del sudor.

—Siguiente —le digo a la sala y el espejo de la pared más lejana se abre. Otro robot aparece del hueco oscuro portando una espada. Se inclina, aunque yo no, y me siento rara cuando ladea la cara inexpresiva hacia el suelo, programada para mostrar sumisión. A continuación, se endereza y se abalanza hacia mí al tiempo que la puerta a mi espalda se abre.

—Maldita sea, Steelcrest, ya sabes lo caras que son estas cosas —dice una voz.

Yo me agacho para que el robot del entrenamiento no me alcance y golpeo su cintura con el hombro. Miro hacia el espejo mientras la máquina se tambalea hacia atrás. Tres Valquirias han entrado a la sala enfundados en sus chaquetas militares.

—Buenas tardes —los saludo. El robot aprovecha para agarrarme del tobillo y arrastrarme por el suelo antes de posar un pie sobre mi hombro. Yo alzo la barbilla para mirar a los pilotos —Victoria, Wendy y Linel— al tiempo que la máquina levanta la espada.

La deja caer hasta mi cuello. La punta apenas roza la piel cuando se detiene, recordando que matarme está prohibido, y yo lanzo su espada lejos y le atravieso el pecho con la mía.

Me lo quito de encima y me pongo de pie antes de limpiarme el aceite de la mejilla con el hombro.

54

Entre los pilotos y yo están los restos de mis actividades vespertinas: partes de los robots de entrenamiento desperdigadas por el suelo, líquidos de las máquinas y el chisporroteo esporádico de los cables cortados. Se acercan con cautela, evitando pisar los despojos.

—Ay, cielo, ese parche —dice Victoria reprimiendo un grito y con los ojos rojo y verde bien abiertos. Me toca la sien, donde tengo atada la tela que he rasgado de mis sábanas esta mañana—. ¿Por qué te lo has puesto?

Yo aparto la tela y me encojo de hombros al tiempo que el mundo vuelve a teñirse de rojo.

—Estoy acostumbrada a entrenar con colores, nada más.

Wendy resopla y las pecas de la zona de la nariz se le arrugan.

—Y a tener mala percepción de profundidad, por lo visto.

Señalo en derredor.

—Sí, eso parece.

Victoria suelta una breve carcajada y pasa un brazo en torno a mis hombros, pegándome a su costado. Yo dejo que lo haga, aunque sé que el movimiento no es amistoso en absoluto. Han pasado varias semanas desde las pruebas y no todos los Valquirias me ven con buenos ojos. La mayoría tuvo que esforzarse para llegar a esta unidad, y no les gusta nada que yo forme parte del equipo a pesar de haberme graduado de la Academia no hace mucho.

Lo que a mí no me gusta es que se piensen que soy como ellos.

—Mira que eres rara, Bellsona —dice Victoria con un suspiro.

—Me estás clavando las uñas —la aviso, fijándome en que tengo una mancha de aceite de robot en la manga.

—Como no aguantes un poquitín de dolor, no durarás mucho —canturrea Linel al tiempo que da una patada a la cabeza de un robot. Wendy coge a otros dos por el cuello y los lanza a un lado de la sala para despejar el espacio.

Yo los observo y permito que Victoria me deje unas marcas en el costado que soy incapaz de sentir. «Esto no es dolor». Wendy me agarra de la muñeca y me lleva hasta la colchoneta limpia mientras las risas de Linel resuenan en la estancia. Coge una espada de entrenamiento y se la lanza a Victoria, la cual la agarra al vuelo y la blande como una experta, señalándome con la punta. «No os imagináis cómo es el dolor de verdad».

—¿Vamos a pelear? —inquiero.

—Que le den una medallita a Bellsona —dice Victoria con una risita tonta mientras se coloca en posición.

—¿Por qué?

—¿«Por qué»? —Mira hacia Wendy y Linel, que se están riendo en un lateral de la estancia.

—Sí, eso, ¿por qué?

—Simplemente quiero ver lo buena que es la estudiante estrella de la Academia —responde, aunque me suena a trola.

—¿Tienes problemas de autoestima? —Me inclino hacia delante y bajo la voz—. ¿Quieres que te deje ganar?

Era una broma. A mí me ha parecido divertido, pero ninguno se ríe. La sonrisa de Victoria se esfuma.

—*En garde* —gruñe.

Me quedo mirando su espada. Lo único que se refleja claramente en la hoja lisa es el anillo de mi ojo.

La Academia nos permite retener algo de humanidad porque, con pasión, podemos ignorar lo que nos hace vacilar e ir más allá de toda lógica.

Normalmente, Victoria es una espadachina consumada. Es ágil y cambia de postura con fluidez. Sin embargo, las emociones hacen que, con era expresión teñida de ira, se vuelva descuidada a la hora de atacar. Una evasión consigue que se tropiece y, antes de que pueda erguirse, le propino un puñetazo en el pómulo.

Cuando mandan a Victoria a masacrar un lugar, lo hace de manera eficiente. No siente nada por los habitantes de las Tierras Yermas, al contrario de la furia que está demostrando ahora; apenas piensa en ellos.

Se desploma en la colchoneta con un quejido rebosante de frustración y las mejillas encendidas, y solo alza la mirada cuando tiene la punta de mi espada bajo la barbilla.

Su muerte sería indolora así.

—Gracias por la pelea, encanto —le digo al tiempo que bajo la hoja.

En cuanto el peligro ha pasado, Linel y Wendy se acercan y me toman de las muñecas, obligándome a soltar la espada. Me tuercen los brazos en la espalda mientras Victoria se recompone y se lleva un dedo a la barbilla. Cuando lo aparta, veo que tiene sangre bajo la uña.

Resopla aferrando su arma con fuerza.

—¿Crees que eres mejor que nosotros solo porque eres más joven y das golpes bajos?

Se señala el pómulo, e imagino que se le estará poniendo de un bonito tono violeta. Miro a los Valquirias que me retienen.

—Disculpadme. No he luchado de manera justa —respondo secamente. Hago una pausa y recuerdo que aún no he cenado. ¿Sabéis si el economato está abierto todavía?

—¿Eres consciente de que podemos partirte los brazos cuando queramos? —espeta Linel.

Me encojo de hombros tanto como puedo.

—No me dolerá.

Victoria abre la boca para soltar algún comentario hiriente, pero oímos pasos provenientes del pasillo.

—Soltadla —les ordena alguien, y ellos acatan lo que dice.

Empiezo a frotarme las manos y las masajeo para que vuelva a correrme la sangre hasta los dedos. La cara pecosa de Rose aparece en el umbral. Lleva la chaqueta holgada de los Valquirias colgando del codo en lugar de puesta. Su nombre encaja con los rizos en su cara, de un tono rojo intenso hasta sin tener ambos ojos abiertos. Eso sin contar con el rubor de sus mejillas pálidas y sus hoyuelos.

—Joder, ¿qué te ha pasado? —le pregunta Rose a Victoria, estupefacta. Después sacude la cabeza—. Seguro que te lo merecías. En fin, Jonathan viene de camino. Ha comunicado por radio que algo... que ha pasado algo mientras respondía una llamada de auxilio. Más vale que le echéis un vistazo.

El resto de la unidad de Valquirias nos está esperando en el hangar de los Ráfagas, delante de la puerta hidráulica que ocupa, del suelo al techo, toda la pared del este. Está abierta, por lo que revela un pasillo subterráneo que se expande bajo Deidolia y que permite que los mechas entren y salgan de las Tierras Yermas sin perturbar a los ciudadanos. En el interior se oyen pisadas ruidosas y vibraciones que hacen que el suelo bajo nosotros tiemble.

Rose le da un codazo a un piloto que lleva la chaqueta colgada del hombro.

—Oye, Jole, ¿sabes qué pasa?

Él niega con la cabeza, aunque no aparta la vista de la puerta.

—Llevamos diez minutos sin recibir respuesta por radio.

Riley, la chica a su lado, le da un pellizco en el brazo.

—Cierra el pico de una vez —lo amonesta—. ¡Y vosotros también! Chitón. Escuchad...

Ella ladea la cabeza y un mechón se le escapa por detrás de la oreja y cae sobre su mejilla morena. El resto de los Valquirias permanecemos callados por su orden, lo que hace que la llegada del Ráfaga sea más evidente.

Sé cómo suenan mis pisadas, y esas no se le parecen en nada, lo cual significa que dentro del Ráfaga de Lucindo hay algo roto.

—Son las piernas —anuncia Riley antes de asentir de forma cortante—. Jonathan está apoyando el peso más en la izquierda que en la derecha.

Victoria se ríe.

—Sabes en qué unidad estamos, ¿no?

—Yo te digo lo que oigo, Vic —murmura Riley antes de señalar al pasillo—. ¡Ahí viene!

Todos nos volvemos a quedar callados. El Ráfaga dobla la esquina y, dada la distancia, solo vemos una fina figura que se tambalea hacia nosotros. Rose se pone una mano de visera para protegerse los ojos de la luz de arriba y los entrecierra.

—Pero ¿qué...? —murmura—. ¿Eso es... hielo?

El Ráfaga camina hasta estar debajo del foco de luz. O, más bien, se tambalea hasta allí. Va de lado, apoyándose en la pierna izquierda, tal y como ha predicho Riley. Pero es imposible que las luces fluorescentes brillen tanto en su piel de acero. La luz se dispersa contra las hendiduras de hielo afilado que la envuelven; unos dedos de hielo desgarran el metal como si fuese putrefacción, enclavados contra el metal arrugado y la profunda grieta que separa su greba derecha. La espada, pegada magnéticamente entre los omóplatos, reluce gracias a unos cristalitos de hielo que sobresalen del metal negro.

Nos observa con un solo ojo desde detrás de la visera fisurada.

—Va a desplomarse —anuncia Jole. Cuando se da cuenta de que, por culpa del asombro, lo ha dicho susurrando, se vuelve hacia los Valquirias y se rodea la boca con las manos—: ¡Va a desplomarse! ¡Retroceded!

Lucindo logra dar otro paso más al interior del hangar antes de que la pierna derecha ceda bajo el peso. La Valquiria cae de rodillas, apoyándose en las palmas de las manos antes de espachurrar a los pilotos que no han hecho caso al aviso de Jole con la suficiente presteza.

Con los dedos temblorosos, mete la mano en la rejilla de la visera y se la arranca. Un trabajador se mueve hacia la izquierda al tiempo que las barras de metal caen al suelo de forma estrepitosa, agrietando el hormigón bajo el que aterrizan. La mano del mecha se desliza por su antebrazo, lo que significa que Lucindo se está quitando los cables que conectan su sistema nervioso al del Ráfaga. El ojo se apaga.

Durante unos segundos nadie se mueve. La Valquiria se agacha frente a nosotros como una deidad curiosa, contemplando nuestro asombro.

Entonces, el iris derecho explota y, un momento después, el cuerpo de Lucindo cae. Aterriza erguido, aunque no de manera grácil, con un brazo extendido para agarrarse a un tornillo de la muñeca.

—Sigue dentro —gruñe. La impresión que tenía de él, de chaval aniñado, se esfuma en cuanto se pasa un nudillo por el ojo izquierdo en un intento de limpiarse la sangre de los orificios. Suelta una risotada desprovista de humor. Tiene los labios agrietados y oscurecidos—. La Asesina de Dioses. Mi pierna... creo...

Yo ya he llegado al talón de la mano de la Valquiria, así que cuando se desploma estoy a su lado para cogerlo en brazos junto a Jole y Rose. Paso los dedos por su cuello para buscarle el pulso y él vuelve a abrir los ojos.

—Duele como su puta madre... —murmura antes de sacudir la cabeza—. No... dolía. Ahora no. —Señala el mecha medio ciego sobre nosotros—. Es un dolor fantasma. ¿Recuerdas lo que te conté, Sona?

—Claro, señor ——respondo de inmediato, aunque me explota la cabeza. ¿Qué podría hacer algo así? ¿Quién sería capaz?

—¡La Asesina de Dioses!

Desvío la vista de la cara manchada de sangre de Lucindo hacia alguien que ha aparecido en la grieta en el tobillo de la Valquiria y salta sobre el borde puntiagudo en dirección a la pantorrilla. Unos ojos oscuros contemplan las docenas de mechas recién creados que permanecen de pie como estatuas en el hangar y la multitud de pilotos fulminándola con sus ojos rojos y refulgentes.

La chica se yergue y el brillo de las luces fluorescentes nos deja ver su pelo corto.

—Mierda —dice.

Y, a continuación, trepa por la Valquiria.

Es ridículo, pero soy incapaz de apartar la vista.

Observo que un puñado de pilotos se encaraman a la pierna del mecha para perseguirla y como las comisuras de la boca de la chica se alzan.

Pasa algo raro; gira las manos y las palmas se le iluminan con un diseño eléctrico. Después, algo atraviesa el aire y desaparece en el hombro de un piloto. Este chilla, se tambalea hacia atrás hasta que su pie no tiene donde apoyarse y cae al suelo, donde su brazo se hace añicos.

Yo ladeo la cabeza y desvío la vista del piloto desgañitado a la chica. Cierro el ojo izquierdo.

Tiene el pelo negro azabache y los ojos más oscuros aún. Su expresión denota furia; jamás he visto a nadie arrugar el ceño así, enseñando los dientes. Tiene los puños apretados y los hombros rígidos y orgullosos a la vez.

Cuando clavo la vista en ella —cuya mirada, de alguna manera, parece refulgir más incluso que la mía artificial—, me dejo llevar y respiro hondo.

No estoy segura de si es porque posee la capacidad de destrozar a una Valquiria ella sola o por el valor de matar a un piloto delante de veinte más con una sonrisa, o tal vez porque es la primera Asesina de Dioses que veo y, por lo tanto, representa todo aquello que yo deseo ser... pero es la chica más bonita que he visto nunca.

Todos los presentes en el hangar se han reunido en la zona de la conmoción. Los guardias aparecen con los rifles cargados y apuntando a la chica con expresión feroz. Ella vuelve a levantar las palmas, pero esta vez no chisporrotea nada de sus dedos, sino que hace un par de gestos obscenos.

—Ah, ¿sí? ¡Pues que os jodan! —grita—. ¡Venid a por mí!

A mi lado, Jole sacude la cabeza.

—Seguro que ya sabe que no tiene escapatoria.

Rose se encoge de hombros y pasa una mano por el pelo de Lucindo para quitarle sangre seca.

—Son Asesinos de Dioses. Creen que pueden desafiar al mundo.

—¿Has visto lo que me ha hecho? —dice Lucindo entre toses, alzando la barbilla—. Y sola. Un Fénix ha pedido auxilio y, para cuando he llegado, el mecha ya estaba muerto y el piloto también. Y ahí estaba ella, diciéndole con gestos a su equipo que se marchasen y gritándome que la atrapara si pudiese. Creía que estaba como una cabra, pero entonces...

La chica chilla al tiempo que uno de los pilotos la embiste, golpeándola en las costillas mientras ambos caen. Él logra inmovilizarle la muñeca contra la pantorrilla del mecha y levanta la mano para asestarle otro golpe. Ella le pega un rodillazo en el estómago y ni se inmuta ante la baba que escupe el piloto en su cara. A continuación, le asesta un fuerte cabezazo en la nariz.

En cuanto el piloto retrocede, pega la mano contra la barbilla de él, cuyo grito furioso pierde potencia hasta que no se vuelve más que un hilillo antes de desaparecer. Incluso desde aquí puedo ver el momento exacto en que sus ojos titilan, y los gruñidos de la chica se vuelven más agradables cuando ella también se da cuenta. No obstante, antes de poder quitárselo de encima y ponerse de pie, la culata de un rifle de un guardia impacta contra su sien y consigue que la chica se desplome. Su mano cae y queda colgando inerte por el borde del Ráfaga.

Incluso inconsciente, sigue frunciendo el ceño.

—¿Quién es? —susurro.

—Un puto grano en el culo de Deidolia, eso es lo que es —murmura Lucindo contemplando al guardia mientras este se echa a la chica sobre los hombros—. Se hizo capitana de su equipo a los catorce, pero lleva desde antes en todo el meollo. Parece ser que encontró unos guantes criogénicos bastante raros y los modificó para que tuvieran energía suficiente como para debilitar el calor de un Fénix. La recompensa por su cabeza es brutal, pero, visto lo visto, más que acertada.

Yo sacudo la cabeza y no les dejo ver que tengo el corazón en la garganta.

—Ya, pero ¿cómo se llama?

—No sabría decirlo, pero la llaman la Invocadora de Hielo —contesta y, de repente, se pone a sonreír. Nos lo quedamos mirando, sorprendidos. Aparta la mano de Rose y gira el cuello para ver por última vez a la chica antes de que el guardia y ella desaparezcan entre la multitud—. Tenemos a una, Valquirias. A una Asesina de Dioses que nos lo va a contar todo.

CAPÍTULO SIETE

ERIS

Espera, ¿qué…?

Trato de abrir los ojos. «Dioses...». Hay demasiada luz. Unas figuras borrosas se mueven a mi alrededor. Putos niñatos... Me he vuelto a quedar dormida delante del sofá. Nova me hinca una de sus uñas afiladas en las costillas; Arsen me pellizca la mejilla con ganas. Trato de espantarlos, pero no puedo mover las manos. Me siento como una puta mierda. Por instinto, pego la lengua contra los dientes y los cuento uno a uno para saber que no falta ninguno. Tampoco recuerdo cuántos tenía al principio, la verdad.

Espera...

Parpadeo ante la luz repentina. Empiezo a recordarlo todo y a pensar en si estoy preparada para morir o no. La respuesta, como siempre, es que *no*, lo cual no es de gran ayuda, así que, en cambio, hago algo que sí que me ayude: estiro el brazo hacia la cuenca del ojo izquierdo de la persona más cercana a mí y le arranco el ojo.

Suena un intenso y claro chasquido. Sus cables están llenos de sangre, y también son feos, así que los envuelvo en torno a mis dedos y tiro. Las hebras se parten y una chispa atraviesa el aire. La pupila se apaga en la palma de mi mano.

Me vuelven a pegar los brazos a la mesa. La piloto tuerta e inclinada sobre mí me devuelve la mirada, impertérrita, mientras levanta un dedo para limpiarse el hilillo de sangre que resbala desde su cuenca vacía. Su otro ojo es verde como el bosque de La Hondonada a mediados de verano. Tendría que haberle sacado ese también.

—Estúpida Asesina de Dioses —murmura la piloto como si no le acabara de arrancar un ojo. Asiente a sus camaradas, otros dos pilotos que me sujetan los brazos contra la mesa. Tengo que ir a que me pongan uno nuevo. Aseguraos de que recibe lo que se merece.

—Por supuesto —responde con entusiasmo el chico a mi derecha, aunque las puertas ya se han cerrado detrás de ella. La piloto a mi izquierda se ríe por lo bajo.

—Por supuesto —repite a modo de burla. Él se ruboriza. Qué raro; no sabía que los bots pudieran ruborizarse.

—¿Qué pasa? —espeta él.

La chica resopla.

—Venga ya, Linel. Ya puestos, dirígete a ella como Reina Victoria y confiésale tu amor eterno.

Él frunce el ceño y enrojece aún más.

—Wendy, haznos un favor a todos y, por una vez, cállate.

Analizo la estancia tanto como puedo mientras discuten sobre mí. La pared con puerta es la única que no está hecha de espejos, lo más seguro que de visión unilateral. La única fuente de luz es una bombilla fluorescente que desprende calor sobre mí y se refleja contra el metal de la mesa. Tengo la frente perlada de sudor, y me doy cuenta de que se me ha metido polvo de carbón en la boca debido al trabajillo del tren. Parece que fuera hace meros minutos.

—Dadme mis guantes —gruño, y ambos dejan de pelear para mirarme. Nunca le he prestado tanta atención a la cara de un bot. Es desconcertante lo humanos que parecen de cerca.

—¿Cuáles? ¿Estos? —responde el chico como si nada, levantándolos. Los tiene bien agarrados con la mano, tanto que hasta se le marcan las venas. Es como si imaginara estar apretándome el cuello a mí en vez de los guantes.

—Dámelos —ladro, y Wendy suelta una risotada.

—¿O qué? ¿Nos vas a sacar los ojos a nosotros también?

—Sí, planeaba hacerlo.

Wendy suelta otra risotada, pero esta vez suena más peligroso, y le dedica al chico una mirada inalterable. Entonces, mueve la mano y una abrazadera de metal se cierra en torno a mi muñeca. Antes de poder reaccionar, Linel hace lo mismo con la otra. Trato de moverme, pero solo siento la sangre acumularse en las yemas de mis dedos, y la piel se tiñe de morado debido a la presión.

—Mírala, tan indefensa —murmura el chico. De repente ya no parece ni infantil ni avergonzado en lo más mínimo. Hasta el rubor ha desaparecido de sus mejillas. Ahora está sonriendo de una manera enfermiza—. ¿Cómo es que ha estado a punto de matar a Lucindo?

—*Casi* —resoplo—. Dile eso a la Valquiria que he dejado hecha un trapo en el suelo del hangar.

—Vaya vaya — exclama Wendy cuando intento darle un cabezazo en la mandíbula. Hunde el antebrazo en mi cuello y me coloca la cabeza en su sitio, así que cuando jadeo en busca de aire y no hay, solo siento los pulmones convulsionar y tratar de expandirse. El ojo se me resbala de los dedos y me deja la palma pegajosa, y entonces pienso, con desesperación: «No quiero morir aquí».

Wendy se aparta. Mientras toso para recuperar el aliento, Linel me pellizca la mano.

—¿Qué dice aquí? —pregunta tan feliz, mirando la tinta emborronada—. *Si me encuentran: que me entierren.*

—Eso es de la Aniquiladora Estelar, cabrones —gruño, aunque Jenny se regodearía en el hecho de que haya usado su alias como amenaza—. Y como me pongáis la mano encima, este puto sitio volará por los aires.

—Me parece a mí que no —dice Wendy con la cabeza ladeada para leerme la mano—. ¿Y de dónde es exactamente esa tal Aniquiladora Estelar?

Acumulo saliva en la boca y le escupo en la mejilla.

Ella sonríe y el miedo cala hasta mis huesos. Quiero que dejen de mirarme y que esos asquerosos ojos revienten dentro de sus cráneos.

Wendy se saca algo del bolsillo; son dos dagas, ambas con mango de madera reluciente, como si formaran parte de una vajilla o algo. Le tiende una a Linel.

—A tu gente le gustan los engranajes, ¿eh? —susurra Wendy, ladeando la cabeza—. ¿Y si te añado un par?

Se me corta la respiración en el pecho y, por un breve instante de debilidad y egoísmo, deseo que los otros estuvieran conmigo. Entonces acusaría menos la distancia y no estaría sola, acojonada por las historias de miedo que nos cuentan a los Asesinos de Dioses de pequeños sobre las torturas de Deidolia.

Linel me agarra la muñeca.

—No deberías haberte metido con los Valquirias, Invocadora de Hielo.

Me clava el filo de la daga en la piel.

Ya no son meras historias.

El grito me araña la garganta; trato de contenerlo, de sofocarlo en mi pecho, pero en cuanto Wendy hace lo propio en la otra, soy incapaz de reprimirlo más.

«Sé valiente», me suplico con los ojos anegados en lágrimas, nublándome la vista de la estancia y de las dagas deslizándose y devorándome la piel. «Por favor, por el amor de los Dioses, sé valiente y aguanta».

—¿Algo que decir, Invocadora de Hielo? —murmura Wendy, aunque yo la oigo a lo lejos.

«Cabluzos de mierda», chillo, pero no sale nada; nada aparte de un grito incomprensible.

Son cortes leves y superficiales. Eso es lo que me digo cuando acaban. Pero el miedo ha arraigado en mí. Esto es solo el comienzo. Así voy a pasar el resto de mi vida, por corta que sea.

«¿Estoy muerta ya?».

La sangre resbala por los antebrazos y gotea en el suelo con intervalos irregulares. Siento las manos frías; me recuerdan al poder de mis guantes, al sonido del metal al fragmentarse.

«No, así que deja de ser tan dramática».

La voz que oigo en mi cabeza se parece mucho a la de Jenny.

Cuento las gotas de sangre que pierdo. Me hago notas mentales y a cada una le adhiero una promesa solemne.

No voy a morir aquí.

No voy a morir aquí, así que eso significa que puedo hacérselo pagar.

CAPÍTULO OCHO

SONA

—Estamos de celebración —anuncia Lucindo presidiendo la mesa. Las Arañas han reducido los cortes en su rostro hasta apenas quedarle unas meras marcas superficiales y pálidas. A muchos metros por debajo de nosotros están chapando a su Valquiria con cromo, hierro y cristal. Como si la Invocadora de Hielo no le hubiera provocado daño alguno—. Por la captura de ayer de una Asesina de Dioses, pero más importante aún...

Rose coge un poco de nata de su plato, se inclina por delante de mí y se la unta en la frente. Los Valquirias del comedor estallan en carcajadas.

Lucindo se limpia con una servilleta.

—Voy a sacarte de la unidad, Rose.

—¿Puedo acabarme la tarta primero? —inquiere.

—No. —Y entonces Lucindo se lanza a por ella; Rose aparta el plato y coge todo el postre con la mano antes de abrir la boca y metérselo entero.

—Qué bueno, por los Dioses —gime con un montón de migajas en la boca.

Yo me como un pedazo mientras recuperan la compostura. Lo mantengo en la lengua tanto como puedo. En la Academia casi nunca nos dejaban comer cosas con azúcar, excepto en Celestia —la celebración de final de año—, pero jamás podré dejar atrás la afición por lo dulce que arrastro desde pequeña. Jole, que se encuentra a la derecha de Rose, ha debido de ver mi entusiasmo, porque empuja su plato hacia mí y deja su nata sobre mi porción de tarta.

—Como iba diciendo —prosigue Lucindo de vuelta en su asiento y con las mejillas arreboladas—, el verdadero motivo por el que estamos celebrando es que Sona, nuestra nueva Valquiria, ha logrado completar su primera misión hoy. ¡Y a la perfección, debo añadir!

Me sonríe. Yo observo su boca y las arrugas en torno a sus ojos. La tarta me sabe a algodón.

—¡Por muchas más! —brinda Rose al tiempo que alza su vaso.

Los pilotos en torno a la mesa la imitan. Incluso Victoria, que está sentada en la otra esquina con Linel y Wendy, inclina el vaso hacia mí, aunque con una mueca. Todo el mundo me está mirando con los brillantes ojos rojos reflejados en los vasos plateados.

—¡Por muchas más! —gritan.

Hoy me he comportado como una soldado fantástica.

Y ahora, por esa razón, me entran ganas de llorar y no parar. Quiero atragantarme con la tarta. Me dan ganas de tragarme el tenedor; de sentir el metal atascarse en mi garganta y los dientes engancharse en mi carne. No me dolerá, pero me permitirá desahogarme un poco.

No lloro. Reprimo la picazón en los ojos hasta que desaparece. No respiro de forma trémula porque hay unos pequeños filtros en mi garganta que hacen que mis células reciban oxígeno con mucha más eficiencia que con los pulmones.

La parte más vulnerable de un Ráfaga pilotado es el propio piloto. En la Guerra de los Manantiales solían ubicar las peleas junto al agua para que los mecha enemigos y automáticos pudieran arrastrar a los Ráfagas de Deidolia bajo el agua y así romperles la visera para que lo único que pudieran hacer fuera removerse mientras sus pilotos se ahogaban. En las batallas en tierra, los enemigos inundaban el terreno usando gases venenosos y hacían salir a los Ráfagas con el único propósito de aferrarse a los mechas de Deidolia e inmolarse, provocándoles así grietas. Los pilotos respiraban, así que morían. Decían que el desarrollo de la tecnología para sustituir la respiración fue lo que cambió las tornas de la guerra. Al no hacerles falta respirar, no importaba que arrastrasen sus cuerpos bajo el agua o que los obligasen a inhalar gases perjudiciales; siempre y cuando los pilotos se mantuvieran conscientes y conectados, podían luchar. Eso hicieron, y ganaron.

Y ahora, sin la subida y bajada de mi pecho, hay una prueba menos de mi pánico.

—Cuéntanos, Sona —me pide Jole un rato después, cuando la mayor parte de los Valquirias están bastante borrachos, Rose incluida, ya que tararea y se mece de lado a lado entre nosotros.

—¡Eso! —exclama al tiempo que me agarra del brazo con la mirada nublada pero brillante—. ¡Cuéntanos!

—Solo ha sido una misión de escolta —respondo, reprimiéndome para no retroceder cuando me toca—. Como vuestras primeras misiones.

—Las nuestras normalmente no incluyen pelear contra la Aniquiladora Estelar —dice Lucindo al tiempo que se recuesta en la silla con una sonrisa perezosa.

—Puede que siga viva —digo en tono suave.

Lucindo suelta una carcajada.

—No seas tan modesta, Sona.

Bajo la mesa, aprieto las manos.

No lo estoy siendo, dado que no hay por qué serlo; no hay nada que haya hecho hoy de lo que me enorgullezca. Solo quedan las náuseas mezcladas con la culpa.

—Fui al norte. —Rose está apoyada en Jole. Lucindo se inclina hacia delante apoyado en los antebrazos. El resto de los Valquirias permanecen callados para escucharnos. Me gustaría inspirar hondo, pero eso sería darles una pista sobre cómo me siento, además de ser completamente inútil. El modificador de mi garganta envía aire a mis cuerdas vocales cuando necesito hablar—. A un pueblo de abastecimiento, Franconia, al otro lado del río Hana. Escolté a una barcaza planeadora que transportaba agua dulce.

Parecía sencillo.

Hasta que la barcaza salió del río con barriles de acero en la cubierta y en mi visión apareció una alerta de algo que se aproximaba.

Me volví justo a tiempo para ver una camioneta repleta de Asesinos de Dioses que se dirigía apresuradamente hacia la curva del río —y a una chica joven con los puños iluminados y el cabello del mismo color que el de un agujero negro— antes de que la barcaza explotase y me lanzase al otro lado del río.

—En la barcaza no había ni una gota de agua —le cuento a la sala en silencio—. Solo combustible.

Envuelta en llamas, la Valquiria salió a la superficie.

En mi cabeza, mi otro cuerpo chocó con el cristal de mis ojos. Desperté de golpe cuando los cables se desconectaron de mis brazos. El mecha se estaba hundiendo de cabeza y pensé: «No estaría mal».

Pero los Asesinos de Dioses en la orilla, que sabían que no me ahogaría —que era imposible—, vendrían a acabar conmigo.

«¿Quiero morir aquí?». Evalué la presión del agua contra los ojos del mecha, a centímetros de mis dedos. Analicé los cables que me agarrotaban los brazos, el ruido del casco de metal, la grieta en el pecho. «Dioses, no puedo morir aquí; no cuando esto es lo último que voy a sentir. No pienso acabar así, no pienso...».

Fue una epifanía de lo más magnífica. Moriré así. Jamás me quitaré de encima la influencia de la Academia y la imagen de Deidolia. Moriré como algo suyo.

Es algo que escapa a mi control.

Tal vez siempre lo haya hecho.

Miré a través de los ojos de la Valquiria y vi que habíamos llegado al fondo del río. El agua ondeaba a mi alrededor. Aquí abajo todo estaba oscuro. Y, por una vez, en silencio.

De repente, los ojos de la Invocadora de Hielo volvían a posarse sobre mí; aquella mirada fría y furiosa, como si fuese yo la que estuviera a la ofensiva y aquel fuese su campo de batalla y yo la intrusa. Su mirada prometía odio y destrucción, y sin siquiera darme cuenta incluí mi propia promesa: a lo mejor moría formando parte de Deidolia, pero me los llevaría conmigo.

Eso si no moría en aquel momento, en el fondo del río, en la cabeza de un mecha y con una Asesina de Dioses de camino a partirme el cuello.

—Me di la vuelta —murmuro—. Sentí los pies en la orilla. Levanté la cabeza justo a tiempo de ver al equipo de la Aniquiladora Estelar salir de su coche. Ella levantó las manos y... despidieron una luz que la cubrieron a ella y a su equipo...

Estaba gloriosa. Con aquella sonrisa salvaje, el pelo azabache iluminado y sin dejar de lanzar gritos de lucha. Parecía tan... feliz. ¿Cuándo fue la última vez que me sentí feliz?

«¿Lo ves?». Más de cincuenta metros de acero, hierro y cables; con ojos ardientes y una expresión malévola y fija creada solo para destruir. «¿Ves que no quiero ser así?».

—Y entonces... —Bajo mi nueva chaqueta de Valquiria, pego las manos a las costillas—. Empecé a quemarme.

Hacía semanas que no sentía dolor, y empezaba a echarlo de menos.

Entonces, la Aniquiladora Estelar llegó frente a mí y no recordé nada más aparte del dolor lacerante en el costado.

—Sigo sin saber qué fue lo que me hizo.

—Nadie lo sabe —interviene Lucindo, pensativo, al tiempo que junta las manos por detrás de la cabeza. Se le nubla la mirada como si estuviera imaginándose algo—. ¿Cómo es que una chavala de las Tierras Yermas puede tener la suerte de encontrar esa clase de tecnología magmática?

Yo me imagino rompiéndole a Lucindo el plato en la cabeza. Prosigo:

—Me metí al agua. —Me cubrió, y el frío contra las mejillas me espabiló. Las placas del costado sisearon y chispearon—. Para cuando mis rodillas dieron con el lecho del río, el dolor ya era manejable. Junté las palmas y, girando sobre mí misma, nadé para salir a la superficie, lo cual mandó agua a la ribera.

—¿Y se ahogaron? —preguntó Jole, entusiasmado, con la barbilla sobre la coronilla de Rose.

—Se dispersaron. —Vi los cuerpos desperdigados por el agua al otro lado de la orilla como hormigas revolviéndose bajo la lluvia—. Su conductor luchó contra el torrente y trató de recogerlos pese a tener las ruedas atascadas en el agua del río.

—Ruedas —resopló Riley desde el otro lado de la mesa. Tenía las mejillas sonrojadas a causa de lo que había bebido—. Qué vergüenza.

—Al final los recogió y se quedaron en la parte trasera de la camioneta, empapados, mientras yo salía del río. Todos excepto la Aniquiladora Estelar, que había aterrizado en una de las rocas que sobresalían del lecho. El conductor paró a unos tres metros. Creo que le gritó algo y ella respondió, pero no se movió. —No menciono que me escupió en cuanto me incliné sobre ella. Entonces, su equipo se bajó del coche y la cogieron para llevársela a un lugar seguro.

En cuanto subieron a la Aniquiladora Estelar a la camioneta, me erguí con el sol vespertino a mi espalda. Mi sombra medía tanto que hasta llegaba a cubrir el pueblo de abastecimiento en la orilla de enfrente.

«Idos». Levantaron la cabeza hacia mí. El brillo de mis ojos me dejó ver sus expresiones. Los Asesinos de Dioses ni se inmutaron. «Marchaos, por favor».

Pisaron el acelerador. No pretendían retirarse, sino lanzarse hacia mí. A la Aniquiladora Estelar le temblaban las manos a los costados; no había sombra o luz que pudiera competir con la luminosidad que emanaba de sus manos, y yo... sentí miedo.

No debido a ella, sino *por* ella.

Sonreí ante la mentira que me quemaba la lengua.

—Antes de poder levantar las manos, las dejé caer yo. Me resultó fácil aplastar el coche y lanzar lo que quedaba al río. La pena es que no lucharon mucho que digamos. —Dibujo circulitos en la mesa con el dedo en busca de astillas para clavármelas, pero no encuentro ninguna—. Quería haber podido usar la espada.

Linel suelta una carcajada.

—Qué mala, Steelcrest.

Victoria golpea a Linel en el hombro con la parte trasera del puño y se levanta de la mesa.

—Pasa de Vic —dice Rose—. ¡Sigue en *shock* por la historia!

—Qué va —le rebate Jole—. Ya podrían arrancar la luna del cielo que Vic ni se inmutaría.

—Me aburro —dice Victoria sin más, pero se detiene en el umbral del comedor.

La imagen se me antoja tan rara; verla a ella en la entrada, la araña del techo bañando de luz a los Valquirias felices, las servilletas y los platos vacíos tirados de cualquier manera sobre la mesa. Rose posa la mano en mi manga con una sonrisa perezosa. Jole apoya la suya sobre mis hombros. La escena es extrañamente íntima. Cómoda. Y hace que me rompa un poco. «Una cena familiar», había dicho Lucindo cuando vino a por mí a la habitación.

Cuando anunciaron que me habían aceptado en el programa de pilotaje de Ráfagas, sonreí, estreché la mano de mis profesores y vomité en cuanto me quedé sola en mi cuarto. Los odiaba y me odiaba a mí misma; mi impulsividad e inmadurez me vincularían a esta nación y a su destrucción para siempre. Odiaba en lo que me iba a convertir para lograrlo.

Y entonces desperté de la operación. Me conecté a mi Ráfaga. Por un momento, uno feliz y delirante, pensé que valía la pena. Que así vengaría a mis padres, a mí misma.

Pero llevo semanas aquí. He dormido a ratos, sumida en pesadillas. Me despierto sin aire, como si me estuvieran metiendo carbón de Argentea por la garganta. Me despierto como si volviera a tener ocho años y me arrastrara sobre manos amputadas y rodillas rotas en las minas del pueblo mientras miro hacia arriba, donde el suelo se ha agrietado sobre nuestras cabezas para dejar a la vista el cosmos salpicado de estrellas y las deidades de ojos escarlatas que nos observan desde los cielos.

Durante semanas he sido consciente de que puedo hacer daño, un daño horrible y sorprendente, y durante ese mismo tiempo también he caído en la cuenta de que no es suficiente. Solo soy una chica. Solo tengo un Ráfaga. Tenía tantas ganas de conseguir poder que permití que me convirtiesen en *esto*.

Y ahora me siento a la mesa con mis enemigos.

Con mi puta «familia».

La mirada de Victoria se posa sobre mí. La mejilla que le golpeé ayer está tan perfecta como el rostro de Lucindo.

—Aunque debo admitir, Bellsona, que es una historia increíble.

Aguanto la respiración antes de que se me hiele por culpa de su mirada. De poder respirar, el aire seguro que se congelaría. «No es posible que lo sepa».

—Gracias.

Ella asiente y se va.

Lucindo pone los ojos en blanco.

—Es un angelito, ¿a que sí?

—No, es una zorra —respondo en voz baja.

Jole suelta una risilla y alza el vaso hacia el de Rose.

—Brindo por eso, Steelcrest.

—Más vale que Steelcrest tenga cuidado con lo que dice —interviene Wendy con un gruñido mientras Linel se tensa como un perro a su lado.

Riley le da una palmadita en el muslo.

—¡Ya hace tiempo que no hay pelea!

Lucindo carraspea y trata de imponer su autoridad.

—Valquirias, estamos de celebración, ¿recordáis?

—Oh, ¿el capitán quiere hacer un brindis? —dice Rose pestañeando y apoyando la barbilla en la mano.

—Bueno, no...

—¿No me merezco un brindis? —digo.

Solo era una broma, pero las mejillas de Lucindo enrojecen más. Se pone de pie y su mano da contra el vaso antes de poner agarrarlo. Lo alza en alto y tartamudea:

—Ah, ¡p-por supuesto! ¡Por la primera misión de nuestra Sona y su forma tan increíble de matar a la Aniquiladora Estelar!

Sonrío cuando todos repiten el gesto y tomo el primer trago de la noche. «Por la Aniquiladora Estelar». Con las gafas protectoras en el cuello y arrastrada por la corriente, puso una expresión sorprendida y cabreada cuando su equipo salió en busca de aire. Su camioneta se estaba hundiendo bajo sus pies. No la había aplastado con el pie, sino que la había arrojado a un lado como si no fuese más que una piedra en el camino. De una altura razonable y de la cual sobrevivirían.

No quería matar a nadie. No mientras pudiera evitarlo.

—Y también por la Invocadora de Hielo —añade Lucindo con otra expresión. Ahora su sonrisa es de todo menos amable. Se encoge de hombros casi con timidez, pero imbuye de fuerza sus palabras—: Para que confiese.

—¿No lo ha hecho ya? —inquiero en cuanto los vítores cesan.

—Los Zénit han decidido darle tiempo antes de empezar con el interrogatorio de verdad —comenta Lucindo antes de suspirar, esperanzado.

—Qué compasivos.

—No te preocupes, capi —tercia Wendy con voz cantarina al tiempo que le revuelve el pelo a Linel—. Le hemos dado unos cuantos golpes por ti. De parte de los Valquirias.

Lucindo se anima un poco.

—Oficialmente no sé nada de eso. Nadie sabe nada.

—No soltará prenda —dice Jole bruscamente—. Cualquier buena Asesina de Dioses que se precie aguantaría.

—Serás cínico —lo abuchea Rose.

—¿Y si no confiesa? —pregunto—. ¿Qué haréis?

—A ver si lo adivinas —responde Lucindo.

—¿La ejecutaréis?

—Ay, si es que eres una monada —dice Rose con voz infantil, y me pellizca la mejilla—. ¿Has oído hablar de la corrupción?

Me quedo helada.

—Claro, pero es imposible.

—Qué va —me asegura Lucindo—. Pero se tarda bastante en rescribir la mente de alguien. Borrar recuerdos, implantar otros y después... ¡tachán! Ya tienes a más personas leales.

Putos Zénit.

Como era de esperar, los dirigentes de Deidolia destruyen la mente de una chica si esta se niega a participar en la muerte de sus amigos.

—Eso sí, el proceso duele que te cagas —añade Jole al tiempo que le da un sorbo a su vaso—. O eso dicen. La mayoría muere por el *shock*.

Dejo los dedos quietos sobre la mesa.

—¿Mueren? —repito.

—Sí —contesta Lucindo, y esta vez la sonrisa sí le llega a los ojos—. Por si no lo sabías, la Invocadora no es la primera Asesina de Dioses a la que capturamos.

—Da igual. —Rose lanza un suspiro, apoya la barbilla en los dedos de nuevo y me mira. Se tambalea un poco y Jole estira la mano para ayudarla a mantener el equilibrio como si ya fuera un hábito más—. Dime, Sona, cielo, ¿qué tal el proceso de adaptación?

Tardo un instante en asimilar el cambio de tema.

—¿El proceso de adaptación?

—Rose se puso como loca tras la operación de los modificadores —interviene Jole.

Ella lo golpea en el hombro sin girarse siquiera.

—No sé ni por qué te lo cuento. Pero sí, Sona, es cierto. Los paneles, lo de la luz en las cuencas... al principio muchos pilotos se ponen como locos, tal y como dice Jole. Así que, si necesitas hablar de ello, aquí estamos, ¿vale?

Me la quedo mirando. Me entran ganas de echarme a reír, pero percibo sinceridad en sus palabras. Cuando alzo la vista hacia el resto de los Valquirias, veo que todos se han quedado callados y asienten.

Me sonrojo, aunque no sé por qué.

—Vale —logro responder—. Gracias.

—Eres extraordinaria, Sona —dice otro piloto llamado Killian—. Entrar en los Valquirias directamente y a tu edad...

—A la mayoría nos han trasladado o nos han ascendido de unidades más pequeñas —explica Yosh al tiempo que se encoge de hombros—. Yo formaba parte de los Paladines. Linel y Killian, de los Fénix. Vic también. Riley y Wendy de los Berserkers, y Jole y Rose de los Fantasmas.

Jole le da un codazo a Rose.

—Así nos conocimos, sí.

Evito estremecerme cuando menciona a los Fantasmas: son mechas de metal negro y piernas con muelles y amortiguadores para que no se les oiga moverse. Solo salen de noche, cuando mejor se mezclan con la penumbra. Permanecen inmóviles hasta que llega la hora de atacar, que es cuando sus víctimas alzan la mirada y piensan que la noche se ha roto y sus fragmentos son capaces de moverse por sí solos. No se dan cuenta de lo que se cierne sobre ellos hasta que ya es demasiado tarde.

En Argentea, la mayoría ni siquiera tuvo la oportunidad de ver qué los mató.

Es un recuerdo horrible; uno que no saben que poseo, así que lo aparto de mi mente. Cuando alzo la mirada, esbozo una sonrisa sorprendida. Mis compañeros me impresionan. Mis amigos no me dan miedo.

No tengo miedo.

—Entonces habéis pilotado varios Ráfagas, ¿no?

Rose pone los ojos en blanco.

—Sí, pero si hubiese tenido la oportunidad de ser Valquiria desde el principio, lo habría elegido sin pensármelo dos veces.

—¿Siempre has sabido que querías ser piloto? —me pregunta Killian—. ¿O tus padres te enviaron aquí cuando cumpliste los doce años?

—Ni una cosa ni la otra —respondo—. Soy huérfana.

—Te has lucido, Killian —murmura Yosh.

«Gracias por vuestro apoyo. De hecho, lo soy porque vuestra nación masacró a mi familia».

—Al final fue para mejor. Estoy aquí con vosotros... —Me encojo de hombros.

Rose apoya su mano sobre la mía y me da un apretón al tiempo que entrelaza nuestros dedos. Me doy cuenta, por desgracia, de que, a pesar de los pensamientos que tengo, me sonrojo por tener su atención fija en mí.

—Qué mona —dice.

—Sona, eres una blandengue, ¿eh? —me pica Jole.

Yo separo nuestras manos despacio.

—Qué pena que no vaya a poder pilotar otro Ráfaga.

—¿Cómo es que quieres? —me provoca Lucindo con las manos detrás de la cabeza—. No te estaremos asustando ya, ¿no?

Rose se ríe.

—Estás ante la élite, Sona, y yo me lo paso pipa siéndolo. Tenemos la mejor planta, los mejores mechas, el lugar más narcisista de todo el Desfile de Celestia... —Mueve las mangas de la chaqueta de manera elegante—. La mejor ropa.

—Entonces, ¿nunca te trasladarías? —inquiere Jole enarcando una ceja.

—¡Qué dices! —replica ella—. ¿A otra unidad? Si quieren que me traslade, será por encima de mi cadáver.

Se oyen murmullos en la mesa de gente que piensa igual. Jole se recuesta en la silla con una sonrisa y entrelaza los dedos por detrás de la cabeza.

—¿Y si los rumores son ciertos?

—Jole —murmura Lucindo sacudiendo la cabeza.

Rose vuelve a poner los ojos en blanco.

—Venga ya. Te crees todo lo que se dice en la Academia. Te da la vida, ¿eh?

—¿Qué rumores? —intervengo.

—Olvídalo —me responde ella como si nada antes de darle un empujón a Jole en el hombro—. ¡Debería darte vergüenza darle esperanzas!

Jole la ignora y me mira a los ojos por encima de la cabeza de Rose.

—Verás, Sona, hay rumores de que van a incluir un nuevo modelo de mecha en el programa de pilotaje de Ráfagas. Más de élite incluso que las Valquirias, y seguramente elijan a pilotos de nuestra unidad.

—¿Y qué? —estalla Rose—. ¿Tú de qué parte estás, Jole?

—Oh, venga ya —insiste Jole—. Dime que tú no cambiarías un arma bonita por un par de alas sin pensártelo dos veces.

Me inclino hacia delante.

—¿Un par de qué?

—¿Ves? Por eso la nueva unidad va a ser la élite de la élite. Alas, tía. Los pilotos serán capaces de volar. De atrapar drones, aviones misiles y lo que las demás naciones manden directamente desde el cielo. ¡Y eso sin contar con el nombre! Dioses, los van a llamar Arcángeles. ¿No te parece un nombre de la hostia?

La sala se sume en murmullos animados, ya que todos los pilotos se muestran entusiasmados ante la posibilidad de tener algo nuevo con lo que jugar.

—Mírala —estalla Rose—. Si prácticamente está vibrando del entusiasmo. Eres idiota. Sona, solo es un rumor. No te ilusiones, tía. Ya tendrás otras maneras de sembrar el caos, ya lo verás.

Me preparo antes de que me dé un apretón en el hombro en señal de camaradería mientras sigue regañando a Jole. Me entran ganas de romperle los dedos uno por uno.

—Solo son rumores. —Miro a Lucindo con una sonrisita—. No son ciertos. Paso de preocuparme.

Transcurre un momento en silencio.

—Estás muy callado, Jonathan —apunta Jole.

La sala enmudece. Lucindo curva la comisura de la boca antes de recomponerse.

—Supongo que no puedo confirmarlo... —dice mientras se echa lo que queda de vino en el vaso. Le da un sorbo y esboza una sonrisa provocadora—... ni desmentirlo.

Jole se queda con la boca abierta.

—Jo...

—...der —acaba Rose por él.

Arcángeles.

No satisfechos con gobernar en la tierra, ahora también pretenden hacerlo en el cielo. Como si el poder de Deidolia no impregnase todo el aire ya. Como si no me acojonara ya lo suficiente cuando miro al cielo.

Siento un ramalazo de placer cuando mis uñas rasgan la piel de las palmas. Bajo la mirada y veo que mis pantalones se manchan de rojo.

¿Cómo puedo combatir contra ellos?

¿Cómo puede nadie luchar contra eso?

Me doy cuenta de que me he quedado mirando por la ventana. Fuera está oscuro y, de repente, me acuerdo de la Asesina de Dioses. Del brillo de sus ojos, del color de la medianoche, fulminándome mientras se aferraba a la luz y gritaba para lanzarme un rayo.

Furiosa y vengativa, permaneció de pie en medio de todo y ni siquiera se inmutó.

Qué pensamientos tan encantadores.

Desclavo las uñas de las palmas. Me las llevo a los pantalones y las presiono para que dejen de sangrar.

Qué pensamientos tan encantadores y destructivos.

CAPÍTULO NUEVE

ERIS

Sobre mí, las palmas de titanio del Berserker se abren en un jardín de cientos de válvulas diminutas.

«PortodoslosDiosesseguroquevoyamoriraquí...».

El aire cobró vida con el siseo de los disparos.

«Mierda». Me tapé la cabeza con las manos y las balas rasgaron el césped junto a mi cuerpo tumbado. La tierra se plegaba y quebraba y los trocitos que saltaban por los aires se me metían en los oídos y en la garganta. «Mierda, mierda, mierda...».

Jenny, la capitana de mi equipo, mostraba su expresión típica mientras zigzagueaba entre los pasos del mecha: una sonrisita centelleante que competía con el brillo de la piel del Berserker. Por un momento, se agachó a mi lado, justo a tiempo para tirar de mí y ponerme de pie.

—En mi equipo nadie muere en el suelo —ladró, agarrándome fuerte hasta que asentí con convicción—. Bien. Entrarás conmigo.

Alguien de nuestro equipo soltó un grito de advertencia, y una explosión estalló al otro lado mientras se abría una grieta en la espinilla del Berserker.

Y, entonces, el mundo se redujo a lo siguiente: a mi hermana, arrogante a más no poder, erguida y con una sonrisilla diabólica que se compensaba con el ladeo displicente de su barbilla, y una deidad arrodillada frente a ella.

Jenny salió disparada hacia adelante con mi brazo aún aferrado con fuerza. Me soltó para lanzarse sobre el pie del Ráfaga y se giró para izarme después.

Me pasó una mano por la frente y me recolocó las nuevas gafas protectoras.

—Ahora sí que pareces una verdadera Asesina de Dioses —declaró Jenny.

—Lo que parezco es una niña de diez años llena de tierra —espeté.

—¡Di que sí! —Levantó la barbilla con los ojos oscuros brillantes.

Seguí su ejemplo y descubrí que el sol había desaparecido, reemplazado por una fea cabeza cromada que nos miraba con furiosos ojos carmesí.

—¡Eso es, cabrón! —gritó—. ¡Estás acabado!

—Te ha oído, Jen.

—Eso quería—enunció, y luego, mientras el Berserker trataba de atraparnos, me empujó hacia la abertura.

El instinto me puso en marcha. Me sujeté a uno de los peldaños de las escaleras y empecé a subirlas con una nueva sensación de euforia corriéndome por las venas y dirigiendo mis actos. Dos dedos del mecha nos habían seguido hasta la pierna, moviéndose gruesos como troncos de árbol bajo nosotras.

Jenny lanzó un escupitajo a los nudillos del Ráfaga, se pasó el dorso de la mano por los labios y me indicó que siguiera subiendo con un gesto de la cabeza.

Subí por el muslo y llegué hasta las caderas. Me asomé por la abertura... y la bota del guardia impactó contra el puente de mi nariz.

Entonces, perdí el agarre y me sentí caer. Durante la caída libre, me abatía la idea de que encontraran mi cadáver sin un solo tatuaje...

Hasta que Jenny me cogió por la muñeca.

Levantó la mirada hacia el rifle del guardia, que nos apuntaba desde arriba. Con una mano en el peldaño de la escalera y la otra sujetándome a mí, no tenía forma de coger su pistola.

Pero yo sí. Alcé el brazo, la saqué de su funda y disparé al guardia en la clavícula con precisión. Su dedo tropezó con el gatillo y la bala cruzó el aire junto a mi cuello, inofensiva, hasta rebotar en los dedos del mecha y luego salir por la abertura.

El guardia se tambaleó, hizo equilibrios sobre el borde durante un segundo y luego cayó en picado; sus manos me rozaron la capucha mientras descendía.

Se espachurró contra los dedos del mecha, que se retorcieron y lo cogieron antes de replegarse.

—Tienes la nariz rota —me informó Jenny una vez acabamos de subir por la pierna. Me echó un vistazo rápido antes de empezar a deambular por allí—. Ha sido un muy buen disparo, peque, pero devuélveme la pistola.

Sin pronunciar palabra, con miedo de ponerme a chillar si abría la boca, se la devolví, y luego la vi escalar uno de los travesaños de hierro. Sus cizallas de bronce aparecieron en su mano y cortaron una bobina de cables entre los omóplatos. El cobre del interior brilló mientras caía.

—Cortan como si fuera mantequilla —suspiró Jenny, mirándome—. ¿Ves, Eris? No hay por qué sentirse intimidada. —Hizo un gesto con la mano señalando todo a nuestro alrededor—. Los construyen para que los temamos, así que, en cuanto dejas de tenerles miedo, eres tú la que llevas las de ganar.

Alzó la cara y se subió las gafas protectoras a la frente para ver mejor. Luego levantó la pistola, disparó y un guardia cayó desde arriba, pasó junto a mí y se coló por el conducto de la pierna.

Jenny siguió a lo suyo; los cables chisporroteaban y se desconectaban a su alrededor hasta que la electricidad dejó de funcionar y los engranajes deceleraron hasta detenerse del todo. El ambiente permaneció inmóvil, pero, pese a eso, algo seguía zumbando. Lo sentía en las puntas de los dedos, en cada uno de mis dientes. Jamás me había latido el corazón tan rápido.

No, nunca había sentido el corazón *así*.

Jenny descendió, aterrizó en silencio cual gato atigrado y me dio un empujoncito en el hombro.

—No te me quedes en *shock*.

No sabía qué decir; cómo resumir en palabras sencillas lo mucho que me dolía la nariz y lo acojonada que estaba, y cómo todo eso me había hecho sentirme un poquito más humana, cómo me gustaba el sonido de esas cosas malas al romperse por mi culpa y cómo eso era *todo* lo que...

Lo único que dije con un hilillo de voz que conseguí sacar fue:

—¿Y ahora qué?

Jenny volvió a sonreír y miró hacia arriba, hacia el silencio.

—Ahora vamos a por el piloto.

Esa es la historia que elijo contarles hoy cuando me muelen a palos: mi primera victoria.

La cuento rechinando los dientes, entre gruñidos y sollozos por cada hueso que me rompen, cambiando los nombres de verdad por alias más temidos, sufriendo por algún recuerdo más alegre.

«Ya ni siquiera os estoy prestando atención, cabluzos de mierda. Tengo la mente en otro lado».

—¿Dónde está la base de los Asesinos de Dioses?

Hoy toca agua helada.

Parece que hasta los bots tienen sentido del humor.

Me sacan la cabeza del cubo de metal con los brazos atados a la espalda. Estoy temblando tanto que hasta se agitan conmigo. Cuando me doy cuenta, siento un estúpido pero fantástico brote de confianza —o quizás solo sea desesperación— y me pongo de pie.

Echo el peso hacia la izquierda, libero un brazo e inmediatamente le asesto un codazo en la nariz a la guardia. Ella retrocede y pienso: «ha sido buena idea», pero luego se abalanza sobre mí y...

«Bueno, pues a lo mejor no lo ha sido tanto...».

Su rodilla impacta contra mi estómago mientras el otro guardia me sujeta.

Ella me pone a cuatro patas mientras trato de respirar a duras penas. Se me quedan observando mientras vomito el agua y las gachas en el suelo.

«Ay, Dioses», pienso, con una extraña y seca sensación de entusiasmo. «Voy a morir aquí».

—Ya me encuentro mejor —digo, pasándome el dorso de la mano por los labios para limpiarme la bilis—. Podemos seguir.

CAPÍTULO DIEZ

SONA

A la mañana siguiente el cielo está nublado. Tapándome el ojo izquierdo con los dedos, camino por los pasillos vacíos de la planta asignada a los pilotos de las Valquirias y me vuelvo a perder por ellos. Al oeste hay un pasillo curvado que lleva a las habitaciones y a la biblioteca; al norte, una piscina, una sauna y un baño de vapor; y tres salones dispersos entre todo aquello. Normalmente es raro que haya nubes tan arriba, más incluso que la Academia. A las nubes no les gusta lo alto que subimos y suelen mantener las distancias.

También hay, a saber dónde, una cocina preciosa con una encimera está llena de pasteles azucarados para el desayuno. «¿Dónde demonios…?».

Doblo la esquina y me choco con Victoria.

O casi. Estira la mano y evita que nuestras cabezas se golpeen. Desvía la mirada del perfil derecho de mi cara al izquierdo, donde mis dedos ocultan el ojo cerrado. Los aparto al sentir su mano contra la manga.

—¿Sabes dónde está la cocina? —le pregunto.

Victoria suelta una carcajada.

—Llevas semanas aquí, cielo.

—Ese ojo nuevo te sienta de maravilla.

Deja caer la mano entonces. La usa para apartarse el pelo claro por detrás de los hombros y se da la vuelta. Resopla y curva la comisura de la boca.

—Eso casi parece un halago.

La sigo y doblamos varias esquinas hasta llegar a la cocina. Jole está desplomado en uno de los taburetes de la encimera, dormido, con el arco de la mejilla pegado al codo de Rose. La chaqueta de Valquiria de Rose está del revés junto a una taza humeante de té, con un gran tajo en el bolsillo. Ella tiene una aguja enhebrada con hilo oscuro en la mano.

—Buenos días —saluda sin levantar la vista de la costura. A juzgar por la sangre que tiene en el pulgar por culpa de los múltiples pinchazos, es evidente que es la primera vez que cose. Sacude la mano y la aguja la vuelve a pinchar. Ella está tan concentrada que ni se inmuta.

Yo cojo un pastelito con fruta confitada.

—Buenos días.

—¿Qué tal la misión, Vic? —pregunta Rose.

—No tengo por qué hablar contigo —replica Victoria al tiempo que se llena una taza de café y se marcha.

—Pues vale. Adiós —le dice Rose mientras yo me siento en la silla libre a su lado—. Creo que te está empezando a coger cariño, Sona.

—Prefiero que no, gracias —respondo antes de darle un mordisco al pastelito. Apenas veo la pupila izquierda de Jole brillarle bajo el párpado, como si la piel pudiese ruborizarse ahí.

—Creo que lleva desde el principio mirándote a escondidas, y eso tiene que significar algo. Si os gustáis, pues liaros.

—Me voy a comer a mi cuarto.

—¿Qué, no es tu tipo? —insiste Rose a mi espalda—. Después de la misión de hoy, ¡quizá hasta puedas considerarla tu caballero de brillante armadura!

Enarco una ceja y me detengo en el umbral. Hablo, a pesar de que mis palabras quedan amortiguadas por el pan y el azúcar.

—¿Y eso?

—Le gustan las chicas. Tal vez tú...

—Lo del caballero, Rose.

—Ah. —Bebe un poco de té—. Esta mañana han mandado a Vic a hacer un barrido en Franconia.

El pastelito que tengo en los dedos se me cae al suelo.

Ella no se da cuenta. Su sangre gotea sobre la encimera.

—¿A qué te refieres con lo de «hacer un barrido»? —pregunto con tiento.

—Ya sabes. —Aparta la mirada de lo que está cosiendo y me lanza una sonrisa animada. Se pasa el pulgar por el cuello de lado a lado—. Lo ha dejado limpio.

Nos pasábamos desde el amanecer hasta el atardecer bajo tierra. Como no sobraba gente para vigilar a los niños, los bajaban a las minas con sus padres. Día tras día, segábamos la tierra, picábamos y extraíamos de ella hasta que todos acabábamos sucios por culpa del polvo del carbón y con la piel pálida por no sentir la luz del sol.

Agotados, mugrientos y esqueléticos, los habitantes de Argentea se desplazaban como fantasmas de sus casas a las minas y viceversa, esclavizados bajo tierra para cubrir las cuotas que les exigía Deidolia. Apenas se atisbaba la luz del sol, solo justo antes de que cayera en el horizonte. Con forma de hoz, desprendía un brillo del color de las caléndulas y arrojaba sombras a través de las hojas de los viejos sicómoros. Aparte de los amaneceres y los atardeceres fugaces, Argentea solo veía el cielo envuelto en oscuridad.

Deidolia lo sabía, porque habían sido ellos quienes determinaron cómo sería nuestra vida. Y, por eso, sabían que lo mejor sería mandar al Fantasma.

El tren llevaba suficiente carbón, hierro, cobre y zinc para satisfacer la avaricia de Deidolia ese mes, pero nos enteramos por la mañana que no había logrado partir la noche anterior. Era un transporte autónomo —las vías conectaban los pueblos vecinos para saquear sus recursos antes de regresar a Deidolia—, y nadie sabía arreglarlo.

Ilusos de nosotros, no nos daba miedo no haber suplido lo que nos pedían, ya que sabíamos que no había sido culpa nuestra.

Proseguimos como si nada, como si Deidolia fuese una nación comprensiva y amable. Como si hace décadas no hubiesen obligado a los habitantes de las Tierras Yermas, a la gente de las lindes de las naciones que perdieron en la Guerra de los Manantiales, que levantasen sus llamados pueblos de abastecimiento.

Mandaron a los Ráfagas al caer el crepúsculo, cuando más personas había en los túneles.

Pensamos que se trataba de un terremoto.

Entramos en pánico.

El caos de miles de personas lanzándose hacia la salida a la vez. El miedo de una niña de nueve años que cayó al suelo y se ahogaba pisoteada.

En algún momento, el peso consiguió que se me rompiera la rótula. Mis gritos solo los oyó la tierra, que en respuesta envió partículas de suciedad al interior de mi garganta y otras se me quedaron atrapadas entre los dientes.

Por allí cerca una de las jaulas de pájaros se había abierto. La estructura se desplomó como si no fuera más que una cáscara de huevo. Vi el brillo en los ojos del canario, negros y temblorosos, como si también estuviera asustado. Entonces, atisbé una bota y oí el sonido de los huesos al romperse como si fueran ramitas crepitando en una hoguera.

Logré, no sé cómo, rodar de costado y pegar la espalda a la pared de tierra.

Y entonces:

—¡Bellsona! ¡Bellsona!

Mi nombre con voz rota, ahogada.

Ladeé la cara hacia arriba y vi la luz gris inalcanzable que indicaba la salida. En el techo vi una grieta tan grande como mi torso y tan serrado como la hoja de un cuchillo.

Eran mis padres los que me llamaban al otro lado del túnel.

—¡Bell...!

La tierra se hundió; la suciedad y el carbón me nublaron los sentidos y acallaron los gritos de quienes se habían tropezado conmigo.

Durante unos breves minutos de confusión, creía que, después de todo lo que le habíamos sustraído a la tierra, esta por fin había despertado para llevarse algo consigo.

Sin embargo, una vez mis lágrimas limpiaron la suciedad de mis ojos, tras parpadear y ver las grietas en el techo de la cueva por donde se colaba el aire fresco de la noche, descubrí la verdad. Lo vi moverse entre las astillas. Aguanté la respiración. Esto no había sido obra de la tierra.

Un Paladín, haciendo uso de su gran peso, se había colocado sobre el suelo excavado y simplemente había dado varios pasos. Unos pasos que no le supusieron esfuerzo alguno y que habían puesto mi mundo patas arriba. El revestimiento de metal relucía incluso sin el brillo del sol, y sus grebas chirriaron cuando dio un paso y desapareció de mi vista.

«Muévete».

El suelo volvió a temblar y los gritos volvieron a quedar acallados tras enterrar a más personas bajo el suelo.

«Tienes que moverte».

Pese a tener la pierna rota, me subí a un bloque de tierra partido. La adrenalina redujo mi vida a movimientos pequeños. Solo pensaba en escapar. En abrirme camino a través de las estrechas rendijas. En no hacer caso a las piedras fracturados que me rasgaban la piel. En no prestar atención a los cuerpos enterrados. En no hacer caso a las uñas rotas, el sabor de la sangre en los labios y los gritos que aún resonaban en mis oídos.

«Sube», me ordenó el pánico. Mi cuerpo obedeció al sentir el miedo atenazándome la garganta como una soga que no dejaba de tirar de mí hacia la superficie. Este lugar no iba a ser mi tumba. Me negaba a morir en mi propia tumba.

Empujé hasta salir y me desplomé bocarriba, inspirando tanto aire puro como pude mientras el mundo me daba vueltas. Sentía la hierba contra los hombros. Sobre la cabeza, el éter se secaba como el algodón. A mi derecha, las hojas provenientes del bosque de sicómoros se movían felizmente a causa del viento.

«Ah». Se me crisparon los dedos contra la tierra fría. «Estoy soñando».

De repente, me pusieron de pie y el dolor de la pierna hizo que unos puntitos negros me nublaran la vista. Me volví y vi una mano que me agarraba de la muñeca y que me guiaba hacia los árboles. En cuanto desaparecimos entre el follaje, la persona se volvió y me acunó la mejilla con una mano.

—¿Estás herida? —me preguntó el hombre, sin aliento, y yo apenas lo reconocí como el criador de canarios. Sus ojos pálidos titilaban a causa de las lágrimas—. Bellsona, ¿estás herida?

Se me revolvió el estómago cuando me llamó por mi nombre. Le aparté la mano para poder inclinarme y vomitar.

«Estoy soñando», me recordé a mí misma cuando me erguí, y luego se lo recordé a él también.

—Esto es un sueño.

Él posó la mano en mi hombro y me sacudió hasta que me castañearon los dientes.

Yo retrocedí con un grito y él volvió a acercar la mano a mi rostro, esta vez para cubrirme la boca.

Me resbalaba sangre por las uñas rotas y tenía la rodilla girada en un ángulo que no era el natural. El dolor me anclaba al presente y cauterizaba el momento hasta volverlo real.

Moví los labios contra sus dedos.

—¿Dónde están mis padres?

Vi que desviaba los ojos hacia la entrada de la mina en busca de una mentira convincente. La tierra escupía nubes de polvo y en su interior se movían siluetas: otros supervivientes. Volvió a fijar la mirada en mí e intentó sonreír.

—Iré a buscar a tus padres —dijo, quebrándosele la voz. Tragó saliva con fuerza y volvió a tratar de hablar—. Iré a buscar a tus padres junto a la mina. Tú quédate aquí, ¿vale? Solo tardaré un momento.

Sin mediar palabra, lo vi tambalearse hacia la boca de la cueva y dar un solo paso fuera de la linde de los árboles.

Y, entonces, la noche demudó.

El cielo cambió y, de repente, el criador de canarios salió volando, pateando en vano en el aire mientras gritaba. Un momento después, su cuerpo se estampó contra el suelo. No tenía alas, pero había aterrizado con los brazos extendidos, como los canarios, y el mismo rojo salía de sus labios crispados.

La noche avanzó otro paso y, entre los huecos de los árboles, vi que su mano se introducía en la boca de la mina para sacar a otra persona. Se volvió a escuchar un grito y luego más huesos quebrándose. Esta vez la persona se retorció en el suelo con las extremidades en ángulos raros, pero el mecha se dio cuenta y se giró para acabar el trabajo.

Quedó tan aplastado como las hojas de los sicómoros y empapado de rojo. Me volví a agachar y vomité.

Y, a continuación, gateé.

Tenía la camiseta hecha jirones y manchada de musgo. Buscaba a tientas con los dedos las raíces poco profundas para arrastrarme hacia delante un poco más y así poder alejarme de los Ráfagas. No sabía a dónde me dirigía.

Tras lo que se me antojaron horas, mis dedos sintieron que el suelo desaparecía. Estiré la mano por el hueco y después el antebrazo y solo sentí aire.

No sabía si lo que había tras el borde era un hoyo pequeño o un abismo sin fondo. Usé las fuerzas que me quedaban para lazarme por aquel hueco.

Apenas permanecí en el aire un cuarto de segundo antes de que mi pecho chocara contra una superficie dura e irregular. No tuve que esperar a que el dolor remitiese para reconocer dónde estaba; había crecido con aquel olor y aquel tacto familiar, calizo y rugoso entre los dedos. Había caído en uno de los vagones del tren cargado hasta arriba de nuestro carbón.

Un tiempo después, me desperté a causa de unas voces que no reconocí. Seguía acurrucada contra el carbón y tenía la piel tan negra que parecía carbonizada. Había empezado a amanecer y el cielo azul intenso se colaba entre el follaje verduzco como un río sinuoso. No recordaba la última vez que había visto un mediodía sin nubes.

Verlo fue increíblemente doloroso. Me giré para evitar el brillo y volví a cerrar los ojos.

Abajo, los técnicos de Deidolia charlaban sobre unos cables raídos y cortocircuitos.

Ni me moví ni grité. El carbón se me había metido en la garganta y era incapaz de hablar.

El tren empezó a moverse y, durante las siguientes horas, contemplé una panorámica del cielo salpicado de unas nubes esponjosas que jamás se compararían con la complejidad del cielo nocturno. Hubo un momento en que apareció un Ráfaga corriendo junto al tren. Su revestimiento metálico relucía como el rocío de la mañana. Esperaba que me detectase, que me cogiese y me lanzara por los aires.

No miró abajo ni una sola vez. Al final se marchó y el cielo se llenó de nubes al tiempo que el calor del vapor se me pegaba a las mejillas. Por encima, los edificios de las fábricas se alzaban en el cielo como los dedos de las manos al rezar. Habíamos llegado a Deidolia.

En cuanto el tren redujo la velocidad hasta detenerse, no me quedé quieta aguardando que me encontraran encima del carbón. Me erguí y rodé. No alcancé la escalerilla, así que, estupefacta, permanecí tumbada en el suelo de gravilla hasta que la tierra dejó de temblar. Me arrastré hasta el callejón más cercano como pude. No sé qué habría sido de mí si alguien me hubiese visto, manchada de carbón y cojeando. Tal vez me habrían preguntado cómo me llamaba y habrían detectado mi acento de las Tierras Yermas al responder.

Me pasé el año siguiente deambulando por el laberinto enrevesado que era Deidolia. Pese a que sus calles estaban llenas de cruces y eran tan confusas como las minas de Argentea, no se asemejaban ni de lejos a la belleza natural de estas, ni me consolaban como cuando me acurrucaba entre sus recovecos. La ciudad estaba tan sucia y era tan artificial como los Ráfagas; por fuera era bonita y reluciente, pero por dentro, grotesca.

Aprendí a mantenerme alejada de la zona este de la ciudad, donde estaban los burdeles, y a dormir sentada, por si debía despertar y huir en un santiamén. Por la noche, merodeadores con la lengua afilada y armas más afiladas aún acechaban los callejones en busca de niños a los que secuestrar y vender al mejor postor.

Evidentemente, también tuve que aprender a luchar.

Me costó, sobre todo por la pierna; como me la vendé sin tener ni idea, no se me curó bien del todo. El combate mano a mano, la forma más común de defendernos de los que no teníamos nada y nos alimentábamos a base de migajas y sobras, no me serviría de nada. Necesitaba algo que me permitiera mantenerme a salvo y lejos de mis atacantes, por lo que, como no tenía dinero para comprar un arma de fuego, empecé a usar una vara de metal que robé de un sitio en obras.

Por culpa de la pierna, mi forma de luchar no era ni elegante ni honrada. Cuando me despertaba algún ruido nocturno, ya fueran pisadas o algo tan inofensivo como una risita por lo bajo, me pegaba a la esquina más cercana y esperaba a que estuvieran a tiro. No vacilaba ni comprobaba si la persona quería hacerme daño o no; no podía arriesgarme. Si no atacaba con todas mis fuerzas y le rompía algo a quien sea que se atreviera a despertarme, podría verme secuestrada y envuelta en las sedas de un burdel para el amanecer. Mis únicas ventajas eran la sorpresa y el silencio. De hecho, apenas dije nada durante aquel horrible año. Para cuando los oficiales de la Academia me encontraron, ya casi se me había olvidado hablar.

Al principio se mostraron amables conmigo.

Incluso me arreglaron la pierna para que pudiese apoyar bien el peso del cuerpo. Se ocuparon de las cicatrices que tenía en las yemas de los dedos de cuando me arrastré al exterior de la mina.

Me querían sana.

Y útil.

Para cuando encuentro su cuarto —este sitio es un puto laberinto— estoy a punto de dejar que el pánico me domine.

Tal vez pierda el control en este mismo momento y me ponga a gritar o a llorar. Los años y años de cautela e inexpresividad culminarían, todos, en este momento.

Llamo a la puerta de madera demasiadas veces, pero soy incapaz de parar. Tengo la otra mano en el bolsillo, arrugando el trapo que guardo ahí para taparme el ojo. Lo retuerzo hasta que siento el latido del corazón prácticamente gritar bajo cada uña.

Voy a romperme en mil pedazos. Esto va a poder conmigo.

—Lucindo —grito con voz rota—. ¡Abre la puta puerta!

Cuando lo hace, entro por la fuerza y recorro la estancia en círculos porque mis pies necesitan moverse. Quieren *correr*.

—Sona, ¿qué...? —empieza a decir con una carcajada sorprendida, pero se calla al verme la expresión.

Debo de parecerle descontrolada. Fuera de mí. Pero esta es la primera vez en años que soy yo misma, y me muestro asustada, delante de los demás.

—¿Qué ha pasado en Franconia? —susurro.

Tiene el pelo húmedo y le gotea por la sien. Está agarrando una toalla que le cuelga del cuello mientras me mira, pasmado. Tras él, el espejo del baño está empañado por el vapor.

—Lo que les pasa a los que ayudan a los Asesinos de Dioses antes o después —dice, encogiéndose de hombros.

Una ducha.

Ha mandado a una Valquiria a masacrar una aldea y después se ha dado una puta ducha.

Doy un paso hacia él. Al apretar los puños, me clavo las uñas en las palmas. Debería haber dejado que la Aniquiladora Estelar acabase con él. Que se encargara de mí.

Seguro que a Victoria no le ha llevado más que unos minutos. Minutos que han cambiado el número de víctimas de cero a cientos.

¿A cuántos inocentes se habrá cargado Lucindo?

¿A cuántos me obligará a ejecutar a mí, como pequeños regalos que hace con una sonrisa, una palmadita en la espalda o una promesa de más?

Doy otro paso. Me quedo justo frente a él, mirándolo desde abajo y con el corazón en un puño.

Alargo los brazos hasta su cuello...

Y lo abrazo a la vez que pego la mejilla a su barbilla.

—Gracias —susurro. Las gotas sobre su mandíbula resbalan hasta mi mejilla.

Él me envuelve el cuerpo con los suyos.

—De nada, Sona, en serio.

«De nada».

Me separo y me limpio las lágrimas de los ojos con el cuello de la camiseta.

—Deja que, a cambio, yo haga algo por las Valquirias —murmuro con la voz pastosa—. Que ayude de alguna manera.

Lucindo sonríe.

—¿Cómo?

Lo miro a los ojos y mantengo el contacto visual durante un intenso momento.

—Déjame hablar con la Asesina de Dioses.

Él suelta una carcajada y retrocede.

—¿Qué dices?

—Puedo hacer que confiese. Que hable. —Él se vuelve a reír y dejo caer la mano hasta su brazo—. Estoy furiosa, Lucindo. Por lo que hacen. Por lo que creen que pueden hacer impunemente. Creen que pueden robarnos y matarnos sin más, y eso me da asco. —Aprieto las manos en su manga y arrugo la tela negra—. Seré amable. Cuidadosa. Ella espera violencia y está preparada para recibirla, así que creo... creo que no se esperará a alguien como yo.

Le sonsacaré la información poco a poco. Y la usaremos para destruirlos a todos.

Lucindo ha dejado de reírse y, en su lugar, sonríe. Yo dejo que lo haga y que disfrute de lo cruel que es el plan. No miento. Veo que se le forman hoyuelos en las mejillas.

CAPÍTULO ONCE

ERIS

Por desgracia, me despierto.

Mi evaluación: dolor de cabeza punzante en las sienes. Tanta sal en las mejillas que siento que la piel está a punto de abrírseme. Un ligero y preocupante temblor en las extremidades que no soy capaz de descifrar: hambre, sed, pérdida de sangre o... redoble de tambores... una maravillosa mezcla de los tres.

Humor: de perros.

Y con razón, creo yo.

En casa, mi equipo intentaría animarme con un juego que ellos denominan con cariño «Enfademos a Eris todo lo que podamos, pero no tanto para matar a uno de nosotros». Eso implica untar mi taza de café de pegamento; robarme las gafas protectoras y pedirme un rescate por ellas; hacer saltar la alarma de incendios; vociferar y bailar como imbéciles en el sofá mientras los aspersores nos empapan la alfombra; y enviar a Jenny cartitas efusivas y de admiradora en mi nombre.

Malditos zumbados.

Los ojos me empiezan a escocer.

No voy a volver a verlos nunca, ¿verdad?

Malditos.

Cabroncetes.

Estúpidos.

Para empezar, ni siquiera los quería. En serio.

Voxter apartó la mirada de la ventana del despacho; sus iris eran de color gris pizarra, el mismo que las nubes de tormenta que empañaban el horizonte. Yo estaba echándole un vistazo a la pila de papeles, fijándome en cada nombre escrito en negrita, en cada enorme y ridículo aviso que había pegado debajo.

—¿Y bien? —preguntó con voz grave.

—Bueno... Me gustaría comentar varias cosas.

—Te recuerdo que, a tu edad, Shindanai, el Consejo te ha honrado con la oportunidad de...

—Sí, sí, me siento muy honrada, sí. —Cogí los papeles, seis en total, y los coloqué en una fila perfecta sobre la mesa que nos separaba—. ¿Jen ha dicho que soy impredecible? Eso es un pelín hipócrita.

Él suspiró, se sentó y la chaqueta de lona rígida le crujió a la altura de los hombros.

—Tu hermana aprueba tu ascenso.

—¿Entonces esto qué es? ¿Para quitaros de en medio a todos los chavales problemáticos a la vez?

Él vaciló. Yo moví los papeles y les alisé los bordes

—Xander Yoon —leí en voz alta—. Once años. Solo lleva en activo unos meses, pero su capitán ha pedido, no, ha *suplicado* que lo transfieran a otro equipo. Un chico encantador, por lo que veo. Solo habla para amenazar, si es que habla siquiera. Su equipo lleva semanas durmiendo con un ojo abierto por su culpa. Será una gran incorporación.

Volví a colocar el informe en la pila de papeles haciendo todo el ruido posible para amortiguar la respuesta de Voxter y me centré en el siguiente.

—Arsen Theifson —leí en alto, pasando el dedo por su nombre—. Trece años, especializado en demoler cosas. Parece tener problemas de oído; por accidente hizo explotar el muslo de un Ráfaga antes de que su equipo pudiera despejar la zona, y... ah, ¿y casi los deja ciegos con la metralla? Vaya, completito.

—Eris...

—Juniper Drake —proseguí—. Doce años. Química. Experta en corrosivos. Uno de sus brebajes fue tan potente que primero derritió el vial y luego abrió un agujero en la camioneta de su equipo, mientras huían, claro. Directamente a través de los pistones y del conducto de la gasolina. Impresionante.

—Señorita Shindanai...

—Nova Atlantiades, trece años. Buena en puntería y en el combate cuerpo a cuerpo, al igual que los demás, supongo. Pero prefiere sentarse tras el volante. Al parecer le gusta conducir en círculos alrededor de los Ráfagas, hasta que por su culpa alguien de su equipo salió volando y casi quedó aplastado por el mecha. Encantadora.

No me hacía falta levantar la mirada para saber que Voxter tenía la mandíbula apretada. Pasé a las dos últimas hojas.

—Milo y Theo Vanguard, catorce y trece años, hermanos. Tiradores. A Theo le gusta disparar primero y preguntar después, o para que quede más claro: es de gatillo fácil. A veces se le olvida ponerle el seguro, y otras casi le arranca la oreja al capitán de su equipo por accidente. Eso me hace preguntarme lo cerca que se habría quedado si de verdad hubiese estado apuntando. —Volví a echarle un ojo a los papeles—. No veo lo que ha hecho el tal Milo.

—Nada —respondió Voxter—. Creíamos que sería beneficioso tener a alguien de tu propia edad en el equipo. Eso y que se ha negado en redondo a separarse de su hermano.

Volví a apilar todas las hojas con cuidado y luego las lancé de mala manera sobre la mesa.

—Me parece un coñazo de chaval. Y posesivo.

En teoría, James Voxter está mayor, pero para mí sigue teniendo el mismo aspecto que cuando yo era pequeña: la frente seria, la cicatriz ondulada de una quemadura que se extendía por toda su mejilla derecha, y estaba segura de que no le saldrían patas de gallo ni aunque le acercaran un hierro ardiendo.

—No te haría tanta gracia si supieras a qué nos enfrentamos hoy en día, viejo.

Él se quedó callado un momento y luego murmuró:

—Hablas igual que tus padres.

Primero sentí ira, y luego enfado.

—Ah. ¿Eso también te funcionó con Jenny?

—Ella los conoció más tiempo que tú. No me hizo falta. —Ahora fui yo la que se quedó callada, mordiéndome el labio y tragándome las palabras. Pero no me podía cabrear con él por ser sincero—. A ellos les encantaba luchar. Y la adrenalina, como a la mayoría de los lunáticos que hay por aquí. Era su motor, y al final acabaron...

—Aplastados, lo sé —espeté, resentida—. Fue una muerte honorable. Una muerte digna para un Asesino de Dioses.

—Eso es justo a lo que me refiero, Eris. No se achantaron. Tenían los pies en la tierra y, en vez de huir, aprendieron a moverse a través del caos. Lo cambiaron a su favor. Jenny tiene esa misma habilidad.

Se puso de pie y me devolvió el montón de papeles, arrojándomelos también.

—Tienes mucho que aprender, y no puedes hacerlo sola. No como tú te crees.

—¿Y por qué no? —le rebatí.

Él dio unos golpecitos sobre los papeles con un nudillo.

—Porque necesitas algo más por lo que luchar.

Bajé la mirada. A lo largo del margen superior de la página, en negrita, se leía: Equipo de Asesinos de Dioses de Eris Shindanai.

Mi equipo. Todos igual de impredecibles que yo.

—Vale —accedí, cogiendo el fajo de papeles y pegándomelo al pecho—. Pero no me van a caer bien.

En el vidrio de visión unilateral, veo culebrear mi lengua entre los dientes. El sabor metálico de la sangre se me adhiere a la garganta.

«Espero que ahora seas mucho más feliz», pienso. «Estoy haciendo esto por ti, y ni siquiera voy a poder alardear de ello».

Y, entonces, la puerta se abre de repente y la mano de alguien me constriñe la boca.

Retraigo la lengua y muerdo al intruso. Su sangre reemplaza la mía en mis papilas gustativas, pero su agarre no flaquea.

Levanto la mirada. Ante mí, dos ojos me la devuelven: uno rojo y mordaz, y el otro de un profundo color avellana. Se le sale un mechón de pelo castaño de detrás de la oreja en pleno silencio.

—Hola —me saluda la chica—. ¿Te importaría soltarme la mano?

Yo muerdo más fuerte.

La bot parpadea y entonces, impávida, aparta la mano de un tirón.

Yo escupo su carne a un lado al tiempo que ella saca una larga tira de tela del bolsillo y empieza a vendarse la mano. El vendaje enseguida se tiñe de rojo.

Camina por la estancia y da unos toquecitos con los dedos a cada pared de vidrio. El cristal se vuelve de un negro opaco, lo cual es un alivio temporal —creo que tengo mucha sangre en la cara y mirarme acelera la cantinela constante de «vas a morir» de mi cabeza—, hasta que caigo en la cuenta de lo que eso podría significar.

—He insonorizado la habitación —dice, y salvo por el ojo de bot y la chaqueta militar que la señala como piloto, no tiene pinta de ejecutora. Es alta, tiene el pelo rizado y amontonado alrededor de los hombros, la piel cálida y marrón como las alas de un chochín y un montón de pecas le cubren la pequeñísima curva de la nariz. Se quita el vendaje con curiosidad cuando se percata de que está goteando, y luego parpadea cuando ve que eso solo ha conseguido que chorree más rápido—. Tampoco hay cámaras. A veces prefieren que no haya testigos.

Su acento es el típico de Deidolia, demasiado suave para mis oídos. Las eses suenan demasiado sibilantes y pronuncia todas las sílabas con esmero, bien definidas.

Tiene callos, duros y lisos en su piel morena, salpicados generosamente por los nudillos. Su chaqueta militar me llama la atención;

uno de los puños poco a poco se está oscureciendo aún más por culpa de la sangre. Nunca pensé que admitirían a una adolescente como miembro de los Valquirias. O que alguien de su edad pudiera ser lo bastante despiadada.

Tampoco tiene pinta de ejecutora. Más bien de ser una cría.

—Te odio y voy a matarte —le digo.

La bot se mueve hacia adelante y yo suelto un gruñido bajo y con la mandíbula apretada. Si Deidolia piensa que la gente de las Tierras Yermas somos animales, entonces seré uno bien rabioso.

Pero no puedo evitarlo; me encojo cuando llega hasta mí.

La bot se inclina sobre mí con la mano vendada apoyada en la mesa, a la izquierda de mi cara, y la otra delineándome el nacimiento del pelo con un dedo. Me separa los mechones que tengo pegados al tajo que me cruza la frente y yo me muerdo el labio para no temblar. «Me va a cegar». La bot me va a cegar, como le hice a su amiga, pero yo sí que sentiré el dolor. Me preparo para que el mundo se quede a oscuras.

—¿Esto ha sido por haberte cargado a la Valquiria? —murmura—. ¿Ya está?

—No me toques —le digo, odiando que las palabras no salgan más que como un graznido; odiando mi cobardía, mi miedo. Vuelvo a estar tumbada bocabajo en aquel terreno, temblando en el césped mientras las balas del Berserker agujereaban la tierra, esperando a que alguien me volviera a poner de pie. Pero Jenny no está aquí. Voy a morir sola.

Aparta la mano de mi cara y el calor de sus dedos se cierne sobre mi antebrazo izquierdo, donde la otra bot enterró la punta del cuchillo. Hay tal estropicio de sangre seca que ni siquiera se ve lo que debería ser.

—Animales —murmura con el ceño fruncido.

—Cabluza de mierda —espeto hacia el techo. Acabo de despertarme y ya estoy agotada. Por norma general, los Asesinos de Dioses no suelen llegar a la vejez, pero en este momento, bajo el brillo de la bombilla, me siento viejísima. Como si pudiera dormir un año entero y aun así despertarme dolorida. Cierro los ojos—. Adelante, hazme lo que quieras. Hoy no tengo ganas de hablar.

—Me gustaría hacerte cambiar de opinión —dice.

Tengo la mente demasiado lenta como para pensar en una respuesta brusca y violenta, y casi me quedo frita antes de conseguirlo.

Entonces, la abrazadera que tengo alrededor de la muñeca derecha se abre.

Abro los ojos cuando la chica me quita la otra.

—Me llamo... —dice, con una nota de emoción acelerándole la voz— ...Sona Steelcrest. Y creo... creo que podemos ayudarnos.

Me yergo. Espero a que los puntitos negros que emborronan mi visión desaparezcan. Me froto las mejillas para recapitular todo por lo que he pasado. Esas excusas patéticas y descuidadas para marcarme los brazos con más engranajes resumían muy bien el dolor. Todas esas oscuras promesas que hice: por cada gota de sangre que me han quitado, yo les quitaré mil a ellos.

—Eres idiota, Sona Steelcrest —digo, y aparto la mesa con fuerza.

Las dos caemos al suelo en una maraña de brazos y piernas. Lanzo un gancho hacia su nariz. Ella mueve la barbilla y mis nudillos rozan su pelo —suave— y luego el suelo, que no es tan suave. Aprieto la mandíbula para sofocar el dolor y me lanzo hacia adelante para enganchar el brazo libre bajo su barbilla. Ella abre la boca y desvía los ojos hacia mi rostro mientras yo aguardo a que esos pequeños músculos cedan uno tras otro. Los pilotos no pueden ahogarse, pero siguen pudiendo romperse.

Retorciéndose, hace un barrido con la pierna y me hinca la rodilla en el estómago. Agachada y con la espalda hacia la puerta, se escabulle hacia atrás mientras yo me tambaleo.

Originalmente nos entrenaban para desarmar Ráfagas, pero en cuanto la Academia empezó a pensar y los guardias se convirtieron en un parásito común, también tuvimos que aprender a pelear contra otros humanos. Jenny tenía dieciocho años cuando me asignaron a su equipo; era ocho años mayor que yo y, aun así, no dudó ni un segundo en dejarme por los suelos una y otra vez.

—¿Crees que a Deidolia le importa que seas una niñita? —me gritaba, contemplándome mientras yo trataba de ponerme de pie para luego mandarme de nuevo al suelo—. Los Zénit, los mechas, los bots... todos te destrozarán y no perderán el sueño por haberlo hecho. Levántate. —Yo me ponía de pie y ella me volvía a derribar—. Tienes que volver a pegar, más rápido y también más fuerte. Eres una Asesina de Dioses, Eris, y eso significa que, cuando estés atrapada contra una pared, debes atravesarla.

—Invocadora de Hielo —susurra la bot. Ahora solo tiene un ojo abierto—. Por favor, tengo que hablar contigo.

Cojo aire y aprieto los puños.

—Pues habla.

Me lanzo hacia adelante. La espalda de la bot choca con la puerta. Espero que abra los ojos a causa del impacto, pero, si acaso, lo que hace es apretar aún más el izquierdo. Entierro el puño en sus costillas una vez, y dos. A la tercera, algo se estremece bajo la piel, una sensación ondulante en mis nudillos.

Pero su rostro ni siquiera se inmuta. Sus manos siguen levantadas, inmóviles y complacientes. «¡Que sientas algo, lo que sea, bot de mierda!». Le asesto un gancho en el pómulo y sus piernas se tambalean y luego se desploman. Se golpea contra la puerta y yo le pego un rodillazo en el estómago antes de retorcer la mano alrededor del cuello de su camiseta. Llevo el otro puño a la altura de mi oreja para darle un cruzado en el puente de la nariz y así oír otro glorioso crujido.

La bot hace medio contacto visual conmigo con la piel del pómulo ya oscura e hinchada. Entrecierra el ojo y, de repente, vacilo. Sigo aferrándole la tela de la camiseta, sigo teniendo el puño levantado, pero me he quedado inmóvil. Oigo la voz de Jenny en el oído: «Ahora vamos a por el piloto».

—Eres espectacular, Invocadora de Hielo —grazna la bot, por fin bajando las manos hasta los costados. El vendaje se le suelta por completo y cae al suelo—. Y... y preciosa. Hasta de rojo. Pero te prefiero así, a color.

Yo entrecierro los ojos, cabreada. Ella tiene el mentón bien alto, así que retuerzo la tela para crear más presión alrededor de su cuello.

—Eres la monda. —Me río, pero el sonido sale muy bajito.

Ella sacude la cabeza lo mejor que puede.

—Y tú... —dice, inspeccionándome la cara— ...tienes un tajo minúsculo por haber destruido a una Valquiria. Tú y yo... podemos ayudarnos.

Abro la boca y ella me agarra el antebrazo con una mano. La siento más cálida de lo que pensé que estaría un piloto. Como si no hubiera nada frío bajo la piel.

—Puedes ayudarme a escapar —susurra—. Puedes ayudarme a destruir Deidolia.

Una carcajada sube por mi garganta.

—Púdrete, cabl...

Me clava las uñas en las muñecas con tal repentina ferocidad que me encojo de dolor. Soy incapaz de apartar la mirada de la nueva expresión que ha aparecido en su rostro. Es una que conozco bien, la he sentido en mis propias carnes incontables veces: salvaje y asustada a partes iguales. Ahora mismo, no sé cómo ni por qué, la bot es un animal herido y acorralado.

—¿Qué te han hecho, Invocadora de Hielo? —murmura. Ahora su voz parece suave, aunque afilada. Me resulta extraña, y me doy cuenta de por qué. Donde antes estaba el acento de Deidolia, ahora hay... otro que me resulta familiar. Parecido al de casa. ¿A qué está jugando?—. Hay ira en ti, Asesina de Dioses, una ira inmensa. La vi en tu pecho cuando mataste al mecha y la veo ahora, alentando este... este odio hacia mí. Por eso te pregunto, ¿qué te han hecho? ¿Mataron a tu familia como hicieron con la mía? ¿Te han convertido en algo horrible, pero poderoso? ¿Ha merecido la pena lo que te han arrebatado?

«¿Como hicieron con la mía?». Bajo el puño al costado.

Y entonces... ella *respira*.

Los pensamientos vuelven a reproducirse según el orden de los acontecimientos: el inicio de la pelea, mi puño en su nariz, en sus dientes, solo para poder sentir y oír otra gloriosa fractura. Tiene razón; estoy cabreada, mucho y constantemente, pero ¿sabes qué? Me ayuda.

Entonces, se inclina hacia mí y unas palabras brotan de sus labios. Al principio no tienen sentido hasta que han abandonado el aire y el silencio se instala entre nosotras. Cuando llego a comprenderlas, las oigo como si las hubiera gritado y murmurado en voz baja a la vez.

—¿Cómo se mata a un dios?

Yo siempre he sabido la respuesta a esa pregunta, así que la digo en alto porque todo el mundo debería.

—De dentro afuera.

Ella sonríe y yo me preparo.

Deja caer la mano de mi muñeca hasta el costado. Está expuesta; de pronto hay un millón de sitios donde podría hundir el puño sin problema ninguno.

—Pues destrózame —murmura la bot justo antes de que me disponga a hacerlo, pero el escalofrío que sus palabras envían por toda mi espalda me deja clavada en el sitio—. Si no vas a ayudarme a escapar, entonces destrúyeme. Y que sea permanente. Me han hecho añicos tantas veces como han querido para luego rearmarme, y yo los he dejado, porque estaba tan cegada por el deseo de venganza, el ansia de poder, que al final me han convertido en lo mismo que en su día me arrebató mi hogar. No me han dado poder, solo la habilidad de desquiciarme. Yo... yo nunca he querido ser una traidora. Solo quería ser como tú, Asesina de Dioses.

Las lágrimas empapan las pestañas de sus dos ojos. Una enorme resbala por la hinchazón de su pómulo y cae al suelo. Ella se seca el caminito húmedo que ha dejado en su rostro enseguida.

—Odio el rojo y el latir de mi corazón, y también odio *ser* así. Su soldado. Su Dios. Debo devolverle el color a mi ojo, que tiñe mi vista de forma tan vil; debo recuperar mis pensamientos de ese zumbido, ese maldito zumbido, porque... porque me niego a terminar así. —Su voz sale ahogada, casi un susurro, y aunque está

107

llorando, hay una furia sinfín que impulsa sus palabras. No pienso morir en un Ráfaga. No pienso morir obedeciendo sus órdenes, ni tampoco como su protectora. Si muero, será como humana. Me niego a morir de otra forma.

Me quedo inmóvil y en silencio, vacilante y sorprendida por sus palabras. Me quedo mirando las lágrimas que no sabía que tenía; a *ella*, ensangrentada, hinchada y llorosa, y en el fondo de mi mente oigo la voz de Jenny: «Ve a por el piloto, ve a por el piloto, ve a por el piloto...».

—Tú necesitas una vía de escape, y yo un sitio al que huir. —Tiene el ojo derecho fijo en mí, de un marrón como la tierra fértil—. ¿Nos ayudamos? ¿O morimos aquí como otras dos chicas insignificantes de las Tierras Yermas que añadir a la lista?

—¡Yo no soy insignificante!

—Yo tampoco —escupe. Así que demostrémoselo.

Reculo y levanto los dedos para tirarme del pelo. Esto es ridículo.

—Tú no eres de las Tierras Yermas. Solo eres otra pobre criatura que ha estado mamando del tubo de escape de Deidolia toda su maldita vida. Me sorprende que no eches humo cada vez que abres la boca. Esta es... otra táctica. Otra manera de interrogarme, una historia trágica para ablandarme...

—¿Es por esto? —Abre el ojo izquierdo y un eclipse rojo vuelve a devolverme la mirada. Su mandíbula está ahora más apretada, como si estuviera tratando de evitar que le castañearan los dientes—. ¿Es por esto por lo que no me crees?

Suelto una risotada mordaz.

—No ayuda mucho que digamos.

Una pequeña arruga aparece entre las cejas de la bot.

—¿Y qué me dices de una alternativa?

Su voz ha cambiado; ha vuelto a aquel acento perfecto y relamido de Deidolia. Es como si el ambiente de la estancia se hubiera transformado y ahora el aire fuera más pesado, como preparándose para una tormenta. Mi miedo, que había desaparecido temporalmente a causa de la confusión, ha vuelto a ocupar su lugar. De pronto soy consciente de la sangre que tiene en las manos, del brillo de su chaqueta de Valquiria bajo las luces.

—¿Una alternativa?

—Yo soy tu última interrogadora. Si fracaso, iniciarán el proceso de corrupción. —Se me queda mirando fijamente cuando es evidente que no tengo intención de responder—. ¿Te queda otra opción?

«Muchas». Tengo los nudillos enrojecidos y llenos de moratones, pero aún me quedan algunos trozos de piel intactos. Tantísimo potencial. Podría causar tanta destrucción; hay tantas formas de mostrarme como una desquiciada. Tantas oportunidades para que Jenny se enorgullezca de mí.

«Te destrozarán y no perderán el sueño por haberlo hecho».

—Eres demasiado buena como para ser verdad —murmuro, y esa idea me deja en carne viva. Me hundo en el suelo y aprieto los puños contra las baldosas sucias. Ya no me importa lo patética que parezca. Juniper me pintó las uñas de negro hace unos días, como ha hecho un montón de veces antes, y el sentir su manita llena de cicatrices sujetando la mía es algo que ahora me asusta. Es un recuerdo que no deseo, porque se me antoja extremadamente real, cálido y seguro, igual que el olor a papel viejo de la sala común mezclado con el de los químicos del esmalte de uñas, los gritos de los chicos peleándose en la alfombra llena de polvo...

Es una broma. Un engaño. Nunca voy a volver a casa.

Unas botas aparecen delante de mis manos. Recorro sus piernas largas con la mirada hasta llegar a su chaqueta y luego a su rostro inclinado hacia el mío. Cuesta confirmarlo dado el brillo de su ojo izquierdo, pero parece que se le ha suavizado la expresión.

—No soy buena —dice.

Parpadeo. Tiene dos pecas en el lado izquierdo de la nariz y cuatro en el derecho, y todas recubiertas de sal. Me doy cuenta de lo guapa que es, lo cual es extraño, porque, sinceramente, no sé si está a punto de echarse a llorar o de cruzarme la cara.

Y entonces pienso: «A la mierda».

—¿Cómo habías dicho que te llamabas?

Sorprendida, se queda callada durante un momento antes de responder:

—Sona. Prefiero Sona. Creo que no sé el tuyo.

—Y crees bien.

Una sonrisilla aparece en sus labios.

—Supongo que no es relevante. Solo necesito a la Invocadora de Hielo.

CAPÍTULO DOCE

SONA

Siento la mano fría. La Asesina de Dioses ha debido de morder más piel de la que creía.

Cierro la puerta de la celda y ya tengo el brazo levantado para evitar que Lucindo pase y eche la puerta abajo. Su expresión me resulta bastante gratificante; está lívido después de verme la cara hinchada. Debo de importarle, al igual que todos sus Valquirias.

—¡Nadie le pone un dedo encima a mi unidad! —ruge, dejándose de aspavientos para mirarme echando chispas por los ojos.

—Debo admitir que sí que se ha mostrado un poquito hostil.

Me aparta el pelo detrás de la oreja y se inclina para inspeccionar más de cerca la piel hinchada de mi pómulo. Yo me quedo totalmente quieta y dejo que me examine con las manos detrás de la espalda.

—Le ofrecemos compasión y te hace algo así —refunfuña entre dientes—. ¿En qué...?

—Sigo viva. Ha tenido la oportunidad de matarme y no lo ha hecho. Diría que es un avance.

Cambia la expresión al escucharme y, por un momento, creo que su ridícula posesividad va a ganar; que va a pasar por encima de mí y a tirar por la borda la única oportunidad que tengo de vengarme.

Entonces destensa los hombros y retrocede. Se frota la nuca con el ceño fruncido.

—No me gusta tratarla con amabilidad. No se la merece.

«No se merece nada de esto», pienso, pero la expresión furibunda que pone me da miedo. Me va a apartar del caso y me prohibirá volver a verla. Y yo... quiero verla otra vez.

—Mañana le haré algo peor—prometo con la voz sorprendentemente estable—. Algo que la asuste.

Acabo con una sonrisilla que él corresponde porque cree que soy malévola, y le gusto así.

—¿Confías en mí? —le pregunto con verdadera curiosidad—. ¿Confías en que puedo hacerlo?

Él sacude la cabeza y levanta las manos en señal de derrota.

—Vale, vale, de acuerdo. Claro que confío en ti. Me preocupo porque es lo que toca.

Le agarro la mano, sobre todo para ver su reacción.

—Gracias, Jonathan. Significa muchísimo para mí.

Él pone los ojos en blanco, tal vez para tratar de que no me fije en sus mejillas sonrosadas.

Ensancho la sonrisa. No es más que un estúpido lleno de cables.

CAPÍTULO TRECE

SONA

A la mañana siguiente, en cuanto oscurezco los espejos, retuerce la mano alrededor del cuello de mi camiseta. Me estampa de espaldas contra el cristal y levanta un puño para golpearme en la nariz.

Vacila con el puño a la altura del mentón, y yo le devuelvo la afilada mirada con el ojo derecho; el izquierdo lo mantengo cerrado. Ella tiene unos ojos maravillosos; negros como el aire nocturno y bordeados de unas ligeras pestañas y de unas ojeras oscuras y pronunciadas.

—¿Y bien? —inquiere tras unos segundos de silencio.

—¿Qué? —me hago la tonta.

Ella tuerce la boca y tira un poco más de mi camiseta.

—Ah. *Ah.* —Bajo la barbilla; la chica es, como mínimo, unos quince centímetros más bajita que yo—. ¿Quieres que me asuste?

Pasa el pulgar sobre la piel de mi cuello.

—¿Lo vas a hacer?

—¿Vas a pegarme?

—Aún no lo he decidido.

—Bueno, pues piénsatelo. —Le echo otra miradita a las ojeras que luce—. Pero hazlo sentada. Apenas te tienes en pie.

Resopla y me suelta la camiseta. La tela arrugada se destensa gracias a la ausencia de sus dedos. Se sienta encima de la mesa y se cruza de brazos.

—No te lo vas a creer, pero dormir aquí cuesta un poco.

Aun así, sigue exudando una energía peligrosa; su mirada sigue teniendo un brillo salvaje y frunce los labios de esa manera tan encantadora que hace que sienta una sacudida rara en el pecho.

113

—Tengo algo para ti.

—¿Mis guantes? —pregunta emocionada, lanzándose hacia adelante.

—Aún no. —Le tiendo el trapo húmedo que he traído en la mano y rebusco lo otro en el bolsillo.

Ella se queda mirando el trapo.

—Qué generosa —repone, sarcástica.

Me encojo de hombros.

—Me encanta la sangre en la cara, de verdad. Y el hollín.

Ella lo coge y empieza a frotarse la barbilla.

—Y... ¿qué es eso? —dice.

Me acerco a la mesa con el vial entre los dedos. Le quito el tapón de plástico y vuelco la cápsula redonda de la Araña sobre la superficie de la mesa. Rueda unos centímetros antes de llegar a mis dedos. Cuando presiono, la Araña se despierta, desenroscando las patas espinosas del abdomen de metal. Le doy un golpecito en la cabeza para ponerla bocabajo y ella empieza a corretear por la superficie lisa.

La Invocadora de Hielo retrocede.

—¿Qué demonios...?

—No pasa nada —digo, y dejo que la Araña se suba a mi mano—. Solo es un pequeño energizante.

—¿Por eso se te ve tan revitalizada y resplandeciente hoy? —espeta.

—Sí. Gracias por fijarte.

Extiendo la mano para indicarle que haga lo mismo. Ella no se mueve, así que achico la distancia, le agarro la muñeca —con cuidado de no tocar la carne deformada de su antebrazo— y coloco la Araña encima. Con ojitos brillantes, examina las áreas donde la piel está rasgada y empieza a enhebrar piel nueva y pálida sobre la rota con sus hiladores.

Respiro hondo.

—Invocadora de Hielo...

—¿Cuándo me vas a dar los guantes, por cierto? —La Asesina de Dioses gira la muñeca lentamente y se examina la piel nueva.

Yo agarro la Araña y se la pongo en el otro antebrazo.

—Cuando nos vayamos.

—¿Por qué no entras a donde sea que guarden los efectos personales de los prisioneros y los coges sin más? Con esa chaqueta seguro que nadie te dice ni pío.

—Ya. Pero no pienso dártelos antes de lo necesario.

La Araña acaba su trabajo. Vacilante, la Invocadora de Hielo la coge con dos dedos y se la coloca en la mejilla. Cierra el ojo conforme esta se desplaza hacia el tajo en su frente y la Araña inclina la cabeza sobre la herida y empieza a tejer una piel nueva y pálida sobre el corte.

—¿Y por qué no?

—Casi te falta ponerte a babear. Me congelarías en cuanto te los pusieras.

La Asesina de Dioses sonríe, aunque es una expresión nerviosa y torcida que se asemeja más a una mueca.

—¿No confías en mí o qué?

—Confío en tu miedo.

Se queda callada. La Araña, al percibir que ya no queda piel dañada, permanece inmóvil sobre su coronilla.

—Supongo que no eres tan tonta como pareces.

Vuelvo a respirar con una mano aferrándome el costado. Siento cómo las costillas se expanden bajo los dedos.

—Mañana por la noche voy a decirle a mis superiores que no te doblegas y que vengan a por ti para iniciar el proceso de corrupción.

Su rostro permanece inexpresivo mientras tamborilea los dedos sobre la nueva piel de los nudillos.

—Lo retiro.

Me froto el puente de la nariz.

—Invocadora de Hielo…

Ella suelta una carcajada, salta de la mesa y aterriza de golpe en el suelo. Empieza a pasearse por la celda a trompicones y farfullando algo por lo bajo.

—Es que lo sabía, joder... Le falta un tornillo...

Me interpongo en su camino. Ella se detiene en seco y me mira con ojos implacables.

—Te he visto luchar —le digo—. Eres más que capaz de hacerlo. No hay cámaras en toda esta ala, así que podrán hacerte lo que quieran; el único pasillo que cuenta con vigilancia es el que conduce a los ascensores. Esta celda da al pasillo contiguo a ese; cuando vengan a por ti, tienes hasta la esquina para vencerlos.

—Ah, ¿sí?

—Quita la rejilla del conducto de ventilación que hay junto a esta habitación. El gimnasio se encuentra dos niveles por debajo, y es donde podemos encontrarnos y donde podré darte los guantes. Entonces, nos dirigiremos a los ascensores y, de allí, al hangar de los Ráfagas. —Me la quedo mirando con cautela—. Nos iremos en mi mecha. Tengo una misión programada para entonces.

—Genial. Y si aparece alguien en, digamos, cualquier otra planta, ¿qué?

—Cuando te dé los guantes criogénicos, también te daré una de las chaquetas de la unidad de Ráfagas. Siempre y cuando permanezcas callada, nadie se dará cuenta.

—¿Y las cámaras?

—Te... pondré un parche sobre el ojo izquierdo, y creo que también vendría bien que te subieras el cuello de la chaqueta hasta las orejas.

—Estarás de coña, ¿no, bot? —exclama, incrédula—. ¿Ese es el plan? ¿Darme una chaqueta y rezar para que nadie me reconozca?

—Tú ocúpate de tu parte y luego mete a los guardias fuera de combate en esta sala. Nadie se atreverá a cuestionar que no estés justo donde debes estar —respondo, segura al cien por cien de mis palabras—. Eso implicaría cuestionar la autoridad de la Academia, y nadie en Deidolia se atrevería a hacerlo.

—Menos tú.

—Menos *nosotras*. Tú solo recuerda que no puedes abrir la boca bajo *ninguna* circunstancia. El acento te delatará.

—Puedo imitar el acento de Deidolia —resopla la Asesina de Dioses.

—¿Sí? —inquiero—. A ver, venga.

—Vamos a morir; este plan tiene demasiados flecos sueltos —dice pronunciando cada palabra de manera exagerada—. Genial, ¿eh, bot?

—Pasable —replico sin mucho rodeo—. Pero suenas como la madame de un burdel pronunciando las eses de esa forma.

Pone los ojos en blanco y, pasando junto a mí, sigue dando vueltas por la sala.

—Y tú parece que estés hablando con el presidente. Toda formal y elocuente.

—No hay presidente en Deidolia.

—Los Zénit. Me la suda.

—Mi acento deidoliano es perfecto, Asesina de Dioses.

—Puede que sea perfecto—medita—, pero sigues sonando como si te hubieras tragado una babosa.

El calor inunda mis mejillas al instante.

—Es una mierda de plan —añade.

Transcurre un momento de silencio.

—Estoy abierta a sugerencias —digo con la garganta seca.

—¡Manda huevos! ¡Tú también sabes que es una mierda!

Me giro hacia ella.

—Sé que probablemente te corrompan en unos días a pesar de lo que yo les diga, y eso te dolerá mucho más que si te disparan mientras tratas de huir.

No parece afectarle el tono urgente de mi voz, simplemente se me queda mirando por un intenso momento.

—Sabes que es una mierda de plan.

La Asesina de Dioses lo dice tan campante que me quedo callada, y cuando lo hago, me doy cuenta de lo gracioso que es todo esto. Pues claro que no sé lo que estoy haciendo. Claro que el plan está cogido con pinzas y lleno de agujeros, pero yo también, así que no podría ser de otra forma. A lo mejor eso me convierte en una idiota aún mayor. Impotente, levanto las manos.

—Sé que es una mierda.

Arruga la nariz. Tiene una cicatriz delgada sobre la ceja derecha, que solo se ve cuando no frunce el ceño. La veo aparecer durante un segundo antes de que continúe fulminándome con la mirada. Se gira hacia los espejos oscurecidos. Abro el otro ojo para que pueda verlo brillar en su reflejo.

Cuando hablo, mi voz suena fría como el acero:

—Cuando te dé los guantes, Invocadora de Hielo, no los usarás contra mí, porque por muy cordial que me esté mostrando ahora, no dudes de que soy más que capaz de pelear. Incluso contra los tuyos.

Su reflejo no es más que una silueta a través del humo de la chimenea. No veo la expresión de su rostro. Doy un paso hacia ella.

—Si te desvías del plan, si me *dejas* aquí... —digo, y luego me callo al oír el temblor en mi voz.

Me llevo las manos a los bolsillos y muevo los dedos en busca de la venda inexistente. Me obligué a no hacerme una esta mañana: estoy demasiado paranoica. La Academia podría haber eliminado esos pensamientos de nuestra mente fácilmente mientras dormíamos durante la cirugía de modificación, pero no lo hicieron. Dejaron nuestro miedo intacto para que pudiéramos *temerlos a ellos*.

Pero han subestimado mi odio; de hecho, ni siquiera se pararon a considerar su existencia. Creyeron que estaban insuflándome terror y, en cambio, alentaron el odio, prendiéndolo hasta hacer de él un fuego voraz.

No pienso dejar que atisben mi miedo, pero sí que les enseñaré las llamas.

—Si te desvías del plan, yo misma haré sonar la alarma —me oigo decir—. Dejaré que te atrapen y que hagan contigo lo que les plazca. O salimos de aquí juntas, Invocadora de Hielo, o morimos juntas. Tú decides.

Ella se gira con una sonrisa llena de frialdad en el rostro.

—Estaba empezando a pensar que eras alguna especie de fallo técnico dentro del programa de Ráfagas. Ya sabes, un defecto. Y a lo mejor sí, quién sabe. Pero, bueno, eres igual de cruel que los demás bots.

Le quito la Araña de la coronilla y la aplasto con los dedos.

—Eso tenlo claro. —Me limpio el fluido en los pantalones. Esta es la parte que he estado temiendo—. Ahora ven. Se supone que debo intentar... asustarte, así que tú solo piensa que pronto acabará. Y...

Me detengo de golpe. La Invocadora de Hielo enarca una ceja.

—Suéltalo.

—Y... trata de no tenérmelo en cuenta. —En el bolsillo, enrosco el dedo índice en el hueco del pulgar. Me arde tanto la cara que es casi como si pudiera sentir el fuego encima—. Al menos más de lo normal.

—Ah... eh... —dice, sorprendida, aunque rápidamente lo oculta poniendo los ojos en blanco—. Venga ya, Defecto. ¿Tengo cara de asustarme fácilmente?

CAPÍTULO CATORCE

ERIS

La noche previa a que me dieran oficialmente el equipo, Jenny se coló en mi cuarto, seguramente para matarme mientras dormía.

—Supéralo —murmuré, dándome la vuelta para que la luz del pasillo no me diese de cara.

Ella me agarró del hombro y, con los ojos del color de la medianoche entrecerrados, me obligó a tumbarme bocarriba. Se había inclinado sobre la cama y tenía la cara a escasos centímetros de la mía, esbozando una amplia sonrisa. Me tensé.

Entonces, Jenny pasó una mano por mi frente con extraña suavidad.

—Te pienso llevar a rastras —dijo. A continuación, nos pusimos de pie y echamos a correr. Ella me llevaba agarrada de la mano mientras bajábamos las escaleras y salíamos al frío del exterior. Nos internamos en el bosque que colindaba con La Hondonada. Las hojas secas crujían bajo nuestros pies y el barro fresco se me metía entre los dedos.

—Eris —dijo cuando nos detuvimos, tan fresca como una lechuga pese al esprint. Yo, sin embargo, estaba agachada a su lado, medio asfixiada—. Todos los grandes equipos han estado liderados por Asesinos de Dioses con nombres de peso.

—No me jodas, Jenny —dije con voz ahogada, y ella me golpeó en la sien con la palma de la mano. No muy fuerte, eso sí, por lo que apenas retrocedí medio paso.

—Me refiero a los apodos, niñata —insistió con un suspiro—. Ya sabes: Engarfio, Pandora, Pesadilla, Artemasacre, Aniquiladora Estelar... Todos ellos son leyendas.

Asentí. Las historias de esos Asesinos de Dioses se transmitían de generación en generación y sus hazañas se recordaban como un grito de guerra.

—Espera. —Caí en algo—. No me suena esa Aniquiladora Estelar.

Sonriendo, Jenny se metió las manos en los bolsillos y sacó un par de guantes negros con una especie de cables naranjas enroscados. Se los puso con destreza.

Se volvió hacia el bosque y crispó los dedos a los costados. Cuadró los hombros para enfrentarse a la oscuridad y adoptó una postura que bien arrancaría una ronda de aplausos o incluso haría que se inclinaran ante ella.

Sentí una sacudida, como si me subiera un aluvión de punzadas por la columna. Dejé de tener frío y pensé: «Aquí va a pasar algo».

Las manos de Jenny empezaron a iluminarse. Alzó los hombros con un suspiro; su cabello negro relucía bajo la luz de la luna.

—Joder, si es que soy la hostia —dijo al tiempo que levantaba las manos.

Pero no pasó nada. Un instante después, Jenny las dejó caer a los costados y ensanchó la sonrisa. Mi entusiasmo se esfumó y pensé: «Está borracha, ¿verdad?».

Y entonces tiró de mí hacia un lado.

Ante nosotras, el árbol se meció y se desplomó. Las ramas crujieron contra el suelo y un humo oscuro emanó de donde se había partido. Unas lenguas de fuego se retorcían en el tronco y el aire en torno a él fluctuaba como si intentase buscar oxígeno.

Jenny se giró hacia mí y el brillo de sus manos se extinguió. Tras rebuscar en el bolsillo trasero, sacó otro par de guantes, estos con algo similar a unos cables azules enroscados. Me los ofreció y me estremecí, pero no por la temperatura ambiente.

—Ay, no —dije.

Jenny se inclinó hacia mí y me colocó los guantes.

—No te preocupes. Tranquila. He vinculado los guantes a nuestro ADN. Los sueros nos reconocen. No nos harán daño. ¿Por qué irían a hacer algo así? ¿Cómo osarían? Soy su puto Dios. Estoy…

—Borracha.

—No, estoy en la flor de la vida y soy un puto genio. El mundo se acaba a todas horas, así que cállate. —Terminó de ajustarme los guantes en torno a las muñecas—. He creado algo espectacular.

Bajé la cabeza para observar los guantes. Ella colocó un dedo bajo mi barbilla y me obligó a alzar la mirada hasta cruzarla con la suya. Su sonrisa había desaparecido, pero aún quedaba un leve rastro de ella en sus ojos.

—Eris, yo te he creado. Todo lo que sientes, lo que piensas y demás. Me va a dar pena el equipo que esté bajo tus órdenes.

—Jen...

Me clavó un dedo en el esternón para callarme.

—Te he creado yo —repitió en voz baja, cual gruñido de perro de caza—. Te he hecho fuerte y lista. Temida. —Deslizó las manos por mis hombros y luego por los brazos hasta llegar a las manos, que entrelazó con las suyas—. Te he creado para que todos esos pilotos hijos de puta, Zénit y Ráfagas que tengan la mala suerte de enfrentarse a ti te miren y sientan que se les hiela la sangre en las venas. He fabricado estos guantes, Eris, como meros instrumentos. Solo eso. A ti ha sido a quien he creado como un arma. Y siempre serás mi mejor creación.

Me envolvió entre sus brazos y apoyó la mejilla sobre mi coronilla. Yo seguía teniendo los brazos flácidos, alucinando. Era la primera vez que me abrazaba desde que éramos niñas, o puede que ni eso siquiera. Su pelo oscuro resbaló hasta cubrirme la cara. Olía a cenizas, a rocío y a hielo.

—Quiero que tengas cuidado ahí fuera —murmuró. Sus brazos, vacilantes, me dieron un apretón, como si no supiera cómo consolarme—. Sé valiente, aterradora e imprudente, como eres ya; pero recuerda que no te he dado permiso para morir.

Movió las manos por detrás de mi espalda y sentí que se quitaba uno de los guantes. Hundió los dedos en mi pelo de forma cariñosa y tímida a la vez.

—Hazles sudar, Eris. Hermanita. Mi pequeña Invocadora de Hielo.

¿Por qué narices me viene este recuerdo tan bonito entre hermanas? Porque, si escapar no me mata, Jenny sí que lo hará.

Al menos ha cambiado mi forma de ver las ataduras de las muñecas, los guardias que enviaron a escoltarme durante aquel paseíto y el ejército de mechas en mi camino. Ahora todo me parece una broma. «¿Crees que esto me da miedo, Defecto? Así es mi vida».

Con la mirada gacha y el rojo bajo las pestañas a la vista, Sona nos condujo entre las filas de mechas. Pasamos junto a un montón a ellos recién pintados y llenos de cables y junto a trabajadores con los bordes de las botas de acero irregulares y con restos de huesos debido a las últimas expediciones. Su expresión permaneció indiferente, casi aburrida, como diciendo «así masacraremos a toda tu familia». Cuando estuvimos frente a los Fantasmas, aprendí que no había que buscar pistas en su cara, sino en sus manos.

Estaba sangrando. Se había clavado las uñas en las palmas y el rojo se había introducido bajo sus cutículas. Apenas se percató, simplemente se las guardó en los bolsillos de la chaqueta de Valquiria antes de darse la vuelta y vacilar al darse cuenta de que la había visto.

No solo lo de las manos, sino también lo de los ojos.

«Imagina matarla», me supliqué a mí misma. «Imagina que le salen cables de los cortes, porque así es como acaba esto, como *tiene* que acabar...».

Pero había algo en sus ojos —incluso en el proporcionado por la Academia— que me resultó familiar. Era la misma expresión que había puesto yo en mi primera expedición, por mucho que quisiera reprimirla. «Siente el mismo miedo que yo por aquel entonces».

Y ahora, incluso encerrada y a salvo en mi celda, no me la puedo sacar de la cabeza.

Me paso una mano por el pelo y lo desenredo de manera descuidada. No sé qué pensar de la bot. De Defecto. Sona. Podría ser todo mentira; un plan para mostrarme sus lágrimas y que me trague su historia. Escapamos y la llevo a La Hondonada, y ella llama a sus amigos, los que matan a los míos.

Pero no me queda de otra.

No tendré otra oportunidad como esta.

Miro mi reflejo en cada espejo ahora que no está ella para turbarlos. Veo las ojeras, que parecen casi talladas en mi cara; la sangre seca pegada a mi cuello y al nacimiento del pelo; y las venas de mis mejillas, de un tono violáceo contra mi piel.

Tras la vuelta, cuando nos volvimos a quedar a solas en la celda, Sona me repitió el plan y se fue para dejarme dormir. Pero no pego ojo. En cambio, me paseo por la estancia. Pico de la comida fría que me han traído. Pienso en mi equipo y en Jenny; al principio solo sumiéndome en los recuerdos, pero luego imaginándome el futuro después de escapar.

Muevo los labios para sonreír. Milo va a fliparlo cuando me vea. Me agarrará de los hombros, se inclinará... «¿Te han hecho daño?» Le daré un manotazo y pasaré por su lado. «¿Pensabas que iba a dejar que se acercasen a mí? No te atrevas a insultarme».

Me vienen a la mente recuerdos simples y sosos de cosas rutinarias que no había reparado en que echaba de menos: verlos haciendo chorradas desde la mesa; que Theo y Nova se picasen dándose bofetadas suaves que acaban transformándose en puñetazos y moratones; que Xander y Juniper estuvieran enfrascados en una de sus intensas partidas de ajedrez; a Arsen merodeando por la sala de reuniones, tirando cosas del mobiliario y hablando en voz alta para captar su atención; a Milo, tranquilo en medio del caos, pasando las hojas de un libro de bolsillo en silencio y levantando la mirada de vez en cuando para clavarla en mí y lanzarme una sonrisa torcida con hoyuelo incluido.

Aparto esos pensamientos enseguida. Son peligrosos, cómodos y reales, y se parecen mucho a una promesa.

Horas después —ya debe de ser por la mañana— me vuelvo a tumbar en la mesa con las rodillas en alto y me tapo los ojos con fuerza. La voz de Jenny vuelve a resonar en mi cabeza. ¿Qué coño hago si lo que dice Sona es verdad? ¿La llevo a La Hondonada y me quedo mirando cómo la cosen a tiros en cuanto le vean el ojo? ¿Me interpondría delante de ella incluso si la creyera?

Llegados a este punto, matarla sería la salida fácil. Para ambas.

Dioses, esto está demasiado en silencio. Me aparto las manos de la cara y veo que Defecto ya se ha puesto con los espejos y cierra el ojo en cuanto acaba.

—Me aburro —le digo al tiempo que me siento y me yergo. Crujo los nudillos. Debo de haberlo hecho ya un centenar de veces, así que no se oye nada—. Aquí no me puedo entretener con nada.

Ella parpadea.

—¿Estás en la cárcel y de lo único que te quejas es de que te aburres?

—Claro que no es lo único de lo que me quejo. ¿Quieres que te haga una lista?

—La verdad es que no.

Me bajo de la mesa de un salto.

—¿Has conseguido los guantes?

—Sí.

—¿Y mis gafas?

—¿Por? —inquiere Defecto con la misma voz monótona de siempre—. Estás bien sin ellas.

—Menudo cumplido. ¿Siempre coqueteas así con la gente?

Ella ladea la cabeza levemente y los rizos le caen por la espalda.

—Intento ser más sincera.

—Estás de coña, ¿no?

—No.

Por alguna razón, lo que dice me cabrea.

—¿A qué has venido?

—Es ahora cuando me doy cuenta de que eres un caso perdido. Después, iré en busca de mi capitán y se lo diré. —Eso hace que me sobrevenga el miedo, y como me quedo callada ella aprovecha para aclararlo—: Tengo una misión dentro de unas horas y necesito medir bien el tiempo, así podremos encontrarnos en lugar de que casi mueras durante el proceso de corrupción.

—Gracias —respondo en voz baja—. Entonces, ¿no podemos quedarnos calladas sin más?

—¿No te gusta hablar conmigo, Invocadora de Hielo?

—Seguro que tanto como a ti hablar conmigo.

—Lo cierto es que disfruto mucho de nuestras conversaciones.

—¿Se debe a mi fantástica personalidad? —Se le crispan las comisuras de los labios—. Lo sabía. ¿Quién me iba a decir que un bot podía ser tan perspicaz?

—No es por eso —responde Defecto, y de repente da un paso hacia mí.

La sensación casi cómoda se convierte en miedo, en terror. Agarra el cuello de mi camiseta con una mano y deja la otra en el borde de la mesa. A mí me da por pensar: «Ya está. Estúpida ilusa. Una tía con ojazos te cuenta sus miserias y tú te aferras a ella. Si es que te lo mereces».

Pero lo único que hace Defecto es bajar la camiseta unos centímetros para dejar a la vista los ochenta y siete engranajes tatuados en dos filas en mi clavícula. Deberían ser ochenta y nueve. Sus ojos contemplan los tatuajes ávidamente.

Defecto responde con voz baja, suave y peligrosa a la vez:

—Cada vez que te miro... —Siento las gotas de sudor resbalar por la nuca. Ha puesto otra expresión; una extrañamente calmada y decidida. Me da un toquecito en uno de los engranajes y yo me estremezco—. Veo a Deidolia ardiendo hasta los cimientos. Veo cenizas y metal desparramados por el cráter de lo que fue. Veo su odiosa marca borrada de todos los mapas y su registro eliminado de la historia. Su reputación hecha pedazos. Y veo a cada Zénit, cada Ráfaga y cada piloto leal muerto.

Defecto se aparta el pelo detrás de las orejas y me suelta la camiseta. Sigue mirándome con un ojo, porque el otro permanece cerrado. Es como si quisiera ver mi expresión asombrada con todos los colores.

—Cuando te miro veo paz, Invocadora de Hielo —dice Sona con una bonita sonrisa.

Apenas logro retroceder medio paso antes de chocar con el borde de la mesa. Todavía siento su contacto en la clavícula, sobre el engranaje.

—Tú... Lo que dices es ... —Tartamudeo en busca de las palabras adecuadas. «Una locura. Sádico. Violento». Nerviosa, me paso una mano por el pelo—. Dioses. Lo que dices es lo que diría un Asesino de Dioses.

El silencio se hace entre nosotras durante un momento, y juraría que ambas nos sonrojamos a la vez. No debería haber dicho eso, pero no puedo retractarme a estas alturas.

Su mirada... Es la misma expresión que la de mi equipo cuando un mecha cae de rodillas. Una expresión de ansias de luchar, de cuando te quedas frente al enemigo derrotado y sientes los latidos y el pulso en las venas. Cuando te das cuenta de lo cerca que has estado de morir, pero que, a pesar de todo, sigues aquí y *has ganado*.

—¿Recuerdas el plan? —me pregunta Defecto rápidamente, haciendo que vuelva en mí. Tiene una mano metida en el bolsillo de la chaqueta y se le crispan los dedos a través del tejido.

Asiento.

—Sí. Me tengo que cargar a los guardias en el pasillo. Una vez los arrastre aquí, me meto en el conducto de ventilación, me arrastro hasta la bifurcación y tuerzo... y tuerzo...

—A la izquierda —me recuerda Defecto.

—Eso, sí, tuerzo a la izquierda —prosigo—. Todo recto hasta llegar al montacargas del servicio. Bajo por la escalerilla y me meto por el segundo hueco al que llego. Sigo hasta la segunda bifurcación del camino y esa me llevará a tu sala de entrenamiento.

—Es la tercera bifurcación, Invocadora de Hielo.

Sacudo la cabeza.

—Cierto, la tercera.

Me quedo pensando durante un momento. Me quito los tirantes del peto y cojo el borde de la camiseta para romper una tira.

—Primera a la izquierda —murmuro al tiempo que la sujeto sobre la muñeca izquierda—. Tercera bifurcación.

Hago tres nudos en la tela y luego paso a atármela. Con una mano me cuesta, así que la agarro con torpeza hasta que, de repente, los dedos de Defecto me toman de la muñeca y la ata en condiciones. Sin pensar, la agarro de la manga antes de que pueda apartarse.

—¿Está demasiado apretado? —pregunta, y yo siento un nudo en la garganta al ver su expresión preocupada. Le suelto la chaqueta y vuelvo a negar con la cabeza.

—Funcionará, ¿verdad? —le pregunto, odiando el tono de mi voz y la necesidad de que me responda que sí.

No hace eso precisamente.

—No. Seguramente muramos las dos.

Suelto una carcajada.

—Buen discurso, bot.

—¿Preferirías que te dorara la píldora? —pregunta con voz suave—. Escucha, Asesina de Dioses, o Invocadora de Hielo, como prefieras... No voy a mentir sobre lo arriesgado que es. No voy a enumerarte cuántos son, ni lo crueles que pueden llegar a ser, porque ambas lo sabemos de buena tinta. Pero ¿te importan las consecuencias tanto como escapar? ¿Tanto como morir siendo tú?

»Si morimos, será peleando y usando nuestro último aliento para escupir a Deidolia y llevarnos a tantos adulones como podamos. Nuestras últimas palabras serán de ira y odio, y de esa resistencia que creen que se ha extinguido. Así que te lo vuelvo a preguntar,

Invocadora de Hielo, ¿prefieres que te dore la píldora? ¿O que te recuerde que, pase lo que pase, no moriremos siendo suyas?

Dioses, menuda mirada me está lanzando. Trato de ocultar que se me ha acelerado el corazón recolocándome los tirantes sobre los hombros, y paso el pulgar por el trozo de tela que me ha atado Sona en la muñeca.

—Tengo una cosa para ti —me dice, y se quita algo del cinturón antes de dejarlo en la mesa. Es una daga con el mango decorado, del mismo tipo que usaron para hacerme las marcas en los brazos. Por un momento se me viene a la mente una imagen: Sona en una mesa de comedor llena de Valquirias. Todos cortando la comida con los mismos cubiertos, pasándose la sal...

Y entonces levanta ambos ojos hacia mí; uno rojo, el otro de color avellana. Ambos grandes y rodeados de pestañas. La imagen se esfuma.

—¿Qué? —espeto, esperando otra charla—. ¿Qué pasa?

—Es que... si quieres, puedes confiar en mí —murmura—. Si te ayuda, piensa que mi miedo es como el tuyo.

—¿Si me ayuda?

—A escapar. No hay por qué estar rodeada de enemigos. —Hace otra pausa y sacude la cabeza—. Y después...

—¿Qué, nos haremos amigas?

—Seguiremos vivas —me corrige, y se roza el antebrazo donde tiene el panel, bajo la chaqueta, con la otra mano. Es un gesto tan sutil que creo que no se ha dado ni cuenta de que lo ha hecho—. Supongo que depende de ti que yo lo esté o no.

Sé a lo que se refiere. Ella estará herida y su cuerpo se quedará ciego e indefenso. Con mis guantes, yo no.

Miro la daga; el mango brillante reluce y la hoja está sobre la superficie de la mesa. Ahí estamos nosotras, medio reflejadas en el metal. Una imagen incompleta. No se ven sus dedos crispados, ni su ojo modificado, ni la chaqueta de Valquiria que cuelga sobre sus hombros. Solo una chica mirándome con cautela, un trozo de mi cara sucia, y una daga sobre la mesa.

—¿Defecto?

—¿Sí? —contesta, respondiendo a mi ridículo apodo sin vacilar.

—Eris —digo, acallando la voz de Jenny en mi cabeza. Trago saliva con fuerza—. Me llamo Eris.

Se produce una pausa y después esboza una sonrisa; una que, esta vez, no provoca que se me hiele la sangre.

—Eris —repite Sona, probando a decir mi nombre.

No lo pronuncia con suavidad, como Milo, pero sí con cuidado. Como si hacerlo mal pudiera cortarle la lengua.

A continuación, me dice:

—Eris, ¿podrías golpearme en la cara con todas tus fuerzas, por favor?

CAPÍTULO QUINCE

SONA

09:00 horas

«Se llama Eris».

Lo repito una y otra vez en mi cabeza, como si temiera perder la memoria y no acordarme de la arruguita que se le forma cuando frunce el ceño; o los ojos, que por un breve instante se posaron sobre el que yo odio y me sostuvieron la mirada como si no le pareciera asquerosa o antinatural.

No le voy a decir su nombre a Lucindo, ni tampoco me atreveré a pronunciarlo frente a nadie más hasta que nos hayamos marchado de esta endemoniada ciudad. Que Deidolia la conozca solamente como una Asesina de Dioses o como la Invocadora de Hielo. Que conozca solo la amenaza subyacente al mencionarla, que la demonicen y maldigan el alias como quieran. Pero el nombre de Eris no les pertenecerá.

Encuentro a Lucindo en la sala común de los Valquirias. Él le echa un vistazo a mi cara y se apresura a levantarse. Salta por encima del sofá para agarrarme el brazo conforme paso frente a él y me gira para mirarme a la cara.

—¿Qué...? —empieza.

—He fracasado —digo de golpe y con dureza. Bajo la mirada hasta las botas. Estoy avergonzada. No estoy celebrando por dentro—. La Invocadora de Hielo... lo he intentado, pero no...

—Sona... —Ahora desliza la otra mano por mi brazo libre y me da un apretón. «No me toques, plaga asquerosa»—. Lo has hecho lo mejor que has podido.

131

—Necesito una Araña —murmuro, pasando por su lado a la fuerza. Los largos pasillos están decorados con fotografías y pinturas, flores aplastadas tras un cristal y espejos con marcos intrincados. Echo un vistazo al corte en mi mejilla conforme paso por delante de uno y también a Lucindo, que me está siguiendo—. Estoy bien, Lucindo.

—La corromperán —me asegura—. Ordenaré que empiecen con el proceso inmediatamente.

—Morirá.

—¿No crees que sea lo bastante fuerte como para sobrevivir?

Me detengo en seco y me doy la vuelta.

—Creo que, después de todo esto, no es más que una cría insensata. Habla como si todo le diera igual, pero solo es otra chica más de las Tierras Yermas. Se le ha olvidado lo pequeña que realmente es. Solo espero que la corrupción le inculque algo de sentido común antes de morir.

Lucindo empieza a sonreír de pronto.

—Me medio preocupaba que estuvieras siendo blanda con la Asesina de Dioses, Sona.

Por todos los Dioses. Pondría los ojos en blanco si eso sirviera de algo. Estamos hablando de matar a una chica y él sigue con ganas de flirtear conmigo. Me importa bastante poco como para decirle que, uno, los chicos nunca me han interesado; y dos, planeo quemar esta nación hasta los cimientos. Así que, en cambio, seré borde y lo veré mostrar un poquito de afecto sin miramientos. Es una práctica predecible.

—Soy tan blanda con ella como tú lo eres conmigo —respondo. La pesadez de mi voz es una simple provocación. Pero Lucindo solo es un tío, y sus mejillas se tornan de una tonalidad más intensa. Si pudiera ver sus colores, creo que la suya sería una paleta de tonos pastel: piel rosada y pálida, ojos cian y pelo blanquecino.

—¿Y eso cuánto es exactamente? —logra decir.

—Pues podríamos decir que cero, así que déjame en paz para que pueda entrenar tranquila. —Miro brevemente sus antebrazos, más concretamente cada panel instalado en ellos, que están a la vista porque se ha remangado la chaqueta. Ya me he planteado arrancárselos más de una vez; solo como experimento, como una prueba, para ver cuánta sangre perdería. Si él sobreviviera a eso, entonces, quizás, yo también.

—¿Esa es forma de hablarle al capitán de tu unidad, soldado?

—Ah, pues dime, ¿cómo preferirías que te hablara, *capitán?* —digo en susurros, dándole vueltas a esas fantasías—. Si lo que buscas son palabras bonitas, te recomiendo que vayas un burdel.

—Qué dolor, Sona Steelcrest.

—No te he puesto un dedo encima, y tampoco planeo hacerlo.

Lucindo sonríe con suficiencia y levanta una mano para frotarse la nuca. Tiene la cabeza inclinada sobre la mía.

—¿Estarás bien para la misión?

—Pues claro.

—Bien —responde, y vacila. Un escalofrío me recorre de pronto la espalda—. He... tenido que reasignar a Victoria para que te acompañe hoy.

Mi máscara se rompe.

—¿Qué? ¿Por qué? Sigo con misiones básicas; la de hoy no es más que una sencilla de escolta. No necesito...

—Anoche divisaron a Asesinos de Dioses en la zona a la que vas a ir. —Sacude la cabeza—. Sona...

—¡Sabes que ya me las he arreglado antes!

—Sí, pero... —apaga la voz y una expresión llena de culpabilidad se apodera de sus facciones.

—¿Los Zénit creen que las palabras de la Asesina de Dioses me están afectando? ¿Qué mi lealtad está cambiando? —inquiero, con la mente a mil por hora—. ¿Eso es lo que crees *tú?*

—¡Pues claro que no!

—Entonces, ¡quítala de mi misión!

—Eso no depende de mí, Sona...

Lo dejo allí en el pasillo y mando a mis pies volver a mi habitación. Llevo las manos a las sábanas, a su filo deshilachado, y le arranco otra tira antes de guardármela en el bolsillo. Me echo el bolso de lona al hombro antes de salir de la habitación y, sin saber cómo, hallo el ascensor y también la sala de entrenamiento. No sé cómo, consigo mantener el tipo lo bastante como para bajarme la cremallera de la chaqueta de las Valquirias. Un sudor pegajoso me cubre el cuello y el espejo hace que la habitación esté demasiado iluminada. «Tienes que controlarte y…».

Cuando saco las manos de las mangas, me detengo y las levanto bajo la luz.

¿Estoy temblando?

Paso los dedos por encima de los nudillos de la mano contraria.

¿Cómo no voy a estar temblando?

Se me acelera el pulso, y también lo hace el zumbido. Curvo los dedos a los costados, buscando con las uñas una costura invisible o un cordoncillo que separe mi piel del hilo de la Araña para clavarlas y arrancármela. No hay nada; solo yo, zumbando, brillando, fingiendo respirar. Ni soy rígida, ni resistente; soy una niña que hoy debe matar, y eso me asusta.

Estoy tan asustada… y ellos ni siquiera me dejan que tiemble.

—Un Auto —pido rechinando los dientes y obligándome a agarrar una espada de entrenamiento. Su peso, su mango, su forma de ajustarse contra mi mano es la sensación más familiar del mundo, como darle un apretón de manos a un viejo amigo. Si es que tuviera viejos amigos, claro.

El espejo que cubre la pared del fondo se abre y revela un pasillito estrecho. Dentro, una fila de Autos se interna en la oscuridad. El primero levanta la cabeza.

Mi postura es débil, y el tiempo de reacción, atroz. El golpe final es torpe, demasiado bruto y sin control suficiente. Antes de llamar al siguiente Auto, saco la tira de la sábana del bolsillo y me la ato alrededor de la cabeza —es tan larga que puedo darle dos vueltas—, tras la oreja derecha. El color vuelve a invadir el mundo; el azul oscuro se extiende sobre la colchoneta del suelo y un plateado violento penetra en las hojas de las espadas de entrenamiento.

El segundo cae más rápido, y el tercero, más fácilmente.

Cuando el cuarto carga contra mí, atisbo movimiento en la puerta. «No». Nuestras hojas chocan, pero yo pierdo el equilibrio y caigo al suelo con una rodilla al pecho. No puede matarme, pero darme una buena paliza entra dentro de sus parámetros.

Y entonces Rose está allí, haciéndolo retroceder con sus manos desnudas, mofándose con una risa animada.

—Sí, sí, sí, vete a la mierda, saco de tornillos.

El Auto coge impulso y gira; ella esquiva la hoja, le asesta un cómodo gancho en el costado y, tras hacerse con una espada desechada de otro Auto, lo decapita de manera rápida y eficaz.

Se gira y frunce el ceño mientras se inclina sobre mí. En la otra mano, sujetándola con afecto, veo una Araña.

—He oído que te hacía falta —dice Rose, sonriendo hasta con los ojos—. ¿Quieres que entrene contigo?

CAPÍTULO DIECISÉIS

ERIS

09:45 Horas

Escondo la daga en el zapato.

Me doy cuenta de lo mala idea que es cuando vienen los guardias a atarme las muñecas a la espalda.

—¿Podríais hacerlo por delante? —les pido, porque lo peor que me podrían responder es «Vamos a matarte», que ya está implícito. No responden—. Al menos podríais decir algo. —De repente, la puerta se me antoja una tumba. Si no recuerdo mal, el pasillo es pequeño que te cagas. Tengo la nuca perlada de sudor—. ¡No pienso moverme hasta que me digáis algo!

Una guardia con la cabeza afeitada me empuja hacia la puerta y rezonga:

—Cierra el pico.

—Dime otra cosa.

La tía me vuelve a empujar, esta vez con más fuerza. Pierdo el equilibrio y caigo de bruces y de mala manera sin poder poner las manos para amortiguar la caída. Muevo la mejilla contra el suelo y suspiro, porque parece que hoy va a ser el típico día de mierda.

—Levanta —ladra otro guardia, agarrándome de la parte trasera de la camiseta y poniéndome de rodillas. Miro hacia la derecha y me doy cuenta de que es el que lleva las llaves de las esposas. Le doy un cabezazo en sus partes nobles.

—Eso tampoco me ha gustado —le digo a la vez que él se dobla por el tronco. El tercer guardia me pega un puñetazo en la sien.

136

Mi vista se nubla —¿tiene sentido lo que estoy diciendo?— y él me agarra del cuello de la camiseta y me pone de pie.

—Ni lo intentes —advierte Cabeza Rapada mientras arrastro los pies—. Van a corromperla, y le dolerá mucho más que lo que sea que pretendas hacer.

—Inténtalo —digo, antes de escupirle al tercer guardia en la mejilla. Él me agarra más fuerte y su expresión se vuelve iracunda, pero después hace gala de un autocontrol envidiable y suelta la tela.

—¿Sabes qué? Aniquiladora Estelar tenía una boquita como la tuya —gruñe, sujetándome por el brazo y empujándome hacia la puerta—. Y a ella tampoco le sirvió.

Se me hiela la sangre.

—¿Qué? —murmuro cuando salimos al pasillo.

El guardia de la llave hunde la mano en mi pelo y tira fuerte para que eche la cabeza hacia atrás.

—A ella y a su equipo los ahogaron y aplastaron.

—Supongo que ascender a esa chavala a Valquiria fue lo correcto. —Cabeza Rapada se ríe—. Me han dicho que dejó la costa roja.

—No —jadeo. Defecto no... Me dijo... Sona dijo que... *No.*
Jenny.

Jenny... muerta. No me encaja. No va con ella.

«No, por favor».

Estamos a unos cuarenta pasos del final del pasillo. El tercer guardia y el de las llaves me tienen agarrada por los brazos y Cabeza Rapada va por delante.

—Vaya, la pequeña Asesina de Dioses está llorando —dice el tercer guardia con voz burlona. Me giro y le escupo en la mejilla.

Él retrocede. Yo levanto la pierna y golpeo la rodilla del guardia de las llaves con el talón.

Él se desploma con un grito y me suelta el brazo, por lo que yo cambio el peso para darle un potente rodillazo en la nariz. Su cabeza cae hacia atrás y sus extremidades pierden fuerza.

—Levanta, idiota —grita Cabeza Rapada mientras el tercer guardia tira de mí hacia atrás con un gruñido. Abre la boca para decir algo y yo vuelvo a escupirle. No me canso.

Él me aparta, aún sujetándome con la mano, para tener espacio suficiente para golpearme con la otra. Me lanzo al suelo —sobre el guardia que he derrumbado antes— y esquivo el golpe, que aterriza por encima de mi cabeza. Palpo con los dedos y encuentro tela, más tela, el cinturón, metal y, para cuando me vuelven a levantar, ya tengo las llaves en la mano. La primera no hace clic —tengo que acordarme de que esa será para la puerta de la celda— y, antes de poder probar con la segunda, me golpea en la boca con los nudillos. Siento que se me abre el labio. Debe de existir el karma o algo, porque la siguiente llave que pruebo sí que encaja y las esposas en torno a mis muñecas se abren.

Las cojo antes de que caigan. Envuelvo la cadena en los nudillos y lanzo un gancho a las costillas del guardia, luego a su estómago y después otro arriba, a su mandíbula. Él suelta un quejido y busca la pistola que guarda en el costado; al mismo tiempo, Cabeza Rapada se lanza hacia mí con una porra de metal. Pasa a escasos centímetros de mi cuello y yo oigo un zumbido y siento un pequeño chispazo —¿es eléctrica, en serio?— antes de aplastar la mano del tercer guardia con el pie. Cabeza Rapada me propina una patada en el costado y yo caigo de rodillas con un quejido, envuelvo tres dedos en torno al cierre de una de las esposas y lanzo la otra a la frente del tercer guardia. Este pone los ojos en blanco y se tambalea contra la pared antes de quedar inconsciente.

Cabeza Rapada se lanza hacia mí y me inmoviliza el hombro contra el suelo con la rodilla mientras mueve la porra para golpearme en la coronilla. Yo me encojo, así que apenas me roza la sien. Siento una punzada de dolor en la zona donde ha hecho contacto, y en ese momento me doy cuenta de que no veo.

Tengo los ojos cerrados. No puedo moverme. Mis dedos están abiertos a los costados y los dedos de los pies se me han quedado tensos. Me asola el pánico; me ahoga. «Ya está. He fracasado. Voy a m...».

—Mierda —murmura Cabeza Rapada, golpeándome el costado con el pie. Se oye un pequeño ruido y siento que desliza las manos por mis brazos y me levanta en peso muerto.

Cree que estoy inconsciente.

Me está arrastrando. Arrastro los talones por el suelo y la goma chirría contra las baldosas. ¿Cuántos pasos del pasillo quedaban? ¿Hasta dónde hemos llegado?

«Muévete, coño».

Pero no siento nada excepto las lágrimas en las mejillas.

Mi hermana ha muerto.

Ha muerto, y Sona la ha matado. Sona, que me espera dos pisos más abajo, que me agarró la muñeca como si eso significase algo.

Tiene que pagar.

Se me crispan los dedos.

Y va a pagar.

Me giro. La guardia me suelta. Ruedo por el suelo hasta ponerme bocarriba y después de pie.

Daga en mano.

Cabeza Rapada pone los labios en forma de o y yo la apuñalo.

La hoja se hunde varios centímetros y después halla algo más duro. Yo la inserto todavía más, hasta que la guardia se desploma en el suelo.

Sigo un poco entumecida y bastante desorientada. Arrastro a los guardias uno por uno de vuelta a mi celda y cierro la puerta con llave. Después me volteo. El pasillo está lleno de sangre. En las baldosas, salpicando la pared, cubriéndome las manos y también manchando la manilla de la puerta. Desganada, me la limpio con la manga. No puedo hacer mucho más; nada nuevo.

Quito la rejilla de ventilación y me meto dentro. Me arrastro hasta la primera bifurcación. La tela de mi muñeca izquierda me indica que vaya a la izquierda. Oigo el montacargas del servicio. Es una caída de mil pisos, o tal vez solo sea de cien, aunque el cuerpo no notará la diferencia si me caigo. Me agarro a la escalerilla con fuerza y desciendo hasta pasar un hueco. Me meto en el siguiente y gateo. Los tres nudos indican la tercera bifurcación.

La camiseta se me pega a la espalda debido al sudor. Muevo las manos contra el metal y lo mancho de rojo. A través de la rejilla, más adelante, se oye el entrechocar de espadas.

La mataré en cuanto esté bien lejos de esta puta ciudad, antes de que pueda relajarse o darse cuenta de lo que está pasando. Me haré con otro engranaje y habrá una piloto menos que mate a más personas de mi familia. Victoria asegurada.

Llego al final del conducto y echo un vistazo al espacio lleno de extremidades mecánicas. Sona se gira despacio con una daga en la mano. Tiene el pelo rizado y oscuro atado en una coleta y un trozo de tela en torno a la cabeza.

Observo el movimiento practicado de la hoja antes de percatarme de que hay alguien más con ella.

Como si el pánico tuviera voz, como si no me estuviera tapando la boca con las manos, la otra piloto se vuelve.

Y me mira directa a los ojos.

CAPÍTULO DIECISIETE

SONA

10:00 Horas

—Había oído que usas un parche —comenta Rose mientras coge una espada de entrenamiento. La Araña zumba sobre mi mejilla, donde ella la ha dejado—. Vic se estaba quejando, pero, oye, ya veo que a ti te funciona.

—Yo... —«Necesito que te vayas. Por favor, por el amor de los Dioses, vete»—. Suelo entrenar sola.

Renuente, desvío la mirada hacia la rejilla atornillada que hay en un rincón de la sala. Eris ya debería estar en el conducto de ventilación, viniendo hacia aquí. Y espera encontrarme sola. ¿Huirá si ve a dos pilotos en vez de solo a una?

A menos que ya lo haya hecho, pese a no tener los guantes, o se haya equivocado de pasillo y se haya topado con otros miles de pilotos. A menos que ya esté muerta, y todo este plan haya estado abocado al fracaso desde el principio, y fuera infantil y de ignorantes creer que alguna vez podría llegar a escapar de aquí.

—Pero eso no tiene gracia, ¿no? —pregunta Rose, apartando algunas piezas rotas de los Autos para colocarse en posición.

—Rose —digo, quitándome la Araña de encima. Tengo los nudillos blancos de lo fuerte que estoy agarrando la empuñadura de la espada—. Preferiría estar sola.

—He oído que Vic va a acompañarte a la misión. Es un golpe bajo, en serio, pero ninguna de las Valquirias pensamos mal de ti. Que la Asesina de Dioses se te ha metido en la cabeza, me refiero. Yo, al menos, no. Creo que... eres una persona encantadora,

141

Sona. —Me sonríe de oreja a oreja y coloca la espada en un ángulo premeditado—. Bueno, tal vez Vic piense algo peor, pero eso es porque no es capaz de procesar los sentimientos tan complejos que siente hacia ti. Tendrás que perdonarla.

—Victoria... —me callo y sacudo la cabeza. No puedo hablar de esto ahora; necesito que se marche. Tengo que ser borde, incluso cruel, para conseguir que se vaya rápido. No importa; igualmente no voy a volver a verla.

Pero estamos hablando de Rose. La dulce, alegre y cariñosa Rose.

Y ya está cargando contra mí.

Apenas me da tiempo a levantar la espada. La encajo contra la suya y quedamos nariz con nariz. Hasta puedo contar las pecas en sus mejillas. Sigue sonriendo.

—Vaya, eres buena —canturrea mientras nos movemos por la sala, esquivando, saltando sobre las partes rotas de los bots y resbalándonos por culpa del aceite derramado de las máquinas. Parlotea cuando pelea y tararea durante los espacios intermedios. Es ligera de pies y está bien versada en la lucha; es la segunda mejor de la unidad por detrás de Lucindo. Rose acerca la espada a mi cuello tres veces y en cada una suelta una carcajada alegre antes de apartarse para volver a colocarse en posición. No quiere hacerme daño; quiere enseñarme.

Se me forma un nudo en la garganta, pero me obligo a mirarla y a volver a empezar. No miro su ojo derecho, el castaño, sino al izquierdo, el brillante y carmesí. Odio ese color. Odio Deidolia. Odio a los pilotos, a todos los que se han cosido la piel con cables para tener la oportunidad de convertirse en las marionetas de la Academia. La odio a ella.

Tengo que hacerlo.

Me giro. Rose me esquiva con una sonrisa y dice:

—Ah, quería preguntarte...

Se queda muy quieta.

Todo parece suceder muy despacio; mueve la cabeza hacia arriba, lo suficiente como para que el miedo se instale en su expresión y arraigue.

—Creo... —murmura. Tiene la vista levantada hacia la rejilla—. Creo que he visto a alguien en el conducto de ventilación.

—Estás intentando distraerme —digo como si nada, con la sangre helada en las venas y permitiéndome echar un vistazo rápido a la rejilla. Eris no está ahí, pero puede que previamente sí lo estuviera, justo un momento antes de reparar en la persona desconocida y de haber huido. Pero a Rose no se le escapa nada.

—¡No! —insiste, dando un paso hacia adelante—. Te juro que he visto a alguien, dame un segundo...

La veo alcanzar la pared y ponerse de puntillas. La altura apenas le da para llegar al borde de la rejilla. Suelta un grito ahogado.

Muevo los pies.

—¡Es la Asesina de Dioses! Sona, ve...

Rose vuelve a girarse hacia mí y yo hundo la espada por toda la longitud de su cuello.

La piel se abre con tanta facilidad, sin impedimento, y también demasiado en silencio. Ella se lleva las manos a la herida y la sangre mana a través de los dedos y resbala por las mangas de su camiseta. Se tambalea hacia delante y veo claramente cómo articula mi nombre con los labios, un sonido que habría estado impregnado de sorpresa de no haber habido sangre que lo silenciara.

No me muevo, pensando que se desplomará antes de alcanzarme, o que me desmoronaré si trato de correr, pero, de todas formas, de repente la tengo demasiado cerca. Está indefensa, aunque su tozudez y fuerzas son incomprensibles, porque se deja de tapar el cuello y me agarra del cuello de la camiseta. Y entonces todo me resulta *demasiado*. Siento su calidez penetrar en mí cuando se acerca para mantenerse de pie y, sin pensar, la empujo hacia atrás con todas las fuerzas que soy capaz de aunar.

Rose se retuerce en el suelo. La sangre aún brota de su cuello y se encharca debajo de ella con la forma de las alas de un canario. No sé cómo, sus labios se siguen moviendo; mi nombre está atrapado entre ellos. «Ayúdame, Sona. ¿Por qué, Sona?».

—Muérete ya —digo en voz baja; es un deseo, una plegaria.

Y entonces, como si hubiera estado esperando mi permiso, el charco rojo deja de expandirse. Sus ojos se apagan, pierden brillo hasta casi deshacerse de todo color. Aun así, sigue teniendo la mirada clavada en mí.

—Sal, Invocadora de Hielo —la llamo. Hay un temblor evidente en mi voz. Patético, compasivo—. No hay tiempo que perder.

Al principio no ocurre nada y, por un momento, tengo miedo de que se haya marchado. Pero, entonces, una mano emerge de la oscuridad y empuja los barrotes de la rejilla. Con los brazos alrededor de la cabeza, da una voltereta antes de aterrizar justo delante de mí.

Se aparta el pelo de la cara con una mano manchada de sangre. Tiene el labio partido y las mejillas encendidas.

—¿Quién...?

Niego con la cabeza. No importa, porque *no puede* hacerlo.

Del bolso de lona saco una chaqueta de Berserker robada con los efectos personales de Eris guardados dentro. Se la tiendo.

—Estás temblando —apunta.

—Qué va —replico, lanzándole la chaqueta. Retraigo las manos y me las quedo mirando. Por imposible que parezca, tiene razón. Estoy temblando—. Se... Se supone que ya no puedo hacerlo.

Eris se pone la chaqueta. Le queda ancha, pero servirá igualmente. Se coloca las gafas protectoras sobre la cabeza, justo donde nace el pelo, y luego se enfunda los guantes. Un suspiro sale de sus labios cuando lo hace; una expresión casi de alegría, de cuando por fin notas algo familiar en las manos.

Dejo caer la espada al suelo.

—Te lo he dicho —suelta Eris, y algo que no soy capaz de identificar cruza su rostro —. Eres un defecto.

CAPÍTULO DIECIOCHO

ERIS

10:25 Horas

Creo que Sona no se ha dado cuenta de que se ha estremecido cuando he saltado al suelo; que no sabe la cara que está poniendo; que le tiembla el labio y no está tan comedida como siempre. Tiene la camiseta verde pringosa y teñida de negro; la sangre solo muestra su tono rojo original en la muñeca, algunos dedos de la mano derecha y a lo largo de la hoja plateada. Los rizos ocultan el trozo de tela en torno a su melena y se le pegan los pelillos a la frente perlada de sudor.

De repente caigo en la cuenta de lo joven que es, que somos ambas. No somos más que dos chicas acojonadas que ya se han manchado las manos de sangre antes del mediodía.

—¿Ha sido tu primera muerte? —le pregunto al tiempo que refuerzo los guantes en torno a mis muñecas y tiro de las gafas protectoras con montura de cuero. Ay, mis maravillosos guantes. La chaqueta de Berserker es una mierda, pero es la unidad más abundante de pilotos de Ráfagas.

Espero a que me mienta. A que asienta y me diga: «no he matado nunca; por eso debes confiar en mí». Sin embargo, clava su mirada en la mía y no de manera triunfante, sino solemne. Me lanza una mirada tan firme, triste y llena de dolor que hace que algo en mi interior se retuerza.

—No —responde Sona—. He matado a mucha gente.

—Ah —digo, porque no sé qué contestar a eso.

Permanece quieta durante unos segundos, contemplando a la piloto muerta. A continuación, con un movimiento fluido, se quita la camiseta. Yo mantengo los ojos clavados en ella, y después me doy cuenta de que eso es justo lo contrario a lo que debería estar haciendo, por lo que desvío la mirada al tiempo que ella se unta los dedos de saliva para limpiarse las gotas rojas que salpican su clavícula. En cuanto termina, se sube la cremallera de la chaqueta de Valquiria hasta la garganta.

—Tenemos que irnos —dice, arrojando la camiseta al suelo—. Te he puesto el parche en el bolsillo.

—Esto no va a salir bien —digo al tiempo que me lo pongo. Me aparto los pelos que se me han quedado pegados debajo.

Sona se quita la tela en torno a su cabeza como si nada y hace una bola con ella antes de guardársela.

—Ya lo has dicho antes —responde mientras se vuelve hacia la puerta—. Ven.

Cierro las manos en puños y las meto en los bolsillos. Siento como los cables de los guantes criogénicos se tensan. Ocultar el poder que albergan me tranquiliza.

Salgo de la sala de entrenamiento detrás de Sona y la sigo por el pasillo. Aguardo cuando pulsa el botón del ascensor. Se la ve tan resuelta que me pregunto si una de las modificaciones que le hicieron fue la de mostrarse inexpresiva en todo momento.

Cuando las puertas se abren, ni siquiera se inmuta antes de subirse, como si no hubiese sentido una punzada de pánico al ver a los otros cinco pilotos en el ascensor, cosa que yo sí.

Por un momento, me quedo petrificada de miedo y veo lo bien que se camufla; es una de ellas, una bot, el enemigo. De repente siento los dedos fríos, como si el suero criogénico sintiese las ganas que tengo de usarlo para congelarlos en el sitio y después huir a... ¿adónde?

—¿Vienes? —me dice Sona—. Hay espacio de sobra.

Enseguida me veo de pie a su lado. Las puertas del ascensor se cierran y el chasquido que emiten es como la puntilla. Dioses, estoy respirando. La chaqueta grande tal vez oculte el subir y bajar rápido de mi pecho, pero seguro que los demás son capaces de oír los latidos acelerados de mi corazón. La voz de Jenny resuena en mi cabeza: «Ve a por el piloto. Ve a por el piloto. Ve...».

Sona desliza la mano por mi antebrazo. Es un gesto tan leve que casi ni me percato, pero siento el calor incluso con la chaqueta puesta, y también por qué lo hace. Me reconforta; es un consuelo que alguien como ella no debería proveerme, pero al final consigo inspirar hondo.

«Sigues teniendo que matarla».

El ascensor se detiene y se abre en una zona similar a una cafetería. Hay largas filas de mesas dispersas tras una fila de ventanales de cristal, por lo que la luz gris se cuela en la sala. Se ven chaquetas de pilotos de Ráfagas por doquier, así como ojos brillantes y entrecerrados a causa de las risas. Algunos tienen pan en la mano y los paneles les chirrían en los antebrazos. Hay alguien en la mesa más cercana que sonríe tras su taza. De repente me asalta el olor a café y a tostadas de canela; me resulta agradable en contraste con el olor a desinfectante del ascensor.

Se bajan todos menos nosotras. Permanecemos calladas aun estando a solas, como si al hablar fuésemos a romper la racha de buena suerte que estamos teniendo.

Cuando el ascensor vuelve a abrirse, Sona sale a paso ligero. Reprimo las ganas de estremecerme mientras la sigo en dirección al hangar de los Ráfagas. Es, literalmente, el puto infierno para los Asesinos de Dioses. Esa gran cantidad de Ráfagas brillantes —con metros y metros de revestimiento impoluto y perfecto y ojos penetrantes— me hace recordar algo que todos los que vivimos en las Tierras Yermas pensamos: que a pesar de los mechas que desarmemos y de los tatuajes que nos hagamos, siempre construirán más.

Sona se detiene a unos treinta pasos por delante, en la base de una de las Valquirias. De *su* Valquiria. Se inclina hacia el lateral de la bota dorada y enseña el ojo a modo de llave. Cuando la puerta se abre, se vuelve para mirarme y levanta la mano para indicarme algo, pero se tensa y desvía la mirada hacia la izquierda.

Lo pillo al instante. Giro a la derecha, me cuelo entre otros dos mechas y echo un vistazo por encima del hombro. La piloto que se acercaba por mi espalda pasa a varios metros de distancia. Su pelo rubio ondea con cada paso firme que da. Se dirige directa hacia Sona, que abre la boca para saludarla antes de que la piloto la estampe contra el mecha.

Con el corazón en un puño, me obligo a moverme en silencio y a acercarme todo lo que me atrevo. Pego la chaqueta de Berseker más a mi cuerpo y me quedo junto al tobillo del Ráfaga contiguo al de Sona.

—... sangre por todos lados —susurra la piloto, clavándole el dedo a Defecto en el pecho. Defecto la mira impasible salvo por el brillo agresivo de sus ojos—. ¿Dónde narices está la Asesina de Dioses, Bellsona?

Tiene los pómulos altos, es alta y su piel es como de porcelana; su ojo es de color jade, más brillante que los robles de La Hondonada en verano. Me cuesta recordar el nombre de la piloto. *Victoria.*

Le arranqué el ojo y ya está como una rosa, lista para partirle la cara a Sona.

Mierda.

—¿Y yo qué sé? —murmura Sona, bajando la mirada hacia la mano de Victoria, que la está agarrando por la manga.

—No has desaprovechado la oportunidad de interrogar a la Invocadora de Hielo y ahora ha dejado una estela de sangre a su paso justo cuando a ti te toca salir de misión. No creo en las casualidades —puntualiza con una risa carente de humor, y lo dice tan convencida que se me hiela la sangre. Nos ha pillado totalmente—. Estás fingiendo, encanto. Llevas haciéndolo desde que la Academia te asignó a esta unidad; viniste con ínfulas, pero vacilas, ya me he dado cuenta. Seguramente ni siquiera hayas matado a la Aniquiladora Estelar, no tienes lo que hay que tener.

Sona pone una cara distinta, una que he adoptado yo un centenar de veces en lo que va de día: esa que deja entrever las ganas horribles que siente de destrozar algo. Espero a que la cambie enseguida y a que el control férreo del que hace gala normalmente logre que se esfume. Pero, en cambio, se abandona a lo que siente. Se tensa y tira del brazo de Victoria para reducir la distancia entre ellas.

—Y tú eres una chiquilla malcriada y celosa —le dice Defecto con desdén. Esboza una sonrisa cruel que hace que entrecierre el ojo izquierdo—. Eres tan patética y molesta. ¿Qué pasa? Que si no beso el suelo por donde pisas es porque quiero destruirte a ti y a lo que representas, ¿no? No te equivoques, Victoria. Soy una piloto excelente y una espadachina fantástica, y podría hacerte muchísimo daño. Pero no lo hago. Te revienta que no me incline o reaccione a ti, pero deberías alegrarte. No es que te desprecie, es que me eres completamente indiferente.

Debo decir a favor de Victoria que rebate igual que aguanta.

—Vale que no reacciones. Y mejor que no te importe. Pero cuando te halagan, vitorean tus hazañas o se pegan a ti, te revuelves, cielo. No reculas conmigo porque soy la única que no te adora.

—¿Crees que reculo? —gruñe Defecto.

Es entonces cuando ambas reparan en lo cerca que están.

Defecto parpadea. Cuando Victoria pega su boca a la de ella, vuelve a hacerlo.

Entonces, cierra los ojos y sus pestañas largas y oscuras le rozan las mejillas. Mueve la mano al costado para señalarme la puerta.

Justo antes de introducirme en el Ráfaga, Victoria acuna la mejilla de Sona.

Subo y el palpitar de mi corazón me da un empujón para ascender por la escalerilla.

«Seguramente ni siquiera hayas matado a la Aniquiladora Estelar».

¿Y si es cierto?

¿Puedo correr el riesgo?

Estar sola en la cabeza del mecha es espeluznante. En las ocasiones en las que me he metido en otras, la zona ya habría sucumbido a... bueno, a mí; habría partes desprendidas, rotas o congeladas. Y, entre todo aquello, el piloto, herido y magullado, seguiría revolviéndose en su cuerpo falso o ya estaría inerte y enredado en cables.

Defecto aparece por la escalerilla unos minutos después, y no puedo contenerme.

—Has tardado.

Ella se aparta el pelo detrás de las orejas al pasar por mi lado.

—Eres tú la que ha dejado un estropicio en el pasillo.

—Para eso me diste la daga —replico al tiempo que me quito el parche y lo dejo caer al suelo—. ¿Qué creías que iba a hacer con ella?

Defecto se dirige a la zona circular de los pilotos. El brillo del vidrio azul arroja sombras sobre sus cejas.

—Victoria viene conmigo a la misión.

Saco las manos de los bolsillos.

—Joder. ¿Qué vas a...?

—Lo que haga falta —repone con firmeza.

Presiona el pulgar contra el antebrazo y el panel se abre hacia fuera, revelando un agujero metálico en el que debería haber huesos, sangre y venas. Me quedo mirando la zona y veo que ella me echa una miradita antes de darse la vuelta.

Conecta los cables uno a uno y sacude ligeramente los hombros cada vez que lo hace. Los cables le bajan por los brazos y se retuercen en el aire antes de elevarse hacia el mecanismo de vinculación, que sé que se mueve en tándem con el piloto para que no se enreden y también cuando pelea.

Sona vacila con el último cable; lo enrolla entre sus dedos con delicadeza.

—En cuanto salgamos de los límites de la ciudad, baja y encárgate de los guardias —me dice—. Llegarán en unos minutos; son tres. No esperarán que los ataques desde arriba.

Asiento. Lo suponía.

Sona se pasa el pulgar por la protuberancia del cable y se lo queda mirando.

—¿Puedes tener cuidado? Ahora podré sentirlo.

—¿Por qué...? —Me quedo callada, vacilante. Lo dice con frialdad, pero no con rabia. Más bien vergüenza—. ¿Por qué deja la Academia que sintáis dolor cuando estáis conectados?

Es una pregunta ridícula. Deidolia es cruel porque sí.

Sona se encoge de hombros.

—Hay varias respuestas posibles; tal vez para mantenernos motivados. O para demostrar su superioridad tecnológica.

—¿Tú qué crees?

Ella sonríe con ironía. Es como una máscara; me he dado cuenta de que la mayoría de sus sonrisas lo son.

—Para ellos es como un chiste —murmura sin apartar la mirada del cable que no ha conectado aún—. Suprimen la capacidad de sentir dolor, nos llenan de cables y nos dicen que nos regocijemos en la evolución. Nos devuelven el dolor cuando experimentamos un adarme del verdadero poder para que, cuando seamos como los dioses, tengamos debilidades de las que poder aprovecharse. Los Zénit nos tienen a como pollos de corral, pensando que, si podemos movernos, seguimos vivos, aunque en realidad hace tiempo que nos mataron.

—¿A qué te refieres?

Ella le da un toquecito a la protuberancia del cable.

—Les gusta que sintamos miedo.

Esbozo una sonrisa burlona.

—La vida no tendría gracia sin un poco de miedo.

—Es que... —Se le quiebra la voz. Es tan repentino que mi sonrisa se esfuma, aunque Defecto no se da cuenta porque me da la espalda y deja a la vista las estrellas dispersas por toda la extensión de la chaqueta. Levanta la cabeza, pero se le tensan los hombros, como preparándose para el impacto.

—Yo solo quiero respirar.

La luz que se cuela por los ojos de la Valquiria ilumina sus rizos; los rayos fluorescentes los tiñen de rojo. Cuando desvía la vista por encima del hombro, me percato del silencio. No en la sala, sino en mi cabeza. Todos mis pensamientos enmudecen, salvo uno:

«No quiero matarte».

CAPÍTULO DIECINUEVE

SONA

Victoria se muestra impertérrita a mi lado, andando junto a mí por aquel camino helado que se alarga bajo nuestras grebas. Un viento fuerte corta la nieve en láminas de hielo y, a través de ella, el rojo de los ojos de Victoria refulge detrás de la visera.

El lago Calainvierno se extiende bajo la curva de la colina. A ciento quince kilómetros al norte de Deidolia, el afilado horizonte de los Picos Iolitos se yergue tras el bosque y el cúmulo de luces y casas de madera que salpican la orilla del lago, testimonio de la confianza que siente el pueblo en que la superficie del agua siempre permanezca congelada, como lleva durante décadas. La barcaza planeadora también se ve desde aquí; es un vehículo grande y cuadrado cargado hasta los topes de contenedores de hierro gigantescos. E incluso así, es probable que todos estén llenos hasta arriba de un montón de madera, barriles con bayas de invierno, cantidades ingentes de azúcar y también bloques de hielo que, al derretirse, se convertirán en agua limpia y purificada, una rareza en Deidolia.

—Por los Dioses —murmura Victoria. El intercomunicador hace que escuche su voz directamente en mi oído, como si estuviera a meros centímetros de mí—. ¿Por qué tardan tanto?

Cualquiera que nos mirara pensaría que somos copias perfectas; dos máquinas asesinas gemelas de cincuenta metros de altura cada una. La diferencia radica en que, por dentro, mi corazón late como un búho enjaulado. Seguro que lo oyen incluso desde la Academia.

—Podrías disfrutar de las vistas —digo, sintiendo mis labios reales moverse el uno contra el otro. Es una sensación extraña; el sonido de mi voz resuena dentro de mi propia cabeza y las palabras salen de mi lengua, pero, a la vez, sé que la boca de la Valquiria no está diseñada para ser funcional. Tengo dos cuerpos y dos conjuntos de extremidades contradictorios en cada pieza y recodo, salvo la mente que los conecta.

Y hasta eso lo siento dividido.

Este no es mi cuerpo. Estas no son mis manos, carentes de cicatrices, hechas de un acero que se dobla con solo pensarlo. Mi piel no es ajena al frío; mi cabeza no besa el cielo.

Pero pareciera que sí.

Y me siento *bien*.

—Por fin —espeta Victoria. La barcaza ha empezado a brillar por la zona del casco y su tecnología la ha elevado por encima del hielo. Pese a su inmenso peso, el despegue ha sido bastante rápido, y se desliza a más o menos a tres metros de altura mientras cruza Calainvierno. Espero que Eris no esté balanceándose peligrosamente sobre una de mis vigas de soporte. Victoria y yo nos giramos y nos dirigimos ladera abajo, hacia el delgado canal donde nos encontraremos con la barcaza.

—La semana que viene es el cumpleaños de Jole.

—¿Sí?

—Rose va a pedirte ayuda para preparar una tarta estúpida y complicada. Yo le he dicho que no, porque no quiero, y ella me ha contado que entonces te lo pediría a ti porque eres *un encanto* y toda amabilidad. Palabras textuales.

El palpitar del corazón se me sube a los oídos. Mi silencio habla por sí solo.

—¿Qué, cielo, algo que decir?

La sangre que le salió a Rose por la boca al intentar pronunciar sus últimas palabras. El golpe seco de su cuerpo al caer contra la colchoneta.

—Yo...

Algo se me engancha en el tobillo y caigo de bruces sobre la tierra congelada.

Por instinto, doblo la cabeza y la espada queda tirada en el suelo durante medio instante mientras ruedo, y al siguiente trazo un arco con la pierna, una media circunferencia en la nieve para girar, volver a enderezarme y quedar de pie frente al sendero por donde hemos descendido. Dentro de mi cabeza, la rodilla derecha del otro cuerpo está apoyada contra el frío suelo de cristal, la pierna izquierda aún estirada por el movimiento circular y los dedos de una mano sobre el suelo para estabilizarme mientras la otra se mueve hacia atrás en busca de la empuñadura de la espada.

En el sendero, una cuerda gruesa de acero se extiende a seis metros por encima del suelo, con los extremos atados a los troncos de dos inverneros, uno a cada lado del claro.

El viento sopla contra el cascarón de metal y los carámbanos adornan la rejilla de mi visera. La limpio. El estómago me da un vuelco. «Dioses, Eris. Por favor, sujétate a algo».

—Cuerda de trampa —gruñe Victoria. Se levanta, espada en mano, atenta y sombría en contraste con la nieve blanda a nuestro alrededor. Sus ojos relucen con malicia detrás de su visera—. Asesinos de Dioses.

Gira la cabeza hacia la derecha de golpe, y al momento siguiente el estallido de unos disparos resuena desde la linde del bosque; la paz del paisaje nevado queda hecha añicos por el aullido de las balas. Victoria ya se ha cubierto los ojos con un brazo contra el que los disparos rebotan y caen al suelo. El sendero helado se fragmenta en un cielo de estrellas diminutas y puntiagudas.

Sin vacilar, Victoria se coloca en posición de combate y suelta un tajo bajo en el aire con la espada.

Durante unos cuantos segundos, la nieve reclama el silencio de Calainvierno, interrumpido únicamente por el gruñido grave de Victoria. Entonces, los inverneros exhalan un suspiro bajo, casi un bostezo, antes de sucumbir. Salvo aproximadamente tres metros de sus troncos, los árboles se desploman de lado, y la nieve acumulada encima rocía el bosque en una nube gruesa, ocultando su impacto.

Desde el interior se oyen los gritos alarmados de los Asesinos de Dioses.

—Os encontré —canturrea Victoria.

El tono de voz que emplea armoniza con su expresión de una forma muy clara: se le ven los dientes en una sonrisita afilada y escurridiza, le brilla la mirada y tiene las cejas rubias enarcadas de la emoción. Camina a través del follaje con los dedos rebuscando entre la nube. Tras un momento, se repliega y los chillidos de los Asesinos de Dioses resuenan más alto que la voz de Victoria en mi cabeza, más alto incluso que el latido de mi corazón. Tiene una camioneta ranchera atrapada entre los dedos, la conductora al volante con el cinturón abrochado y los otros cinco en la parte de atrás con las caras alzadas hacia la de ella.

Han dejado de gritar.

Ahora lo que se oye es el aullido de Victoria, tan agudo y penetrante que parezca que me abra un agujero en la curva del cráneo. Deja caer la espada sobre el banco de nieve que reviste el sendero, y se lleva la mano derecha al hombro para aferrarse la hombrera llena de pinchos.

—¿Qué es esto? —rechina en mi oído—. ¿Qué...?

Vuelve a gritar y cae al suelo hincando una rodilla. El metal burbujea entre sus dedos. Retira la mano; una delgada capa de lodo negro se le ha adherido a la palma.

En la parte trasera de la camioneta, una Asesina de Dioses se ha puesto de pie. Una sonrisa adorna su rostro, radiante como la nieve que nos rodea. Las venas de sus guantes están prendidas.

Victoria gira la palma de la mano hacia un lateral. Una caída de treinta metros. No los veo impactar con el suelo; no puedo, porque Victoria se está poniendo de pie y está echando la vista atrás hacia mí. Incluso ahora, en esta forma, la imagen de la Valquiria infunde miedo a través de mis venas.

Su voz sale junto con una risotada seca y descontenta.

—No mataste a la Aniquiladora Estelar.

Hay movimiento junto al sendero. El coche golpea el banco de nieve y se hunde en él. Desde dentro, un resplandor chispea y crece.

—Ni tú tampoco.

Victoria se abalanza sobre los Asesinos de Dioses, y yo sobre ella.

A diferencia de Rose, ella no recibe los cortes en silencio. Conforme la hoja de mi espada se hunde en su costado, oigo su grito tan alto en la cabeza que es como un peso físico y espinoso. La clavo aún más adentro mientras las dos aterrizamos sobre el sendero con un estruendo y su piel de metal se pliega.

Pero, por muy penetrantes que sean sus alaridos, no morirá solo de dolor. Alargo el brazo hacia su visera, hacia la pequeña piloto oculta dentro.

Victoria levanta la rodilla debajo de mí y me empuja en el abdomen con el pie para apartarme de encima. Yo consigo volver a ponerme de pie y su agudo gruñido animal resuena otra vez. Levanto la cabeza y la veo sacarse mi espada de las costillas.

—¿Qué narices has hecho? —ruge, aferrando la hoja con fuerza. Desvío la mirada rápidamente hacia el banco de nieve donde yace su espada, pero ella me pilla y se interpone en mi camino—. ¡Ja! Así que te has dejado manipular por la Invocadora de Hielo. Eras débil, y yo lo sabía, y... y... ¡y arderás en el infierno por esto, Bellsona!

Yo aprieto los puños a los costados.

—Mejor eso que morir *por ellos*.

Me doy la vuelta cuando ella da una estocada y la punta de mi espada abre un corte limpio y superficial en mis omoplatos. Un dolor punzante —dulce y *real*— me sobrecoge, y yo me agacho para esquivar su siguiente embate y me lanzo hacia el banco de nieve. Ella se gira enseguida para seguirme, pero yo ya he agarrado su espada y la siguiente acometida choca con la mía. Se oye un chirrido de metal contra metal cuando nuestras hojas impactan. Tenemos las caras tan cerca que incluso con los intercomunicadores desconectados seguiría pudiendo oír sus amenazas discordantes.

—No puedes vencerme —sisea, empujando la hoja más cerca de mi rostro. El hielo tampoco me está ayudando a mantener los pies fijos en el suelo.

—Ya lo he hecho antes.

Ella suelta una risotada.

—Te lo estaba poniendo fácil.

Casi resoplo; la indulgencia no es muy propia de ella.

—¿Por qué?

—¿Tú por qué crees, Sona?

Siento que pierdo pie al mismo tiempo que oigo una nota de dolor en su voz, cosa que me choca viniendo de ella. Aparto esos pensamientos y echo el peso hacia adelante hasta estampar mi frente contra la suya. Victoria se tambalea hacia atrás y yo estiro el brazo y hundo los dedos entre los barrotes de su visera. La lanzo a un lado antes de asestarle un golpe en el pecho. Ella lo evade saltando hacia atrás y luego vuelve a blandir la espada. Las hojas vuelven a chirriar.

—Nunca te aceptarán como eres —musita Victoria con furia. Pivota y, de la fuerza, salgo impulsada hacia delante, hacia el canal congelado. Levanto la espada conforme me giro y esquivo su siguiente estocada. Me obliga a retroceder otro paso, y el hielo resbaladizo amenaza con hacerme perder el equilibrio—. Nunca serás una de ellos.

Hace amago de atacar, pero, cuando me muevo para bloquearlo, dirige la espada hacia mi muslo y da buena cuenta de la armadura atornillada allí. Caigo sobre una rodilla y apenas soy capaz de detener su siguiente golpe. Su hoja se desliza sobre la mía hasta que las dos empuñaduras se tocan.

—Podrías haber sido grandiosa —escupe, con los ojos tan cerca que su luminiscencia hace que los míos lagrimeen —. Una leyenda. Una deidad. Podrías haber tenido una familia.

Aparto la mirada y me pongo de pie. Entonces le propino una patada en la pelvis que hace que las dos espadas se desenganchen.

Yo ya *tenía* una familia.

No encontraré otra.

Uno tras otro, sus embates se vuelven erráticos y pesados, tan incesantes que no me dejan lanzar un ataque entre bloqueos. Me obliga a retroceder por la ladera. Sus golpes me tienen tan concentrada que no me doy cuenta de que hemos alcanzado el canal hasta que no piso la orilla lista y helada.

Me resbalo. Muevo la mano abierta en espiral hacia atrás para mantener el equilibrio, y subo la otra casi con demasiada lentitud como para desviar su siguiente golpe. Su hoja me atraviesa la muñeca y mi espada repiquetea contra el hielo con la mano amputada aún aferrándose a la empuñadura.

«El dolor no es real, no es *real*...». De mi garganta sale un grito desgarrador. Victoria coloca la hoja contra mi cuello y se inclina hacia mí. Yo estoy arrodillada frente a ella, con la mano que me queda pegada a la espalda. Me imagino que la expresión orgullosa de la Valquiria armoniza con la de ella a la perfección, hasta en el atisbo de sonrisa que ambos esbozan.

—Haz lo que quieras, Bellsona —arrulla ella, ladeando la cabeza—. Que le den a Deidolia, a la Academia, o a quien sea o lo que sea que te venga en gana. Pero esas modificaciones están tan perfectamente entrelazadas e intricadas dentro de ti que no hay forma alguna de deshacerlas. Siempre serás una piloto, e incluso muerta, Deidolia seguirá residiendo en tu interior. Nunca dejarás de pertenecerles.

Soy capaz de oír la sonrisa en su voz igual que la verdad que presenta, y el miedo que eso provoca me obliga a pronunciar las palabras.

—¡Sal de mi cabeza! —grito, con más rabia y dolor real del que nunca pensé que dejaría ver a otro piloto—. ¡*Sal de mi cabeza*!

—En guardia, Bellsona —canturrea Victoria.

Con la hoja de la espada aún amenazándome bajo la barbilla, estira la mano hacia mi visera y la arranca con facilidad. Luego inserta un dedo por el ojo y siento el susurro del cristal roto contra las mejillas de verdad.

Eso no me duele.

Pero todo lo demás sí.

Victoria va a por mí, retorciendo los dedos contra el borde de la cuenca; ahora está tanto física como mentalmente dentro de mi cabeza. Su risa abrupta es como una soga alrededor mi garganta.

Doy mi último aliento.

El frío se arremolina en mi pecho.

Victoria grita y retrae la mano, y a través del ojo que no me ha sacado, veo que la escarcha ha cubierto la punta de sus dedos. Crece como una enredadera, como la podredumbre, y avanza sobre sus guantes y luego por su muñeca. Sobresaltada, flexiona la palma y una profunda raja la parte en dos. Ella vuelve a gritar.

—¿Qué es esto? —aúlla, tambaleándose hacia atrás y separando la espada de mi cuello. Yo retrocedo en cuanto la amenaza desaparece y mi cuerpo de verdad choca contra algo sólido.

—Deidades —gruñe Eris—. No se os puede dejar solas ni un puto momento...

CAPÍTULO VEINTE

ERIS

Es evidente que los guardias nunca habían estado en un mecha rodante. Sin embargo, no tengo tiempo de admirar sus extremidades desmadejadas pintando el interior de la Valquiria de sangre, porque, en algún lugar sobre mí, Defecto está chillando.

Lo único que pienso al subir es «Tengo miedo. Tengo miedo. Tengo miedo».

—¡Sal de mi cabeza! —Está sangrando. Suplicando. En el interior de la cabeza, no es solo un chillido, sino que se divide y forma algo peor—. ¡*Sal de mi cabeza*!

El mecha está inclinado y el suelo bajo nuestros pies, ladeado. Hay unos dedos de metal más altos que yo retorciéndose en el interior. No me importa. No *puede* importarme. Defecto está de rodillas con las mejillas manchadas de sangre y goteándole desde un montón de sitios. Le caen lágrimas que, para cuando llegan a la mandíbula, son goterones teñidos de rojo y tiene esquirlas de cristal enredadas entre los rizos.

Se oye otro grito desgarrador, de esos que recordaré toda la vida.

Aúno el poder en mis manos y lo libero. Justo cuando los hilos de escarcha empiezan a entrelazarse con el metal, la mano retrocede, permitiendo que una luz blanca se cuele en el interior.

Defecto se pone de pie y se tambalea hacia atrás. Yo desactivo los guantes y coloco las manos en sus hombros para sujetarla.

—Deidades —gruño—. No se os puede dejar solas ni un puto momento...

Está temblando, y no de frío. El viento helado sisea a través de la ventana rota.

—He perdido la espada —logra decir débilmente.

Casi pongo los ojos en blanco.

—Entonces estate quieta. Dame un tiro limpio.

La suelto y salgo de la plataforma de cristal con los pulgares sobre el disparador de los guantes. El suero se activa y la luz azul me recorre los brazos.

A pesar de estar quebrándosele la mano izquierda, la otra Valquiria sigue blandiendo su espada bastarda. Curvo los labios en una sonrisa. Cree que puede vencerme. Que puede vencer*nos*.

Aprieto los puños y el suero burbujea entre los huecos de mis dedos.

La Valquiria se mueve trazando un arco en el hielo con la pierna y alzando la espada para asestar una estocada torpe. Yo libero el suero. Este resuena al salir desde el ojo roto, cruza el aire helado y aterriza en el arco de su hombro.

La escarcha desgarra el metal en trozos dentados. El mecha deja caer la espada, que aterriza con un estrépito en el hielo, y flaquea.

Cuando respiro, sale vaho. «¿Ya está? ¿He sobrevivido?».

Entonces, a mi izquierda, escucho algo semejante a un gruñido. El viento arrecia.

Levanto la vista justo a tiempo para ver a Defecto echar correr a toda velocidad, el suelo helado bajo sus pasos. Aquel impulso repentino casi me deja de rodillas. En cuestión de un instante llegamos a la altura de la otra Valquiria y Defecto agacha la cabeza, inclinando el suelo bajo mis pies. Su mano aferra el aire. Fuera, la palma metálica de su Valquiria hace amago de agarrar al mecha y lo hace del cuello.

Defecto vuelve a soltar otro gruñido y estira el brazo hacia delante, estampando la cabeza del Ráfaga contra el hielo e incluso atravesándolo.

La enorme Valquiria se sacude contra el suelo y hace saltar la escarcha, que el viento acoge de buena gana. Defecto no cede. No le tiembla el pulso.

Los pilotos no pueden ahogarse, pero sí congelarse.

El mecha deja de revolverse.

Mi corazón, no.

Defecto se pone de pie y después se queda inmóvil, con los hombros echados hacia atrás y una mano ligeramente alzada en el costado. Se le llenan los ojos de lágrimas, pero no expresa nada más. La veo inspirar hondo.

Se vuelve a hacer el silencio.

No estoy hecha para quedarme callada, ni para ser una blanda. Es superior a mí.

Estiro la mano hacia ella. Tengo los guantes encendidos.

«Ahora a por la piloto».

Sus manos me envuelven los hombros. Me acerca a su cuerpo.

«No me puede ver. ¿Cómo...?».

—Gracias —murmura Defecto con la voz tomada por las lágrimas.

Me quedo petrificada. Tengo las manos a escasos centímetros de su piel; tiene que sentir el frío procedente de ellas por narices. Sus brazos me estrechan más fuerte; tiene la barbilla apoyada en mi coronilla. Me da calor. A pesar de los cables y los tornillos en sus venas. A pesar de los copos de nieve. Cuando respira, sus costillas se mueven contra las mías.

—Gracias, Eris.

Mis manos caen a los lados.

Ella se estremece y después vuelve a gritar.

—Mi pierna... —empieza a decir, y se le aflojan las rodillas. De manera instintiva, desactivo los guantes y la sujeto entre mis brazos. Ella tiene uno inerte y trata de buscar a ciegas los cables correctos con el otro. Los reúne todos y tira con fuerza, revolviéndose contra mí. Vuelve a proferir otro grito y a mí se me encoge el corazón.

—Eris... Los cables de la izquierda... por favor —me suplica.

Asiento con la cabeza, aunque ella no puede verlo, y deslizo la mano por su antebrazo antes de enredarla entre los cables. Tiro de ellos con todas mis fuerzas y consigo soltarlos. La desesperación no da cabida a la suavidad.

Alzo la cabeza y veo que la mirada vacía desaparece de sus ojos, hinchados y enrojecidos por las lágrimas.

—¿Estás bien? —gruñe.

—Joder, ¿lo he hecho bien? —exclamo yo al mismo tiempo, soltando los cables.

Y es entonces cuando lo asimilo. Hemos escapado. Estamos a salvo. De repente, rompo a reír y ella se me queda mirando como si hubiera perdido la cabeza; y oye, después de toda esta mierda, tal vez me lo merezca. Sonrío y la felicidad destierra la poca sensatez que me queda. Pego las palmas de las manos a sus mejillas tostadas y sonrojadas.

—Estás loca —murmuro, asintiendo bruscamente—. No cabe duda de que eres un Defecto.

Transcurre un momento en el que creo sentir un leve chispazo bajo los dedos antes de que ella me aparte las manos.

—Deberíamos marcharnos antes de que caiga el Ráfaga.

—¿Qué?

Ella se gira y señala a través del ojo roto.

—No la conocerás por casualidad, ¿no?

Debajo, donde el hielo se mezcla con la linde del bosque, un grupo de gente viene caminando hacia nosotras. Los lidera una chica con el pelo negro como la noche y cuyos dedos despiden una luz anaranjada. Ha curvado los labios en una sonrisa fiera, brillante y animada en contraposición con sus ojos, ocultos tras el cristal oscuro de sus gafas de protección. Estoy demasiado lejos como para apreciar bien los detalles, pero no me hace falta. Reconocería esa presencia inquietante en cualquier lugar.

Está viva.

Pues claro.

—Mierda —murmuro—. Estoy en un buen lío.

⸻ ⸻

Ambas estamos perladas de sudor para cuando salimos del Ráfaga. Defecto tiene los rizos pegados a las mejillas y veo que acerca las

163

manos a la cremallera de la chaqueta y duda antes de dejarlas caer a los costados. Su camiseta sigue en Deidolia, empapada de la sangre de esa otra piloto.

Se detiene y echa la vista atrás. A unos nueve metros, la greba dorada derecha está goteando; tiene una fuga a causa de un cráter de metal derretido justo debajo de la rodilla. No me extraña que la pierna no haya soportado el peso del mecha. El suero de Jenny se consumirá pronto, pero no antes de que todo el Ráfaga colapse. Tenemos que salir del hielo antes de que la fuerza del impacto nos mande a las dos al agua.

—¿Estás bien? —le pregunto mientras observo que Defecto se examina las manos. Le han salido ampollas en los callos. Mis guantes me protegen del calor abrasador que ha lanzado Jenny sobre el mecha, pero Defecto se ha sujetado a los peldaños de la escalerilla con las manos desprotegidas.

Ella se encoge de hombros.

—No me duele. —Se vuelve a tapar el ojo con la tela.

Veo el momento exacto en que Jenny me reconoce. Se le abre un poco la boca y se queda quieta. Su equipo —la gente con la que he crecido, a los que reconocería solo por la voz— hace lo mismo.

—¿Eris? —exclama Nolan con un grito ahogado. Baja el cañón de su pistola mientras se detiene y se me queda mirando con los ojos azules como platos—. ¡Pensábamos que habías muerto!

—Lo sabía. —Gwen asiente y se vuelve hacia Zamaya dando saltitos. Las pistolas que guarda en las fundas de las caderas se mueven con ella—. Seung, mi caramelo, por favor.

Seung se saca un caramelo de dulce de leche enrollado en papel de cera del bolsillo y se lo pone a Gwen en la mano. Pues claro que han apostado sobre mí. Que yo tal vez hubiera muerto no es razón suficiente para perder las buenas costumbres.

Observo con cautela a Jenny; los hombros tensos que revelan a gritos lo que va a hacer; la mirada profunda que oculta tras las gafas que dirige primero a mí y luego a la piloto a mi izquierda, y viceversa.

Me muevo sin pensar. Me interpongo entre Jenny y Defecto, y en cuanto lo hago se me eriza el vello de la nuca. Igual que cuando hay tormenta. Igual que antes de pelear.

—Hola, Jen —la saludo e intento esbozar una sonrisa. Ella consigue que la borre al poner de pronto el gesto. Durante las misiones, Jenny sonríe incluso —no, más bien, sobre todo— cuando tiene muchas ganas de cargarse a la gente. Así que, obviamente, cuando frunce el ceño el corazón me da un vuelco.

—Aléjate del bot, Eris —dice con firmeza.

—Jen, te prometo que te lo explicaré todo. Ella no solo ha sido mi vía de escape, yo también he sido la suya. No es como los demás pilotos; es de las Tierras Yermas, como nosotras.

Por un momento me da la sensación de que mis palabras calan en ella. Jenny levanta la mano y se quita las gafas.

—Joder, Eris —musita. Los cables de sus guantes se encienden gracias al suero de magma—. ¿Qué demonios te han hecho?

—Jenny...

Apenas soy consciente de que echa a correr, pero, para cuando lo asimilo, ya me ha tirado al hielo y ha levantado la mano apuntando a Defecto. Doy un barrido con la pierna hacia sus tobillos y ella se tambalea hacia atrás, pero apenas roza el suelo antes de volver a ponerse de pie y atacarme a mí. Yo le sujeto las muñecas, la acerco a mí y la obligo a mirarme a los ojos. Tengo los dedos pegados contra sus guantes activados, pero no me duele, al igual que mi suero no le hace daño a ella. Diseñó los guantes para reconocernos porque es un genio, lo cual significa que es lo bastante creativa como para hallar otras maneras de hacerme daño.

—Sé que parece una locura. Lo sé. ¡Pero tienes que escucharme!

Sus ojos arden, oscuros, y gira la cabeza hacia Defecto, que, tambaleante, ha dado varios pasos hacia atrás.

—Le habéis lavado el cerebro, ¿verdad? —escupe Jenny. Se suelta y me empuja a un lado—. Ya me lo agradecerás, Eris.

—¡Que no me han corrompido! —grito, poniéndome de pie y volviendo a interponerme entre ellas.

—Conseguiremos que vuelvas a ser tú —gruñe Jenny a modo de respuesta, y por un momento juro que oigo un sollozo velado en su voz. Mira por encima del hombro—. Sujetadla.

Dos pares de manos me agarran por los brazos y tiran de mí hacia atrás. Algo hace clic en mi mente, por lo que bajo la vista hacia el reflejo en el hielo. Tengo a Nolan a la derecha —le doy un pisotón— y, en cuanto él grita y me suelta, me giro y le asesto un codazo en las costillas a Seung.

—¡Jenny, déjame...!

—Detente —me ordena Zamaya con decisión, pero sin levantar la voz. Es la mano derecha de Jenny y experta en demoliciones.

Me vuelvo y la veo a seis metros apuntándome con un arco y una flecha de punta metálica, de las explosivas que Jenny le prepara solo a ella. Traga saliva con fuerza. Tiene dos engranajes tatuados en las mejillas que desaparecen en los hoyuelos cuando sonríe, cosa que no hace ahora.

—Eris, cariño... por favor.

Nolan y Seung vuelven a agarrarme de los brazos y me aprisionan con fuerza. Zamaya desvía la dirección del objetivo hacia Defecto.

Su ojo descubierto me mira por encima de la punta de la flecha.

—Debería quedarme quieta, ¿cierto?

—Eso es, bot —replica Jenny. Da un paso hacia mí y me agarra de las muñecas antes de acercárselas a la cara. Entrecierra los ojos y pasa el pulgar por la longitud de mi antebrazo—. Esta piel no es tuya.

Parpadeo. Está tocando la zona que arregló la Araña después de que Wendy y Linel se lo pasasen de fábula conmigo.

—Es imposible que lo hayas notado.

—¿Te han curado? —murmura—. Te han curado. ¿Para qué? ¿Para que te infiltres en La Hondonada? ¿Para que nos destruyas desde dentro? Mira que a Deidolia le gusta lo poético, ¿eh?

Me da asco hasta pensarlo, y abro la boca para decirle justo eso, pero entonces reparo en que tiene los ojos anegados en lágrimas y desenfocados, y soy incapaz de decírselo.

—Mírame. —Giro las manos hasta agarrar las suyas y la acerco a mí—. Mírame, Jenny. ¡No me han corrompido!

—Entonces, ¿por qué te han curado? —grita—. ¿Por qué te han soltado?

—No han hecho ni lo uno ni lo otro. Me han... me han hecho daño, Jen. —Se me quiebra la voz. No lo esperaba. Y lo que es peor aún, me ha empezado a temblar el labio. Odio mostrarme débil frente a ella—. Me... me han hecho mucho daño, ¿vale? Pero ella me ha curado. Hemos escapado juntas. Ha sido *ella* la que me ha salvado.

Jenny deja escapar un rugido y se suelta de mi agarre antes de girarse hacia Defecto. Sus guantes, cerrados en puños a los costados, se iluminan de un color anaranjado.

—Nosotros te salvaremos —susurra ella—. Desharemos lo que hicieron ellos.

Jenny empieza a encaminarse hacia Defecto, y esta, a pesar de estar demasiado calmada, retrocede un paso. Me embarga el pánico. Paso la mirada de Nolan a Seung.

—¡Soltadme!

Seung sacude la cabeza.

—No queremos hacerte daño, Eris. Solo te apartamos del camino de Jenny.

No están intentando hacerme daño. Miro hacia atrás, donde Zamaya está con el arco y flecha preparados, y a Gwen, su tiradora, con la pistola en posición y el dedo en el gatillo. Son varias de las personas más valientes que conozco, y sus manos están temblando.

Jamás me harían daño.

Primero me revuelvo y, cuando su agarre se intensifica, grito. Jenny se vuelve a la misma vez que yo, justo a tiempo para ver que Nolan y Seung vacilan y que su agarre se debilita. La advertencia abandona sus labios en el mismo momento en que yo me libero, justo después de activar los guantes criogénicos.

Jenny me mira con una tristeza que llevaba muchísimo tiempo sin ver.

—Si queréis matarla —tomo aire y endurezco la mirada—, tendréis que pasar por encima de mi cadáver.

—¿Crees que no lo haré? —exclama con suavidad.

—Sí.

Levanta el puño. Le resbala una lágrima por la mejilla.

—Entonces eres demasiado compasiva para este tipo de trabajo, Eris. —Traga saliva con fuerza—. Pero has sido buena. Una buena soldado. Una buena Asesina de Dioses. Nolan, Seung, retiraos.

Creo que en el momento en que se dispersan me doy cuenta de que todo esto es real, de la locura que parece, de lo loca que parezco yo, defendiendo a una piloto que me devuelve la mirada con los ojos como platos. Abre la boca y sus labios cortados se mueven. Está diciendo… ¿Qué está diciendo?

Se escucha el silbido de una flecha.

Aterriza en el hielo entre Jenny y yo, y el mundo se disuelve en un destello cegador. Pierdo el equilibrio y el hielo me araña la piel. La escarcha entra en contacto con mi ropa. Aterrizo de costado, y la caída me deja sin aliento.

Al otro lado del humo, mi hermana se levanta y señala a Zamaya con el dedo. Esta parece igual de aburrida que siempre mientras prepara otra flecha en el arco.

—Te has pasado de la raya, Z —gruñe Jenny.

—Estoy siendo amable, querida —responde ella encogiéndose de hombros—. Ese ha sido un disparo de advertencia. Ya basta de veros pelear. Mata a la bot y acaba con esto ya.

La neblina se disipa. El disparo ha lanzado a Jenny hacia atrás, más hacia Sona, por lo que estoy demasiado lejos para hacer nada, demasiado lejos para detener el puño de Jen antes de que impacte contra el pómulo de Defecto.

Jenny asesta una patada a Defecto hasta tumbarla bocarriba y se coloca en posición: los puños bien cerrados sobre su cabeza y las venas preparadas para actuar.

—¿Cuáles son tus últimas palabras, bot? —pregunta Jenny con una mueca.

Sona alza la mirada; sus rizos se extienden bajo ella como una almohada.

—Adelante —dice, alzando la barbilla. Ha suavizado la expresión; no siente miedo o vacilación. Ha relajado los dedos contra el hielo.

Jenny entrecierra los ojos.

—¿Qué acabas de decir?

—No te culpo por desconfiar. Llevo tiempo sabiendo que no me importa cómo muera siempre que no sea en un Ráfaga o en Deidolia. He dicho «Adelante», Asesina de Dioses.

A continuación, Sona ladea la cabeza hacia mí y me mira con un solo ojo. Esboza una pequeña sonrisa.

—Gracias, Eris —me dice—. Por todo.

—No —susurro antes de levantar la voz hasta convertirla en un grito—. ¡No lo hagas, Jenny!

Jenny se queda contemplando a Sona; al notar la tensión en sus hombros y su ceño fruncido, veo cada partícula de odio arraigada en ella; todo lo que nos han enseñado merodea bajo la superficie. Hay otra voz en su cabeza, perteneciente a la primera persona que le dijo: «ve a por el piloto». Se le hunde la mejilla cuando se muerde el carrillo por dentro.

—¿Tú has salvado a mi hermana? —inquiere Jenny. Creo que jamás la he visto susurrar hasta ahora.

—Nos hemos salvado mutuamente.

—¿No sirves a Deidolia?

—De una manera u otra, todo el mundo sirve a Deidolia —dice Sona, y a continuación mete los dedos por debajo de la tela y la desliza hacia arriba. El brillo rojo de su ojo parpadea para acostumbrarse a la luz—. Y, por eso —prosigue—, siempre serviré a su imagen y siempre reforzaré el miedo que ansía. Es lo que la Academia quiere. Y por esa razón le supliqué a Eris que me ayudara a escapar.

Y sonríe, feliz. Jenny curva las comisuras de la boca con los puños aún en alto. Me inquieta ver cómo han cambiado las tornas: ahora es Jen la que trata de mantenerse estoica y Sona la que enseña los dientes.

—Quiero hacerles pagar. Y lo haré. —Su risa es tan ligera como un carillón. Me entran ganas de salir huyendo—. Bueno, si decidís no matarme, claro.

—Convénceme —responde Jenny.

Sona permanece en silencio durante un momento. Se le crispan las comisuras de la boca y pone una expresión menos atrevida y más tímida.

—Espero que me hayas perdonado. La que te arrojó al río fui yo.

CAPÍTULO VEINTIUNO

SONA

Jenny se parece a Eris hasta en la forma en la que anda; avanza orgullosa, casi con arrogancia, como si todo Calainvierno estuviera bajo su mando. La diferencia es que, cuando me mira, sus ojos siguen siendo dos duras obsidianas. Me empuja de malas maneras hacia la camioneta, donde su conductor se halla sentado muy rígido tras el volante.

—Estás muy loca, Jenny —murmura con desánimo, como si supiera que responderá a sus esfuerzos con una mera burla.

—Y eso a ti te encanta —replica Jenny, instándome a sentarme en un rincón del maletero de la camioneta. Eris se coloca junto a mí enseguida y se cruje los nudillos. Jenny se sienta enfrente e imita su gesto—. Si alguien tiene algo que decir, que lo diga ahora para así poder ignorarlo en condiciones.

—La han corrompido, Jen —sisea un Asesino de Dioses mientras la camioneta cobra vida.

Eris le lanza una mirada envenenada.

—Corrupta o no, sigo siendo capaz de partirte los dientes.

Una Asesina de Dioses con el pelo de un morado brillante y tatuajes en las mejillas se ríe de forma amenazante.

—Al menos habla igual que Eris.

—Yo os confiaría mi vida —espeta Eris, elevando la voz por encima del silbido del viento—. Lo mínimo que podéis hacer es fiaros de mi palabra.

—Chica, tus palabras bien podrían ser un guion escrito.

—Voy a peg…

—Parad —ordena Jenny, y la camioneta se sume en silencio. El viento hasta amaina un ápice. Se quita las gafas protectoras y contempla su reflejo durante un momento. Entonces, sin levantar la vista, añade—: Tú. Dices que eres de las Tierras Yermas, supuestamente. ¿De dónde?

—Argentea. Estaba...

—Nadie sobrevivió a la Masacre de Argentea —rebate Jenny sin rodeos, y yo vacilo un instante. Ya ni recuerdo cuándo fue la última vez que oí el nombre de mi ciudad natal en boca de otra persona.

Sacudo la cabeza.

—Ellos... enviaron primero a un Paladín para que destruyera los túneles. Yo conseguí salir... Luego mandaron a un Fantasma a ocuparse del resto.

—¿Y cómo es que sigues viva? —inquiere Jenny—. ¿Cómo llegaste hasta Deidolia?

—Un amigo de mi familia me encontró —digo—. Fue a buscar ayuda. Lo pillaron. Y lo mataron.

Retuerzo la venda en el bolsillo con los dedos. La desenrosco y la retuerzo de nuevo. Y así una y otra y otra vez, más y más rápido, al compás de mis latidos. Trago saliva.

—Me arrastré hasta el tren de carga y caí sobre nuestra cuota de carbón. Me quedé allí tumbada hasta que el vagón llegó a Deidolia. Entonces, bajé y deambulé por la ciudad hasta que los servicios de la Academia me encontraron. Me inscribieron en el programa de Ráfagas. Me dieron comida, refugio, ropa. Un Ráfaga. Este ojo, estos cables, el...

No me doy cuenta de lo mucho que he subido la voz hasta que Eris me da un toquecito en la rodilla con la suya. Cuando desvío la mirada hacia ella, ella baja la vista hasta sus manos. Se le han resquebrajado las gafas protectoras en algún momento hoy, así que mi reflejo sale fracturado en ellas. Tengo las mejillas manchadas de sangre por culpa de los cortes que me había olvidado de que tenía.

—Ellos me salvaron la vida —musito. Pero también me la quitaron. A mí y a todas las personas a las que quería.

El viento vuelve a arreciar. Uno de los Asesinos de Dioses empieza a aplaudir despacio, y se ríe por lo bajo.

—¿También sabe poesía? —repone secamente, pero sus aplausos cesan de repente cuando Jenny levanta una mano.

—¿Por qué enviaron a los Ráfagas? —pregunta en voz baja—. Has dicho que te caíste sobre la cuota de carbón. Si Argentea consiguió cumplir el cupo, ¿por qué la masacre?

—Sí que lo cumplimos —digo, odiando lo forzada que me sale la voz después de todos estos años. Siento como el pulgar se me tiñe de morado dentro de los confines del vendaje—. Algo le pasaba a la maquinaria del tren. Nadie supo cómo arreglarlo, así que el carbón se marcó como que nunca había salido de la ciudad. Y mandaron a los Ráfagas.

Para mi horror, una lágrima resbala por mi mejilla. Me la limpio corriendo.

—No fue culpa *nuestra* —susurro.

—Nolan —espeta Jenny—. Aplaude otra vez y te mato.

—¿Qué? Venga ya, Jen, está...

—Está diciendo la verdad —repone Jenny con rotundidad.

A mi lado, Eris se mueve ligeramente.

—Ah, ¿sí?

—Pensaba que me creías, Invocadora de Hielo —comento con voz queda.

—Y lo hago —responde—. Es solo que no me esperaba que Jenny también. No tan rápido. No es habitual en ella.

—Yo estuve *ahí* —explica Jenny—. Un día después, una vez nos enteramos de lo que había ocurrido. No encontramos a nadie vivo. —Levanta dos dedos de la mano—. Había huellas de un Fantasma y un Paladín. La mina había colapsado. Pero encontramos los registros y se cumplieron todas las cuotas de ese mes. No sabíamos por qué habían enviado a los Ráfagas.

La miro a los ojos.

—No había razón.

—Ah, venga ya —suelta otra Asesina de Dioses. Se pone de pie de un salto. Con una mano se apoya en el borde de la camioneta mientras se inclina sobre Eris, y con la otra me agarra la muñeca—.

Mirad a este engendro. Cierra el ojo como si no le gustara, llora como si fuera capaz de sentir remordimiento, como si pudiera sentir *cualquier cosa*. Vamos, no os tragaréis...

Jenny estampa el puño en el esternón de la Asesina de Dioses y la lanza hacia atrás. Nolan la sujeta antes de que pueda caerse por el lateral del vehículo.

—Gwen, tú aún seguías aprendiendo a cargar una pistola cuando yo estuve en Argentea. La gente de esas minas acabó tan aplastada que fuimos incapaces de distinguirlos unos de otros. La sangre...

—Jenny —dijo Eris con brusquedad, con su hombro pegado al mío, brindándome apoyo al sentir que me encogía de repente. Como si sus palabras fueran algo nuevo para mí...

Jenny sacude la cabeza y me señala. Yo miro al suelo cuando todos los ojos siguen su gesto.

—¿Crees que alguien leal a Deidolia, incluso un espía, admitiría que su preciada nación tiene la culpa de algo?

—Sí —responden todos en la camioneta al unísono.

Jenny se enfurece.

—Me parece fantástico que penséis que esto es una democracia. Y cualquiera de vosotros, o todos, por supuesto, sois libres de enfrentaros a mí si así lo creéis oportuno.

—Y la crees por eso —murmura Eris

—Solo un poco —bromea Jenny, limpiándose las manos en el abrigo. Su sonrisa habitual está volviendo a aparecer—. Creo en las deudas, Eris. Ella te ha salvado. Y ahora es problema tuyo.

Eris se queda callada un momento. Yo dejo la expresión en blanco, como la nieve, para ocultar lo mucho que me duele su vacilación.

—Ayúdame a explicárselo a Voxter —declara.

—Por un precio.

—¿Cuál?

—Ella —dice, señalándome con la barbilla—. Que responda a todas las preguntas que tenga y me deje hacer todos los experimentos que pueda.

Eris vuelve a fruncir el ceño y su delicada cicatriz desaparece.

—Eso no me corresponde decidirlo a mí.

—Creo que sería interesante —prosigue Jenny como si nada—. Todos los pilotos que capturamos siempre están con la misma cantinela de «Hacedme lo que queráis, no siento dolor», o «No pienso hablar». Ya los deje pasar hambre, o los exponga a calor o frío extremos, me lleva muchísimo tiempo conseguir que cedan, y cuando lo hacen, no son tan fiables como me gustaría, y tengo muchísimas preguntas sobre su tecnología, sobre las modificaciones de la Academia. Pero si ella no es una prisionera...

—No es ningún conejillo de indias —replica Eris.

—¿Qué quieres saber? —respondo a la vez.

Jenny ensancha la sonrisa.

—Para empezar, me gustaría echarle un vistazo a ese ojo —dice.

Asiento y hago amago de sacármelo, pero Eris me aparta la mano de un manotazo.

—Dioses, Sona, ¡aquí no!

—Ah —exclamo, replegando el brazo.

—¿Y si es una espía? —pregunta Gwen con indecisión, como temiendo que Jenny fuera a pegarle otra vez. Y a juzgar por la cara de Jenny, lo está considerando muy seriamente.

—Entonces la mataré —suelta Jenny sin más, haciendo contacto visual conmigo para dejarme clara la amenaza. Yo apenas le presto atención, porque siento a Eris tensarse una vez más, preparada para erigirse como mi protectora por millonésima vez en lo que va de día. El frío se desvanece un poquito ante la idea y lo reemplaza otro tipo de escalofrío—. Y lo haré despacio. El dolor no es un factor, claro, pero sí que puedo cortarle los brazos y las piernas y lanzarla al fondo del lago con los demás.

—Me parece justo —respondo con el mismo tono que ella, y diciéndolo de verdad.

—Entonces no confías en ella —gruñe Eris—. Solo la quieres para tus experimentos.

—Hermanita —ronronea Jenny—. No podemos dejarnos engatusar por cualquier chica que veamos con rizos y un acento bonitos.

—He matado a dos Valquirias y a un Fénix en cuestión de varios días —espeta ella—. Yo diría que «engatusada» no estoy.

—Y, aun así, no pudiste escapar de Deidolia tú sola —replica Jenny con dureza.

Los rasgos de Eris se ruborizan.

—¿Y la empatía dónde te la has dejado? —dice, inclinándose hacia adelante para corresponder el ceño fruncido de su hermana—. Vale, ¿conque esas tenemos? *Nunca* se asigna a un equipo a derribar a una Valquiria. Y, aun así, aquí estás, en Calainvierno, a pesar de que sospecho que no tenías ninguna misión asignada hoy. Sabías que el Ráfaga que me había secuestrado era una Valquiria, así que has obligado a tu equipo a venir hasta aquí solo para poder desquitarte con algo que le ha hecho daño a tu *hermanita*. Me conmueves, Jen.

—Serás...

—La cosa es que habéis sido descuidados. Han enviado a dos Valquirias, y a juzgar por la roncha en la frente de Luca, el otro ha estado *a punto* de espachurraros a todos. Hasta que Sona ha tenido la amabilidad suficiente de intervenir y salvaros el culo.

En contraste con el paisaje helado, Jenny echa humo por las orejas.

—Para el coche.

Una vez paramos se pone de pie. Agarra las correas del peto de Eris con una mano y la levanta en el aire, y luego la sujeta por encima del borde de la camioneta sin dificultad, como un gato que llevase a su cachorro. Eris chilla y Jenny sonríe y grita:

—Vale, arranca.

—¡Suéltame! —brama Eris aferrándose a la mano de Jenny mientras la camioneta empieza a coger velocidad. El pelo se le mueve hacia el lado derecho, cual cuchillas negras, y grita medio asustada, medio jubilosa—. Por los Dioses, por favor, ¡suéltame!

—¡Me alegro mucho de que estés en casa, cabronceta! —le suelta Jenny a voz en grito. Desliza los ojos hacia mí y, de alguna manera y por alguna razón inexplicable, en este momento sé que ella es la mayor amenaza para Deidolia—. Aunque hayas traído a una mascota.

Como era de esperar, una vez conseguimos salir de Calainvierno me vendan los ojos. Durante un rato, solo siento viento y arena en las mejillas, privando a mis oídos de su silenciosa cháchara. El aire es frío, pero el sol pega con fuerza; es como un agujero de luz que penetra la venda.

En cierto momento, ladeo la cabeza para sentir la calidez en la piel y me entero de que Jenny, de hecho, no ha arrojado a Eris por el lateral de la camioneta cuando mi mejilla se topa con la curva de su hombro. Me enderezo a la vez que titubeo una disculpa. Sé que es ella porque no me aparta de un empujón, sino que se inclina hacia mí y sus labios me rozan la oreja para que pueda oírla por encima del viento.

—Ya verás la que se nos viene encima cuando lleguemos a casa —dice.

Al cabo de unas horas, nos detenemos y alguien me quita la venda. Yo mantengo los dos ojos cerrados mientras me cubro con tiento la modificación con la tela y, cuando miro, Luca está apagando el motor con un brazo por fuera de la ventanilla y dándole golpecitos al lateral de la camioneta. El hielo que se había adherido al metal ya se ha derretido, por lo que sus nudillos acaban manchados de barro.

—Ha sido un placer haberos conocido —declara y mira en mi dirección—. Porque nos van a crucificar a todos.

—Si no sois capaces de liberaros después de que os claven a un trozo de madera, entonces he fracasado como capitana —gruñe

Jenny, bajándose de la camioneta con un salto grácil—. Vamos, bot. Aún nos quedan unos cuantos dragones que matar antes de poder descansar.

Mis botas aterrizan sobre un camino de cemento desgastado y Eris me pisa los talones. Tiene los ojos clavados en mi mejilla mientras yo alzo la vista, donde una vívida paleta de colores naranjas y amarillos fractura el cielo cenizo en un montón de haces puntiagudos. Cojo aire y huelo la lluvia, la tierra exuberante y el aire puro, no el pestazo a aguas residuales y a contaminación que lleva ocho años adhiriéndose a mi piel.

La base está llena de gente tatuada que se queda inmóvil al verme. Los Asesinos de Dioses no me temen; no temen esta forma. Y no malgastan la saliva con murmullos y susurros, sino que me sueltan las amenazas y toda clase de comentarios violentos a gritos, y desde todas direcciones.

No me importa. No puedo dejar de mirar todos estos malditos árboles.

—Ay, ¡callaos ya, hombre! —les devuelve Jenny apenas por encima de sus voces—. Haced algo útil y despertad a Voxter de la cuneta donde esté sobando, anda.

Ellos prosiguen con las amenazas y yo vuelvo a levantar la vista hasta el cielo. Los colores no marcan las estaciones en Deidolia, tan contaminada y gris que incluso una exigua nevada termina pareciendo cenizas de las fábricas antes de que llegue siquiera a tocar el suelo.

—La llamamos La Hondonada —murmura Eris a mi lado—, y me parece que hoy está llena de idiotas.

Deslizo la mano por la corteza de un árbol cuando pasamos por delante y siento el musgo frío bajo los dedos.

—No hace ni tres horas tú querías matarme.

—Vaya... —exclama con voz queda—. Pensaba que no te habías dado cuenta.

—Cambiaste de opinión.

—Sí.

—¿Vas a volver a hacerlo?

—¿Y tú vas a quedarte sentada la próxima vez que Jenny me cuelgue por el lateral de un coche en marcha?

—¡Jenny y Eris Shindanai! —brama una voz, y al instante el patio se queda en silencio—. ¿Dónde narices habéis estado?

—En Calainvierno —responde Jenny.

—En la Academia —dice Eris al mismo tiempo.

Un hombre emerge por entre la multitud con el gesto torcido y una enorme cicatriz descolorida en la mejilla derecha. De pronto, se detiene delante de la camioneta y apoya su peso contra el bastón con empuñadura de plata que lleva en una mano.

—¿Calainvierno? ¿La Academia? —repite, mirando con los ojos bien abiertos a las hermanas, que no son sutiles con sendas expresiones engreídas. Entonces, desvía la vista hacia mí, hacia mi chaqueta, y se le desencaja la mandíbula—. Una Valquiria.

No me doy cuenta de que el bastón viene dirigido a mi sien hasta que Eris lo atrapa al vuelo. Mientras tanto, Jenny se acerca furtivamente a mí y coloca una de sus manos callosas en mi hombro.

—Deja que te lo explique, Vox —insiste Eris.

—Ya conocéis las órdenes —escupe—. Los pilotos de Ráfagas de clase Fantasma o superior son demasiado leales a Deidolia como para interrogarlos. *Hay que matarlos en el acto.*

—Créeme, viejo, no querrás desaprovechar a esta de aquí —me ronronea Jenny al oído, apretándome el hombro ligeramente. Es alta y delgada, por lo que desciende la vista desde su posición ventajosa para posarla sobre mi ojo izquierdo con avidez. Crispa los dedos como si se contuviera de arrancármelo del cráneo en este mismo instante, aunque preferiría hacerlo yo, la verdad.

Jenny echa a andar a paso ligero. Desliza la mano por mi manga y, usándola a modo de atadura, me arrastra consigo. Se encamina directa hacia Voxter y, en vez de apartarse a un lado, lo empuja a él fuera de su camino. Tuerzo el cuello y veo que Eris suelta el bastón para seguirnos, y él termina siendo el último en la comitiva.

Jenny llega hasta uno de los edificios más altos erigidos en un gran claro semicircular delineado por robles y abre la puerta de una patada antes de entrar. En silencio, me hace subir dos tramos de escaleras y me guía por un pasillo largo. Se detiene de golpe ante un par de puertas grandes de madera y me insta a sentarme en un banco. Señala el espacio a mi lado una vez Eris nos alcanza.

—Siéntate —le ordena. Y, para mi sorpresa, Eris obedece.

Voxter aparece al fondo del pasillo un minuto después, con el rostro más pálido que antes. Jenny señala las puertas como loca, indicándole con impaciencia que las abra.

—Has corrompido a mis chicas, ¿eh, bot? —gruñe cuando pasa por delante de mí.

Jenny simplemente pone los ojos en blanco y lo empuja al interior de la habitación.

—¿«Tus chicas»? Estás senil, viejo —ladra antes de darse media vuelta para señalar a Eris—. Tenemos un trato, ¿recuerdas?

—Si lo convences —responde Eris.

—Eh... Sigue sin gustarme oírte hablar como yo. Intenta cortarte un poco para cuando acabe.

La puerta se cierra con un portazo tras ellos y, de repente, todo se queda en silencio. Eris se quita las gafas protectoras del cuello y pasa los dedos por el cristal resquebrajado con cuidado.

—Lo siento —me descubro diciendo. Mi voz resuena por todo el pasillo—. Mientras luchaba contra Victoria... debí tener más cuidado. Casi te mato.

Eris sacude la cabeza levemente. Por alguna razón, no me veo capaz de mirarla a la cara, así que me quedo contemplando su reflejo fragmentado en el cristal.

—Que «casi me maten» forma parte de mi trabajo —dice con suavidad, y luego suelta las gafas en su regazo. Levanto la vista de golpe y la pillo mirándome, un pelín magullada y con la cicatriz de la frente reluciente—. Lo que hiciste fue salvarme. Y a Jenny también, aunque ella prefiera tirarse por un barranco antes que admitirlo.

—No me dijiste que tu hermana es la Aniquiladora Estelar.

—Pues claro que no. Siempre que pronuncio ese nombre, se le sube el ego de forma exponencial, aunque no me oiga.

El silencio prevalece. Yo reajusto la tela alrededor de mi ojo.

—Tenemos que buscarte un sistema mejor, Defecto —dice.

—Tal vez no viva lo suficiente como para configurar uno, Asesina de Dioses.

—¿Por qué dices mierdas así?

— ¿Así cómo?

—Como si tuvieras impulsos suicidas.

Levanto un hombro.

—Me gusta causar buena impresión.

—Qué cosas dices —musita, quitándose los guantes. Los dobla con cuidado, los envuelve en la correa de las gafas protectoras y se los guarda en la chaqueta.

—¿Vas a quedártela? —le pregunto, ojeando la insignia de los Berserkers que se distingue en el hombro.

Niega con la cabeza.

—Me está muy grande. Se la regalaré a Milo; seguro que le flipa.

—¿Quién es Milo?

Me fijo en su sonrisa antes de que pueda borrarla; es distinta a cualquier otra microexpresión que haya tratado de ocultar. Es casi avergonzada, indulgente incluso, la misma que revoloteaba por el rostro de Jole siempre que hacía reír a Rose, o cada vez que ella le dedicaba una miradita arrogante y altanera.

Pero lo único que dice Eris es:

—Ya lo conocerás.

—Ah, ¿sí?

—Y al resto del equipo. A Xander, June, Nova, Theo y Arsen.

—¿Y después qué?

—¿A qué te refieres?

—Bueno... —Me callo, sin saber cómo lo interpretará; si lo que he estado imaginando no ha sido nada más que una fantasía optimista y codiciosa—. Estoy... dispuesta a ayudar a Jenny con cualquier cosa que necesite. Preguntas, experimentos, lo que sea. Y no es que no agradezca todo lo que has hecho por mí, Eris, o la más ínfima pizca de confianza que hayas depositado en mí, pero yo...

—Defecto, no vamos a...

—Le he hecho daño a gente, Eris. He sido responsable de *tantísimas* muertes, y yo... yo no lo llevo bien. Retuerzo los dedos en el regazo—. Quiero ser una Asesina de Dioses. Muchísimo. Pero siento esta... esta cosa horrible que tengo dentro de mí. Una que me obligué a mí misma a entrenar porque necesitaba que ese tipo de control, que esa *ira*, me entumeciera. No sé si alguna vez dejaré de necesitarla, de anhelarla. Tengo tanto miedo de no poder volver a ser buena...

Una mano con las uñas negras desportilladas se desliza sobre la mía y me la agarra. Luego me da un apretón.

—No tienes que ser buena. Solo tienes que ser mejor que todo el mal que has hecho.

Nos quedamos en silencio durante un instante. Soy muy consciente de que estoy a punto de llorar por centésima vez en lo que va de día.

—¿Y si no puedo? —susurro.

—Pues entonces sería una mierda. Y probablemente también lo sea para mucha gente. —De pronto se pone de pie, con una mano en la cadera y la otra empujándome el hombro hacia atrás. Levanto la mirada hacia ella, sorprendida—. Pero ¿y si *pudieras?*

Unas llamas oscuras titilan en sus ojos, las mismas que bien podrían reducir a cenizas el rascacielos más alto de Deidolia.

—¿Vas a cambiar de opinión otra vez? —vuelvo a preguntarle.

Ella aparta la mano de mi hombro hasta dejarla delante de mí. Aún tiene la cabeza inclinada hacia la mía. Tardo un momento en bajar la mirada hacia la palma.

—A ver qué te parece esto —propone: yo no te mato y tú te unes a mi equipo. ¿Trato hecho?

Vacilo.

—Se llama estrechar la mano, Defecto. No va a explotar ni nada.

Me muerdo el interior de la mejilla.

—Parezco un bot, Eris.

—Y gruñes cuando peleas, y luchas como si tu oponente ya estuviera de rodillas. Mi equipo está lleno de críos como tú. Chavales impredecibles y mal de la cabeza. Frikis. Defectos. Y lo bueno de los defectos es que tienden a ser imprevisibles. Lo cual significa que nunca nos ven llegar.

Se inclina aún más y ese es, por supuesto, el momento en que las lágrimas brotan de mis ojos. Pero no hay ni un ápice de mofa en su rostro; se dirige a mí con una voz estable y segura.

—Oye, no te digo que vayamos a quemar Deidolia hasta sus cimientos. Ni siquiera que no vayas a terminar espachurrada en tu primera misión. No te prometo venganza, porque no puedo. Pero sí que puedo prometerte que siempre que derribemos un mecha será como asestarles una puñalada en el costado, y eso a ti te insuflará más aire en los pulmones y más fuego en el aliento de lo que debería ser humanamente posible. Así que, ¿qué me dices, Sona? ¿Quieres ser un inconveniente conmigo?

Logro asentir muy levemente y, de repente, Eris esboza una sonrisa de oreja a oreja que hasta podría paliar la más cruel de las tormentas.

Por suerte, antes de tener oportunidad de abrir la boca y balbucear otra estupidez, las puertas se abren y Jenny sale por ellas con una amplia sonrisa en el rostro y una expresión como el fuego del cañón de un Berserker. Antes de que se cierren las puertas, consigo atisbar a Voxter en el interior de la estancia con los codos apoyados en un escritorio de madera de roble y masajeándose las sienes en círculos. Es una imagen un tanto extraña, porque habría jurado que *él* es el cabecilla de los Asesinos de Dioses.

—¡Muy bien! —chilla Jenny y le endilga a Eris un papel con un sello dorado—. La carta habla en representación de aquí nuestra amiga la bot y la colgarán por todo el campus en cuestión de una hora. Yo ya he cumplido con mi parte del trato, ahora...

—Ahora no —la interrumpe Eris abruptamente. Arruga la carta y se la guarda en el bolsillo—. Defecto y yo hemos tenido un día muy largo y llevo casi una semana sin poder darme un baño.

—Teníamos un trato.

—Y aún sigue en pie. Mañana te la llevo al laboratorio.

—Ni se te ocurra...

La ira de Jenny se esfuma cuando Eris se da la vuelta y le echa los brazos encima a su hermana. El abrazo solo dura unos segundos antes de que se separe. Se pasa las manos por la chaqueta antes de obligarse a enterrarlas en los bolsillos.

—Gracias, Jenny —dice Eris atropelladamente—. Por venir a por mí.

Por primera vez, Jenny no entrecierra los ojos cuando Eris habla, pero sí que finge fruncir los labios antes de volver a girarse hacia las puertas y abrirlas con ambas manos. Voxter sigue sentado en la misma posición.

—Tempranito por la mañana —la advierte antes de que las puertas se cierren con un portazo a su espalda.

La luz de la tarde, más suave ahora, hace que el aire silencioso parezca tan tangible como la tela. Eris se gira y me vuelve a ofrecer la mano. Esta vez, se la estrecho.

Se equivoca. Sí que parece algo que vaya a explotar, que se convierta en algo peligroso. Pero se trata de Eris. Y siempre voy a sentir eso con ella.

***

Cruzamos el patio y, aunque los Asesinos de Dioses se me vuelven a quedar mirando, esta vez nadie empieza a gritar amenazas. Sí que parece que quieran hacerlo cuando me ven, pero entonces captan la expresión en la cara de Eris, una que bien podría detener a un huracán. Sus pasos abren una brecha en el suelo, y cualquiera cerca de ella corre a apartarse de su camino por temor a que los vaya a aplastar. Y a juzgar por la dureza en sus ojos, ella ni siquiera repararía en que los ha pisado con sus botas.

Entramos en otro edificio y subimos más escaleras llenas de polvo. En el quinto piso, Eris elige una puerta y la abre.

Una moqueta gris cubre el único pasillo largo, desordenado y apelmazado por incontables pies. Las paredes, empapeladas en un color azul pálido, muestran un gran despliegue de fotografías y dibujos: la foto de un chico de pelo rizado abrazando a otro pecoso, un montón de dibujos de monigotes gritando obscenidades, una foto de dos chicas medio dormidas una contra la otra en un sofá biplaza y un boceto sencillo del perfil serio de Eris mientras lee un libro.

Eris se quita las botas y las deja caer a voleo en un rincón, donde aterrizan con suavidad sobre la gran montaña de zapatos que ya hay ahí. Yo empiezo a seguir su ejemplo. Ella no espera a que me desate los cordones antes de emprender el camino otra vez, y prácticamente echa a correr hasta la última puerta de la derecha. Antes de llegar, sus pisadas se ralentizan y titubea con una mano en la pared.

Yo me detengo a su espalda y veo cómo eleva los hombros al respirar hondo en silencio. Desde el interior de la estancia, las voces llegan altas y claras al pasillo.

—¿Estás bien? —susurro, y ella asiente enérgicamente.

—Me muero por ver la cara que ponen, eso es todo —musita Eris.

Asiente con decisión y se pasa las manos por la parte delantera de la chaqueta. Una sonrisa entusiasmada se abre camino por sus labios; una felicidad que no es capaz de sofocar antes de que le llegue a los ojos. Entra en la estancia, pero yo permanezco en el umbral y me fijo en cómo cierra los puños a la espalda para evitar que le tiemblen los dedos.

Entonces empieza a gritar.

—¿Qué narices os tengo dicho sobre derramar cera en la mesa, eh, imbéciles?

La estancia se sume en silencio. Seis cabezas se giran en su dirección, todas parpadeando despacio y abriendo y cerrando la boca como besugos.

Una chica diminuta con el cabello rubio platino se cae de la mesa de madera oscura donde estaba encaramada y se da de bruces contra el suelo. Suelta un gemido y luego levanta la cabeza con los ojos verdes bien abiertos de la impresión y un chichón considerable en la frente.

—Hostia puta —exclama—. ¡La sesión espiritista de Juniper ha funcionado!

—¿Creéis que mi fantasma vendría sin más cuando lo llamarais como alguna especie de perro? —se mofa Eris cruzándose de brazos—. Me insultáis.

Todos permanecen en silencio. Eris se pasa una mano por el pelo y observa a su equipo.

Hay un chico con las piernas dobladas debajo de él sentado en una silla junto a la chica que se ha caído; tiene las cejas enarcadas y ocultas bajo un flequillo pálido y un montón de pecas desparramadas por la nariz y las mejillas. Al fondo, en un sofá grande colocado de cualquier manera en diagonal, una chica con el pelo verde y brillante se ha despertado y está empujando al chico dormido en su regazo, que tiene la piel oscura de sus mejillas manchada de algo parecido al hollín. Se ha apoyado sobre los antebrazos y la está mirando con los ojos negros abiertos como platos. Por encima de ellos, sentado con las piernas cruzadas sobre el respaldo del sofá, se encuentra un chico boquiabierto con rasgos de duende y la piel muy pálida, en contraste con su melena de rizos oscuros.

Es evidente que la mirada de Eris se recrea un poco más sobre el chico sentado en el sofá biplaza. Lleva el pelo rubio peinado hacia atrás, y del cuello de su camiseta emergen dos filas iguales de tatuajes de engranajes que ascienden hasta su mandíbula. Tiene un libro de bolsillo bastante deteriorado en las manos llenas de cicatrices y sus ojos, de un azul tan vívido que bien podrían ser artificiales, le devuelven la mirada. Eris rompe el contacto visual.

—He dicho... —murmura, que no derraméis cer...

Él se pone de pie y deja caer el libro al suelo. Y entonces la estrecha entre sus brazos con tanta fuerza que un ruidito parecido a un sollozo sale de los labios de Eris y sus ojos se anegan en lágrimas.

—Suéltame —gruñe Eris con poco entusiasmo, mientras envuelve la espalda de él con los brazos—. Necesito un baño. Suéltame.

Los demás se mueven de sus posiciones, cruzan la habitación como fantasmas y envuelven a Eris en sus brazos hasta que no es más que un pequeño borrón en el centro. Yo permanezco en el umbral, observando cómo sus lágrimas fluyen y escuchando sus gimoteos escalonados y sus susurros frenéticos. Tienen los ojos tan abiertos como si creyeran que al parpadear Eris fuera a esfumarse otra vez.

Aguardo a que alguno de ellos repare en mí y, cuando la rubia lo hace, sus lloros cesan como lo haría un grifo. En un momento, se deshace del abrazo y vuela hasta la chimenea para hacerse con un atizador. Luego carga hacia mí.

Yo la esquivo y ella atraviesa el hueco de la puerta y se estampa contra la pared opuesta.

—¡Nova! —chilla Eris, apartando los brazos de su equipo y lanzándose hacia mí antes de que la chica salga de su estupor.

—Hostia puta, ¿es una piloto? —grita el chico pecoso, haciendo añicos la poca calma que queda en el ambiente. Eris abre los brazos y da un paso hacia atrás.

—Una Valquiria —suelta el chico que supongo que es Milo, con los ojos clavados en mi chaqueta—. Eris...

—Callaos por un maldito segundo —ladra ella, y la obedecen. Rebusca en el bolsillo un momento y luego les lanza la carta—. Leed eso. Todos.

Forcejean por el papel, que pasa de mano en mano hasta que las uñas de alguien desgarran el sello y lo tiran a un lado. Se suceden varias discusiones hasta que deciden congregarse en un semicírculo, medio en el pasillo, medio en la habitación, con las cabezas juntas mientras Milo estira la carta en el centro. La leen una vez, luego sacuden la cabeza y la vuelven a leer. Y luego otra vez.

—Ese era el sello de Voxter, ¿verdad? —murmura Nova, cayendo de rodillas y palpando el suelo en busca del sello de cera. Lo encuentra y lo arroja hacia arriba, directamente a las manos expectantes del chico pecoso.

—Es imposible —musita, clavando la uña del dedo pulgar en el símbolo.

La chica del pelo verde clava sus ojos avellana en mí.

—Yo me lo creo —dice con calma—. No desprende ese aire particularmente malvado, ¿no os parece?

—¿Teniendo en cuenta que aún no ha empezado a asesinarnos? —comenta el chico junto a ella arrastrando las palabras, como si el sueño aún hiciera mella en él.

La chica le dedica una mirada prolongada y seria y a mí me da la extraña impresión de que él quiere retroceder, o caer de rodillas, y empezar a pedirle perdón.

—Pues yo no me lo trago —murmura Milo, desviando la vista hacia Eris—. Esa cosa te sacó de allí.

—*Ella*, sí —replica Eris.

—Una Valquiria que ha traicionado a Deidolia.

—Y quiere verla arder hasta los cimientos.

—Te estás burlando de mí —digo con suavidad.

—Y yo te he dicho que no, Defecto.

—Ay, no —gime el chico de las pecas—. Le ha puesto nombre.

Eris frunce el ceño y señala con rigidez el interior de la sala común.

—Todos adentro, *ya* —espeta, y ellos la obedecen y regresan a sus puestos como ratoncillos de campo; todos salvo Milo, que se me queda mirando unos instantes antes de obedecer.

Eris me indica que entre y empieza a pasear de aquí para allá retorciéndose las manos. Todos la contemplamos en silencio. Se detiene unas cuantas veces, arrugando el ceño aún más, y luego prosigue la marcha. Cuando Milo carraspea ella se para de verdad, se voltea y estampa las manos en la mesa.

—Escuchad —grita. En el espacio de varios días me he cargado a tres Ráfagas, he escapado de Deidolia y he pasado a la historia como la única Asesina de Dioses capaz de escapar de la Academia. Estoy *cansada*. No quiero explicar la situación por millonésima vez hoy. Ya habéis leído la carta. Cada palabra es cierta. Y si no confiáis en Voxter, confiad en mí. Y si no confiáis en mí, supongo que entonces no querréis seguir formando parte de este equipo. *Mi equipo*, concretamente.

Me señala y de repente soy tremendamente consciente de la chaqueta que llevo puesta, y de la cara desgarrada, y de la venda deshilachada que oculta mi ojo, que sigue brillando pese a su prisión.

—Equipo, os presento a Sona Steelcrest, nuestro nuevo miembro. Si yo he podido confiarle mi vida en un lugar como Deidolia, vosotros podéis fiaros de ella en territorio amigo. Es una orden.

CAPÍTULO VEINTIDÓS

ERIS

—¿Crees que puedes volver a todo gas con un bot y empezar a soltar órdenes a diestro y siniestro así como así?

Abro los ojos y veo a Nova balancearse precariamente en el borde, como siempre, con una mano haciendo circulitos en el agua. Juniper está sentada a su lado y tiene los vaqueros remangados hasta las pantorrillas y los pies sumergidos.

—Sí —replico con voz monótona—. ¿Me dejáis algo de intimidad?

—Quiero hacerte algunas preguntas —dice Nova resoplando antes de señalar sobre su espalda con el pulgar. Sona esta inclinada sobre un pequeño bloque de porcelana (nuestro mísero lavabo) pasándose un trapo húmedo por los cortes que tiene en la cara—. Y no me hables de intimidad cuando has venido con *eso* aquí.

—No seas grosera, Nova —interviene Juniper moviendo los dedos de los pies. Le lanza a Defecto una sonrisa y esta repara en ella antes de desviar la mirada—. Se llama Sona.

—No sé por qué estás de acuerdo, June.

—El otro día quisiste hacer la sesión espiritista por si Eris había muerto.

—A ver, los fantasmas existen, y no estamos hablando de mí.

—Bueno, Nov, piénsalo —responde Juniper con dulzura—. Es la primera vez que una Asesina de Dioses escapa de la Academia. De hecho, creemos que los anteriores murieron de forma lenta, meticulosa y muy dolorosa. Escapar ha tenido que ser un milagro igual de grande que el de que un bot sienta emociones o arrepentimiento, y ahí tienes a Sona.

Nova abre la boca, la cierra y la vuelve a abrir al tiempo que se cruza de brazos.

—¿Y por qué está aquí con nosotras?

—Eris temía por mi vida —suelta Sona como si tal cosa. Es lo primero que ha dicho desde que nos hemos reunido aquí.

Yo me tenso.

—No tem...

—A los demás no les gusta que forme parte de tu equipo —prosigue con naturalidad, apartándose un rizo tras la oreja para limpiarse la sangre que le mancha la mandíbula—. No... Creo que más bien es solo Milo y el chico con rasgos parecidos. ¿Son hermanos? El resto... Xander y Arsen, ¿verdad? Parecían no oponerse a que estuviera aquí.

Sona pone el trapo bajo el grifo y el agua se tiñe de rojo en cuanto entra en contacto con sus manos. Gira la cara para limpiarse el otro lado.

—Vosotras dos también parecéis simpáticas —murmura—. Nova y Juniper. Los nombres me gustan.

—No temo por tu vida —respondo en voz alta para distraerme del sonrojo de Juniper y el resoplido de Nova.

—Y yo que pensaba que eras perspicaz —replica Sona dejando el trapo sobre el mármol.

—Au —exclama Nova.

—Defecto —rezongo al tiempo que le doy una patada a Nova en la mano para que la saque del agua—. Soy la capitana de este equipo. Creo que merezco que me muestres más respeto.

El destello de una sonrisa pícara aparece y se desvanece igual de rápido en sus labios.

—Me cuesta tomarme en serio tu voz autoritaria cuando me hablas desde ahí abajo —comenta Sona pasándose el meñique por el nacimiento del pelo—. Y desnuda, para más inri.

—Doble au —susurra Juniper mientras Nova se parte de la risa.

Me levanto de la bañera y me tapo con una toalla. Casi me caigo de culo por culpa de un resbalón. Sona me observa impertérrita hasta que llego hasta ella y después desvía la mirada al espejo.

—No te preocupes —comenta con expresión solemne—. Por lo que he visto, no tienes por qué cohibirte.

Siento calor en la cara y no es debido al vapor del baño.

—¿Me vas a regañar por ser observadora? —pregunta Sona con inocencia, y la sonrisa traviesa vuelve a cruzar su cara fugazmente—. Al fin y al cabo, la que me ha traído a rastras hasta aquí para salvarme has sido tú.

—¡No ha sido para salvarte! —miento.

—Ah, entonces para lucirte. Me halagas, Invocadora de Hielo.

Los comentarios que tenía preparados se me quedan atascados en la garganta cuando Sona se quita el vendaje de la cabeza y revela el perfectísimo círculo rojo brillante que reluce bajo su párpado cerrado. Oigo que las risas de Juniper y de Nova a mis espaldas cesan de golpe.

—No los culpo —musita Sona doblando la tela con cuidado—. A Theo y a... Milo. Se llamaba así, ¿verdad? Me sorprende que no me dispararan en cuanto puse un pie en La Hondonada, o que Jenny y Voxter tampoco me matasen. O que tú no lo hicieras en cuanto me quedé ciega y desprotegida dentro de la Valquiria pese a las voces en tu cabeza que te ordenaban que me mataras.

Al oír sus palabras, recuerdo en qué otra ocasión he visto esa misma expresión: es la que solía poner yo durante mis primeros días como Asesina de Dioses, cuando todavía no me había acostumbrado al subidón de las peleas. Es esa expresión que se pone entre ataques, entre batallas. Y ahí está Sona, sentada, limpiándose el rostro ensangrentado y aguardando al momento inevitable en el que todo su esfuerzo se vaya al traste, ya sea por el centenar de Asesinos de Dioses que la miran con asco, por Theo, por Milo...

O por mí.

Sona prosigue antes de que el silencio se instale del todo en la estancia.

—Me sorprende volver a haber visto los árboles en otoño; o haber podido sentir una brisa de verdad, no de una fábrica de vapor; o estar aquí sentada limpiándome la sangre en un baño que huele a té de jazmín con tres Asesinas de Dioses sin que todavía me hayan clavado un puñal en la espalda.

—No todos llevamos puñales —interviene Juniper, mirando a Nova de forma intencionada.

—Porque mírame, Eris —murmura Sona. Se levanta el párpado izquierdo con el dedo y por un momento vuelvo a sentir las ganas de escarbar y de arrancarle los cables—. ¿Hasta cuándo voy a seguir teniendo suerte? ¿Cuánto durará la indulgencia de la gente con este aspecto y a sabiendas de en lo que me ha convertido la Academia? ¿Días? ¿Horas?

—¿De verdad crees que te matarán? —le pregunto a Sona con suavidad. Como si no hubiese visto el brillo en los ojos de Milo y Theo al marcharme de la sala común; como si por su culpa no hubiera tenido que aferrar la de Sona y arrastrarla conmigo solo por si acaso; ambos llevan pistolas en el cinto y su confianza en mí es menor que el miedo que sienten por Deidolia y la crueldad de sus pilotos.

Como si Sona no tuviera razón. Como si de veras no temiese que la gente por la que yo daría mi vida fuera a acabar con la suya. Sí, ese pensamiento me duele un poco.

—Que lo intenten —repone Sona con dureza. Vuelve a cerrar el ojo y abre el grifo para empapar el vendaje—. Me quedaré aquí el tiempo que tú quieras, Eris.

Cuando ordeno a Milo que le ceda su cuarto a Sona, la mira con tanta hostilidad que el corazón se me sube a la garganta.

El contexto es el siguiente: estaba yo muy tranquila tras el baño, recuperándome de los comentarios pícaros de Sona, las risitas de Nova y Juniper y, joder, metamos también en el saco que el estrés y el miedo que había pasado estos últimos días empezaba a desaparecer. Y, de repente, Milo se coloca frente a mí con una mueca y consigue romper en añicos la endeble fantasía de un ratito en paz.

Y me cabreo.

Les grito al resto del equipo que se vayan a su cuarto. Sona es la primera que obedece.

A continuación, le canto las cuarenta a Milo, él me responde chillando y nos gritamos por el pasillo. Yo le hablo de tener confianza y él, de lealtad, hasta que siento que las lágrimas me anegan los ojos y resbalan imitando las que hay en su cara. Entramos a mi cuarto y él cierra con tal portazo que hasta hace que tiemble el suelo. Yo me encojo en el sitio y él se da cuenta. De pronto, se hace el silencio.

Me siento en el borde de la cama y él hace lo mismo a mi lado. Jugueteo con los hilos de la colcha. Alguien, seguramente él, ha lavado las sábanas mientras yo he estado fuera.

El silencio palpita como un latido y explota cuando él levanta una mano para limpiarme las lágrimas.

—¿Te han hecho daño? —pregunta con voz ronca.

«Sí», pienso, pero no quiero hablar de ello, porque no quiero que nos pongamos a gritar otra vez. Hay demasiada ira, demasiada violencia, demasiado ruido. Pero no puedo descansar, no ahora, cuando oigo la amenaza velada a la vida de Sona. Estoy en medio, y todo por una persona a la que conocí hace unos pocos días; una persona que pensé que también iba a hacerme daño. Una chica con odio en su rostro, con una ira que me resulta familiar, porque es como la mía, solo que recubierta por un cuerpo que me asusta.

Un cuerpo que me salvó.

Milo me levanta la barbilla con el dedo y cubre mi boca con la suya. No puedo. Deslizo una mano por debajo de su camiseta. Es demasiado compasivo. Me acaricia el pelo. Demasiado débil. Deposito besos por su garganta. Demasiado frágil. Está demasiado cansado y desesperado por sentirse reconfortado. Aprieta una mano contra mi espalda. Demasiado desesperado por limpiarme la gasolina de la piel, por romper la horrible fantasía de que me hubieran destrozado.

Por *olvidar*.

CAPÍTULO VEINTITRÉS

ERIS

Déjà vu.

Nova vuelve a estar justo al otro lado de la puerta de mi habitación chillando que el día ha empezado hace mil años. Abro los ojos y atisbo la luz del amanecer y las grietas del techo. Bajo las mantas siento los dedos de los pies de Milo, su aliento y su calor contra mí, y me agarra de la muñeca cuando hago el amago de apartarme.

—La discusión no ha terminado —le recuerdo.

Él parpadea varias veces en un intento por espabilarse un poco.

—Ah, ¿no?

—Depende. ¿Qué opinas de la bot?

—Que Deidolia le ha ordenado que te sorba el seso y ya no ves las cosas con claridad.

Lo sopeso durante un momento, y luego balanceo la pierna y lo empujo al suelo. Se queda sin aliento cuando aterriza con un satisfactorio pum. Cojo la chaqueta olvidada de Berserker del suelo y se la lanzo.

—Te he traído esto.

—Será una broma, ¿verdad?

—La broma es que sigas aquí. Fuera.

Suelta por lo bajo una animada sarta de tacos mientras se pone de pie, se acerca a la puerta y la abre de un tirón. Sona se encuentra en el pasillo con pelos de loca; los rizos le caen por las orejas y por la curva de la venda que le tapa el ojo. Su presencia descoloca tanto a Milo que este se detiene en seco.

—Bonita chaqueta —aprecia Sona, señalando con la cabeza el fardo en sus manos.

Él tensa los hombros y, de pronto, se acerca demasiado a ella. Aprieto los puños en el borde del colchón mientras los observo, preparada para intervenir en cuanto sea necesario. Sona, enana comparada con la imponente altura de Milo —al igual que todos los demás—, se lo queda mirando con total tranquilidad.

—Apestas a cobre —rezonga.

—¡Milo! —espeto.

—Y tú hueles a Eris —responde Sona, desviando la vista de él hacia el interior de mi habitación, donde nuestras miradas se cruzan—. Teníamos que ir a ver a Jenny, ¿cierto?

—Cierto —digo. Milo pasa junto a Sona con un empujón y se aleja por el pasillo. La moqueta no hace nada por ocultar sus pisotones.

—Qué maravilla —exclama ella sin emoción—. ¿Puedo coger prestada una camiseta?

Bajo con Sona los diez tramos de escaleras que hay hasta llegar al laboratorio de Jen. El espacio está como siempre: hecho un auténtico desastre. Hay carretes enormes de plástico con cables coloridos, esponjosos fardos de gomaespuma aislante comida por las polillas, y cajas de cartón a rebosar de mierdas varias apiladas en lo alto de dos mesas de cristal junto a la pared de la izquierda.

Jenny tiene la cara enterrada entre dos de los carretes, y está rebuscando entre las herramientas que sé que cuelgan de pernos detrás de todo lo demás. Cuando retrocede, veo un hilo de cobre enredado en su pelo y ella usa el taladro que tiene en la mano para quitárselo de encima.

Sonríe y se baja de un salto del banquito que bamboleaba peligrosamente bajo su peso.

—¡Ahí estáis! —Clava la atención en mí—. ¿Y habéis traído a todo el orfanato porque…?

Me giro y veo que mi equipo se nos ha acoplado en silencio. Nova me dedica un saludo militar mientras cierra la sucísima puerta de cristal con el codo.

—No teníamos nada mejor que hacer —responde Arsen.

—Aunque supongo que pronto nos encomendarán otra misión —canturrea Nova—, así que queríamos ver si Jenny va a dejar a la bot lo suficientemente entera como para que pueda acompañarnos.

Jenny cruza la estancia y aparta a un lado una tela que cubre una silla de madera antes de dar unos golpecitos en el asiento con entusiasmo.

—¿Cuántos miembros necesitas? —pregunta Jenny mientras Sona se sienta.

—Me sobran varios —responde Sona.

—Ni lo sueñes —digo yo, negando con la cabeza y haciendo caso omiso de las risitas de mi equipo. Menos Milo, por supuesto, a quien siento detrás de mí como una sombra. Solo preguntas.

—Querías el ojo, ¿verdad? —dice Sona, quitándose la venda de la cabeza.

—Sí —conviene Jenny con emoción.

Sin saber qué decir, me quedo observando a Jenny revolotear de un lado al otro de la mesa y sacar un par de guantes quirúrgicos de una de las cajas caídas mientras Sona se guarda con cuidado la tela en el bolsillo.

—¿Esto es en serio? —pregunta Theo con asco en la voz. Las botas de todos ellos arañan los azulejos del suelo queriendo retroceder, pero el interés morboso impide que desvíen la mirada. Serán capullos.

—Defecto, espera —la interrumpo y doy un paso hacia adelante—. No tienes por qué…

Pero entonces me mira con los dos ojos, el izquierdo ulcerado y enrojecido como un corte infectado. El brillo de los Ráfagas y la artificialidad de Deidolia unidos impecablemente en un único ojo. Ante aquella vista, titubeo un instante. Trato de reorganizar las ideas para proseguir antes de que se dé cuenta, pero ha puesto *esa* expresión, mezcla a partes iguales de vergüenza y tristeza. Vuelve a mirar a Jenny.

—Adelante —le dice.

Entonces, para mi sorpresa, Jenny vacila. Entrecierra los ojos de repente.

—Esto es demasiado fácil... —murmura, inmóvil. Baja la mano y la coloca en la cadera. Se inclina hacia Sona—. ¿A qué estás jugando, bot?

Sona sonríe de forma tan bonita como siempre, pero lo que me hiela la sangre en las venas es cómo empieza a acercar los dedos a su propio ojo.

—A un juego muy fácil, parece —responde, y luego se oye un resbaladizo pop.

A mi espalda, Nova y Theo ahogan un chillido, y creo que a Xander se le corta la respiración de golpe. Yo no puedo evitar retroceder un paso y mis omóplatos chocan con el pecho de Milo, que es imposible que esté tan quieto dada la escena frente a nosotros.

Sona ignora nuestro asombro y se enrolla con delicadeza, y sin prisa ninguna, el cobre que sobresale de la cuenca en la punta del dedo índice. Entonces, tira hacia adelante y resuena otro pop, esta vez acompañado del furioso siseo de cables rotos.

—Demasiado fácil —murmura, y luego alarga el brazo hacia la muñeca de Jenny—. Y demasiado rojo y vil y... —deja el ojo, ahora apagado, en la mano enguantada de Jenny con suavidad—, ...frágil. Yo no cerraría la mano muy fuerte. Por desgracia, esa es la única modificación sencilla de quitar. Las otras están un poquitín más incrustadas.

Sona se remanga la camiseta y revela dos rugosidades rectangulares en los antebrazos. Desliza el pulgar por encima de una de ellas y luego la presiona. El panel se abre y revela el interior plateado.

—Este cable de aquí alimenta mi arteria radial —explica Sona, estremeciéndose mientras pasa el dedo por un cable que se enclava bajo las aberturas de los demás—. De ahí, se divide en hebras microscópicas que se enrollan junto a mis nervios. ¿Sabíais que hay aproximadamente setenta y cuatro kilómetros de nervios en el cuerpo humano? Si contáis además los que ellos añadieron, la cifra se duplica a ciento cuarenta y ocho. ¡Ciento cuarenta y ocho!

Toda esa tecnología, todas esas maravillosas modificaciones, son el verdadero testamento de cómo supera Deidolia a todos los demás en astucia e inteligencia, y la Academia ha tenido la gentileza de confiármelas a mí. Todo para tener la habilidad de sentir dolor mientras mato por ellos o hago cualquier otra cosa que requieran de mí. ¿No es un gesto de lo más amable por su parte?

Nos mira a todos con su único ojo como retándonos a llevarle la contraria.

—¿Sabíais que los ojos están conectados? —Sona levanta el brazo y se aparta el pelo de la nuca—. A la base del cerebro. La cuenca no es más que un receptáculo que lo retroalimenta. Puedo ver a través de los dos ojos en un Ráfaga con la vista modificada porque no es un abalorio superficial. —Apoya los dedos suavemente sobre la piel expuesta—. Sino que llega hasta lo más hondo.

Nadie sabe muy bien cómo reaccionar a la voz suave y lejana que brota de sus labios, estirados en una sonrisita sombría. Aunque enseguida el único ruido que oímos es el lento arranque de carcajadas de Jenny.

—Eris te llama Defecto, ¿no? Te va que ni pintado —se ríe y sacude la cabeza.

Jenny se acerca a la encimera circular de piedra colocada en el centro de la estancia, un espacio considerablemente menos revuelto que las mesas de cristal. Colocados en hileras perfecta, hay líquidos de colores suspendidos en soportes de plástico y etiquetados con pegatinas escritas con rotulador azul y con la letra de Jenny. Hay matraces ordenados por tamaño en una caja de madera en el centro, pintarrajeados también a veces con la caligrafía de Jenny, probablemente cuando no tuviese papel a mano. Unos tubos de cristal grandes y en espiral cuentan con unas tarjetitas metidas por debajo, que rezan algo así como «Tú no sabes leerlo porque no eres un genio».

Jenny se sienta cómodamente en un taburete frente al pequeño lavabo de metal. La he visto pasarse horas, noches y días en esa misma posición, preparando brebajes e inventos o lo que sea que crea que Deidolia debía temer.

Jenny coge un tarrito limpio y guarda con cuidado el ojo dentro, y luego, sin miramientos, vierte un vial con líquido azul por la abertura. Cierra el matraz con un tapón de goma.

—Sí que te va que ni pintado —murmura Jenny, levantando el ojo a la luz. El fluido azul arroja unas ondas azuladas sobre los azulejos—. Porque está claro que te falta un tornillo, bot.

—¿Por casualidad no tendrás un paño? —pregunta Sona, impávida.

Jenny moja uno bajo el grifo y se lo lanza por encima del hombro, junto con una gasa quirúrgica y una pomada que ha sacado de un cajón.

—Póntela —le ordena, pero cuando Sona va a hacerlo, Jen de pronto se acerca a toda prisa y le agarra la barbilla. Levanta el rostro de Sona y lo menea de lado a lado, inspeccionando la cuenca del ojo vacía. Un zumbido sale de sus labios.

—Curioso... —musita—. Enchapado de titanio... no... tendría que ser algo más ligero... ¿litio, tal vez? Pero eso podría causar anomalías en los músculos extraoculares, lo que me lleva a preguntar... ¿qué profundidad tiene? O a lo mejor no es litio tampoco, sino tal vez...

—Jen —le advierto.

—Te has sonrojado —se percata Jenny, inclinándose hasta estar nariz con nariz con ella—. ¿Por qué te has sonrojado, Defecto?

—Eres muy guapa —responde Sona sin vacilar. Yo pongo los ojos en blanco y ella parece darse cuenta, porque levanta una de las comisuras de la boca.

—Ah. Ya lo sé. —Retrae la mano y vuelve a alzar el tarro hacia la luz—. Todos fuera —ladra Jenny—. Necesito tiempo a solas. Y yo que vosotros me pasaría por el Vertedero. A ver si encontráis por ahí algún ojo de cristal o un implante orbital o un parche en condiciones. Tal vez hasta un arma que le guste.

—¿No me necesitas para nada más? —pregunta Sona.

Jenny sigue con la vista clavada en el ojo de Sona, el que ya no está conectado a su cráneo.

—Con esto tengo para rato —ronronea.

Sona se levanta de la silla y se aproxima a nosotros. Las miradas recelosas de mi equipo van más allá de mi hombro y aterrizan sobre la gasa que cubre su rostro y la sangre bajo las uñas.

—¿Estás bien, Sona? —le pregunta Arsen con voz trémula.

—Estupendamente —responde, deslizando los dedos como si nada sobre el dobladillo de su camiseta. *Mi* camiseta. No le voy a pedir que me la devuelva.

—Eso ha sido brutal —musita Theo cuando Sona empieza a subir los escalones. De fondo, apenas reparo en que Jenny sigue tarareando feliz con el tarro de cristal aún en la mano.

Nova asoma la cabeza por la puerta para ver a Sona subir las escaleras.

—Joder, ¿cómo puede ser tan absolutamente *preciosa*? —murmura mirando hacia atrás—. ¿Alguien más se ha dado cuenta de que suelta unos monólogos de supervillana total?

—Se ha arrancado el puto ojo de la cara —jadea Arsen, chasqueando los labios para imitar el sonido—. Se merece un mínimo de respeto, ¿no creéis?

—Tampoco es que lo haya sentido —rezonga Milo.

—¿Tú te atreverías a hacer lo mismo estando hasta arriba de analgésicos? —le pregunta Juniper con cordialidad, con una mano entre los hombros de Xander, frotándole la espalda en círculos. El chico seguía un poquitín pálido. ¿Nos vamos, Eris?

Asiento y me paso una mano por el pelo mientras trato de oír el resto de los pasos de Sona. Me sonríe conforme pasa, con un nuevo rubor en las mejillas, y el recuerdo vuelve a reproducirse en mi mente: «Odio el rojo y el latir de mi corazón, y también odio *ser* así».

Si antes no lo creía, ahora claramente sí.

CAPÍTULO VEINTICUATRO

SONA

Charlan con Eris como pajarillos y ella les responde como si les quisiera romper las alas. Ellos no le hacen caso. Milo me fulmina con la mirada cada vez que trata de echar un vistazo en mi dirección. A mí no me importa demasiado. La pierna de Eris está pegada a la mía.

Miró por encima del borde de la camioneta y observo las sombras que arroja el suelo mientras dejamos atrás el límite forestal de La Hondonada. Cuando empiezo a ver baches grandes en la tierra y la camioneta comienza a pegar botes al pasar por encima de trozos de hormigón que han explotado, aparto la mirada. No me hace falta ver el paisaje destruido para saber cómo es, ni ver las huellas para descubrir que han pasado por aquí. La peste a metal siempre contamina el aire.

Sin embargo, las carcajadas del equipo me distraen un poco, al igual que sus gallos al intentar cantar la música que Nova ha puesto a todo volumen. Parece pasar por los baches a cosa hecha, solo por la sensación de pender en el aire durante un segundo.

—Me gusta tu música —le digo, y es cierto. Llevaba sin escuchar nada muchísimo tiempo.

—Por fin encuentro alguien con gusto —responde a gritos para hacerse oír por encima del viento—. La he llamado «recopilación mata-bots».

—Nov —la amonesta Juniper en voz baja, pero se queda callada cuando ve que me echo a reír.

—Vale, pues tus canciones para luchar —me corrijo, sintiendo el ritmo en el cuerpo.

Nova mira por el espejo retrovisor; tiene ojos del color de las esmeraldas y el pelo tan claro como la nieve. Esboza una sonrisa desinhibida.

—¡Y tanto! —contesta, asintiendo decidida.

Tal vez por enésima vez desde que me quité el ojo, observo las facciones de Eris. Tiene la tez pálida como la porcelana, dos ojos brillantes del color de la obsidiana y el pelo negro azabache despeinado. Es un agujero negro en el centro del mundo; la misma representación de la resistencia sin pretenderlo siquiera. Los tatuajes a lo largo de su clavícula relucen bajo el sol.

—Queda poco para llegar —dice, sacándome de mi estupor.

—Jenny dijo que fuéramos al Vertedero, ¿no?

—Sí. Es tal y como suena —me advierte al tiempo que se encoge de hombros—. Había que dejar los escombros y los objetos rotos en algún lado después de cada batalla.

—¿Crees que encontraremos allí algún ojo de cristal?

—Ten fe, Defecto —dice Eris con un suspiro.

—Es el Vertedero —interviene Arsen con melancolía.

—Si se busca bien, se puede encontrar cualquier cosa —añade Juniper—. Un ojo no sería lo más extraño que nos hayamos encontrado.

Oigo el Vertedero antes de verlo. El viento se mece con fuerza esquivando las impactantes pilas de objetos dispares. Esperaba que fuese un lugar aburrido lleno de cosas olvidadas y sin brillo por culpa de haber estado a merced del clima. No obstante, cuando salgo de la camioneta, mis pies pisan tierra frondosa y la sombra del follaje cubre mis zapatos.

—No me esperaba un bosque —murmuro.

El asombro me mantiene anclada al sitio. Me muevo solamente cuando alguien pasa junto a mí al bajar de la camioneta. Me disculpo y bajo la mirada para ver que él la tiene clavada en mí. Le cuelga la chaqueta de lo delgado que está. Responde moviendo la barbilla ligeramente.

—Nada de escalar. Excepto Xander —dice Eris, asintiendo hacia el chico—. Lo que me hacía falta, vaya, tener que llevar a rastras un cadáver de vuelta a la camioneta.

—Menuda forma de animarnos —canturrea Nova cerca de una de las pilas de basura, con una mano hundida en el musgo en torno a un lavaplatos oxidado.

Eris pone los ojos en blanco y empieza a andar, curvando los dedos por encima del hombro para indicarme que la siga.

Caminamos y buscamos en silencio. Eris hace ruido al rebuscar, dejando la sutileza en el olvido. Haciendo caso omiso de su propio consejo, a veces se sube a alguna pila y arranca musgo y enredaderas y aparta todo lo que no le interesa mientras escarba.

Cuando desaparece de mi campo de visión tras trepar por una montaña de basura y bajar por el otro lado en busca de algo que le parece curioso, hablo; sin embargo, no me dirijo a ella.

—¿Le estás echando un ojo a ella o a mí? —inquiero, inclinándome para mirar por entre una grieta grande en una caja con pintura incrustada. No se ve nada—. ¿Ha sido un mal juego de palabras?

—Qué graciosa —responde Milo saliendo de entre las sombras de un árbol cercano.

Engancho los dedos en torno a la tapa de la caja y tiro de ella. Se rompe al instante y dentro solo veo un peine plateado con la mitad de las cerdas de abajo rotas y un collar con piedras azules y polvorientas incrustadas. Lo envuelvo en torno a uno de mis dedos y lo saco para contemplarlo bajo la luz.

—Por fin alguien que se da cuenta.

—No creas que puedes venir a La Hondonada y formar parte de nosotros así como así, bot. O que se la has colado a mi equipo. Confían en Eris, no en ti.

—Si confían en Eris, confían en su palabra, ¿me equivoco? Aunque, a juzgar por la forma en que aprietas los puños, tú no.

—Claro que confío en Eris —escupe—. No confío en lo que sea que le hayas metido en la cabeza mientras estuvo en Deidolia. Sé lo que tramas.

Rozo con cuidado la gasa del ojo e intento no imaginar el ruido seco que haría si le diera unos toquecitos más fuertes.

—O sea que crees que trabajo para Deidolia, que lidero una legión de Ráfagas que viene directa hacia aquí —digo. No hace falta formularlo como una pregunta.

—No lo creo, lo sé.

—Qué raro. Tal vez esté más ciega de lo que creía.

Suelto el collar. Solo es bisutería.

—Milo, esta mañana he levantado la vista y he visto robles junto al cielo. Me he despertado y he visto el pelo verde y adorable de Juniper, la colección de pecas dispersas de Theo y, por supuesto, los ojos de Eris. Aquí las cosas parecen más brillantes, más vivas. Me gusta mucho.

—¿Qué quieres decir con eso? —explota Milo.

Desvía la mirada hacia la pila de chatarra que se eleva por encima de nosotros con el oído puesto por si Eris regresa. Vuelvo a colocar la tapa en la caja con cuidado. Incluyendo a Eris, él es el único del equipo que se atreve a devolverme la mirada, un gesto que quiere decir «no te tengo miedo», pero es mentira.

—Bueno, si estuvieras en lo cierto y le fuera leal a Deidolia... —empiezo a decir, rompiendo el contacto visual. Parece necesitar salir victorioso de algo—, ...no habría visto árboles naranjas o un pelo teñido de verde u ojos azabache. Eso suponiendo que me hubiese despertado, claro, porque Deidolia habría masacrado La Hondonada mientras dormíamos y habría contemplado con total aburrimiento cómo ardíamos en llamas.

No puedo reprimir la sonrisa al ver su expresión horrorizada, lo cual consigue que me tenga más asco, si cabe. Entonces se me pasa por la cabeza que no estoy mejorando su percepción de mí lo más mínimo.

—¡Oye! —grita Eris desde arriba—. Espero que os estéis portando bien ahí abajo.

Salta desde un borde inestable y aterriza sana y salva. Abre la boca para soltar otro comentario, pero de pronto gira la cabeza.

Milo y yo también lo oímos, y los tres echamos a correr.

Un chillido agudo ha roto la tranquilidad del ambiente.

Justo al llegar al claro donde está aparcada la camioneta, Milo extiende el brazo hacia el lateral para que retrocedamos. Nos agachamos tras una montaña de basura donde ya se encuentran Xander, Juniper y Arsen respirando de forma agitada.

—Lo hemos visto llegar —susurra Arsen, atacado—. June ha gritado para advertirnos, pero no hemos podido alejarnos mucho.

Nova y Theo están tumbados bajo la camioneta bocabajo y tapándose la boca con las manos. Justo encima, el Ráfaga merodea por la zona. Agacha la cabeza sobre las pilas de basura y, tras echar un breve vistazo, pasa a la siguiente. Cuando se yergue, las curvas de la malla rozan el follaje otoñal.

—Es un Argus —murmuro. En la Guerra de los Manantiales los usaban como exploradores. Gracias a las curvas aerodinámicas de su armadura, eran los Ráfagas más rápidos antes de que crearan a las Valquirias. Las cuchillas que tiene pegadas a los brazos pueden cortar hasta los troncos más gruesos con la misma facilidad que una navaja las alas de una polilla.

Y la piel y los huesos, ya puestos.

—¿Qué narices hace en medio del bosque? —susurra Juniper.

—Está claro que un picnic —replica Arsen.

—Cierra el pico, querido. —Curva los dedos en la hierba—. Joder. Está muy cerca de La Hondonada, Eris.

—Milo —lo llama Eris con la vista clavada en el mecha ambulante—. ¿Dónde tienes la chaqueta de Berserker?

—¿No me jodas que pensabas que iba a ponerme eso? —replica él cabreado, pero vacila al ver lo pálida que se pone.

—Pues sí —dice Eris con las manos juntas en el regazo para que no le tiemblen—, porque creo que he dejado los guantes en los bolsillos.

Milo suelta un taco por lo bajo antes de dirigirse a los otros tres Asesinos de Dioses.

—A ver, decidme qué tenéis, deprisa.

Xander tira un librito de cerillas al suelo y niega con la cabeza muy serio. Arsen se saca dos bombas pequeñas, un cubo de masilla gris y un puñado de esferas pequeñitas y con púas del bolsillo y una bengala de la bota. June se quita la cadenita que lleva bajo la camiseta y de la que cuelga un pequeño vial de plástico antes de dejarla con cuidado en el suelo murmurando algo.

—Que los Dioses te bendigan —dice Milo, y Juniper suspira.

—En castellano, es ácido. Con un toque de la casa. Lo creé en la bañera.

—No me jodas —susurra Eris.

—Es mi bebé. Debería poder quemar al Argus si conseguimos darle de lleno.

—¿Será suficiente? —pregunto, escéptica.

Juniper recoge el vial, lo levanta hasta el nivel del ojo y lo mira embobada.

—Si lo extendemos por un único punto, debería funcionar.

Arsen se pasa la mano por el pelo rizado.

—¿Cómo coño vamos a...?

Los tacos de Nova lo interrumpen. Todos nos levantamos cuando vemos al Argus empujar la camioneta a un lado con la punta de la bota negra metálica como si nada. Theo se pone de pie al instante y corre a levantar a Nova, aunque esta parece estar enfrascada en dedicarle gestos obscenos al Ráfaga que se cierne sobre ella. Apenas esquivan su pisada, y la fuerza del impacto los arroja al suelo.

—¡Golosina! —grita Eris al tiempo que se agacha, y coge las esferas con púas—. Milo, cubre a June y Arsen. Xander, Defecto, conmigo.

Al igual que los demás Asesinos de Dioses, obedezco a Eris sin chistar. Salta por encima de la pila de basura y lanza las esferas al Ráfaga. Estas explotan delante de sus piernas y el claro se tiñe de color dorado y refulgen chispas brillantes en el aire. Apenas dura cinco segundos, pero forma una nube que consigue que el Argus vacile a la hora de dar el siguiente paso y les proporciona a Nova y Theo más tiempo para llegar hasta nosotros. Eris los agarra de los brazos antes de que puedan salir disparados hacia el bosque.

—¿Adónde creéis que vais? —grita—. ¡Somos la distracción!

—Joder. Golosinas —gruñe Theo, y se da la vuelta.

—Bueno —dice Nova entre dientes, volviéndose hacia el mecha—, supongo que me alegro de que me llamen Nova Cuatro Puñales.

Se lo piensa y se palpa los antebrazos.

—Me alegro de que me llamen Nova Dos Puñales —decide.

—Eris —la llamo con voz firme, observando cómo se disipa la nube y los dos ojos escarlatas vuelven a quedar a la vista—. ¿Puedo preguntarte algo?

—Tú dirás, Defecto.

—¿Qué es «golosina»?

—Fingimos ser... pisoteables.

—Es que lo somos.

—Me asombra tu sentido del humor. Verás, lo estamos distrayendo para que June y Arsen puedan pillarlo desprevenido.

—¡Saltad! —grita Nova justo antes de que el Argus se ponga de rodillas y haga un barrido con la mano en la hierba.

Todos retrocedemos de un salto hacia una pila de basura junto a la linde del bosque. La cuchilla pasa a escasos centímetros por debajo de nuestros pies, atravesando la pila y derribándonos con ella. Por suerte, ninguno acaba enterrado bajo el acero oxidado.

El antebrazo se queda inmóvil un momento antes de volver a por nosotros.

—¡Ahí viene! —avisa Theo.

—¡A trepar! —grita Eris, y Nova saca los puñales.

Lanza uno en el aire y Xander lo coge. El antebrazo se acerca, pero, esta vez, Nova y Xander saltan justo a tiempo para que no les amputen los tobillos. Aterrizan en la mano del Ráfaga y clavan con destreza las puntas de las hojas entre las articulaciones de la muñeca.

El mecha se yergue a tal velocidad que los debería haber tirado al suelo, pero ellos se mantienen agarrados. El Argus levanta el antebrazo a la altura de los ojos y los contempla. Apenas logra hacerlo, ya que al instante siguiente Nova y Xander ascienden por el mecha y se aferran a su hombro. Me estremezco.

—¿Cómo sabías que miraría? —pregunto soltando el aire y observando cómo el Ráfaga gira la cabeza para buscarlos—. Podría haber dejado el brazo suelto en el costado.

Eris sonríe.

—Si algo aprendemos los Asesinos de Dioses, Defecto, es que los pilotos poseen tanta arrogancia como cables en el cuerpo. No pueden evitar mirar y recrearse en la mucha altura que nos sacan.

—¿Yo también soy así?

—¿No te había dicho que peleas como si tu enemigo ya estuviese de rodillas?

Xander y Nova saltan del hombro del Argus y se aferran al borde de la cota de malla. Los grandes eslabones proveen bastantes zonas donde agarrarse de manos y pies. Al mismo tiempo, Milo, Arsen y Juniper salen de detrás de su pila de basura rumbo al claro. Arsen lleva una bomba en la mano. La cadenita de plata de Juniper con el vial cuelga de la base con forma de bulbo.

—No va a funcionar —se queja Theo.

—Tú a lo tuyo —lo amonesta Eris—. ¡Mantenedle de espaldas!

—¡Pisotón! —grito, y nos dispersamos.

Theo es quien está más cerca, y la fuerza lo manda volando contra una montaña derribada de basura. Se levanta con un tajo en la clavícula y una botella de cristal rota en la mano. Esta se hace añicos contra el muslo del Ráfaga y Theo hunde la mano en la pila para arrojarle más cosas.

Nova y Xander se han colado bajo la malla y se han pegado al saliente de los ojos del Argus. Yo esquivo el siguiente pisotón, salto hacia la montaña de basura e imitó a Eris y Theo, gritando al mismo volumen que ellos para que el Argus nos preste atención a nosotros. Busco con la mano más munición y doy con algo que me resulta familiar. Los dedos se me curvan automáticamente alrededor del mango.

Saco la espada y abro ligeramente la boca.

—Ahora no es el momento, Defecto —grita Eris a mi izquierda.

—Es tan bonita, Eris. ·

—Venga ya. —Me mira y dice lo siguiente riendo—: Ay, Dioses, tu cara.

Me guardo la espada en el cinturón al tiempo que Arsen y Juniper salen de su escondite. Arsen le lanza la bomba a Juniper y esta, rápida como una centella, se coloca detrás del Ráfaga y salta para pegar la bomba a su tobillo. Se aleja corriendo con una nueva joya en el índice derecho: la pequeña anilla de la bomba.

Nos ponemos a cubierto. La explosión hace que tiemble y que me castañeen los dientes. Me pierdo en el momento: este tipo de subidón es distinto al que sentía en las peleas callejeras, o en las de entrenamiento, o la primera vez que me hirieron.

—¡Theo, Defecto, nos toca! —grita Eris a la vez que baja de la pila de basura en dirección al claro. El Argus ha hincado una rodilla en el suelo y el tobillo justo detrás tiene un hueco considerable abierto en todo el talón.

La sigo mientras escala por la pantorrilla y se dirige al agujero. El pelo le cae en cascada sobre la cara cuando salta al interior y, para cuando yo la imito, Eris ya ha llegado a la rodilla, donde se encuentra la escalerilla.

En cuanto subo hasta la cadera, veo que me ha vuelto a tomar la delantera: se está sujetando a una viga de apoyo mientras asciende hacia la turbina de la pierna. Aquí, con tanto peligro como adrenalina y los cientos de engranajes pidiendo a gritos que los extraigan, Eris está en su salsa.

Esboza una sonrisa atrevida y retorcida, y tan reluciente que no reparo en la sombra que se despega de la oscuridad.

Todo pasa demasiado deprisa. La primera bala falla y rebota contra el interior del Ráfaga, y la segunda impacta contra su hombro. Eris grita y el sonido se me clava en la columna. Cae al suelo.

Antes de pensarlo siquiera ya me encuentro a su lado, furiosa. Al guardia no le da tiempo ni a apuntar. Saco la espada del cinturón y la blando contra sus nudillos, tiñendo el aire de sangre y arrancándole el arma de la mano. Coloco la hoja bajo su barbilla y lo obligo a mirarme al ojo.

—¿Cuántos sois? —murmuro en voz baja.

—¡Dos! —jadea al instante con los ojos como platos, atemorizado. Eris está en el suelo desangrándose a mi lado; no me importa en absoluto cómo se sienta él—. ¡Dos contando conmigo!

Asiento como muestra de agradecimiento. A continuación, curvo la hoja y le clavo la punta en el cuello. Entonces me giro y me agacho junto a Eris, y le paso una mano bajo el cuello al mismo tiempo que el cuerpo del guardia se desploma en el suelo.

—Buen numerito con la espada, Defecto —comenta con un quejido mientras la insto a sentarse. El brazo izquierdo le cuelga inerte en el regazo.

—Ay, Eris —murmuro con un suspiro, ayudándola a levantarse. Ella se encoge brevemente de dolor, pero el momento pasa tan deprisa que no sé si ha sido imaginación mía—. ¿No vamos a dejar nunca de salvarnos la una a la otra o qué?

—Eso parece —responde entre dientes—. ¿Dónde está Theo?

Me vuelvo y veo que no se encuentra detrás, como pensaba, y de pronto se me pone la piel de gallina.

—¡Cuidado! —exclama desde arriba, y Eris me tira de la manga con suavidad para que nos desplacemos hacia la derecha.

Dada la velocidad con la que cae el guardia y el uniforme que lleva, solo distinguimos un borrón gris que grita y no deja de mover las extremidades. Un instante después oímos el crujido del impacto y la gravedad.

Levanto la cabeza y veo a Theo mirándonos con una sonrisa, agazapado en una viga de apoyo. Ha debido de escaquearse en cuanto el otro guardia ha delatado a su compañero.

—¿Ahora el piloto? —pregunta.

Eris asiente.

—Sí, vamos para allá.

—No —intervengo con brusquedad—. Theo, saca a Eris de aquí. Yo me encargo del piloto.

Eris resopla, pero veo la expresión de dolor en su frente. Siento la tripa revuelta, la piel ardiendo y, no sé cómo, me han empezado a temblar las manos.

—Eris —la llamo antes de que pueda objetar—. Por favor. Deja que lo haga yo.

Ella vuelve a rechinar los dientes.

—La capitana del equipo soy yo, Defecto.

—Y respeto tu autoridad como tal.

Eris pone los ojos en blanco.

—Theo, mueve el culo hasta aquí y ayúdame a salir. —Me mira otra vez y pone una mueca—. ¿A qué esperas, a que te dé un beso de despedida?

—¿Me lo estás ofreciendo?

—Y una mierda. —Hace una pausa—. Ten cuidado.

Para cuando encuentro la escalera, ya han desaparecido por el muslo. El Ráfaga ha empezado a temblar; no deja de pasar la cuchilla por entre los árboles y la hierba en busca de Asesinos de Dioses. No tendrá suerte. No cuando el equipo se mueve al unísono; no cuando se compenetran tan bien y confían tanto los unos en los otros que no hace falta preguntar ni tiempo para pensar.

Subo en silencio hasta la cabeza del Argus y observo al piloto girar delante de mí. Tiene los ojos bien abiertos, pero estos no me ven cuando me coloco frente a él, justo fuera del suelo de cristal. Espero a que permanezca inmóvil durante un instante y doy un paso hacia él. Mi espada corta todos los cables a la vez y de un solo movimiento.

El piloto parpadea y se queda con la boca abierta. No hay sentido ni honor en lo que hago. Con el primer golpe habría bastado, pero atravieso su estómago con la espada y la retuerzo levemente. Cuando cae, la espada se me resbala de las manos. Le doy un pisotón en la herida. Hinco la rodilla en el suelo de cristal y cierro los dedos en torno a su hombro mientras que con la otra mano le asesto un puñetazo en el pómulo. Él no es capaz de sentirlo, y yo tampoco. Esta monotonía no tiene fin.

—Valquiria —dice, ahogándose. Con la sangre que le sale por la boca, me ha manchado la manga de la chaqueta.

Tiene el pelo rizado y pecas, como Rose. Y un ojo podrido, como el de ella.

—Sí —respondo—. La esperanza de Deidolia. El mayor éxito de la Academia.

Espero que sus facciones registren sorpresa, pero hay algo que lo insta a sonreír. Sus dientes perfectos están manchados de rojo y, cuando ríe, hasta puedo contarlos.

—Estáis jodidos —murmura con voz ronca—. Muy jodidos.

Pestañea. Esboza una sonrisa perezosa. Me envuelve una sensación de incomodidad repentina.

Pienso a mil por hora. ¿Qué hace un Argus en el bosque? ¿Qué misión tendrá aquí?

Me vendaron los ojos, pero hemos debido de venir al sur. Sobre la cima de los árboles se ve la de las montañas nevadas, los Picos Iolitos. ¿Qué ciudad queda cerca de la falda sur? Las ciudades mineras se agrupan en el interior de las montañas, pero...

La Estación Iolita.

Una desembocadura enorme que atraviesa las montañas y a través de la cual las ciudades mineras trasportan suministros de los Picos a las Tierras Yermas y después a Deidolia. Pero no suelen escoltar las piezas de los Ráfagas fabricadas allí hasta que el tren de suministros no sobrepasa el límite forestal; es difícil para un mecha escolta moverse por el bosque.

A menos que... el cargamento sea de vital importancia.

—¿Los están construyendo? —susurro, y sacudo al piloto porque se le están cerrando los ojos y necesito que me confirme algo—. ¿Están construyendo a los Arcángeles?

Él parece adormilado, frío ya al tacto, con una sonrisita ante el tono asustado que empleo. Está disfrutando durante sus últimos momentos de vida.

—Tus asquerosos Asesinos de Dioses y tú sucumbiréis al fuego —murmura, pletórico.

Se queda inerte. Yo me levanto y retrocedo, atónita.

Eris y el equipo están esperándome fuera. Aparte de Eris, parecen estar ilesos. Felices, incluso, con el ardor de la pelea reflejado en sus mejillas.

Eris me mira con una sonrisa, la cual se esfuma cuando yo sacudo la cabeza. El movimiento me nubla la visión. Estoy mareada.

Soy incapaz de mirarla a los ojos, así que bajo la vista al suelo. Tengo la bota manchada de la sangre del piloto, todavía caliente y de un rojo oscuro precioso. Me entran ganas de reír sin parar.

—Hay algo que debéis saber.

CAPÍTULO VEINTICINCO

ERIS

Por norma general, me flipa que el Consejo de Asesinos de Dioses se reúna. El capitán de cada equipo ostenta una de las sillas —menos yo, pero eso cambiará una vez cumpla los dieciocho—, y Voxter preside la mesa. Congregados alrededor de una mesa semicircular en el patio, están discutiendo asuntos relacionados con la vida y el bienestar de los Asesinos de Dioses como unidad colectiva y funcional.

Estoy de coña. Todos son unos auténticos capullos.

Jenny amenaza con estrangular como mínimo a cinco personas distintas en cada reunión, y llega a ponerle las manos encima al menos a una de ellas. Cada vez que alguien habla, a Voxter se le marca más la vena en la frente, y al final termina con la voz ronca de tanto gritar. Dependiendo de la situación, los otros capitanes o se unen a la competición de gritos o simplemente tratan de sobrevivir.

A mi equipo le encanta. Nos alegra el día.

Por norma general.

Hoy, no tanto.

Observamos cómo Sona se aproxima a la mesa semicircular y la escuchamos hablar de los Arcángeles otra vez. Ya nos lo ha contado en el Vertedero. Aunque por entonces ella se mostró bastante serena, yo acabé con ganas de vomitar. Ahora, con todos los ojos puestos en ella, le tiembla un poco la voz y yo prácticamente siento que voy a morir.

Cuando termina, todos permanecen callados. No recuerdo la última vez que hubo tanto silencio en una reunión del Consejo. Se extiende durante diez segundos, veinte, y luego estalla. La gente empieza a chillar, no de miedo o pánico, sino a Sona —la piloto, el sádico enemigo— mientras ella se seca las lágrimas de frustración que han caído por su rostro durante el discurso.

Traga saliva y luego levanta la cabeza. Se la ve tan iracunda como a los demás.

—La van a matar, Eris —murmura Arsen, de pie a mi lado.

—Me alegro —musita Milo.

Me giro hacia él con los ojos entrecerrados de forma amenazadora.

—¿De verdad eres tan corto como para pensar que ha sido cosa suya? No, en serio, Milo, quiero saberlo. ¿Cómo ha perpetrado esto Sona? Ya sabes, durante la grandísima cantidad de tiempo libre que ha tenido entre sacarme de la Academia vivita y coleando y lidiar con tus gilipolleces.

Él abre la boca para responder, pero Theo le pone una mano sobre el brazo.

—Vete, Milo.

Es lo bastante inteligente como para hacer caso a la advertencia de su hermano. Me lanza una mirada llena de incredulidad antes de darse la vuelta y desaparecer entre la multitud, prácticamente echando humo por las orejas. Yo resoplo, me aparto el pelo de los ojos y vuelvo a mirar a Sona. Se ha desatado otra miniguerra entre todos los capitanes.

—La bot piensa...

—¿Y hay que creerse lo que...?

—Cuidadito —interrumpe Jenny, sonriendo con malicia—. Si insultas a la bot, también insultas mi juicio.

—Porque tu juicio nunca está sesgado, ¿verdad? —se queja Voxter, dándole un sorbo a su termo. Estoy segura de que lo que contiene no es solo café.

—Esta noche fiesta de tatuajes —informo al equipo—. ¿Qué planta tiene la pistola?

—¿Crees que es buena idea? —pregunta Arsen, escéptico.

Sona debe de sentir mi mirada, porque desvía su ojo hacia mí. De repente soy consciente del leve dolor que siento en el hombro, bajo dos capas de puntos, ungüento y vendas. Xander me extrajo la bala después de la lucha en el Vertedero —el chaval tiene maña para esas cosas— y, ahora, lo único en lo que soy capaz de pensar es en la expresión furiosa de Sona mientras deslizaba la hoja de su espada por el cuello del guardia.

Ya me ha salvado dos veces. Me estoy quedando atrás.

—Y champán —añado—. También beberemos champán.

Theo se frota la nuca.

—La llave del cuarto del alcohol la guarda el equipo de Junha.

—Pues ve a robársela. Ya lo hemos hecho antes. —Parpadeo; una idea inesperada toma forma en mi mente, pero luego sacudo la cabeza—. Venga, id todos —gruño, gesticulando vagamente con los brazos, y luego me abro camino a través de la muchedumbre.

Vacilo en el borde. Se supone que no debemos entrar en el semicírculo a menos que el Consejo nos dé permiso.

—Jenny...

No me mira. Se ha levantado de su sitio y está gritando y gesti-culando con las manos, tanto de manera expresiva como ofensiva.

—Oye, subnormales, dejad de hablarme así o...

—Señorita Shindanai...

—Métete tus opiniones por el culo, Vox.

—¡Jen, oye! —vuelvo a probar más alto.

Pasa de mí; todos pasan de mí, salvo Sona, que aún tiene la cabeza ladeada en mi dirección, así que me salto esa estúpida línea invisible que se supone que no debemos cruzar y me coloco a su lado.

Tiene un rastro de lágrimas en la mejilla derecha y el venda-je bajo su ceja izquierda está oscurecido por el borde. Levanto la mano y, sin pensar, le limpio la mejilla con el pulgar. El patio se queda callado una vez más; el Consejo por fin me está prestando atención.

Me seco las manos en la parte delantera de la camiseta y luego digo en alto, con mucha más confianza de la que realmente siento:

—Deberíamos destruir las piezas y ya está.

Los murmullos se extienden por todo el patio.

Voxter se aclara la garganta.

—Rotundamente no.

—Ya los hemos saboteado antes —insisto—. Cada uno de nuestros tatuajes lo demuestra. Esto será igual. Destruimos las piezas y...

—¿Y qué, Shindanai? ¿Cuánto tardarán en construir más?

Me arden las mejillas.

—¿Y qué se supone que debemos hacer, Vox? ¿Quedarnos sentados sin hacer nada? Así... ¡así al menos ganamos tiempo hasta que se nos ocurra un plan!

—Sí —conviene Sona—. Antes de sacar un nuevo modelo de Ráfagas, siempre les enseñan el prototipo a los Zénit. Lo desvelan a finales de año, en Celestia. Es el protocolo. Una tradición. Algo sagrado. Ese Argus iba camino de la Estación para escoltar las piezas del prototipo. De salir esta noche de allí, llegarían a la ciudad al amanecer.

Uno de los capitanes se inclina hacia adelante.

—Ningún Asesino de Dioses estaba presente con la bot cuando ese piloto presuntamente habló de esta amenaza, ¿correcto? Bien podría ser una trampa elaborada para llevarnos directos a una matanza.

Rechinando los dientes, alargo el brazo y agarro la muñeca de Sona antes de levantarla en el aire. Tiene la palma sangrienta; no ha tenido tiempo siquiera de lavársela.

—Esto que ves es la sangre del piloto, un piloto que *ella* ha matado, en un derribo en el que *ella* ha participado —gruño—. Sona es una Asesina de Dioses y su lealtad es para con las Tierras Yermas. Si Deidolia pretendiera usarla para encontrarnos y masacrarnos, ya lo habrían hecho.

—Eso no es lo que quieren oír, Invocadora de Hielo —susurra Sona bajito.

Yo le dedico una sonrisilla.

—Seguro que Milo tampoco.

Ella aparta la mano, avergonzada.

—Vaya. Lo has oído.

—Sí. Ni yo misma le habría respondido mejor.

Jenny me sonríe. Han vuelto a ponerse a discutir en todos los frentes.

—Vox dice que no, hermanita.

Frunzo el ceño.

—Dile que se meta...

—¿Cuál es la alternativa, Vox? —pregunta Jen, en cambio, por encima de todo el charloteo—. Ellos construyen el Arcángel. Los Zénit dan su aprobación. Construyen millones de ellos y entonces los Ráfagas, que actualmente son demasiado pesados como para transportarlos por barco o por avión, empiezan a cruzar los límites de los continentes y a sobrevolar los océanos. Si Deidolia todavía no se ha hecho con el control del mundo entero, los Arcángeles bien podrían ser los que sellen ese futuro.

Vox, con las manos curtidas y llenas de callos, se masajea las sienes.

—Shindanai, ya has negociado por la vida de esa bot, que no llega a ser humana siquiera, y me has pedido permiso para que resida en nuestro santuario. Te he concedido eso, pero ya se acabó. No pienso arriesgar la vida de un solo Asesino de Dioses en una misión suicida solo por lo que ella haya dicho. Esto es lo que hay. El Consejo se suspende.

—No habéis votado —espeto—. Qué clase de gobierno es este, ¿eh?

Él me fulmina con la mirada mientras se levanta de su asiento. Se tambalea un poco ahora que está de pie y el termo salpica algo de líquido en su mano.

—Uno que creé yo, chiquilla.

La ira sube como una bala ardiente por mi garganta y a mi lado Sona se endereza. Esta vez, cuando habla, su voz no vacila ni un ápice.

—Es extraordinario el poco instinto de supervivencia que tienes.

Voxter se enfurece a la vez que yo me aguanto la risa.

—¿Eso es una amenaza, bot?

—He sido lo bastante amable como para informaros de una en nombre de Eris. —Defecto me mira de reojo. Si no, ni siquiera la veríais venir.

A Voxter se le desencaja la mandíbula y gira la cabeza de pronto hacia Jenny, que apenas puede contener la risa. A nuestro alrededor, La Hondonada se ha diluido en un despliegue de carcajadas susurradas, e incluso en algún que otro comentario de aprobación. Si hay algo en lo que todos estemos de acuerdo es en tocarle las narices a Vox por mera diversión.

—...habla como una Asesina de Dioses, al menos.

—Bueno, si Jenny da la cara por ella...

—He oído que se arrancó el ojo esta mañana...

—...la única superviviente de la masacre de Argentea, si es que eso es posible siquiera...

—Voy a rescindir el acuerdo, Shindanai —le escupe Vox a Jenny, y luego levanta la cabeza y barre a la multitud con su mirada del color de las nubes de tormenta—. Coge a la bot. La quiero en el fondo del lago para cuando caiga la noche.

Jenny ensancha la sonrisa al instante y, con una voz cargada de espinas y pétalos de rosas a partes iguales, dice:

—Sí, sí, muy bien, yo voy y la tiro al lago, pedacito a pedacito. Pero luego pásate tú por mi laboratorio, que vas a ocupar su lugar. Pienso abriré en canal hasta encontrar algo la mitad de interesante que ella.

Le doy un codazo a Sona y señalo con la cabeza hacia un espacio entre la multitud. Serpenteamos a través del patio —por suerte, pese a las tantas miradas asesinas que le dedican, nadie intenta asestarle una puñalada— y entramos en los dormitorios. Ella se detiene tras el primer tramo de escaleras.

—¿Qué? —la interrogo, girándome.

Ella levanta la mirada del rellano hasta mí y cambia el peso de un pie al otro.

—Tú me crees, ¿verdad, Eris?

«¿Por qué no habría de hacerlo?» es lo primero que se me viene a la mente, pero la pregunta tiene un millón de respuestas distintas. Respuestas lógicas y plausibles con las que batallo cada vez que la miro. Me muerdo el labio ante aquel pensamiento.

—¿Sobre lo del Arcángel?

Se ríe con sequedad.

—Sí. Sobre lo del Arcángel.

—Sí, te creo. —Ahora soy yo la que cambia el peso de un pie al otro. Estoy dos escalones por encima de ella, casi a su misma altura—. Siento que los demás no. Tampoco los has rescatado a todos de la Academia, como a mí.

—Sí. Eso habría facilitado mucho las cosas.

—¿Para que confiaran en ti?

—Para que me *conocieran* de verdad. —Levanta los dedos y se toca el borde del vendaje del ojo—. Más allá de esto. De todo.

Me apoyo en la barandilla de metal.

—¿Por qué te importa tanto que te conozcan?

—¡Porque nadie lo hace! —estalla Defecto, y luego se le quiebra la voz. El asombro cruza su rostro, aunque no creo que se lo esperara. Se le ruborizan las mejillas y sacude la cabeza—. Lo siento, no imp…

Un escalón, dos, el rellano. Ya he perdido la ventaja de la altura. Alzo la mirada hasta ella.

—No, sí que importa. No te tragues las palabras. Suéltalo, Defecto.

—*Yo* me he hecho esto, Eris —murmura Sona—. Es culpa mía que me vean así, y también que no vayan a hacer nada con la información de los Arcángeles. Creía que, si me convertía en piloto, podría hacer lo mismo que tú, que podría destruirlos desde dentro. —Se ríe otra vez sin humor y sacudiendo la cabeza. El cuerpo era lo único que me quedaba y se lo entregué.

Frunzo el ceño y la miro de los pies a la cabeza.

—A mí me parece que estás aquí. Justo donde debes estar.

Sona no responde, ni esboza una sonrisa como había pretendido. En su silencio, el aire parece que no se moviera. Una ventana que da al patio arroja tenues rayos de luz vespertina sobre la escalera y las hojas de los árboles se bambolean contra el cristal. Sin saber qué hacer con las manos, me llevo una a la costura deshilachada del bolsillo delantero del peto.

—¿No te lo parece? —le pregunto con voz queda, tirando de un hilacho.

—No sé —repone. Desvía el ojo, que antes lo tenía clavado en la pared de hormigón, hacia mí. La luz se refleja en su mejilla y hace que su piel avellana parezca dorada. Yo dejo de mover los dedos y me quedo helada; tal vez porque todo el calor se me ha acumulado de golpe en las mejillas—. Aunque sí me siento mejor.

—M-me alegro... vale, sí, b-bien —tartamudeo, sin ocurrírseme palabras mejores. Me obligo a dejar la palma de la mano en el muslo; ya le he suplicado demasiadas veces a Arsen que me cosa los bolsillos.

—¿Qué vamos a hacer con el Arcángel, Eris? —murmura Sona mientras volvemos a enfilar las escaleras.

—Algo haremos, eso seguro. Apostaría a que Jenny ya está pensando en algo.

En ese momento, el retumbar de unos pies resuena arriba. El familiar chillido de alegría de Nova perfora el aire. Un segundo después, pasa zumbando por nuestro lado, un borrón rubio deslizándose por la barandilla de acero. Theo y Arsen la siguen. Detrás de ellos vienen un par de chicos del equipo de Junha.

—¡Devolvédnosla! —grita uno de ellos antes de que la puerta principal se cierre de golpe.

Juniper y Xander están esperando en la entrada de nuestras habitaciones. Xander sostiene la llave del alcohol y me la tiende con una sonrisita.

—¿Golosinas? —adivina Sona.

—Aprende rápido —observa Juniper, y abre la puerta.

CAPÍTULO VEINTISÉIS

SONA

Se supone que estamos en una fiesta, Defecto —señala Nova.

—Soy consciente de ello.

—Pues diviértete un poco, ¿quieres?

Se agacha en el reposabrazos del sofá biplaza con las rodillas pegadas al pecho para observarme limpiar mi nueva espada. Estoy descalza en el suelo de madera de la sala común, caliente gracias a las rugientes llamas de la chimenea a mi lado. La sangre que me manchaba las manos ya ha desaparecido, y ahora las tengo impolutas y suaves.

Estoy tranquila, me digo a mí misma.

Como si no oyera la voz del piloto en cada comentario, cada risa.

Me concentro en la espada; en la realidad de su peso, la seguridad arraigada en el metal. Unas hojas de laurel diminutas decoran el puño y las protecciones circulares. Paso el trapo impregnado de aceite por la longitud de la hoja y veo el reflejo de Nova aparecer bajo la mugre.

—¿Qué te hace pensar que no lo hago ya?

La espada solo necesita que la afilen un poco, pero, por lo demás, está inmaculada. Otra imposibilidad de esas que parecen desbocadas últimamente. Es un arma benévola y absurdamente bella a partes iguales.

Y hablando de eso...

Eris está tumbada sobre la mesa de la sala común con las piernas colgando y la cabeza ladeada mientras lee un libro de tapa blanda hecho trizas. Juniper se encuentra encorvada sobre ella, con el pelo verde ocultando su rostro mientras trabaja. El zumbido de la aguja tatuadora apenas se distingue bajo la música que resuena por el altavoz de la pared.

—Son cuatro más —le recuerda Eris a Juniper, usando el pulgar para pasar de página. Clava la vista en mí durante un momento, pero yo bajo la mirada y vuelvo a concentrarme en la espada—. Un Fénix, un Argus y *dos* putas Valquirias.

—Que no se te suba a la cabeza —comenta Theo, pasándose un dedo por encima de su nuevo tatuaje.

—Cállate. Me lo merezco.

Theo está remangado, por lo que sus engranajes tatuados en forma de espiral quedan visibles en sus muñecas. Él ha sido el primero. Xander, el segundo; en su caso, lo ha añadido a los que ya recorren su columna en línea recta. Luego Nova, que los tiene alrededor de los omóplatos como si fueran alas. Después de ella, Arsen, que lo añadió a la colección en el dorso de su mano derecha, y luego Juniper, en el de su izquierda. A continuación, Milo y Eris. Yo he estado sentada en el biplaza todo ese tiempo, limpiando la espada.

Su mirada aterriza en mí. Los demás hacen lo mismo.

Doblo el trapo con esmero en mi regazo.

—¿Qué?

Eris aparta a Juniper y se yergue. Los cuatro tatuajes nuevos en la clavícula destacan contra su piel, negros como la noche pese a las marcas rojas. Dobla la esquina de la página y cierra el libro sobre la mesa.

—Te toca, Defecto.

—Ni de coña —interviene Milo al instante.

—Ha sido una victoria tanto nuestra como suya —replica Arsen.

Nova se saca el caramelo de tofe de la boca y le dedica un gesto con la mano.

—Es una fiesta de tatuajes, Milo. La gente se tatúa.

—Los *Asesinos de Dioses* se tatúan —espeta, poniéndose de pie.

Eris sigue con las piernas cruzadas, observando con aparente desinterés de no ser por los puños apretados en su regazo.

—A lo mejor estoy ciega —cavila, pero juraría que la última en salir del Argus después de que este cayera fue Sona. Recuérdamelo, ¿acaso no contamos los Ráfagas derribados y los pilotos muertos como una victoria?

—Y los que derriban y matan a los pilotos son Asesinos de Dioses, ¿verdad? —añade Juniper.

Milo los mira a todos con incredulidad.

—Y así sin más, ¿os ha engatusado a todos? Viene de Deidolia, de la mismísima Academia, con una historia increíble y absurda y... ¿No la veis ahí sentada? Por el amor de los Dioses, está afilando su *espada*, ¡abrid los ojos! ¿De verdad vais a esperar hasta que nos mate uno a uno mientras dormimos? ¿Después de la artimaña que ha intentado hacer con el Arcángel, llevándonos de cabeza a una matanza? ¿De verdad soy el único que ve lo que está pasando? ¿Nova? ¿Xander?

Nova se vuelve a meter el caramelo de tofe en la boca y se cruza de brazos. Xander echa un vistazo por la ventana.

—Milo... —pronuncia Theo a modo de advertencia poniéndose de pie—. No la has visto hoy. Se cargó al guardia en un instante. Ni siquiera pestañeó.

—¿Tú también? —ruge Milo.

Se abalanza sobre Theo con los brazos estirados como si quisiera estrangularlo. Pero a medio camino se arrepiente y, en cambio, se gira hacia mí y me estampa contra el respaldo afelpado del biplaza.

—*Miradla* —grita. Siento el calor de su piel, la furia que hace eco en mis oídos—. Sin miedo, ni emociones, y os ha lavado el puto cerebro. ¿Qué cojones os pasa?

—El miedo sería un enorme malgasto de energía en estos momentos, Milo —repongo con calma, bajando la mirada de forma significativa a mis manos ocupadas—. Si vas a matarme, yo te recomendaría que lo hicieras mientras esté indefensa.

—Joder, Sona —musita Nova—. ¿Estás intentando provocarlo o qué?

—No hace falta, parece que ya lo está.

—¡Los pilotos llevan matando a nuestra gente desde hace décadas! ¿Se os ha olvidado ya?

Eris se baja de la mesa de un salto.

—¿Y a ti se te ha olvidado que la capitana de este equipo soy yo? —ladra, y ante el tono afilado de su voz todos dejan de moverse, salvo Milo—. ¿Que confiamos los unos en los otros sin reservas? ¿Que si yo salto por un precipicio, tú también lo haces porque mis acciones te indicarían que hay una red al fondo? Yo he confiado en una persona a la que nos han enseñado a odiar y a matar, y lo he hecho *por ti*. ¡Lo he arriesgado todo por volver *contigo*, Milo! He puesto en peligro mi vida porque sabía que tú harías lo mismo por mí. Pero si no eres capaz de confiar en mi palabra, tal vez haya estado equivocada todo este tiempo.

—Eris —repone Milo entre dientes, soltándome y aferrando la muñeca de Eris con fuerza. Todos dejamos de respirar al unísono y una llama oscura y ardiente reluce en los ojos de ella—. Esa *cosa* no es *humana*.

—*Ella* —gruñe Eris, deshaciéndose de su agarre—. Sí, es un bot. Y sí, es piloto. Y me importa una mierda. ¿Sabes por qué? Porque es una Asesina de Dioses de los pies a la cabeza y cualquier Asesino de Dioses merecedor de los tatuajes que llevamos valoraría ese hecho por encima de lo que tenga bajo la piel o del color que sean sus ojos, o incluso cuántos le queden.

Lo empuja hacia atrás y le clava un dedo en el esternón antes de poder enderezarse.

—Y si tú no lo haces —masculla—, entonces no te quiero en mi equipo.

—¿De verdad la eliges a ella antes que a mí? —grita Milo.

—No. Elijo su vida por encima de tu miedo. —Eris señala la puerta—. Vete y cálmate. No quiero volver a verte esta noche, así que búscate un sitio donde dormir.

—Lo flipo —murmura y, por un momento, creo que va a levantar el puño. Pero, en cambio, baja la mirada hasta mí—. Cabluza asquerosa.

—A Eris se le da mejor lo de poner motes —digo.

Sus pasos resuenan por el pasillo y se detienen de golpe cuando la puerta de la escalera se cierra de un portazo. Eris se pellizca el puente de la nariz. Todos se quedan callados.

—Sube la música, June —espeta por fin. Juniper asiente y pasa titubeante por su lado. Eris le arrebata la pistola tatuadora de las manos y se gira hacia mí—. ¿Dónde los quieres, Sona?

—¿Los? —pregunto, perpleja, mientras me levanta del sofá y me conduce hasta la mesa.

—¡Una Valquiria y un Argus! —grita. ¡Siéntate, siéntate! —Se lleva una mano a la cadera mientras se inclina sobre mí y me analiza. Huele a té caliente, a tofe y al champán dulce que pasa de mano en mano. Completamente distinto a Deidolia y a todo lo que no sabía que me gustaba.

La música resuena de forma atronadora por los altavoces y la sala vuelve a cobrar vida. Nova salta de su sitio y saca a Theo de su estupor, girándolo sobre la alfombra polvorienta hasta que empieza a bailar por sí solo. Arsen le tiende a Xander una taza desportillada de champán y las entrechocan mientras June suelta una risotada y les planta un beso a ambos en las mejillas.

Me remango la camiseta.

—Aquí —susurro, señalándome el panel en el antebrazo derecho—. Los quiero aquí.

Eris se me queda mirando.

—Quieres decirle a la Academia que se vaya a tomar por el culo, ¿eh, Defecto?

Se me ruborizan las mejillas.

—¿Tan infantil es?

Esa sonrisa. El estremecimiento posterior a ella. Eris introduce una mano por debajo de mi brazo y me lo coloca con suavidad sobre el reposabrazos.

—Menos mal que somos jóvenes, ¿verdad? Vamos allá.

No lo siento. Observo cómo la tinta florece en mi piel, guiada por su mano minuciosa, y la arruguita que se le forma en la frente cuando se concentra.

El libro de tapa blanda que estaba leyendo se encuentra a mi lado, bocabajo y con el lomo plegado. Una línea de celo bordea el filo de las solapas. Le doy la vuelta con la mano libre y consigo leer unas cuantas frases antes de que Eris me lo arrebate.

La miro.

—¿Le has pegado otra portada encima?

Juniper revolotea por nuestro lado con los brazos en alto.

—A Eris le gusta fingir que yo soy la única que lee novelas románticas.

—Ríete —dice Eris, arrebolándose—. Pero tengo en mis manos el futuro de tu piel.

Trato de echarle otro vistazo al libro.

—Romántica.

Ella lo lanza a mi espalda y cae al suelo.

—Peligrosa.

—Dramática.

—Defecto.

—Invocadora de Hielo.

—Hecho —dice Eris, apagando la pistola—. ¿Te gusta?

Dos ruedas de engranaje. Pequeñas y perfectas... y algo más. Son banderas reclamando mi piel, que se ha vuelto un poquitín menos suya y un poquitín más mía.

—Creo que insultas mejor de lo que tatúas —le miento.

Espero a que resople, o a que aparte la mano de golpe. Pero, en cambio, me agarra con más fuerza y, de repente, se inclina más hacia mí.

—Y tú eres mejor Asesina de Dioses que piloto —replica Eris por lo bajo—. Y lo digo en serio.

Noto algo extraño. Una sensación imposible y arrebatadora. Retraigo el brazo antes de hacer algo de lo que me arrepienta. Antes de que las ganas de acercarme más a ella se intensifiquen.

—Pues soy muy buena piloto —digo.

—Lo sé —responde.

Hace tiempo aprendí que debo ser precavida con las cosas bonitas.

Pero esto sí que no me lo esperaba.

Estoy despierta cuando entra. No me sobresalto. Esta es su habitación, al fin y al cabo. No lo cuestiono. Sé a qué ha venido.

La única luz que hay es la de un rayo que se cuela a través del espacio entre las cortinas. Cae justo en el lado derecho de su cara, prendiendo sus ojos pálidos y entrecerrados bajo la frente arrugada. Tiene el pelo rubio revuelto, los dientes descubiertos y la pistola negra bien sujeta en la mano. La levanta para apuntarme. Yo aparto las sábanas y me yergo antes de pegar la espalda contra el cabecero de madera. No pienso morir tumbada.

—Te oirán después del primer disparo —le digo—. Más te vale apuntar bien.

—No fallaré —responde Milo con voz uniforme. La pistola sigue fija en el aire. Yo me pego las rodillas al pecho.

—Eris no te...

—¡No te atrevas a pronunciar su nombre! —gruñe Milo, y de repente se abalanza sobre mí. Pega la pistola con fuerza a mi sien y yo tengo que apoyar una mano en el colchón para evitar caerme de lado—. Puede que ella te considere su mascota, o cualquier otra mierda de esas, ¡pero yo no pienso dejar que le vuelvan a hacer daño!

—Nadie le hizo daño. *Yo* me aseguré de ello.

—Pero ¿y las otras veces, bot? —replica. Los años y años antes de que tú aparecieras. Los huesos rotos, los labios partidos y los moratones que nunca desaparecen. Todo eso ha quedado olvidado por tu culpa, y por la de la Academia y Deidolia.

—Tú solo quieres protegerla.

—De plagas como tú.

Me quedo callada un momento.

—Ah. Pero eso no es todo, ¿verdad? *Tú* querías protegerla.

—¿Tienes cables en los oídos, bot? —rezonga.

Sacudo la cabeza tanto como puedo.

—No. No solo me odias por lo que soy, sino también por lo que hice por ella. Querías ser *tú* el que la salvara de Deidolia. Querías jugar a ser el héroe para que te estuviera agradecida. Y ahí es donde radica tu egoísmo. Y tu posesividad.

A juzgar por la fuerza con que me clava la pistola en la sien, sé que tengo razón. Mi intención es sonreír y ser melindrosa con mi observación. Pero, inesperadamente, mi voz suena más a rugido.

—Crees que te he robado la oportunidad. Que te he robado a Eris. Pero ella no es un objeto que pueda pasar de mano en mano, Milo. No es nadie por quien pelearse. Sino alguien por quien luchar.

Milo sonríe.

—No finjas que te importa una mierda. Sé que no puedes sentir. Es patético. Si quisieras, podrías tener una muerte indulgente.

—¿Eso te haría sentir mejor? ¿Si actuara como que no sé que lo que te motiva no es otra cosa que el miedo?

—Y el amor, bot. Tú nunca lo entenderías.

—Dame tiempo —digo, medio gruñendo y medio riéndome incrédula—. Estoy empezando a hacerlo.

CAPÍTULO VEINTISIETE

ERIS

—¡Eris!

Me despierto sabiendo que no tendría que haberme ido a dormir. Tendría que haberme quedado despierta, alerta por si oía sus pasos contra la moqueta, un grave gruñido, o el amartillar de una pistola. Algo, cualquier cosa.

Pero sí que me dormí con los guantes puestos.

Los levanto antes de siquiera abrir la puerta de una patada y derramar la luz del pasillo sobre la cara sorprendida de Milo y la expresión tensa de Sona. Solo atisbo fragmentos de la escena —una mano sosteniendo una pistola contra su sien, la otra sobre su boca para acallar sus gritos— antes de ir a por él.

Le asesto un gancho a Milo en el pómulo que lo hace estamparse contra el cabecero de la cama. En cuanto afloja la mano, Sona agarra el cañón del arma y clava los otros dedos alrededor de su muñeca para desviar la pistola hacia arriba. Esta se dispara y empieza a caer polvo de yeso del techo. Cierro el puño en torno al cuello de la camiseta de Milo y lo levanto del colchón antes de arrojarlo a mis pies.

—Serás idiota —gruño—. ¿En qué planeta te crees que estamos para que ataques a otro miembro de tu equipo, a otro Asesino de Dioses?

—Ella no es…

Le retuerzo la camiseta aún más y lo obligo a acercarse a mí. El guante de la mano libre cobra vida.

—Cuidado con lo que dices, Milo.

—¿De verdad estás haciendo esto? —rezonga él—. ¿Después de todo por lo que hemos pasado juntos?

Me río con sequedad.

—Como ya he repetido unas mil veces más o menos, si lo que hemos pasado juntos significara algo para ti, confiarías en mí.

—Confío en ti —suplica Milo—. Confío en ti con mi vida y lo que haga falta. Pero estás corrompida, Eris, eres...

—Soy la chica que está a punto de partirte la nariz.

—Eris, por favor —me implora—. Yo solo quiero protegerte.

—El hecho de que creas que necesito protección solo demuestra lo impertinente que eres —rebato.

Me callo un momento para coger aire, aunque de forma temblorosa. Soy muy consciente de la picazón detrás de mis ojos, y del temblor de mi voz. Lo odio. Odio no poder odiarlo.

—Fuera —le ordeno con la voz tan ahogada que las palabras salen como si las hubieran retorcido con tenazas en mi garganta—. Estás suspendido. Pírate de mi planta.

—Eris...

—¡Ya me has oído! —estallo, alzando la voz casi al nivel de un grito. Tiro de él hacia arriba y lo empujo hacia el umbral de la puerta. Su espalda topa con la pared del pasillo—. Vete mientras siga de buenas.

El aire frío de la escalera sopla en el pasillo cuando se marcha, poniéndome la piel de gallina en los brazos. Durante unos instantes incómodos, todo permanece en silencio.

Sona ha desarmado la pistola y está dejando las piezas sobre el colchón. Tiene los labios apretados en una fina línea. Tal vez la hora tardía de la noche haya hecho que bajara un poco la guardia.

—Tienes pelos de loca —dice, dejando el cargador en la cama.

No puedo evitarlo. Rompo a reír.

Arsen y Juniper han asomado las cabezas de sus cuartos. Nova y Theo, que aún seguían en la sala común a esta hora intempestiva, aparecen en el umbral. Lo han visto todo, pero sabían que era mejor no interponerse en mi camino.

—¿Sona sigue viva? —pregunta Nova.

Miro a Defecto.

—Bueno, tú dirás.

Desliza un dedo por la colcha.

—Ahora ya no me apetece dormir.

Suspiro y le hago un gesto. Ella me sigue sin pronunciar palabra y nos unimos a Theo y a Nova en la sala común. Arsen y Juniper llegan poco después, aunque Juniper se toma un momento para cubrir con una manta deshilachada la forma inconsciente de Xander, desparramada en el sofá. Es poco probable que no haya oído el disparo, pero seguro que le ha importado una mierda y se ha vuelto a dormir. Todos nos sentamos en silencio.

Theo es el primero en hablar.

—Lo siento, Sona.

—Es patético —espeta Nova. Theo, en vez de responder, se lleva la cabeza a las manos. El gruñido de Nova se suaviza al instante y ella le da un empujoncito con el hombro—. No es culpa tuya. Lo sabes, ¿no?

—Lo que le pasa es que... creo que se ve a sí mismo reflejado en ti. Nos ve a todos reflejados en ti.

—¿Qué? —murmura Sona.

—No todos nacemos siendo Asesinos de Dioses —interviene Nova, dándole un momento para que se recompusiera. Desliza un dedo por la alfombra y arroja al aire una columna de polvo de las fibras. Levanta su mirada de jade. La expresión en sus ojos es muy distinta a la que estamos acostumbrados—. Theo, Milo y... y yo no nacimos en La Hondonada.

—Somos como tú —prosigue Theo, sin apartar la vista de sus pies—. Nuestros pueblos terminaron destruidos por los Ráfagas por incumplimiento de cuotas, o por rebelión, o... ¡Dioses! —Levanta las manos en el aire—. No sé, elige la que más rabia te dé. Pero tuvimos la suerte de que nos encontraran los Asesinos de Dioses. Y que tú terminaras en Deidolia... Creo que Milo se piensa que fue decisión tuya la de acabar allí.

Por fin levanta la mirada y aterriza, vacilante, en mí.

—No es fácil para ninguno de nosotros, Eris. Que la b... que Sona esté aquí. Pero yo no... yo no voy a intentar matarla ni nada. No a menos que tú nos des la orden.

No a menos que yo les dé la orden. Le echo otro rápido vistazo a Sona, que ha vuelto a poner la expresión estoica de siempre. Está sentada con las piernas cruzadas junto a la chimenea, con las manos en el regazo y la suave luz de las ascuas ondeando en sus rizos. Nuestras miradas se cruzan y, de pronto, sé que sabe que estoy fingiendo. Fingiendo que para mí tampoco es difícil, que cada vez que la miro no siento el mismo impulso, el mismo breve ramalazo de ira y miedo. Que los pensamientos no me atormentan con la idea de que una noche me despierte y la vea de pie junto a mí, sonriendo mientras me raja la garganta.

—Milo se preocupa por ti de forma distinta que por los demás —dice—. Te quiere un poco diferente que al resto, ¿verdad? Y esa clase de amor... te hace cometer estupideces.

Y se calla.

—Aunque no es que matarme sea un concepto estúpido, claro.

Nova resopla y se inclina hacia adelante.

—Tú también lidias con tus propios problemas, ¿verdad, Defecto?

La sonrisa de Sona es casi nostálgica.

—Y muy graves.

Me muerdo el pulgar, pensativa, y luego me pongo de pie.

—Venga. Todos a la cama. Theo, ¿puedes llevar a Xander a su habitación?

—Claro —murmura Theo, levantándolo sin dificultad.

Lo detengo antes de que pueda llegar al pasillo y le aparto el flequillo antes de darle un beso en la frente.

—Entrará en razón —lo tranquilizo—. Pronto volveremos a estar todos juntos.

—Buenas noches, Eris —dice Theo, y parece que quiera añadir algo más. Nova cierra la puerta al salir.

Me giro y me cruzo de brazos. No pierdo detalle de cómo Sona me ignora con la cabeza ladeada hacia el fuego, mientras remueve las cenizas con el atizador de hierro. Tiene una marquita circular en la sien derecha provocada por la pistola de Milo.

—¿Cómo aprendiste a pelear? —le pregunto—. ¿Empezaste antes de la academia? ¿En Argentea?

Sacude la cabeza y, por un instante, creo que se le ponen los nudillos blancos de apretar con demasiada fuerza.

—Después de Argentea y antes de la Academia, en las calles de Deidolia. Fue por necesidad. ¿Y tú?

—Por el deseo de Jenny de zurrarme. Para alimentar su ego.

—¿Eh?

Nos quedamos en silencio durante un momento. Ella deja de remover las cenizas y echa la mirada hacia atrás para mirarme, aguardando a que le cuente la otra parte de la historia que ella, por alguna inquietante razón, sabe que existe. Giro el cuello en círculos y suspiro. De pronto me siento agotada, entumecida en los lugares donde la ira ya se ha apagado. Me siento en el reposabrazos más cercano y me masajeo las sienes.

—Mi padre... —me oigo decir—. Jenny y yo venimos de una familia de Asesinos de Dioses, ¿sabes? Nacimos para ser luchadoras. Él me enseñó a disparar con siete años, y poco después algunas técnicas básicas de combate cuerpo a cuerpo. Al parecer, fui una auténtica mosca cojonera durante las primeras lecciones; no dejaba de pelearme con todo lo que se movía, pensando que podía hacerme con el mundo solo por saber asestar un buen gancho con la izquierda. Le partí la nariz a varios niños. Y, de hecho, a mí también me la partieron al menos una vez.

—¿Pero siguió enseñándote?

—Sí. A ver, supongo que pensó que en algún momento me cansaría de ir buscando pelea. Además, sabía que en un futuro me faltarían manos para acabar con todos los robots gigantes que había, así que quiso que estuviese preparada.

Esbozó una pequeña sonrisa.

—Pobres niños.

Me encojo de hombros.

—Exacto. Luego, ya sabes, murió, y yo seguí metiéndome en peleas. Supongo que también tuve suerte de que en ese momento pudiera vencerles, porque ya no había nadie que me alejara de los líos. A Jenny le gustaba quedarse sentada mirando. Decía que me venía bien.

Me rasco la nuca al ver que no dice nada. Ambas sabemos que estamos dando vueltas y vueltas alrededor del tema que realmente importa.

—Milo entrará en razón —repito.

—¿Causo...? —murmura Sona, y uno de los leños quemados crepita y escupe chispas naranjas y con forma de luciérnagas por toda su ropa. Ella suelta el atizador con calma y se las sacude. Ahora se gira y me mira fijamente con su único ojo—. Causo más problemas de los que soluciono.

—Yo prefiero lanzarme de cabeza a los problemas —digo en voz baja por algún motivo.

—¿Por qué, Eris?

—Porque significa que algo interesante va a ocurrir.

Sona se pone de pie y se sacude el hollín de los pantalones.

—Tienes problemas graves.

—Le dijo la sartén al cazo.

Se queda allí plantada un momento, a contraluz con el brillo de la chimenea y los hombros cuadrados en esa postura suya tan perfecta. Entonces le empiezan a temblar.

Me muevo y ella se gira, pero deslizo los brazos igualmente alrededor de sus costados hasta entrelazar las manos sobre su vientre. Apoyo la mejilla suavemente contra su espalda y la siento coger aire.

—Creo que desde que te conozco he llorado todos los días —murmura Sona.

—Causo ese efecto a la gente.

—Ni siquiera sé por qué.

—Soy un poco zorra, la verdad.

Se separa de mí y se gira para mirarme casi con enfado.

—Eres la caña, Eris —dice con intensidad.

—Eh... —es lo único que consigo decir. Me gustan mucho sus palabras. Me gusta cómo las elige y cómo las dice, aunque no entiendo por qué se ha cabreado ahora. Pero sí que entiendo, con una urgencia desesperada y ávida, que quiero que siga hablando.

—Y eres... eres ridícula y caótica y arrogante y un dolor de cabeza y... y... —Levanta las manos a los costados en gesto de impotencia. Y entonces rompe a reír—. Algún día me matarás, Eris Shindanai. Nunca he estado más segura de nada.

Yo simplemente me la quedo mirando. Las brasas crepitan suaves en la chimenea. ¿He bebido algo esta noche? ¿Por qué me siento mareada, como si estuviese borracha? ¿Y por qué me siento feliz? ¿Por qué le digo «¿Quieres bailar?» y luego contengo la respiración en el silencio que se prolonga antes de su respuesta? ¿Por qué estoy tan segura de que un «no» me mataría?

Responde. Y no dice que no.

La primera canción es buena. Igual que la siguiente, y la otra. Empezamos en el suelo y terminamos encima de la mesa, golpeándonos las caderas, los costados y las costillas con las muñecas. Ella nunca ha bailado y se le nota. Se la ve tan ridícula que me encanta, porque yo también. Está sonriendo y no sé qué hora es. Es solo una niña a la que no han dejado disfrutar de su infancia y sé cómo eso puede afectarte mentalmente.

Inclino la cabeza hacia atrás mientras la sala se llena de notas largas e hipnóticas.

—Me encanta esta canción.

—Me imaginaba que te gustarían canciones menos melódicas.

—Ahora coge ritmo...

Se baja de la mesa y me tiende una mano.

—Creo que me gustaría bailar.

Le miro la palma y todos los callos que la salpican.

—Ya lo hemos hecho.

Pone el ojo en blanco.

—Movernos como patos mareados no sirve para esta canción.

—Pensaba que se nos daba bien.

—A ti sí. Enséñame cómo hacerlo bien. Por favor.

Con el corazón en la garganta, me uno a ella en la alfombra y le agarro las muñecas. Le coloco las manos sobre mis caderas y entrelazo las mías detrás de su cuello con los dedos internándose en sus rizos.

—¿Y ahora qué? —pregunta.

—¿A qué te refieres con «y ahora qué»?

—¿Nos balanceamos?

—Supongo.

—¿Tú te balanceas con Milo?

—A Milo no le gusta bailar. —Un compás—. Deja de sonreír. ¿Sabes qué...?

Antes de poder separarme, ella baja las manos de mi cintura y me agarra por la muñeca. Me sube el brazo con cuidado y luego me hace pivotar sobre la alfombra polvorienta. Mientras yo me recupero, ella entrelaza los dedos en mi nuca y me atrae más contra sí.

—¿Acabas de hacerme girar? —jadeo, sorprendida. A ella se la ve toda satisfecha de sí misma.

—Esta posición me gusta más —musita, con la mirada gacha y una pequeña arruguita en la comisura del ojo—. Tenías razón. Sí que coge ritmo.

—¿Qué narices estáis haciendo?

Casi grito y pego un bote hacia atrás. Sona deja las manos quietas delante de ella y desvía la mirada hacia la puerta.

—Buenas noches, Jenny.

—Ya es de madrugada, bot. Buenos días.

Jenny está apostada en la puerta, aferrándose al marco con los guantes apagados como si necesitara ayuda para mantenerse en pie. Tiene las gafas protectoras subidas más allá de la frente, por lo que se le ven claramente los ojos oscuros y las bolsas todavía más oscuras que los circundan. Respira con dificultad, y da la impresión de que los tatuajes en su clavícula estén intentando escapar de la cárcel de su piel.

Me cruzo de brazos al tiempo que el calor inunda mi rostro.

—Qué gracia, no recuerdo haberte invitado a mi planta.

—Y yo no recuerdo que le hubieras dado la patada a Milo —responde Jenny sin titubear, echándole una miradita a Sona—. ¿Problemas en el paraíso?

—¿Qué quieres, Jen? —espeto, y luego suspiro. Ya lo sé—. ¿Vamos a ir?

—Pues claro que sí —me confirma con una sonrisa feroz—. Ve a despertar a la guardería y quedamos con mi equipo fuera. Ah, y dile a tu conductora que, por una vez, cierre el pico. Los chillidos de esa chica podrían despertar a Voxter por mucho que haya empinado el codo esta noche. Os espero a todos fuera en diez minutos. Partimos hacia la Estación.

Y con eso, Jenny se da la vuelta y se marcha.

—Se la ve demasiado entusiasmada —murmura Sona. Luego me mira y suspira—. A ti también.

De repente me doy cuenta de que estoy sonriendo.

—¿Qué sabes sobre la Estación Iolita, Defecto?

En pleno centro de los Picos Iolitos, la cordillera que cubre casi todo el continente, se encuentran las ciudades mineras, una serie de ciudades lujosas de las que Deidolia obtiene su mayor importación de metal. También son de donde la Academia recibe la mayoría de los materiales para los Ráfagas. Las piezas, como los brazos o los dedos, se fabrican individualmente en los Picos y luego las envían a la Academia, donde las montan para crear a los mechas.

Defecto no me cuenta nada de esto, aunque estoy segura de que lo sabe tan bien como yo. En cambio, me mira a los ojos y señala lo único que realmente me importa:

—Que nos espera una pelea bestial allí.

CAPÍTULO VEINTIOCHO

SONA

Llegamos a la Estación de madrugada. El aire es frío y no se mueve; el cielo está gris, oscuro. Podemos ver gracias a la luz de las estrellas.

Mientras esperamos a que los mechas emerjan de la tierra, Jenny decide echar un vistazo bajo mi piel.

—¿Esto es tuyo? —pregunta al tiempo que me da un toquecito en el panel sobre el que tengo los nuevos engranajes tatuados.

Reprimo las ganas de apartar el brazo.

—Si a lo que te refieres es a mi piel, sí.

Ella tararea antes de deslizar la mano por mi muñeca y apretar los huesos de mi antebrazo con los dedos. Suelta una risita.

—No pongas mala cara, Eris, solo estoy haciendo una criba.

—¿Que qué? —explota.

—Era una broma —suspira Jenny al tiempo que me pone la palma de la mano hacia arriba y me pincha la zona de la falange—. Cómo se nota que no has heredado ningún sentido del humor.

—Venga ya, ¿dónde le vería la gracia papá? —replica Eris.

—Papá no. —Sube los dedos por mi brazo y cruza la clavícula. Yo alzo la barbilla hacia el cielo nocturno. Las hojas naranjas y rojas de los árboles tienen la misma tonalidad que los hematomas en la oscuridad. Jenny baja la voz hasta responder con un susurro—: Mamá se reía de todo.

Merodeamos por las sombras de un bosque frondoso, en la linde de la Estación. O, más bien, sobre ella. Debajo se extiende un complejo subterráneo conectado a un túnel de carretera que atraviesa los Picos y que conecta con las ciudades mineras. A unos

239

quince metros a la izquierda, la tierra se divide para dar paso a una salida que da al bosque y a las Tierras Yermas más allá.

—Ya, bueno, pues le iba el humor negro.

—Lo cierto es que no. —Jenny me roza el cuello, presionando ligeramente en la zona del pulso—. Lo absurdo la hacía reír. Como todo lo es, se reía de cualquier cosa. Tienes el pulso por las nubes, Defecto.

Siente cómo trago saliva con fuerza.

—Esta conversación me parece un tanto personal. Debería...

—Creo que a papá le habría caído bien —me interrumpe Jenny. Ha colocado un dedo bajo mi barbilla y me gira la cara de lado a lado. No tiene la misma expresión hambrienta de ayer en el laboratorio, sino que ahora solo está haciendo algo por inercia para mantener las manos ocupadas.

Me ruborizo y me quedo quieta. Eris permanece en silencio un momento antes de preguntar:

—¿Por qué?

—Porque te salvó. Porque él también era confiado, como tú. Y mamá... —Jenny me suelta y retrocede. Me mira de arriba abajo y se cruza de brazos con una sonrisa cansada—. Mamá la habría despedazado.

Eris se encoge. Yo me quedo inmóvil; mis ganas de retroceder batallan contra las de huir.

—O mejor dicho lo habría intentado. Creo... —Jenny vacila. No pensé que lo hiciera nunca. Vuelve a suspirar y se coloca un mechón de pelo detrás de la oreja. Tiene muchos engranajes tatuados en la clavícula y que continúan bajo su camiseta—. Creo que yo la habría detenido.

El ceño fruncido de Eris desaparece por un momento antes de volverse más pronunciado.

—Al fin y al cabo, no está en ti desaprovechar a un buen conejillo de Indias.

Jenny pone una mueca y endurece las facciones.

—Nunca desaprovecho un arma. Aunque supongo que, si estuviesen aquí, no habrían tenido que lidiar con Defecto.

—¿A qué te refieres?

—Si no hubieran muerto, a ti nunca te habrían capturado.

Eris se cabrea y se acerca.

—¿Por qué, porque habría entrenado más? Y una mier...

—Porque si te esperase alguien en casa aparte de mí, tal vez te lo pensarías dos veces antes de sacrificarte.

Eris se detiene. Se pasa una mano nerviosa por el pelo y sacude la cabeza.

—Joder, Jen, no digas eso. Solo quería...

—Conseguir tiempo para que tu equipo escapase, ¿no? Eso es lo que hicieron mamá y papá, ¿no te acuerdas? No es justo, Eris. No es justo que fueras sola cuando yo quería quedarme y pelear, y...

Jenny se queda callada y se sonroja.

—Mierda —murmura—. Me refería a que tu equipo quería quedarse y pelear, ya sabes.

Eris se la queda mirando.

—Ya lo sé, Jen.

Jenny resopla y se coloca las gafas protectoras a la vez que se gira.

—Tengo que ir a comprobar el perímetro y echar un vistazo a las obras.

Mientras tanto, nos dirigimos a través del bosque rumbo al lugar donde la arboleda da paso a la Estación. Eris se ha quedado callada y tiene el ceño fruncido. Yo me froto el trozo de piel del antebrazo que Jenny ha estado examinando antes en busca de a saber qué. «Mamá la habría despedazado». Abro la boca y la cierro. Vuelvo a abrirla sin saber aún qué decir, y entonces Eris se me adelanta:

—Mis padres murieron en una misión. Jenny estaba con ellos. —No deja de mirar al frente—. Por si te hacía falta algo de contexto.

Paso a comprobarme la clavícula.

—No sabía que acabaste en la Academia para salvar a tu equipo. Fuiste muy valiente, Eris.

—Lo que fui es lenta —murmura—. Intenté deshacerme de los guardias primero y ni siquiera me di cuenta de que el piloto se había dado la vuelta. Pero prefiero valiente, así que gracias.

—Seguro que Jenny piensa lo mismo que yo.

—Creo que les guarda un poco de rencor. A mis padres, me refiero. Por pedirle que huyese. Y está cabreada consigo misma por hacerles caso.

Camina más despacio. El camino para salir del bosque se extiende ante nosotras, decorado con trozos de tierra volcada. Debajo hay explosivos y alternadores magnéticos para encallar la barcaza que transporta las piezas del Arcángel. Arsen y Juniper nos saludan desde su puesto junto al camino con las caras manchadas de tierra.

—Seguramente estén cabreados conmigo —murmura Eris al tiempo que les devuelve el gesto—. Supongo que para ellos y para Jenny es distinto. Son los abandonados. —Baja la mano y la junta con la otra—. Yo solo quiero que no mueran, ¿sabes? A veces es lo único en lo que me centro para no pensar en las repercusiones.

«A ti también te abandonaron», me apetece decirle. Pero me quedo callada y me trago la respuesta, lo contrario de lo que me pidió. Porque lo de consolar a la gente es nuevo para mí. Siempre me he protegido a mí misma. Tal vez fuera eso lo que estaba buscando Jenny. Ahora, de repente, hay gente a mi alrededor a quienes no quiero hacer daño, y no sé cómo abrirme, cómo decir lo correcto, cómo consolar a la chica que me ha dado a conocer a gente por la que luchar.

—Que sepas que yo no soy como mi madre —prosigue Eris, interrumpiendo lo que estaba pensando. Traza una raya en el suelo con la bota.

Ante aquello sonrío un poco.

—Yo no me parezco en nada a mis padres. Ellos adoraban Deidolia. Se habrían sentido orgullosos de las modificaciones que tengo. —Me doy un toquecito en los engranajes tatuados—. Y consternados por lo que he hecho con ellos, o por lo que he hecho en general.

—¿Sigues queriendo vengarte en su nombre?

—No solo en su nombre. Lo hago por mí. —Parpadeo, sorprendida por lo que acabo de decir, pero Eris ni se inmuta y acabo soltando en voz alta lo que pienso—: Mis padres solían contarme historias sobre la grandeza de Deidolia. Que Deidolia es buena. Que es misericordiosa. Puede que muriesen creyéndolo, y eso... me sienta mal. Voy a cobrarme mi venganza en su nombre, una venganza que tal vez no quisieran, pero que se merecen. Porque viví durante la primera parte de mi vida impresionada y ahora vivo cabreada. Durante todo este tiempo he sido propiedad de Deidolia. Y eso no está bien.

—Luchas para no ser propiedad de nadie. —Su expresión se suaviza un poco cuando asiento y tamborilea los dedos sobre sus propios tatuajes—. Estás en el sitio correcto, Defecto; con gente mala, pero con buenas intenciones. Empiezas con buen pie.

—¿Ya habéis colocado todos los explosivos? —brama Jenny, apareciendo del bosque con su equipo a la zaga—. Bien. Acercaos, chavales.

Arsen y Juniper lo hacen al trote, seguidos por Zamaya y Seung, los otros expertos en demolición y corrosivos. Jenny se sienta sobre el musgo y se cruza de piernas con la barbilla en alto, como si fuera la soberana del bosque.

—Como alguno dañe las piezas del Arcángel, os derretiré como a un mecha.

El silencio estupefacto se vuelve denso. Jenny lo toma como una señal para proseguir.

—Tenemos dos objetivos: el primero es deshacernos de los escoltas. El segundo proteger a Gwen.

—¿A mí? —chilla Gwen—. ¿A mí por qué?

—Porque tú vas a subir a la barcaza, vas a llegar al panel de control, vas a desactivar el rastreador y la vas a redirigir.

La chica, que se había sonrojado cuando la ha nombrado, se queda pálida como la nieve.

—Ay, Dioses. Redirigirla a...

—A casa —acaba Jenny con delicadeza, disfrutando de nuestra confusión—. La conducirás a La Hondonada.

—Joder —murmura Nolan mordiéndose el pulgar—. ¿Qué pretendes?

—Todo a su debido tiempo.

—No —explota Eris. Jenny desvía la mirada hacia ella, seria—. Creía que veníamos a destruir las piezas.

—Yo jamás he dicho eso.

—Entonces, ¿para qué las quieres usar?

Jenny sonríe lentamente.

—Tú mencionaste lo de ganar tiempo con tu plan. Yo no hago nada para ganar tiempo, sino para hacer historia.

—¿Y qué piensas hacer esta noche?

—Venga ya, ¿no te mola la expectación y el dramatismo?

—No cuando involucra a mi equipo en una lucha cuya razón desconozco —gruñe Eris.

Jenny se pone de pie y se limpia el polvo de los pantalones.

—Lo cierto es que no necesito a tu equipo. Podemos hacerlo nosotros solos.

—Entonces, ¿para qué...?

—¿Qué tipo de hermana sería si te privara de una buena pelea?

—¡Una en plenas capacidades mentales!

—¿Te imaginas? —murmura Zamaya.

—De acuerdo. Si lo prefieres, quédate —la provoca Jenny al tiempo que ladea la cabeza hacia el camino—. Os enseñaremos cómo se hace.

No sé qué ha captado su atención hasta que siento las pisadas y noto que las hojas sobre nuestras cabezas tiemblan. A continuación, vemos los ojos en el hueco del túnel; tres pares de ojos rojos a una altura considerable. Se me eriza el vello del cuello, como siempre me pasa antes de una batalla. Dada la expresión fiera en el rostro de Eris, sé que también es nuestra. Puede que Jenny sea arrogante, pero no es tonta.

—Y una mierda —escupe Eris. Activa los guantes criogénicos y se coloca las gafas—. Pero nos debes una explicación.

Jenny se limita a tocarse la ceja, imitando el gesto de quitarse el sombrero, y barre a su equipo con la mirada. Ante las órdenes silenciosas, se dispersan sin mediar palabra, colocándose en posición entre las sombras.

Hay tres Ráfagas en total. Debería haber cuatro, pero uno de los pilotos yace sin vida a unos seis metros en dirección contraria. Todavía tengo la manga manchada de sangre.

Tres Ráfagas en total. Ladeo la cabeza, presto atención y frunzo el ceño. Hay dos pares de pisadas distintos.

Eris se tensa a mi lado al mismo tiempo que lo vemos, flanqueado por un Argus a cada lado. La mirada escarlata es el único color que se le distingue.

—Déjanos al Fantasma —pide Eris en voz baja y peligrosa.

Esta vez, Jenny hace una reverencia. Al erguirse, me mira al ojo con una sonrisa malévola. Sonríe ante lo absurdo que es todo. Después ella también se esfuma entre la arboleda.

—¡De acuerdo! —exclama Eris, y el equipo se centra—. Este es el plan...

La electricidad estática se convierte en rayos, y me quedo sin aliento. El Fantasma se acerca con pisadas silenciosas, pero no sé cómo, lo oigo, como si la vibración de los engranajes atravesase las capas de hierro como un latido, como un corazón que me invita a arrancárselo.

«Te veo», pienso para mí. «Esta noche serás tú el que me vea a mí».

—¡Agachaos! —grita Nova.

Theo y yo nos erguimos con cuidado en cuanto la guardia se cae por la plataforma. Ella y su cuchillo clavado en el cuello desaparecen en la oscuridad de abajo. No la hemos oído llegar hasta que no ha amartillado la pistola y entonces Nova ha aparecido colgada de una viga de apoyo.

—¿De dónde cojones sales? —grita Theo, mirándola atónito.

Nova frunce el ceño. Sus hombros suben y bajan por el esfuerzo. Se da la vuelta y se dirige a la plataforma de apoyo del mecanismo de la cadera.

—No me gusta tu tono. ¿Por qué no me dices mejor un «gracias, Nova, muchísimas gracias por salvarnos», que es lo que merezco?

—Gracias, Nova —le digo mientras la seguimos, limpiándome el sudor de la frente con la manga y olvidándome de que la tenía ensangrentada. Dos guardias menos.

—Eso quería oír —responde Nova. A continuación, clava otro cuchillo en los engranajes que hacen funcionar el mecanismo de la cadera del Fantasma.

El proceso se ralentiza durante un instante, pero la hoja se aplana y se rompe y Nova grita cuando el mango sale volando por nuestro lado.

Se endereza rápido y nos mira arrugando la nariz.

—¿Me llevo puntos por intentarlo?

Theo suspira.

—¿Dónde está Xander?

—¿Y Eris? —añado yo.

—Xander está por aquí, en algún lado —responde Nova—. Pensaba que la capi estaba con vosotros.

—Seguro que sigue fuera. —Miro hacia el conducto de la pierna por la que hemos subido una vez los explosivos de Arsen y Juniper han abierto un agujero en el tobillo. En cuanto el Fantasma tropezó y cayó de rodillas con las manos en el suelo, nos abrimos paso entre el humo y el polvo y nos internamos en el mecha antes de que este volviera a erguirse—. Juraría que Eris venía detrás de mí...

—Y aquí estoy —dice, justo detrás de mí.

Me giro y la veo agarrada a los tornillos de una viga de apoyo con la respiración agitada. Sus gafas reflejan la oscuridad en torno a nosotros.

—Me había distraído. Hay...

El chirrido inconfundible de las balas corta el aire y por instinto me encojo y agacho la cabeza. Sin embargo, tras varios disparos que no rebotan, me doy cuenta de que no provienen del interior.

—Berserkers —maldice Nova—. ¿Cuántos?

—Los suficientes para que tengamos que ayudar todos. A saber cuántos más vienen por el túnel —resopla Eris. Me percato de que el brillo por encima de sus gafas no es sudor, sino sangre. Se le ha vuelto a abrir el tajo en la frente—. ¿A cuántos guardias os habéis cargado?

—A dos —responde Theo, lanzándole una mirada avergonzada a Nova—. Puede que haya...

Se oye un disparo, resonante y enérgico, pero esta vez de dentro. Alzamos las cabezas, preparados para subir, pero lo único que vemos es una sombra esbelta que se despega de la oscuridad. Se pega a una cortina de cables y baja deslizándose por ellos, aterrizando sobre una viga de apoyo a tres metros de distancia.

Xander se apoya una palanca en el hombro. La parte de atrás brilla y está resbaladiza. Nos enseña el dedo corazón.

—Entonces con eso ya estaría —dice Eris, señalando abajo—. Theo, Nova, Xander, conmigo. —Esboza una sonrisa rápida y me mira con seriedad—. Haz lo que debas aquí, Defecto.

Se me seca la boca. Ellos ya se han puesto en marcha. Theo y Nova saltan juntos a una plataforma inferior y Xander desaparece. Eris apoya las manos en la viga de apoyo, pero antes de marcharse, la agarro del hombro, aterrorizada.

Ladea la cabeza y el silencio se torna cargado.

—¿Defecto? Tengo que irme.

—Yo... —empiezo a decir con voz trémula—. No... No puedo hacerlo.

Ella se quita las gafas con el ceño fruncido.

—¿Qué?

Trago saliva con fuerza.

—No me obligues a hacerlo, por favor.

—Pero si ya lo has hecho antes. Es pan comido. —Retira la mano de la viga y la posa en mi muñeca antes de darme un ligero apretón. Su cara es de preocupación, por lo que me siento aún más culpable—. Pensaba... pensaba que sabías que esto formaba parte del trabajo.

Abro mucho los ojos. Me aparto y retrocedo todo lo que puedo en la plataforma.

—¡No me lo habías dicho! Yo... no puedo volver a hacerlo.

—¿Por qué no?

«¿Por qué no?». ¿Por qué no quiero que me vuelvan a herir ni poseer un cuerpo mejor que el mío? ¿Por qué desaprovecharía alguien esa oportunidad? Sin embargo, respondo frustrada:

—¡Para empezar, porque no sería capaz de ver!

Eris parpadea, se descuelga y aterriza en la plataforma con un estruendo. A pesar de no quererlo, me encojo, pero ella pasa caminando por mi lado y las sombras retroceden cuando activa los guantes.

Mueve la mano contra los engranajes del mecanismo de la cadera. El cuchillo de Nova no pudo, pero la escarcha arraiga y arrasa. Eris estampa el puño contra el hielo y el metal se quiebra con un chirrido. El Fantasma se sacude a nuestro alrededor y se tambalea al tratar de dar un paso.

—Dioses, Sona —suspira Eris mientras se da la vuelta y se pasa una mano por el pelo—. No quiero que te conectes. Quería que te cargases al piloto.

—Ah. —Toco la espada, envainada en el costado, y me siento mejor al rozar el metal. Solo está fría, y la sorpresa del ramalazo de pánico se desvanece—. Dioses, pues claro.

Y ahora siento calor en las mejillas y en la garganta. Desvío la mirada y veo la escalerilla que da al cuello del mecha.

—Vete, Invocadora de Hielo. —Es lo único que puedo decir antes de abandonar la plataforma y desaparecer con el corazón latiéndome al mismo ritmo que los pasos tambaleantes del mecha.

CAPÍTULO VEINTINUEVE

ERIS

Abro los ojos cuando mi cuerpo golpea el suelo; todos mis nervios vibran de energía y la adrenalina recorre mis venas. Me siento recta, con los puños apretados y muevo la cabeza alrededor en busca de la pelea.

Theo aúlla y cae hacia atrás. Arsen permanece de pie, pero retrocede un paso, riéndose entre dientes y con las manos en alto a modo de defensa.

—No veas, capi. Solo queríamos avisarte de que ya casi hemos llegado.

Ah. Cierto. Suspiro, me paso una mano por el pelo y luego me encojo de dolor. La brecha en el nacimiento del pelo está cosida con puntos, gracias a Xander y sus manos minuciosas, y toda la zona me arde debido al ungüento.

Hemos sobrevivido, pero tengo todo el cuerpo tenso y listo para estallar. Para salir huyendo.

—¿Una pesadilla? —me pregunta una voz desde arriba.

Alzo la mirada, donde al otro lado del contenedor se encuentra Sona sentada con las piernas colgando y la espada haciendo equilibrios entre sus rodillas. Está apostada sobre un montón de piezas de metal, cada una de casi dos metros de largo y afiladas en las puntas.

Las plumas del Arcángel. Bueno, algunas de ellas. Jenny pensó que sería mejor regresar en los contenedores de la barcaza planeadora en vez de subirlo todo a las camionetas, pero a juzgar por la tirantez en mi estómago, no sé si será cierto.

Sona se baja de las plumas, aterriza con ligereza y se sienta a mi lado. De reojo veo que se remanga la chaqueta para dejar a la vista los tatuajes.

—Ahora tendrás más.

Ella no responde. Cuando la miro, una sonrisa enorme eleva sus mejillas. Nunca la he visto sonreír así. No me está sacando los dientes, ni tampoco distingo falsa modestia o ironía; tan solo una felicidad pura y radiante.

Se esfuma de forma abrupta cuando me pilla mirándola fijamente, y se pega el brazo al pecho.

—¿Por qué tatuajes, Eris? ¿Por qué no llevar la cuenta en una hoja de papel?

Sonrío con suficiencia.

—Tú puedes hacerlo así, si lo prefieres.

—No me refiero a eso.

Levanto la mano y apoyo la palma contra mis propias ruedecillas de engranaje.

—La gente de las Tierras Yermas bien venera a Deidolia o la temen. Viven su vida impresionados o aterrorizados. Los Asesinos de Dioses nos negamos a hacer ninguna de esas dos cosas. —En el recodo de la clavícula, mi corazón parece tamborilear «viva, viva, viva» pese a cada gota de tinta que grita que no debería estarlo a estas alturas. Deidolia quiere que todos sintamos miedo, así que nosotros marcamos nuestra fuerza. Marcamos nuestra libertad en la piel que creen poseer. Es un símbolo de nuestra resistencia infinita.

Sona suspira y apoya la mejilla en la mano. El susurro que pronuncia es para ella, pero, aun así, lo oigo:

—Ahora tendré más. —Una dicha lenta y agridulce me invade el pecho.

No mucho después, la barcaza se ralentiza y mi equipo se levanta de su sitio y abre la entrada del contenedor. Pasado el borde de cubierta se encuentra el portón de La Hondonada, y en el borde se encuentra el equipo de Jenny, con ella al frente, las manos en las caderas y una postura que me indica que tiene una sonrisita de suficiencia en los labios.

—Estoy siendo amable —le dice al operador del portón—. O me dejas entrar, o ya me las arreglaré yo solita. —Se aparta el pelo por detrás del hombro—. Siempre lo hago.

—Voxter dice que estás suspendida —le grita el operador. Dentro, se ha congregado una gran masa de Asesinos de Dioses con las caras pegadas a la valla electrificada susurrando y murmurando—. Que *todos* estáis suspendidos.

—Hurra. —Jenny bosteza—. Da igual, necesito dormir. Déjanos pasar.

Al final, tras algunas rondas más de gritos, resuena un gruñido reacio y agotado abajo y las puertas se desbloquean y se abren. Mi equipo sale del contenedor mientras la barcaza se adentra en La Hondonada y luego se detiene de golpe en el patio, donde se apaga y desciende suavemente hasta el suelo. Los Asesinos de Dioses se agolpan allí con anticipación.

Nova se tensa conforme una figura severa se abre camino a través de la multitud.

—Ay, madre.

—Ya la hemos liado, ¿verdad? —murmura Arsen.

—Por el amor de todos los Dioses, ¿qué narices es esto? —berrea Voxter, con el bastón golpeteando el camino de hormigón. Gwen pulsa un botón para extender la rampa de la barcaza y Voxter sube por ella—. ¡Jenny Shindanai!

—¿Sí, querido? —arrulla Jenny mientras Voxter se aproxima. Tiene las manos enguantadas relajadas a los costados.

Voxter barre con la mirada la cubierta y se fija en uno de los contenedores abiertos, donde la gavilla de plumas de metal reluce bajo la luz de la tarde.

—Eso es... Has traído... —Se endereza, coge aire y vuelve a empezar a gritar otra vez—. *¡Se acabó*, Shindanai! Desobedeces al consejo, traes las piezas del Arcángel aquí y nos pones a todos en peligro. ¡Estás desterrada con efecto inmediato!

—Ja. No, gracias.

A Voxter le palpita la vena en la sien.

—¿No, gracias? ¿Quién te crees que eres?

—La que va a acabar con todo esto, Vox —dice Jen, alzando la voz con orgullo. El murmullo de la multitud se extingue como la llama de una vela—. Siempre nos buscan abajo, en el suelo, nunca piensan en buscarnos *arriba*.

Nadie se mueve durante al menos diez segundos, mientras dejan que sus palabras calen en ellos. Y, entonces, Voxter da un paso al frente y clava el extremo de su bastón en el hombro de Sona. Ella cae al suelo, apoyándose sobre las manos, pero luego el viejo le asesta una patada en el pómulo y ella termina desplomada del todo.

—¿Qué delirios has estado esparciendo por aquí, bot? —ruge.

Grito y hago el amago de abalanzarme sobre él, pero Jenny me agarra con fuerza. Espero que me retenga, pero, en cambio, solo me obliga a apartarme del camino y le arrebata el bastón a Voxter. Lo alza y le da un golpe con el extremo en la parte baja de la barbilla. Luego lo suelta sobre cubierta mientras él se tambalea hacia atrás, soltando tacos a diestro y siniestro. Ha sido más rápido de lo que he tardado yo en parpadear sorprendida.

—La necesitamos —dice sin más—. Y ahora, como iba diciendo… Como todos sabéis, soy capaz de desmontar un Ráfaga con los ojos cerrados. Así que también puedo armarlo, joder.

Se me desencaja la mandíbula. Desde el suelo, Sona levanta la mirada con los ojos abiertos como platos. Ella debe de oírlo también: la voz de Jenny, casual y coqueta: «Yo nunca renuncio a un arma».

Hablo con voz débil.

—¿Quieres construir *esa* cosa?

Unos murmullos de sorpresa estallan en el patio, aunque solo lo hacen durante unos segundos antes de que Vox coja y estampe el bastón contra el lateral de metal de la barcaza. Pero yo no dejo de mirar a Sona y el nuevo temblor de sus hombros. «Por favor, no me obligues a hacerlo».

—¿Quieres usar un Ráfaga para acabar con los otros? —refunfuña, mientras vuelve a recoger el bastón con el labio salpicado de sangre—. No seas ridícula.

Jenny se ríe por lo bajo.

—Venga ya. No piensas a lo grande. ¿Por qué destruir a unos pocos mechas molestos cuando podemos deshacernos de todos a la vez?

—Quieres atacar la Academia —jadea Sona, poniéndose de pie pese a lo mucho que está temblando—. Quieres usar el Arcángel para desatar los infiernos en las calles de Deidolia.

—No me seas tan mística —responde Jenny, meneando la mano para desechar todas esas ideas primigenias de las deidades—. Yo me refiero a los magníficos misiles. Hablo de usar lo mismo que protege a Deidolia para destruirla.

—No funcionará —dice Sona—. Si quieres acabar con toda oportunidad de que resurjan, también tendrías que matar a los Zénit. E incluso entonces... ellos son los que lo manejan todo, pero sus subordinados bien podrían reemplazarlos sin más. Esa gente se prepara para ser Zénit desde que nace; hay decenas. O tal vez más. No puedes garantizar que todos estén en la Academia cuando tú quieras atacar.

—Y lo mismo va para los mechas —se burla Voxter—. El único momento en que un número significativo de ellos se reúne en la Academia es en...

Se produce un instante de silencio. Jenny aguarda, petulante, tamborileando los dedos contra sus caderas.

—Hostia puta —exclamo.

—Quieres atacar el Desfile de Celestia —finaliza Sona.

—Vaya, por fin lo vais pillando. —Jen suspira—. El Desfile de Celestia, donde los Zénit, sus subordinados y todos los estudiantes y pilotos estarán reunidos en un único lugar para la celebración. Las calles alrededor de la Academia estarán vacías y los mechas de cada unidad estarán vigilando la fastuosa fiesta de los Zénit que celebran en ese ridículo patio dorado. Desarmados, por supuesto, solo para servir de espectáculo para los mandamases de la Academia mientras ellos comen dulces y celebran el año nuevo, aunque también como recordatorio a todos los habitantes que se paseen por allí de la fuerza infinita que posee Deidolia. Serán el blanco perfecto.

Otro instante de silencio.

Y luego Voxter rompe a reír.

—Jamás conseguirás que esa cosa vuele —dice.

—Ya verás, ya —repone Jen, devolviéndole la mirada sin achantarse—. Tenemos piezas de sobra.

—Queda mes y medio para fin de año, chica.

Ella se encoge de hombros.

—Bueno, si hace falta no duermo. Con la ayuda de todos, lo conseguiremos. Y me ayudarán, porque ningún Asesino de Dioses dejaría pasar una oportunidad igual. Ningún Asesino de Dioses de verdad, me refiero.

—Yo no lo apruebo —ruge Voxter—. Y yo soy quien toma las decisiones aquí, por si se te ha olvidado.

—Pues supongo que ya sabemos a qué grupo perteneces tú —comenta Jenny.

—Estás socavando el verdadero significado de los Asesinos de Dioses —insiste Voxter—. Nuestro *propósito* es destruir Ráfagas con nada más que los talentos con los que nacimos para demostrarle a la gente de las Tierras Yermas que los humanos seguimos ostentando poder en este mundo infestado de Dioses. Servirnos de un Ráfaga para nuestra causa *elimina* la causa en sí. Y yo lo sé mejor que nadie, joder, que soy el...

—El creador —termina Jenny con aburrimiento—. El gran líder de los Asesinos de Dioses, que sale por patas cuando hay trabajo que hacer. Y en cuanto a tu supuesto «propósito»... —Levanta una mano y chasquea los dedos en el aire. Los faroles relucen por encima del brillo naranja de sus guantes, que se le refleja en los dientes—. Ser humano está muy sobrevalorado.

Vox echa un vistazo a la muchedumbre allí agolpada y vislumbra la convicción de todos en Jen más que en él. El creador. El gran líder de los Asesinos de Dioses. Traga saliva y endurece la mirada.

—No construirás el Arcángel. Es una orden directa, Jenny Shindanai.

La sonrisa de Jen es voraz.

—Ay, Vox. Siempre sabes qué decir para motivarme.

Voxter aprieta los dedos peligrosamente sobre la empuñadura de plata del bastón. Los ojos de Jen aterrizan sobre sus nudillos blancos antes de viajar de nuevo hasta su rostro, el atrevimiento grabado en su expresión divertida.

Nadie se mueve ni dice nada.

Jen se cruza de brazos y se ríe por lo bajo.

—Muy bien, pues. Ya tenemos a nuestra ingeniera. Y también las piezas.

Sé qué viene a continuación. Defecto desvía el ojo hacia mí.

«Por favor».

Jenny baja la mirada hacia Sona.

—Y ahora —dice Jenny—, solo nos hace falta el piloto.

«No puedo hacerlo».

Levanto las manos hacia los contenedores. El brillo de los guantes criogénicos es potente en comparación con la suave luz del atardecer. Apenas soy consciente de lo que hago; solo sé que tengo la garganta cerrada y que Sona forma parte de mi equipo y yo protejo a los míos.

Pero vacilo igualmente.

Porque, de repente, cuando la miro, veo a Deidolia arder hasta los cimientos. Un cráter donde antes había ciudad. Una muesca chamuscada en cada mapa donde su existencia antes mancillaba el papel.

Porque ella podría acabar con todo esto.

—¡Espera!

Para mi sorpresa, el grito no proviene de Jenny, sino de Vox. El gancho de su bastón me muerde la muñeca y tira de mí. Mi equipo grita y se aparta de en medio, y yo desactivo los guantes y lo empujo hacia atrás.

—¿Ves, Vox? —canturrea Jenny—. Ya estás entrando en razón.

Él escupe en el suelo y se pasa una mano por la chaqueta de cañamazo.

—Es solo que no quiero que os peleéis aquí en medio.

Me giro hacia Jenny.

—¡Ella no ha venido para eso!

—Ha venido a vengarse —responde Jenny automáticamente—. Le estoy dando la mejor oportunidad que haya tenido nunca un Asesino de Dioses.

—No puedes obligarla a...

—Eris —la voz de Sona me enmudece. Por cómo dice mi nombre, sé que antes me ha visto vacilar. Me arden las mejillas cuando me giro hacia ella, pero ella no aparta la mirada de Jenny—. ¿Crees que funcionará?

—Sí —responde Jen—. Hasta diseñaré un misil con suero de magma para asegurarlo. Al fin y al cabo, tengo una reputación que mantener. Así que, ¿qué me dices, Defecto?

Sona asiente una vez y sonríe a modo de respuesta. No es una sonrisa de felicidad, pura o radiante, sino más bien de agotamiento o resignación. Creo que, tal vez, ella nunca ha visto la diferencia entre ambas, y el corazón se me encoge en un puño.

Pero no digo nada.

No porque vacile, sino porque las imágenes siguen apareciendo en mi mente y no puedo evitar deleitarme con ellas.

Toda esa gloriosa destrucción al alcance de su mano.

CAPÍTULO TREINTA

SONA

Durante las siguientes dos semanas, solo hablo cuando se dirigen a mí y doy respuestas monosilábicas mirando a la pared. Eris me pregunta si estoy bien. Yo consigo que se le quede la conciencia tranquila.

Espero en mi propia tumba y dejo que el frío se encone.

Insisten en si me encuentro bien una decena de veces. Cincuenta. Noventa y ocho. Noventa y nueve. Eris es la que pregunta por centésima vez. Se cierra el círculo. Estoy tan cansada de las mentiras y tan asqueada de decir que sí que me da la sensación de que si vuelvo a responder afirmativamente mis cables se romperán.

En lugar de contestar, digo que tengo que ducharme. Me encierro en el baño y me froto con un jabón que huele a jazmín. Entro en la bañera y meto la cabeza bajo el agua. Así escucho el zumbido bajo mi piel con claridad. Oigo al miedo y al egoísmo batallar para hacerse con el control. No tiene sentido; estoy sometida a ambos.

Los chillidos de Nova y Juniper me sobresaltan, así que alzo la vista para mirarlas desde debajo del agua.

—Joder —dice Nova al tiempo que me siento—. Pensábamos que estabas muerta.

—¿Cuánto llevas sumergida? —inquiere Juniper.

Me despejo y levanto las manos del agua fría para inspeccionarlas. Tengo la piel arrugada cual hojas muertas.

—Bastante.

Se me quedan mirando y me apetece gritarles. No se lo merecen.

—Te sangra el ojo —me avisa Juniper—. El... el que no tienes.

—Vale —respondo, reprimiendo las ganas de apartar el parche. Hace un tiempo Jenny me instaló un implante orbital, pero sin prótesis solo veo por un ojo, por el otro no tengo pupila. Como me seguía distinguiendo, lo llevo tapado. Un parche es más ambiguo. Podría decir que me hirieron en una misión. O mientras salvaba a alguien de mi equipo. O escupiéndole a Deidolia en la cara. La lista es larga.

Aunque nadie ha sido lo bastante estúpido como para preguntar. Lleve parche o no, con la mirada vacía o brillante, saben que soy producto de la Academia. Lo de taparlo es más por mí que por los demás.

—Eh... ¿Vas a salir? —me pregunta Nova.

—No.

Pasa otra hora. Pronto vendrá alguien a preguntarme si estoy bien otra vez. Y yo volveré a mentir. Y así sin parar.

Ser piloto me ha arrebatado muchas cosas. Carne. El respirar. El dolor. Sin embargo, cada vez que me hieren también recupero algo. Un poder que me llega poco a poco y me llena deprisa. No lo poseo, porque nadie debería, pero lo ansío. Lo ansío de la misma manera que Eris ansía la adrenalina, y en cuanto el último cable está colocado en su sitio, el deseo regresa de golpe, como un chute adictivo, y no me importa no poder respirar bajo la superficie.

Lo temo; temo en lo que podría convertirme, lo que podría haber sido de mí de no haber sido leal a otros desde el principio.

Cuando me obliguen a llevar el ojo otra vez, me miraré al espejo y veré todo teñido de rojo, y la amenaza de Victoria surgirá tras cada bocanada de aire. «Siempre pertenecerás a Deidolia. Siempre pertenecerás a Deidolia. Siempre pertenecerás...».

Salgo de la bañera, me enrollo enseguida una toalla bajo las axilas y me miro al espejo. «Mírate, cobarde». Tengo el pelo castaño pegado a la frente y un único ojo marrón. Una venda rosa pálido. Engranajes a lo largo de mi antebrazo; son mis engranajes, no los suyos. Ahora mismo Victoria estará pudriéndose en los infiernos; ¿por qué dejo que sus palabras me trastornen? ¿Por qué dejo que la influencia de Deidolia me ahogue?

«Una más». Cierro la mano sobre el borde del lavabo de cerámica. Una jodida vez más y Deidolia le hará compañía a Victoria.

Respiro. Puedo hacerlo.

—¡Oye, Defecto! —me grita Eris desde el pasillo—. ¿Estás bien ahí dentro?

Abro la puerta y ella recula hacia atrás, sobresaltada por mi sonrisa.

—Creo que ya te he dicho que sí, Invocadora de Hielo.

Eris alza las manos y se marcha por el pasillo.

—Y yo que intentaba ser amable.

—Eris amable —resopla Theo desde el umbral de su cuarto sacudiendo la cabeza—. Creo que estás siendo una mala influencia para ella, Defecto.

—La mala influencia lo sois todos —rebate ella cabreada—. Tendría miles de tatuajes si no me tocase cuidar de vosotros.

—Ya, pero ¿con quién fardarías luego? —interviene Arsen.

Juniper sale de la sala común con Xander pisándole los talones. Se lleva una mano a la cadera y se yergue.

—En los libros de historia recordarán a la Invocadora de Hielo durante siglos, ¡ya veréis! —grita Juniper, orgullosa, poniendo una mueca muy típica de Eris y echándose el pelo verde hacia atrás. Xander saluda, recto, y empieza a aplaudir—. Ya basta, joven, ¡no me merezco sus aplausos!

—¡No! —dice Nova, saliendo de su cuarto dando saltitos y agachándose ante el intento de Eris de agarrarla—. ¡Yo, la Invocadora de Hielo, me merezco mucho más! Montañas de gemas, caramelos de tofe y...

—¡Lo que te mereces es que te rompa algo! —replica Eris.

—Y una mierda —dicen todos excepto Xander a la vez.

Ella me mira con desesperación y yo reprimo la risa.

—¿Una ayudita, Defecto?

—Y una mierda —digo, para recibir una de esas miradas fulminantes como respuesta—. Creo que sus imitaciones son buenas.

—Lo que es bueno es cómo voy a estamparlos contra la pared como sigan hablándome así. —Eris vuelve a resoplar y se dirige a las escaleras—. ¡Más vale que todos estéis en la camioneta dentro de diez minutos, porque si no igual me busco otro equipo!

—Como si pudieran aguantarla —murmura Theo en cuanto se aleja lo suficiente como para no oírlo, aunque lo dice con la vez teñida de cariño.

El patio es un caos; otros seis equipos aparte del nuestro están subiéndose a los vehículos y moviéndose al compás de los gritos de Jenny. Esta se encuentra en el capó de su camioneta con las manos enguantadas recogiéndose el pelo y los ojos tras las gafas protectoras. Y, sin embargo, la intensidad de su mirada no me pasa desapercibida. Mueve efusivamente las manos.

—¡Oye, bot! —me llama. Yo miro al suelo y me subo a la camioneta—. ¡Sé que puedes oírme!

Tomo una bocanada de aire.

—Buenos días, Jenny.

Ella salta del capó al suelo y se abre paso entre la gente hasta apoyar los codos en el borde sucio de la camioneta. Por un momento se queda ahí parada, observando. No sé a quién.

—¿Necesitas algo? —pregunta Eris.

—Toma, un regalo —habla Jenny de repente, retrocediendo para rebuscar en su bolsillo. Lo lanza al aire y mis dedos se hacen con algún tipo de tejido—. Ese trozo de tela es horrible, y asqueroso. Ya me lo agradecerás.

Nova se echa a reír cuando Jenny se gira para marcharse. Yo le doy la vuelta a la tela y veo el patrón bien cosido en el material curvo: finos hilos dorados entretejidos hasta formar el diseño sencillo de un engranaje.

—Vas a parecer una pirata —se mofa Nova, sentándose en el asiento del conductor.

Me quito la venda y tapo la cuenca vacía antes de que le dé el aire. Giro la cabeza.

—¿Te importaría atármelo? —le pido a Eris. Ella vacila ligeramente antes de agarrar la tela y hacer un nudo con total habilidad—. ¿Qué tal?

—Jen no suele hacer regalos —murmura en voz baja.

Me vuelvo y agarro una de sus manos antes de que pueda retraerla, volteando el guante para dejar ver las venas azules.

—¿En dónde dices que los conseguisteis?

—Asaltando tumbas —responde al momento.

—¿De quién?

—¿Qué?

—¿Las tumbas de quién?

—La tuya, como no me sueltes la mano.

—¿Robaste en mi futura tumba?

Ella se sonroja. El rojo de sus mejillas se extiende como el colorante en el agua.

—Y lo volvería a hacer.

—Me siento profundamente halagada. —Le agarro la barbilla con dos dedos y tiro hacia abajo con suavidad.

—¿Qué haces? —masculla, dándome un manotazo.

—No me has contestado —respondo, contemplando mi reflejo en el cristal de sus gafas.

—No pensaba que fueras vanidosa, Defecto —interviene Arsen.

—Al contrario —respondo, dándome una palmadita en el parche—. Creo que, de entre todos vosotros, soy quien más se preocupa por su aspecto.

Es como si con el viaje al Vertedero, los Asesinos de Dioses quisiesen alertar a Deidolia de su presencia. Los equipos se gritan desde un coche a otro en un intento por hacerse oír sobre el viento. El ruido aumenta en cuanto llegamos al Argus muerto, cuyo metal brillante está desparramado sobre una cama de hierba aplastada.

La gente se pone a trabajar en cuanto oye las órdenes de Jenny, desmontándolo y extrayendo cables, engranajes y chapas, cualquier cosa que valga para la construcción del Arcángel, y metiéndolo todo en las camionetas. Arsen y Theo se afanan en levantar la cota de malla que le cubre los ojos y así nos dejan entrar al resto. Eris pega el guante a la pupila izquierda y el hielo se extiende por debajo de la palma. El azul brilla en sus pupilas en un intento por hacerse con el control de la oscuridad que se agolpa. Le da un fuerte golpe al cristal y este se quiebra con tanta facilidad como un diente de león al arrancarlo de la tierra.

Eris se agacha y se tapa la nariz y la boca con la mano. El resto la imitan. Yo dudo si hacerlo, pero prefiero aguantar la respiración. No tiene sentido intentar fingir ahora, no cuando están a punto de ver el interior.

—Aquí huele a muerto —dice Juniper entre arcadas.

La cabeza del Argus está ligeramente ladeada hacia la izquierda, con lo que el cuerpo del piloto está cerca de la abertura de la escalerilla. Está tumbado de costado, con los paneles de ambos brazos abiertos, revelando el brillo de las placas plateadas. Los cables cortados se curvan unos contra otros como gusanos. La falta de luz provoca que la sangre en su camiseta parezca negra.

En silencio, espero a lo que viene a continuación. Su asco, su miedo, todo aquello que yo debería sentir. Lo único que veo al mirar al piloto es el rictus de su boca, curvada en un grito. Lo único que siento es una chispa de poder al ver el miedo dominar cada uno de sus gestos.

—Defecto —me llama Eris en voz baja, dándome un apretón en el hombro. No la he escuchado acercarse—. No te avergüences. No vivimos lo suficiente como para desaprovechar el tiempo haciéndolo.

Theo silba por lo bajo a nuestras espaldas. Me giro.

—Joder, si Milo pudiera ver esto…

—Está fuera, en algún lado —murmura Eris con rencor—. Jenny necesitaba todo el apoyo posible hoy. Si eso, ve luego a por él, pero cuando acabemos. Quiero dejar esta peste atrás lo antes posible.

Le doy vueltas en silencio a su reacción mientras nos ponemos manos a la obra; sacamos el suelo de cristal e intentamos extraer el pistón a los pies del piloto que permite al Ráfaga moverse de manera fluida. Siento un hormigueo en la espalda; es la mirada vacía del cadáver clavada en mi nuca. Espero que Milo nunca la vea, ya cree que soy destructiva de por sí. Puede que eso sea lo único cierto de todo lo que piensa de mí.

Miro de reojo a Eris durante un segundo. Tiene el ceño fruncido y se le marcan los músculos del cuello cuando se esfuerza por tirar. «No te avergüences».

A la mierda lo que Milo piense de mí.

Me afano en sacar un tornillo aflojado. Es una distracción para no sonreír. Si Eris me sigue mirando así a pesar de saber la sangre que tiñe mis manos, incluso la fruto de la rabia inconsciente e indulgente, que Milo crea lo que le dé la gana.

En cuanto terminamos de quitar los tornillos, Xander se mete por el hueco y rodea el mecanismo con una cuerda dura antes de atar un nudo fuerte en torno a la base. Juntos, sacamos el pistón del hueco, arrastrándolo por el ojo roto y la escalerilla, donde se tambalea durante un momento antes de caer en picado al suelo.

—Espero que no fuese importante —susurra Juniper, mirando hacia el claro y esperando a que Jenny apareciera y se pusiera a gritarnos.

Nada, pero de repente oímos gritos.

—¡Berserkers!

—¡Agachaos! —grita Eris al momento, y las briznas de hierba se me pegan a las mejillas.

El aire se aviva por el ruido de los disparos, que arrancan trozos oscuros de tierra que nos obstaculizan el campo de visión. Una serie de sonidos metálicos que me resultan familiares chocan con la cota de malla, provocando que esta ondee peligrosamente. Yo suelto la cuerda y me tapo la cabeza con los brazos.

—¿Cuántos? —grita Arsen, y Juniper se acerca al velo tanto como se atreve.

—Tres —informa—. Dos en la entrada y uno en la arboleda.

—¿Ves a Jen? —pregunta Eris.

—Está en el centro del claro. Sobre la cadera del Argus.

Ella pone los ojos en blanco.

—Si es que lo sabía.

Cierro las manos en torno a la hierba y me preparo.

—¿A por cuál vamos?

Eris aprieta los dientes y levanta la mano hacia la cota de malla con el guante preparado.

—A por el que esté a punto de aplastarnos.

Siento el aire frío contra la piel al entrar en el claro y suelto la siguiente bocanada de aire en una nube de condensación cuando Eris dispara al Berserker más cercano. Las placas de su pecho amplio están abiertas y revelan una docena de bocas en una torreta en movimiento. El disparo acierta entre los dos cañones que están más a la izquierda. El mecha se tambalea hacia atrás y una humareda blanca atraviesa el claro. Cuando se disipa, al Berserker se le ha abierto un agujero en la pierna. Observo a un puñado de Asesinos de Dioses acercarse a la carrera antes de que algo me empuje. Caigo desplomada y un guante con venas azules pega una fuerte palmada en el suelo frente a mí, a escasos centímetros de la nariz.

—¿Qué coño estás mirando? —grita Eris, apartándose de mí. Cuando lo hace, veo que hay un cráter de tamaño considerable justo donde me había encontrado antes.

—Buena esa —murmuro un poco aturdida, consciente de que acaba de salvarme la vida y de que me ha gustado que lo haga—. Me refiero a ti, no al mecha. Ha fallado, pero verás que...

—¿Puedes levantarte? —espeta, y yo lo hago. A continuación, le agarro del tirante del peto y nos tiro a ambas al suelo, ya que más disparos atraviesan el aire. Nos arrastramos hacia una de las camionetas y pegamos la espalda contra el metal asqueroso. Tiene las ventanas rotas y las ruedas reventadas.

—Genial —murmura Eris, apoyándose contra mí para mirar por el espejo retrovisor.

—¿No te estás divirtiendo?

—¿Tú sí?

—Lo cierto es que bastante. Y me parece que los demás también.

—Son unos idiotas y unos capullos.

La tierra tiembla y una ronda de vítores resuena en el Vertedero, solapándose por un momento al ruido de los disparos.

—¡Sí! —exclama Eris con los ojos clavados en el espejo—. Uno menos. ¿Crees que podrías llegar hasta la arboleda?

—Si eso es lo que quieres.

—Sí, y mucho, Defecto. Ayúdalos; yo llegaré en cuanto acabe con este otro. —Se queda en silencio durante un momento—. No mueras.

—No pensaba hacerlo.

—Me refiero a... —Se pasa una mano por el pelo—. Si mueres ahora, será culpa mía. Joder, como mueras durante el estúpido plan de Jenny, será por mi culpa.

Parpadeo.

—¿Por qué?

—Porque eres problema mío.

—Gracias.

—¡No! Me refería... —Inspira hondo y clava la vista en el suelo—. Formas parte de mi equipo, Defecto. Te volverán a hacer daño y será horrible. Pero, aunque sea una mierda, yo voy a dejar que pase; es egoísta. Debería haber destruido los contenedores cuando pude, pero vacilé y...

—Esto es lo que quería, Eris. —Sacudo la cabeza—. No he podido elegir en lo que me han convertido, pero sí lo que hacer a partir de ahora.

—Sigue siendo una mierda.

—Ya, nada nuevo.

Se le arruga la cicatriz de la frente. Se coloca bien las gafas protectoras.

—De acuerdo. Pues hazme el favor de no morir.

Y a continuación desaparece, saltando sobre el maletero de la camioneta y hacia el otro lado. Yo salgo corriendo en cuanto la tierra delante de mí deja de moverse, lo que significa que el Berserker ha encontrado otro objetivo, y me dirijo hacia la arboleda. El caos ha desperdigado la basura por todo el bosque, creando obstáculos inconvenientes, aunque también escondites *muy* convenientes. Veo que el Berserker cambia de rumbo. Me agacho para esconderme en tres ocasiones, y durante la tercera acabo hombro con hombro con dos Asesinos de Dioses que reconozco: Xander y Milo. Este último me mira de forma mucho más hostil que el primero.

—Buenos días —lo saludo al tiempo que los disparos rebotan contra el objeto oxidado que está haciendo las veces de escudo.

—Bot —responde con voz monótona y los dientes apretados.

Lleva una pistola en la mano. Yo empuño la espada. Sin embargo, no nos miramos el uno al otro; tenemos la vista clavada en Xander, que se aferra el antebrazo con los dedos teñidos de sangre.

—Xander —lo llamo, estirando el brazo hacia él.

Milo me aparta la muñeca de un manotazo.

—¡Ni se te ocurra tocarlo!

—¿Qué crees que voy a hacer, acabar con él?

—Seguro que has hecho cosas peores.

—Mucho peores, pero jamás a mi equipo —respondo, enfatizando las dos últimas palabras que consiguen que se le hinche la vena del cuello.

—¡Tu equipo...!

Y entonces, para mi sorpresa, Xander gruñe. Se arranca un trozo de tela de la camiseta con los dientes y se lo ata con fuerza en torno a la herida. Ahora que la veo mejor, compruebo que solo es superficial. A continuación, clava sus ojos negros en nosotros y esboza una mueca.

—Como no dejéis de pelear, el Berserker no tendrá oportunidad de acabar con vosotros, porque lo haré yo —amenaza por lo bajo, con la voz mucho más ronca de lo que me imaginaba.

Casi me echo a reír.

—No sabía que pudieses hablar —digo.

—Solo lo hace cuando está herido o cabreado —explica Milo— y únicamente para soltar amenazas.

—Porque casi nunca os merecéis que abra la boca —escupe Xander antes de sacudir la cabeza con una sonrisa cruel—. Joder, *odio* que me disparen. ¿Vamos a matar a esa cosa o qué?

El sol desaparece. Todos alzamos la vista para verlo sustituido por dos orbes escarlata y la peste a humo nos envuelve al tiempo que el Ráfaga se agacha. La fila de bocas de su pecho es una decena de agujeros negros perfectos.

—¡Dispersaos! —grita Milo.

Logramos distanciarnos varios metros antes de que los cañones estén plenamente preparados, pero, aun así, la cortina de fuego nos lanza por los aires. Logro caer de pie no sé cómo, me enderezo y veo que el Berserker cambia de postura para girarse hacia mí. Por un momento se detiene, observador, y la voz de Eris resuena en mi mente: «No pueden evitar mirar y recrearse en la mucha altura que nos sacan».

Agarro la espada con tanta fuerza que mis nudillos se tornan blancos.

«Pues entonces que me miren bien».

—¿Qué cojones haces, bot? —exclama Milo a mi derecha.

«Conseguir que Xander quede fuera de su alcance, pero ya me podrías dar las gracias».

Enarbolo la espada. «*En garde*, Berserker». Una renegada contra la personificación de la avaricia de Deidolia, hasta arriba de munición. No importa. Jamás podrán medirse con la elegancia de una Valquiria.

Un chorro de calor me cubre la piel y la frente se me perla de sudor. El Berserker se tambalea hacia atrás, estirando el brazo sobre el pecho para aferrarse el hombro. Esto ya lo he visto antes: la armadura de metal burbujeando bajo el agarre, licuándose ante mis ojos. Un ataque de procedencia desconocida. El Ráfaga se desploma hasta hincar una rodilla. A sus pies, los cardos empiezan a arder.

Me vuelvo y veo a Jenny, firme, sobre la rodilla del Argus. Esboza una sonrisa socarrona que aleja hasta al humo. Apenas alza la barbilla.

—Estás robándome el protagonismo, Defecto —me dice—. Enfrentarte así a un mecha... Anda, ve a por él antes de que se levante, y cuidado con el metal fundido.

Miro a Milo.

—¿Me echas una mano?

No espero a que me responda. Empiezo a correr sabiendo —o deseando, más bien— que Xander haya podido hacerle entrar en razón un poquito. Ya pelearemos en cuanto volvamos a estar a salvo en La Hondonada.

En cuanto llego a la base de la rodilla del Ráfaga, Milo aparece con las manos entrelazadas para ayudarme. Gracias al punto de apoyo que me ofrece, salto cuando me impulsa y atravieso el aire en dirección al agujero que carcome el muslo del mecha. Me agarro a la escalerilla antes de que la gravedad haga de las suyas y empiezo a subir.

No les doy tiempo a los guardias a levantar las armas. Darles un atisbo de esperanza sería cruel. Me digo a mí misma que son muertes rápidas, misericordiosas.

Y la piloto, la pobre criatura, no sabe que la muerte se cierne sobre ella ni aunque me encuentre frente a sus ojos abiertos, ciegos a mi presencia. Espero a que dé un paso vacilante y entonces corto los cables con un solo movimiento de la espada. El Ráfaga se estremece debajo de mí cuando la conexión entre mente y cuerpo se pierde, pero se mantiene de pie.

Paso la palma de la mano por la mejilla de la piloto al tiempo que esta enfoca la mirada. Veo el miedo que asola libremente sus pupilas. Le evito el terror y le permito descansar. El cuerpo cae a mis pies y me agacho para cerrarle el ojo. El suyo, no el de ellos.

Deidolia solo podrá descansar una vez acabe con ella.

CAPÍTULO TREINTA Y UNO

SONA

En cuanto mis pies tocan el césped chamuscado siento el cañón de la pistola de Milo en la sien. Le dedico una mirada de soslayo y veo que tiene el ceño fruncido.

—A juzgar por cómo dudas, Eris debe de acojonarte mucho —digo—. Podrías haber pulsado el gatillo hace un año y haber acabado ya con todo esto.

—¿Cómo lo sabían? —gruñe.

—Empieza a cansarme el mismo cuento de siempre, Milo.

—¡Vanguard! ¿Qué cojones estás haciendo? —brama una voz familiar, y luego un guante con venas naranjas le quita la pistola. El calor me inflama el lateral de la cara mientras retrocedo, y Milo grita y se tambalea hacia atrás. Jenny tiene las gafas protectoras en el cuello, por lo que la mirada fulminante que lanza se ve perfectamente. Desactiva los guantes de magma un milisegundo antes de que el dedo toque el esternón de Milo—. ¡La necesitamos, idiota!

Ella tira el arma de fuego al suelo. La marca de su mano está incrustada en el cañón. El suero de magma ha derretido parte de la pistola y la ha dejado inservible; otro objeto más que tirar en el Vertedero.

—¿Cómo lo sabían, Jenny? —grita Milo—. ¡Primero un Argus y ahora *tres* Berserkers! ¡A treinta kilómetros de La Hondonada!

Quiere llamar la atención y poner a los Asesinos de Dioses en mi contra. No me preocupa. Jenny me quiere viva y, por mucho que quieran acabar conmigo, ninguno se atrevería a desafiarla. Y aunque lo hicieran, los detendría con una sonrisita de suficiencia y un gancho en la cara. Y lo mismo va para Eris, menos lo de la sonrisa. Por cómo viene derechita hacia nosotros —ardiendo de furia pese a los dos Ráfagas idénticos que ha dejado congelados a su paso—, hasta me siento un poco mal por Milo.

Eris se detiene en seco en cuanto nos alcanza y clava la mirada en la pistola casi derretida.

—Me sorprende que no tengas la cabeza igual —le escupe a Milo—, con todos esos humos que te llevas.

—¡La Hondonada está a treinta kilómetros, Eris! La están buscando, ¿es que no lo ves?

—¿Y tú no ves todo lo que ha hecho? ¿El modo en que actúa? ¿Que aún no nos ha asesinado a todos mientras dormimos? Sé que te...

—¿Podéis callaros los dos? —interrumpe Jenny—. ¡Dioses, estoy hasta las narices de las discusiones! Si no costara tanto cavar tumbas, os estrangularía a todos. Probablemente hayan mandado a los mechas a hacer rondas por todo el bosque, buscando las piezas del Arcángel o a nosotros. Guau, menuda novedad. Y ahora, cerrad el pico.

Jenny se gira para marcharse, pero entonces se lo piensa mejor y deja caer una mano en el hombro de Milo. Son de la misma altura, pero él retrocede cuando Jenny se inclina hacia adelante para quedar muy por encima de él.

—No me voy a chivar a Vox de la vena homicida que pareces tener, pero escúchame, chico, necesito a la bot. Y si la matas, por mucho impulso estúpido que te entre o por el inmenso complejo de inferioridad que te llevas, ese hecho no va a cambiar. Así que, como lo hagas, te daré tal paliza que no podrás siquiera tenerte en pie. Luego cogeré todas sus partes y las implantaré dentro de *ti*. Porque, al fin y al cabo, yo solo necesito un piloto, y me importa una mierda quién sea. Tómate esta amenaza muy en serio, si quieres. Soy muy inteligente.

Me giro hacia Eris conforme Jenny se aleja.

—¿Qué tal la batalla, Invocadora de Hielo?

—Ojalá siguiera en ella.

Se cruza de brazos y empieza a reírse por lo bajo de la expresión en el rostro de Milo, que ha empalidecido varios tonos. Mueve una mano frente a sus ojos y él parpadea de golpe.

—Estás readmitido —dice Eris, sacudiendo la cabeza—, ahora estoy cien por cien segura de que Defecto está a salvo de ti.

—¿Crees que le tengo miedo a Jenny?

—Me he dado cuenta de que eres más cobarde de lo que pensaba.

—Y tú tan ingenua que resulta patético —gruñe perniciosamente, y de repente le agarra la muñeca con firmeza. Por un instante, visualizo una imagen: mi espada cortando la carne de su cuello y un grito ahogado abandonando sus labios—. ¡Abre los ojos, Eris! ¿Qué te han hecho? ¿Qué te han quitado? ¿La vista? ¿El instinto? ¿El odio? ¿Y con qué lo han reemplazado? Con confianza y *debilidad*. No te reconozco. Me das pena.

Por un momento, una expresión de puro dolor cruza el rostro de Eris. Permanece allí durante medio segundo, lo suficiente para que la rabia palpite en mi pecho. Aferro la empuñadura con más ahínco. Pero, entonces, atisbo una nueva mirada en sus ojos, más fría que cualquier acero que haya soñado nunca con blandir. Milo la suelta. Ahora la risa que suelta Eris es como un trueno, el presagio de una tormenta.

—Tal vez tengas razón. A lo mejor soy débil. Fui descuidada. Me capturaron. Pero también *escapé* de allí. Dejé cadáveres a mi paso y el nombre de la Invocadora de Hielo grabado tanto en la historia de los Asesinos de Dioses como en las pesadillas de la Academia. *Yo* he hecho eso. Así que compadécete de mí todo lo que quieras, Milo, pero recuerda, el miedo es una pérdida de tiempo. Y de aliento. A mí no me da miedo la muerte, ni tampoco Deidolia, y mucho menos lo que pienses de mí.

Eris se gira para marcharse y me dedica un gesto con la barbilla para que la siga. Empuja a Milo con el hombro al pasar por su lado.

—Sabes de lo que soy capaz. Y sé que te obligas a compadecerme porque te da miedo perderme. Y con razón. Hemos terminado. Ya puedes ir buscándote otro equipo, no quiero cobardes en el mío.

—Eris —susurro mientras nos alejamos y dejamos a Milo en la linde del bosque. Para mi sorpresa, le tiembla el labio inferior, aunque solo por un instante, porque enseguida se lo muerde—. ¿Estás...?

—No dejes que me dé la vuelta, Sona.

—Vale.

—Y si lo hago, abofetéame. Fuerte.

Me río entre dientes.

—No creo que pueda hacer eso.

—Es una orden de tu comandante.

—No das tanto miedo como tu hermana. Sus amenazas son un pelín más efectivas.

—No me digas —gruñe.

Sacude la cabeza con el mismo ceño fruncido de siempre, pero juraría que veo cómo se le crispan las comisuras de la boca. Aunque muy ligeramente.

—Defecto. Sona, oye, despierta.

Me despierto fría y con sabor a tierra en la boca. Su mano está en mi hombro, sacudiéndome. Abro los ojos y Eris suspira y se sienta sobre los talones.

Trago saliva para humedecerme la garganta seca.

—¿Estaba...?

—Ya es la tercera vez esta semana —dice. ¿Te preocupa algo?

«Todo... Todo». O al menos hace un instante sí. Pero ahora la planta está tranquila y oigo los grillos en el exterior, al otro lado de la ventana de Eris. La oscuridad nos envuelve como finas sábanas de seda. Eris lleva una camiseta extragrande y se la ve un poquitín molesta. Mi corazón se ralentiza. No recuerdo lo que estaba soñando.

—Te he dicho que puedo dormir en la habitación de Milo sin problema —respondo, ladeando la cabeza hacia ella. Mis dedos dan con el parche bajo la almohada y me lo coloco alrededor de la cabeza.

—No es la habitación de Milo; ya no —replica, arrugando el ceño.

—Bueno, pues asígnamela a mí.

Una ligera pausa.

—Espera a que se enfríe un poco la cosa.

—¿Por si vuelve? Ya han pasado dos semanas. —Nos quedamos en silencio. Retraigo las piernas y apoyo la mejilla contra una rodilla, pensativa—. Y si viene buscando pelea, puedo con él.

—A lo mejor te parecerá una locura, Defecto, pero yo preferiría que *los dos* os mantuvierais con vida.

—La sala común también me valdría.

—Está asquerosa —espeta Eris.

—Y el suelo aquí también —digo, sacándome los mechones de pelo atrapados bajo la tira del parche.

—¡Te he dicho que hay sitio de sobra para las dos en la cama!

—Sería mucha intrusión.

—Ya has invadido mi vida, Defecto. Y me la has destrozado. Ya puestos, qué más da un poco más.

—Eh... ¿en serio te he destrozado la vida?

—Sí. Sobre todo las horas de sueño.

Suspiro, me yergo y aparto la manta.

—Entonces me iré a la sala común.

—Y una mierda —resopla, cruzándose de brazos y apoyándose contra la pata de madera de su cama—. Yo te quiero aquí.

Me quedo quieta. Tiene los ojos cerrados, pero es obvio que está alerta ante mi amenaza de marcharme. Por un instante, considero la opción de ponerme de pie y encaminarme hacia la puerta, solo para ver qué hace.

—¿Y por qué quieres que siga aquí? —le pregunto en cambio. Abre la boca, luego la cierra. Y vuelve a hacerlo. Vislumbro la cicatriz de su frente antes de sacudir la cabeza varias veces.

—Estoy cansada —anuncia, y espero a que se ponga de pie. En cambio, echa hacia atrás mi manta y se desliza debajo para tumbarse en el delgado colchón en el suelo.

—Levanta —le digo.

—No —responde—. Estoy agotada. Sube tú a la cama.

Vuelvo a suspirar y me pongo de pie. Paso por encima de ella y me meto bajo las sábanas, que están revueltas debido a su sueño intermitente. Parece que también pelea en sueños.

Durante media hora, tal vez, todo permanece tranquilo, pero yo sigo sin descansar. Miro hacia arriba y trato de localizar el techo, pero la noche dificulta esa tarea.

Gateo hacia los pies de la cama y miro al suelo. Eris está de espaldas a mí, pero puedo ver cómo se aferra a la manta con los puños.

—Deja de mirarme, Defecto —me dice.

—Parece que estés a punto de darle un puñetazo a algo.

—Sí, a ti. Déjame dormir.

—No puedes pegarme desde esa distancia.

La manta se eleva y, de repente, se encuentra de rodillas, con la nariz a meros centímetros de la mía. Veo que ha elevado el puño en el aire.

Me siento sobre los talones y aguardo. Baja la mano y se sube a la cama antes de dejarse caer sobre las sábanas amontonadas y de echarse los brazos por encima de la cabeza.

—Vete a dormir.

Antes de poder darle más vueltas, me adueño del espacio junto a ella y me tumbo de costado.

—Habrías sido muy buena Valquiria, Eris.

Ella resopla y se tumba igual que yo, de cara a mí. La camiseta ancha cubre su cuerpo y marca la delicada curva de su cadera.

—¿Muy buena? Venga ya, habría estado entre las primeras de tu unidad.

—*Yo* estaba casi en lo más alto de mi unidad. ¿Crees que podrías haberme ganado?

—¿Cómo que si «podría haberte ganado»? Puedo hacerlo ahora.

—¿En qué exactamente, Invocadora de Hielo? ¿En velocidad?

—Claro.

—¿En el manejo de la espada?

—Si me pusiera, seguro.

—¿En huir de Deidolia?

Vacila.

—Podría haberlo hecho sola.

—No me digas.

—Sí te lo digo —replica, y luego niega con la cabeza—. No, qué va. Pero le he estado dando vueltas y tú sí que podrías haberlo hecho. Y muy fácilmente. Podrías haber salido de allí con tu Ráfaga cuando más te hubiera apetecido. Así que, ¿por qué no lo hiciste, Defecto? ¿Por qué te quedaste?

Esbozo una leve sonrisa.

—No tenía ningún lugar al que huir. Ni a nadie.

—¿Con eso me estás diciendo que me necesitabas?

Me está tomando el pelo, lo sé, pero yo me limito a mirarla y respondo:

—Sin duda, Eris.

Eris pone los ojos en blanco.

—¿Quieres que tu mera existencia sea un obstáculo para los Zénit, eh, Defecto?

—O una espada que los atraviese.

—Simplemente quieres decirles que se jodan.

—Y joderlos yo a ellos.

—Y escupirles en sus funerales.

—Eris, si el plan de Jenny sale bien, no quedará nada sobre lo que escupir.

—Qué turbio —cavila, y luego sonríe de oreja a oreja—. Bueno, pues bailar sobre sus tumbas.

—Creo que me van a hacer falta unas cuantas clases más —digo.

Se ríe y se tumba bocarriba.

—Eso tiene fácil solución. —Me quedo mirando su perfil en silencio durante cinco segundos antes de obligarme a copiarle la postura. Se pasa una mano por el pelo—. ¿Eso es con lo que siempre has soñado? ¿Con la caída de Deidolia o todas esas mierdas destructivas que no dejas de repetir?

—Ambas sabemos que no me despertaría gritando si soñara con la caída de Deidolia.

Se queda inmóvil a mi lado y deja de juguetear con su pelo. Noto que deja de sonreír y que su calidez desaparece del ambiente. Siento su mirada en la sien cuando ladea la cabeza hacia mí. Yo vuelvo a clavar la vista en el techo.

—Cuéntamelo —me pide.

—¿El qué?

—Lo que ocurrió en Argentea, Sona —responde Eris. Su voz no es más que un susurro. Se vuelve a colocar de costado y, antes de poder apartar la cabeza, envuelve un dedo en mis rizos y tira con fuerza para obligarme a mirarla—. Puedes desahogarte conmigo.

—Ya te sabes la historia, Eris —digo con voz neutra, resistiendo la necesidad de apartar la cara, de huir de allí.

—Pero no la tuya. —Sigue con los dedos en mi pelo, pero ya no me observa, sino que ha bajado la mirada y está concentrada en envolver el rizo alrededor de su uña—. Venga.

—Ya no importa —repongo, aunque en realidad sí, mucho más de lo que me gustaría—. Ya no soy la misma.

—¿Y no importa *justo* por eso?

Al ver que no respondo, me vuelve a tirar del pelo. Yo la dejo, y luego la miro, impávida.

—Eso ha dolido.

—Qué graciosa.

—Al menos no me han quitado el sentido del humor.

Sus ojos se ensombrecen de inmediato.

—¿A eso te referías cuando has dicho que ahora eres diferente?

—Tú misma no me considerabas humana cuando nos conocimos.

—No empieces, Sona —espeta, apoyándose sobre el antebrazo. Yo dejo que su mirada glacial me atraviese mientras inclina la cabeza sobre la mía.

—Es cierto.

—¿Me culpas?

Miro más allá de su oreja, hacia la negrura del techo. Mi sonrisa es ociosa y seca.

—Esa es la cosa, Eris. Que no lo hago.

—¿Y qué pienso de ti ahora, entonces? Ya que lo sabes todo.

—Aunque intentas no hacerlo, sigues pensando lo mismo, y yo... yo no creía que alguien fuera a tratar de cambiar de opinión respecto a mí —respondo, ignorando el calor que se arremolina en mi garganta. Levanto la voz—. Pero encuentro fallos en tus intentos. Pretendes ignorar todas estas partes de mí. Partes que Deidolia me implantó, pero que ahora son mías, y yo... yo me obsesiono con ellas. Trato de quitármelas, de arrancármelas. Estoy literalmente tan interconectada con ellas que, si me las quitaran, moriría. Después de despertar de la cirugía de modificación intenté convencerme de que no era quien soy. Me miré al espejo, me cubrí el ojo y me repetí una y otra vez que era humana. Y ahora hago lo mismo. Es una locura, y que tú me hagas sentir que *soy*... solo lo empeora. No quiero que tú también entres en el bucle de mi ilusión, Eris. No es justo para ti.

Eris abre la boca y la cierra al instante. Luego me vuelve a tirar del pelo, con mucha más fuerza, y me obliga a mover la cabeza hasta quedar justo debajo de la suya. Me mira con el ceño muy arrugado.

—Eres una hipócrita de mierda—espeta, sacando los dientes—. ¿Que no es justo para *mí*? Cómo cojones sabes tú lo que es justo para mí, ¿eh? ¿O lo que es bueno para mí?

—¿Qué te hicieron en la Academia? —susurro. Es cruel, lo sé, pero la pilla desprevenida, justo lo que necesitaba. Me suelta el pelo, se aparta y aleja su peso de mí; la línea de su omóplato se oculta ligeramente bajo la camiseta ancha.

El arrepentimiento me atenaza conforme el silencio se prolonga. Abro la boca para decir algo —no sé el qué— cuando sus dedos se deslizan hasta el dobladillo de su camiseta y se la levanta.

La tela cuelga enganchada en sus nudillos. La carne plana de sus costillas está blanca incluso en la penumbra. Brevemente, recuerdo cómo se inclinó hacia la derecha, contra los azulejos de la bañera, lejos de la vista de los demás. Por aquel entonces no le di la mayor importancia.

La piel no está perfectamente blanca. Se despega el borde del vendaje, solo un poquito, y la herida del primer pinchazo, rodeada por un moratón amarillento, se hace visible.

—Eris —ahogo un grito.

—Sabían lo que se hacían. Eran bastante buenos, la verdad —dice con voz ronca. La mano que no está levantando la camiseta está pegada a su estómago—. Y muy listos, ¿sabes? Solo dolían cuando estaban dentro, pero eso daba igual. Lo que no daba tanto igual era tener ese minúsculo bosque de agujas clavadas en el costado durante *horas*. Estás tensa todo el rato porque no sabes lo que va a pasar si te mueves. Puede que perforen algún órgano importante. O que te arañen por dentro. O a lo mejor no te hacen nada, pero esa es la putada. Saben cómo mantenerte al borde del abismo. Mira tú qué gracia. Acupuntura gratis.

—Eris —repito, porque está muy lejos; porque no sé qué más decir.

—Pero he ganado, ¿verdad? —dice, pero no a mí—. Escapé. Gané.

Se roza el vendaje con los dedos y luego se queda tan inmóvil que hasta me asusta. Pero el miedo desaparece enseguida y lo reemplaza una rabia cruda y sencilla. *Esto* sí lo entiendo. Que me han hecho daño y que voy a destruirlos por ello. Que le han hecho daño a ella y que voy a matarlos por ello.

—¿Sientes que has ganado? —pregunto.

Silencio. Sacude la cabeza.

—Bueno, pues sigamos adelante.

Eris se suelta la camiseta y se gira hacia mí con una expresión tan furiosa e inesperada que parpadeo de la sorpresa. Estira la mano y me agarra el brazo. El pulgar entra en contacto con mis tatuajes. Ella está de rodillas, sobre mí, y con mi muñeca bien aferrada.

—No vuelvas a atreverte a decirme lo que veo en ti. Nunca —ruge—. Porque yo lo veo todo, Defecto. Los paneles, el brillo, la falta de dolor... Y sigo mirando, porque esa ira, ese horrible sentido del humor y la forma en que miras las cosas, como si de verdad creyeras que fueran a desaparecer al siguiente parpadeo son muchísimo *más* que en lo que te han convertido. ¿Cómo es que no te has dado cuenta todavía? Yo no evito pensar en las partes que te han añadido, Bellsona, simplemente no puedo centrarme en ellas cuando tú estás ahí también. —Inclina la cabeza sobre la mía como una parca a punto de arrancar un alma de su cascarón mortal y yo lo único en lo que puedo pensar es «Adelante»—. Pues claro que te veo, joder.

Me tomo mi tiempo en examinar cada una de sus facciones: el rictus terco, el ceño fruncido y esos ojos... Dioses, qué ojos. A veces la oscuridad en ellos es tan infinita. Podría ahogarme con una sola mirada. «Bellsona». Espero a que recule; al bote de mi corazón, como si recibiera una descarga eléctrica; al bandazo de una súplica desesperada y familiar.

«Di algo más». «Repítelo».

Baja mi mano hasta la cama y se tumba junto a ella.

—Me siento viejísima —susurra, echándose un brazo sobre los ojos—. Y no debería ser así.

—Se supone que somos adolescentes —le digo.

Ella resopla y sonríe sin humor.

—Dioses, Sona. Menuda puta mierda de mundo, de verdad.

—¿Y qué quieres hacer?

—No lo sé.

—¿Pasártela durmiendo?

—¿Pasarme el qué durmiendo?

—La guerra. Esta era.

—Buena idea, Defecto —susurra—. Buena idea.

Pero no se duerme. Ni yo tampoco. Nos quedamos despiertas hasta el amanecer y yo le hablo sobre sicómoros, amaneceres y atardeceres efímeros, y sobre canarios con alas larguísimas. Para cuando acabo, me he quedado seca de tanto llorar y hablar; he derramado tanto del pasado sobre las sábanas entre nosotras que no tengo fuerzas para cerrar el ojo, así que, en cambio, me quedo tumbada muy quieta, contemplando su perfil.

Y entonces, por primera vez desde que empecé la historia, Eris se mueve. Desliza su mano sobre la mía y nuestros dedos se entrelazan; nuestras palmas se tocan. No habla. No hay nada más que decir.

CAPÍTULO TREINTA Y DOS

ERIS

La nieve del suelo parece que no se va a derretir nunca. Alimentan el fuego constantemente y, por la noche, nos peleamos por la alfombra junto a la chimenea. A veces hace demasiado frío en los cuartos y nos juntamos en la sala común, hombro contra hombro, y las mantas una sobre otras. Cumplo la tradición de tirar al fuego el muérdago que June esconde por el apartamento.

Mientras tanto, la construcción del Arcángel consigue que Jenny esté más fiera que nunca.

Cuando camina por La Hondonada —ya sea en dirección al río, donde está la cabeza del Arcángel, o hacia la verja, donde yacen los pies en el pequeño desfiladero que atraviesa la zona este del bosque—, pasa por encima de la gente que no se aparta. Apenas duerme y las ojeras bajo sus ojos se vuelven más pronunciadas a cada día que pasa, pero ella sigue yendo de un lado a otro, gritándose a sí misma.

En cuanto Xander irrumpe en la sala común una mañana, sé instantáneamente lo que ha hecho. Cierra de un portazo y encaja una silla bajo el pomo. Si hay alguien de quien huir con tanto miedo, esa es Jenny.

Se da la vuelta y mueve los labios sin articular sonido alguno, pero dejando claro lo que quiere: «Escondedme».

Juniper y Theo se bajan del sofá de un salto y empujan la estantería hacia un lado, que suelta polvo por los aires. Meten a Xander dentro del hueco oculto que hay detrás. Arsen se sube sobre los estantes en cuanto la recolocan y se tumba con los pies colgando por el borde y los ojos grises cerrados.

Un instante después, Jenny abre la puerta de una patada, mandando la silla al centro de la sala. Nova se aparta de su habitual sitio en el biplaza para evitar que el mueble le aplaste las piernas.

—¡Hola, Jen! —la saluda, animada, saltando a la silla maltratada y sentándose sobre los pies. Apoya los codos en las rodillas y entrelaza los dedos antes de esbozar una sonrisa perezosa—. ¿Qué te trae a nuestra humilde morada esta bonita mañana?

—¿Dónde está? —gruñe Jenny.

—¿Dónde está quién? —inquiere Defecto desde el sofá. Lo hace con tanta normalidad que veo que Nova se muerde el carrillo para reprimir la risa.

Jenny resopla y se ata el pelo en una coleta alta que deja a la vista sus patas de gallo.

—Ya sabéis de quién hablo, joder. ¿Dónde está el flacucho?

—¿Te importaría dejar de gritar? —le pide Juniper dulcemente, señalando a Arsen—. Está dormido.

Jen desvía la vista hacia la estantería y Juniper traga saliva con fuerza.

Theo gruñe.

—Qué sutil, June.

Arsen abre los ojos cuando escucha los pasos de Jenny aproximándose y se aparta de la estantería un mero segundo antes de que ella la aparte y revele el hueco de detrás. Xander suelta un grito y trata de colarse por debajo de su brazo, pero ella estira la pierna y lo deja desplomado sobre la alfombra. El aire vuelve a cargarse de polvo y Jen se agacha y apoya la mano en el hombro de Xander.

—Jenny —la llamo, eligiendo mis palabras con cuidado—. Sal de mi puta casa.

Jenny se cierne sobre Xander con la mano abierta.

—Devuélvemelo —gruñe—. No te lo pienso volver a pedir, palillo.

Aguardamos en silencio y, entonces, Xander se mete la mano en el bolsillo despacio y saca algo que Jenny recupera ansiosa. Se pone de pie y empieza a pasearse por la sala común con el objeto bien agarrado.

—Salgo del laboratorio cinco minutos y cuando vuelvo, lo encuentro todo revuelto. Una cosa, una *muy* clave, había desaparecido. Me giro y veo al mudo subiendo las escaleras.

—No es mudo —espeta Juniper, y Jenny suelta una risotada seca. Se detiene para mirar a Xander, que sigue en el suelo.

—A ver, te haré el favor de escuchar tus motivos, lorito —dice, abriendo la mano para que todos veamos lo que sujeta—. ¿Por qué demonios te has llevado *esto*?

En la palma tiene un tarrito con líquido azul y un ojo con una estela de cobre dentro. La pupila sin brillo flota en la superficie.

De refilón veo que Sona se remueve levemente, retrocediendo todo lo que puede sin moverse del sitio. Para cuando la miro bien, ha vuelto a enfrascarse en la tarea de limpiar su espada. Joder, la adora.

—¿Lo querías por algo en concreto, Xander? —pregunta Defecto con voz monótona y el ojo clavado en el otro.

Aparte de dedicarle una mirada gélida, no espero que conteste, pero, para mi sorpresa, los ojos del chaval están anegados en lágrimas.

—Tú no lo quieres —susurra—. Lo odias. Quieres destruirlo.

—¿Y pensaste en hacerlo tú por mí?

Xander traga saliva y asiente. Sona se pasa la lengua por los labios y se pone de pie, dejando el trapo aceitoso con delicadeza sobre la mesa.

—¿Por qué querrías hacer eso por mí? —murmura.

—¿Te das cuenta de que podrías haberlo mandado todo al traste? —escupe Jenny—. Te habría matado si…

Xander le hace un gesto para que pare y sonríe de esa forma que bien dice «Me importa una mierda».

Jenny resopla, sorprendida y tensa. Con el tarro en la mano, señala a Sona.

—Esta semana haremos la prueba. Y si os encuentro a cualquiera de vosotros cerca de mi laboratorio, me aseguraré de que el Consejo reciba una buena donación de órganos antes del anochecer.

Todos permanecen en silencio cuando ella se marcha, esperando a que las pisadas se alejen por la puerta de las escaleras para sentirse otra vez a salvo. Nova se echa a reír.

—Estás como una cabra, Xander —dice—. No tendrás impulsos suicidas, ¿no?

Xander la ignora, se levanta y se alisa el cuello de la camiseta, arrugada por culpa de la mano de Jenny. Clava la vista en la hoja que Sona aferra con firmeza. Tiene un protector de nudillos plateado en torno a la mano. Su mirada es fugaz, pero sé lo que ve. Es la misma imagen que llevo semanas recordando cada vez que la miro: a ella, iluminada contra las sombras otoñales del bosque, blandiendo la espada y lanzándole una mirada impávida al Berserker. Apenas la vi un segundo antes de que otro Ráfaga llamase mi atención, pero la vi. Era una pelea que no podía ganar, pero por su postura pareciera lo contrario.

Xander también la vio. Fue igual que cuando yo me enfrenté a la Valquiria: Sona no se mostraba segura porque pensara que podía salir viva de allí, sino porque ahora las armas apuntaban a ella y no a su equipo. A *nuestro* equipo.

Sona intentó salvarle la vida y ahora él ha querido devolverle el favor. Se ha colado en el laboratorio de Jenny para robar el ojo con total intención de salvarla.

¿Para que no se conecte al Ráfaga?

No. Siento un nudo en la garganta.

—No quieres matar a toda esa gente, ¿verdad? —exclama Xander con voz ronca.

Ay, esa cara. Si me mirase así a mí, me destruiría. Xander no se inmuta, porque ha tenido el coraje de hacer lo que debería haber hecho yo, lo que no he podido hacer. El pelo de Sona cae desordenado sobre sus hombros, y creo que por eso no veo como se le corta el aliento, pero lo sé por sus manos. Cuando las cierra en puños, como ahora, sé que se está preparando para…

Una masacre. Eso es lo que le estoy pidiendo; así acabaremos con todo. Porque, ¿cómo podría acabar la guerra si no? ¿De qué sirve guardar la esperanza de que todo acabe de otra manera?

Antes de darme cuenta siquiera, Sona se guarda la espada en el cinturón, avanza y envuelve el cuerpo escuálido de Xander entre sus brazos. El abrazo es rápido, y Xander parpadea sorprendido cuando ella se yergue y posa la mano en su hombro con suavidad.

—Gracias —dice ella con una sonrisa y la voz suave—. Has sido muy amable.

Xander agacha la cabeza y lleva una mano a la de ella. Al principio creo que va a apartársela, pero, en cambio, le agarra la muñeca y le gira la palma hacia arriba. Los engranajes de Sona quedan a la vista, apenas unos pocos, pero no serán los últimos. Suavemente, Xander le da un toquecito en el panel del antebrazo, sobre el primer tatuaje, el que le hice yo.

Pasan unos cuantos días más antes de que Jenny vuelva a intentar matar a un miembro de mi equipo. Una salida al mediodía tiene a los chavales con el subidón, pero como yo soy una carca y estoy exhausta, me alegro de encontrarme la sala casi vacía cuando termino de bañarme. Sona está cómodamente sentada con las piernas cruzadas, leyendo sonrojada uno de mis libros.

—Dioses —murmuro.

Me mira y pasa la página.

—Menudas guarradas —dice con voz monótona.

—Mentira.

Desliza el dedo por la página.

—«Ella la observó intensamente; era una estupidez, porque sabía que había llegado a un punto de inflexión, al eje...».

Salta por detrás del respaldo del sofá cuando yo intento quitarle el libro y se sube al saliente de la ventana antes de apoyarse contra el cristal. No ha dejado de leer. Tras arrodillarme en los cojines, tengo que inclinar la cabeza hacia atrás para verla bien.

—¡Púdrete, Defecto!

—«Era consciente de que su universo se centraba en esa chica y con el tiempo colapsaría en torno a ella, la fuerza...» —Hace una pausa y ladea la cara hacia la ventana antes de decir—: El pecho.

—¿Qué?

—El pecho del mecha.

Me subo al respaldo del sofá para mirar. El Arcángel rebasa el patio central. Los contenedores de la Estación solo contenían lo que lo diferenciaba de los demás modelos: la coraza de plata, las grebas, los brazales y un par de manos tanto interesantes como espantosas, ya que en vez de dedos posee garras curvas. Un halo de metal negro le rodea la coronilla. La mitad del campus se podría alojar sobre sus hombros.

La cosa es horrorosa. La elegancia que tienen las piezas del Arcángel queda eclipsada por las partes modificadas de Jenny: los muslos de un Berserker, casi todo el torso de un Argus... Y eso sin contar con las partes interiores. Pero no importa. Tiene que volar.

En el esternón del Arcángel, Theo está sentado sobre los hombros de Arsen y Nova en los de Juniper. Xander hace de juez de la batalla de gallos. Ha conseguido un silbato de vete tú a saber dónde y el ruido rebota contra el cristal.

—Los voy a matar —susurro.

—Jenny —me avisa Sona. Mi hermana ha aparecido en la cadera del mecha con una mirada que sacudiría hasta los cimientos de los infiernos.

El efecto es inmediato. Los chicos caen de los hombros de sus compañeros y se dispersan en varias direcciones. Algo titila en la mano de Arsen y, de repente, sale humo del mecha.

—Vamos —le digo a Sona, y nos alejamos de la ventana. La conduzco por el pasillo en dirección a la entrada principal y echo el cerrojo tres segundos antes de que cinco pares de puños se estrellen contra la puerta. Sonriendo, nos apoyamos contra la madera, con los talones sobre la alfombra revuelta, lo cual me recuerda que tenemos que hacer una buena limpieza. Ellos continúan gritando al otro lado de la puerta.

—Eris, por favor —suplica Theo.

—¡Defecto! ¡Defecto! ¡Déjanos entrar! —grita Nova.

—Voy a hacer estallar la puerta.

—Ni se te ocurra, Arsen —exploto.

—Sujeta esto, June. Gracias. —Algo fuerte golpea la puerta. Sona, impertérrita a mi lado, se saca el libro de debajo del brazo y reanuda la lectura.

—Será mejor que os apartéis.

—Nos despachurraréis contra la alfombra —responde Sona.

Se oye un coro de gritos y a continuación la voz chillona de Jenny a escasos metros.

—Ahí estáis, niñatos de mierda. Voy a...

—¡Dispersaos! —grita Juniper. Se oye el aluvión de pisadas en las escaleras, el gruñido de Jenny disminuyendo de volumen y después todo se queda en silencio.

Sona tiene los ojos entreabiertos mientras lee. Apoya el pulgar contra un pliegue al final de la página, que doblé la última vez que leí el libro.

—«¿Por qué me miras?» —pregunta, y me sonrojo antes de darme cuenta de que está volviendo a leer en alto—. «Porque parece que no puedo parar. Porque se supone que estás tú y todo lo demás y, sin embargo, tú lo eres todo. Pero me quedo callada...».

Meto la cabeza entre las piernas y apoyo las manos tras la nuca.

—A lo mejor la puerta explota y nosotras con ella. Esto no es lo último que me apetece escuchar.

—¿No? —Me mira—. Las páginas están muy manoseadas, Eris.

—Aquí no tenemos tantas opciones como en la Academia.

En el pasillo todas las puertas de los cuartos están abiertas; veo el borde del edredón rosa de Nova, la colección de nidos de June tambaleándose en el tocador, piezas de ajedrez desperdigadas por el suelo del cuarto de Xander, los dibujos a carboncillo en las paredes de Arsen, una pila de libros de bolsillo en el borde de mi tocador... Sin embargo, no hay nada en el cuarto de Sona a excepción de algo de ropa, que antes era mía, en los ganchos de la pared y una cama bien hecha en la que aún no ha dormido ni una sola noche.

La luz grisácea se cuela por la ventana al final del pasillo, palideciendo el empapelado de color azul. Sona coloca los dedos de los pies bajo el sol y los míos permanecen en las sombras, curvados junto a su espinilla. June insistió en pintarle las uñas ayer y Defecto las quiso negras, como las mías.

—¿Estás nerviosa por la prueba de mañana? —le pregunto.

Soy muy consciente de que ha dejado de leer, aunque no despega la vista de la hoja.

Un instante después, responde en voz baja:

—Sí.

—¿Por qué? —inquiero, y me siento fatal justo después.

Crispa los dedos sobre el libro. Apoya la cabeza contra la madera y cierra el ojo.

—Me siento... enorme ahí dentro —murmura con voz tan baja que casi ni la oigo, a pesar de estar a pocos centímetros de distancia—. Tan alta que hasta casi puedo rozar el cielo con la cabeza.

—¿Y eso te da miedo?

—Es magnífico, Eris. Por favor... —Se le quiebra la voz. Me percato de por qué lo dice en susurros. Está avergonzada—. No cambies la opinión que tienes de mí, por favor.

Tras quedármela mirando durante un buen rato, como ahora, veo que sus facciones registran un cambio. A través de ese cambio veo una expresión que me deja helada. Siente ganas de abrir los paneles, y de rasgar y romper y *destruir.*

Imagino brevemente cómo sentiría su piel contra mi boca si la besase de la muñeca al codo; el deseo es acuciante, porque se la ve tan triste y odio que se sienta así. Siento demasiadas cosas, y eso también lo odio. Estamos en guerra, la gente está muriendo y a mí me *importa* que lo hagan, lo cual va a doler a la larga.

Trago saliva con fuerza.

—No pienso cambiar la opinión que tengo de ti a menos que no me devuelvas mi libro.

Parece que se le relajan los hombros un poco. No se ha quitado la chaqueta de Valquiria, pero parece una provocación más que otra cosa, porque tiene las mangas remangadas para que se le vean bien los engranajes tatuados. Abre el ojo y vuelve a posarlo en la página.

—Vale la pena.

Apoya la cabeza en mi hombro y se acerca las rodillas al pecho. Hay una frase de Nova en la pared junto con un monigote que dice «Los golpes hacen silencio». Al verlo, recuerdo lo ridículo que es todo esto. No tendría que sentirme tan bien. Se supone que soy una soldado con el corazón de piedra. Se supone que voy a perder a la gente porque eso es lo que sucede en una guerra. No le dije a Milo que lo quería porque, después de todo lo que ha pasado, no me parecía lo correcto. Debería alejarme de Sona antes de que se me olvide cómo está el mundo solo porque su piel y la mía hayan entrado en contacto.

—¿Estarás bien? —le pregunto, mejor.

Sona sacude la cabeza.

—No lo sé. —Pasa la página—. Pero ahora me siento bien.

«Ya sé lo que me está pasando», pienso, con sus rizos pegados contra mi mandíbula. «Dioses. Joder».

CAPÍTULO TREINTA Y TRES

ERIS

Con las manos ahora vacías, Jenny se aparta de Sona. Defecto ya se ha vuelto a colocar el parche. Para que se tumbara, Jenny había hecho espacio en una de las mesas de cristal desperdigando las cosas por toda la estancia con apresurado entusiasmo. O tal vez no fuese entusiasmo, solo una combinación de la cafeína en sus venas y los temblores de un cuerpo agotado pidiendo a gritos dormir.

—¡Venga, venga, venga! —dice, alzando la voz en intervalos erráticos. Salta varios objetos rumbo a la salida haciendo aspavientos con los brazos para indicarle a Sona que la siga. De pronto, se estampa contra la puerta de cristal y frunce el ceño, confusa. Durante unos instantes, la palpa con las manos, luego envuelve los dedos temblorosos alrededor de la manilla y la abre. Nosotros la observamos en silencio mientras se dispone a subir los escalones.

—Está como una cabra, Eris —murmura Juniper.

—Siempre ha sido así —digo mientras veo a Sona caminar a tientas entre toda la basura de Jenny. Xander empieza a apartar las cajas educadamente con el pie conforme se aproxima—. Solo que la gente ahora no parece tener tanto miedo de admitirlo; se piensan que la precisión de sus puñetazos depende únicamente de que no ande como un pato mareado.

—¿Cómo te sientes, Defecto? —pregunta Nova, con tono animado—. ¿Preparada para volar?

Sona solo esboza una sonrisa forzada antes de seguir a Jenny por las escaleras.

Salimos al patio y encontramos a Arsen y a Theo apostados cómodamente sobre el tobillo del Arcángel. Jenny está en tierra chillándoles irritada que bajen de su mecha. El problema es que sus amenazas no son nada efectivas, y menos cuando está mirando en dirección al torso del Ráfaga más que hacia sus pies y habla arrastrando las palabras.

En algún momento debe de decir algo coherente, porque Arsen le devuelve un comentario ladino que hace que Jenny recupere la concentración de golpe. Le agarra el tobillo a Arsen antes de que este pueda pronunciar una disculpa y luego cae de bruces contra el suelo.

Nova se parte de risa mientras Juniper desaparece de mi lado y se materializa sobre Arsen; su gruñido atraviesa el aire matutino. Jen esquiva su gancho de izquierda con facilidad y engancha su bota tras el tobillo de Juniper antes de hacerla caer de bruces también. Jen planta los pies entre las rodillas de los miembros caídos de mi equipo y los fulmina con los ojos entrecerrados.

—¿Quiénes habíais dicho que eráis? —pregunta.

—Nova —responde June.

—Theo Vanguard —dice Arsen tan tranquilo—. Un placer.

Jenny se endereza de golpe y se gira. Las risas de Nova y el temblor en los hombros de Xander se detienen cuando mi hermana les dedica a los dos una mirada asesina.

—¡Vale! ¡Vale! —grita Nova.

Jenny gruñe y pasa por encima del cuerpo de June para encaminarse hacia nosotros. Nova aúlla y se aferra a mi chaqueta, pero Jen se detiene antes de alcanzarnos, extiende un dedo trémulo y señala a nuestra espalda, hacia la entrada de los dormitorios.

—No voy a por vosotros —rezonga.

Me giro y veo que un grupo de personas ha salido al patio y se ha colocado detrás de nosotros. Entonces, levanto la mirada y reparo en que hay un montón de caras pegadas a las ventanas del edificio. Es imposible no reconocer a cada una de ellas: son Asesinos de Dioses junto a los que he luchado incontables veces, con los que he vivido, discutido y a los que les he dado una buena tunda en discusiones o entrenamientos, y quienes me han provocado a mí una buena amalgama de moratones y fracturas a cambio. La mayoría de ellos han empezado a medio aceptar a Sona, sobre todo después del triple derribo en el Vertedero. La historia de su despiadado encontronazo con el Berserker se extendió como la pólvora por La Hondonada. Solo han venido a mirar, a ver si la destrucción de Deidolia podría ser posible con la combinación del ridículo plan de Jen, unos cuantos renegados faltos de sueño y una piloto rebelde.

Pero los Asesinos de Dioses apostados al frente son el objetivo de las miradas asesinas de Jenny. Los reconozco bajo una luz diferente: son personas que muestran su incapacitante cobardía con amenazas contra la vida de Sona.

Justo en el centro de todos ellos se encuentra Milo. El rifle le cuelga del hombro con el cañón hacia arriba. Su postura parece relajada, pero las arrugas en su ceño revelan lo contrario.

—¿Tú también quieres ir, Vanguard? —pregunta Jen.

Milo se cruza de brazos y, por el rabillo del ojo, veo a Sona cuadrar los hombros ligeramente, como preparándose para lo que pudiera suceder.

—No vas a conectar a esa piloto, Jenny —suelta Milo con brusquedad. El aire se vuelve pesado y peligroso. Jen lo ignora por completo; se lleva una mano a la cadera y bosteza.

—Otra vez lo mismo —dice. Qué aburrimiento. Venga, Defecto, vamos a prepararte.

—¡Nos matará a todos, Jenny! —grita Milo a su espalda y la multitud gruñe de acuerdo con él—. ¡La Hondonada entera arderá!

—Bien —repone Jenny—. A este sitio no le vendría mal un cambio, y más con todos vosotros por aquí correteando.

Un disparo corta entonces el aire.

Una fina línea de sangre salpica el suelo. El calor se agolpa en mi cuello.

Jenny, no sé cómo, estrecha a Sona entre sus brazos cuando esta última se tambalea y se lleva una mano a la sien, que está pringosa de rojo. Al darse cuenta de que sigue viva, Jen la deja a un lado y se mueve con tanta rapidez que ni siquiera reparo en el movimiento hasta que el crujido de una nariz rota no resuena por todo el patio. Y entonces la sangre de Milo reluce sobre el material negro de su mano derecha.

—Hijo de puta... —jadea Jenny, y la multitud se lanza hacia adelante. Sona, desde el suelo, mueve la cabeza ligeramente en su dirección y, con un gruñido, yo me giro y lanzo hielo contra el suelo.

—¿Estás bien? —consigo preguntarle a Sona. Las venas de mis guantes criogénicos refulgen con un azul intenso.

—Ha fallado.

—Esa no es una respuesta.

—Me duele muchísimo, Eris.

Pongo los ojos en blanco. Jenny está abriéndose paso a través de la muchedumbre, y ellos la dejan, porque están cagaditos de miedo, y con razón. Aferra la camiseta de Milo con el puño.

—Creo que le debes una disculpa a alguien —espeta, y lo arroja al suelo congelado, por lo que sus manos terminan llenas de hielo.

—No me pienso disculpar con esa cosa —responde, furioso y respirando con dificultad. Creo que tiene más arrugas en la cara que la última vez que lo vi. Más ira enquistada. ¿O siempre había estado ahí? Él siempre decía que la cabreada con el mundo era yo y que le gustaba eso de mí. Creía que se refería a que nos complementábamos, que su calma era algo que yo necesitaba. Pero tal vez solo se estuviera reprimiendo.

—¿Qué dices? —Jenny mira a Sona—. Defecto está bien. La disculpa me la debes a *mí*, que soy la que está a punto de darte una paliza.

—Hazlo —escupe Milo—. De todas formas, vamos a morir todos.

—Hombre, a nivel cósmico, pues claro. —Jenny se inclina sobre él y le pisa levemente los dedos de una mano—. No tienes ni idea, ¿verdad? Pues déjame que te lo explique bien clarito: aquí lo que importa es lo que *yo* diga, cómo lo diga y cuándo lo diga. *Yo* soy la que decide cuándo mueres. La única razón por la que no pienso matarte ahora mismo es porque de verdad crees que

Defecto va a volverse loca a lanzar misiles contra nosotros, y espero con todas mis fuerzas que ese miedo haga que te cagues encima.

—Eris —pronuncia Milo—. Es una locura y lo sabes.

Ayudo a Sona a levantarse.

—Vete a la mierda, Milo.

—¿Alguien más? —pregunta Jenny a la multitud, estirando los brazos a los lados. Todos retroceden aunque ni siquiera lleva los guantes puestos—. ¿No? ¿Entonces podéis relajaros un poco y dejarme que acabe de una vez con esta guerra? Dioses...

Se gira y le agarra la barbilla a Sona para examinarle la herida superficial de bala. Contemplo con cautela cómo la muchedumbre se reduce; algunos regresan a sus dormitorios y otros se dirigen al bosque, supuestamente para alejarse de Defecto cuando esta vaya a matarlos a todos en cuestión de unos minutos. Asustados o no, las palabras de Jenny tienen mucho peso aquí, o al menos sus amenazas. La mayoría preferiría morir rápido con un misil antes que despacio y a manos de la Aniquiladora Estelar.

—Era cuestión de tiempo —murmura Jenny—. Solo es un raspón. Coge algunas telarañas de la raíz de ese árbol, Eris. Ahora cómetelas. Que no, que es coña. Dioses, ¿por qué está tan tenso todo el mundo hoy? Dámelas.

Coloca las telarañas con cuidado sobre la herida. Sona me mira de soslayo.

—Estás pálida —dice.

Aturdida, me toco las manchas de sangre en el cuello y ensucio la manga de la chaqueta.

—Por favor, cállate.

—He puesto la entrada cerca del cuello —explica Jenny mientras subimos al Arcángel. En cuanto deja de pelearse verbalmente con los demás, vuelve a empezar a arrastrar las palabras. Señala la piel del mecha con los dedos—. Las partes del interior están hechas una mierda. ¿Funcionan? Sí. Pero... —Se calla un momento, como si se le hubiera olvidado lo que quería decir. Llegamos a una trampilla circular en la base del cuello, cortesía del Argus muerto, y vuelve a señalar vagamente—. Sí, están hechas una mierda. No quería que nadie más lo viera. Hala, adentro.

—¿Tú no vienes? —pregunto.

—¿Y crees que tú sí?

Me cruzo de brazos.

—Pues claro.

Ella imita el gesto.

—¿Por qué? Ella sabe muy bien cómo colocarse todos los cables.

—Ya, ya. Pero ¿qué problema hay en que yo también vaya?

Una arruga se le forma en la frente mientras trata de acceder a sus pensamientos, que supongo que se han visto reducidos a meros filamentos dada su continua falta de sueño. Asiente despacio y, luego, triunfante, suelta uno de ellos.

—Si al final acaba explotando, mis preciados guantes criogénicos terminarán desintegrados.

Pongo los ojos en blanco, apenas consciente de que Sona está conteniendo la risa.

—Dioses, Jen, si explota, toda La Hondonada acabará desintegrada.

Ella me mira como si no comprendiera lo que le estoy diciendo.

—Me refiero a que tus *preciados* guantes acabarán desintegrados de un modo u otro, así que, qué más da lo que haga.

—Ah, ya lo pillo —murmura, aunque en realidad no lo parece—. Bueno, pues… que os divirtáis. Y si esta cosa vuela, ¿os importaría aparcar al mecha en el Vertedero después? No quiero que ningún otro Asesino de Dioses le ponga las manos encima y lo rompa antes de Celestia. Sobre todo, tu ex.

Jenny se tambalea hacia el hombro, se desliza por él y aterriza sobre el ala. Da otros cuantos pasos titubeantes y desaparece por el borde. Yo me quedo mirando un rato más hasta que la veo reaparecer, alejándose ya en suelo firme y sin haberse partido la crisma no sé muy bien cómo.

—¿Estará bien? —pregunta Sona.

—Siempre que mire por donde va y se quite de en medio...
—murmuro, viendo cómo oscila su coleta a cada paso que da—.
¿Preparada?

Sona asiente con la mirada perdida. La caída es de casi dos metros y medio, aunque ella aterriza sin problemas y se aparta para
hacerme hueco. Me agarro al borde del agujero y me deslizo dentro. Llevo la mano al tirador interior de la escotilla mientras desciendo y, gracias al peso de mi cuerpo, esta se cierra. Aterrizo en
silencio y a oscuras. La mano de Sona me roza el hombro y, sin
mediar palabra, nos encaminamos a la cabeza del Arcángel.

Como el Ráfaga está tumbado bocarriba, el suelo de cristal se
encuentra en la pared a nuestra espalda, mientras que la que tenemos enfrente se convertirá en el techo una vez el mecha se incor-
pore. Los cables salen de sus conectores en el suelo como protu-
berancias de cobre, que luego será la parte trasera de la cabeza del
Ráfaga. Sona se gira despacio, echa un vistazo a la estancia y mira
hacia arriba, a través de los ojos del Arcángel.

—Creo que estoy un poco desorientada —murmura.

Tiene gracia. Ella está acostumbrada a ver los Ráfagas de pie, y
yo todo lo contrario. Doy unos golpecitos en el suelo con la bota.

—Túmbate aquí —le indico.

Ella obedece en silencio. Me arrodillo y reúno los cables derechos e izquierdos y los coloco a su lado. Le hago un gesto leve
con la cabeza y ella se remanga. Creo que intenta ocultar el modo
en que sus dedos vacilan sobre los tatuajes antes de que yo repare
en ellos y se apresura a abrir el panel de su antebrazo derecho; no
obstante, el nudo en mi garganta sigue presente.

Uno a uno, Sona conecta los cables y una pequeña descarga la
atraviesa cada vez que repite el gesto. Antes de agarrar el último,
levanta la mano para quitarse el parche y revelar el círculo rojo y
perfecto que brilla a través del párpado cerrado. Lo centra en mí,
copiando al otro iris, y me deja el parche en las manos.

—Guárdame esto, ¿vale? —me susurra.

Cierro la mano en torno a la tela y sonrío con ironía.

—¿Preparada para volar, Defecto?

—Un beso me ayudaría.

—¿Y saber que Jenny irrumpirá aquí en menos de cinco segundos si no nos ponemos en marcha?

La mirada amarga que me lanza me hace reír, y ella lo considera motivo suficiente como para mover los dedos hasta el último conector y enchufar el cable.

Mi sonrisa se esfuma.

Sona abre mucho los dos ojos y, sin poder evitarlo, siento que se me hiela la sangre en las venas. Levanta una de las manos y menea los dedos en el aire; luego hace lo mismo con la otra. La luz roja que arrojan los ojos del Ráfaga en el interior se fragmenta cuando las garras del Arcángel aparecen arriba, abriéndose y cerrándose en perfecta sincronización con sus movimientos.

Con la cabeza inclinada hacia atrás, Sona se pone de pie y abre la palma de una mano. Yo la agarro mientras ella poco a poco se va incorporando y hace que la cavidad a nuestro alrededor se ladee y el suelo se incline. La dirijo hacia la pared de cristal mientras esta se convierte en el suelo y la aviso cuando la inclinación se vuelve demasiado empinada. El Arcángel se estremece mientras se mueve, y el suelo de cristal brilla bajo nuestro peso. La luz azul baña sus facciones y arroja sombras con la forma de sus pestañas. Le suelto la mano y retrocedo hasta salirme del cristal. Ella la deja al costado.

Sona estira el cuello un poco y mueve los hombros en círculos hacia atrás. Una arruguita aparece entre sus cejas y, despacio, repite el movimiento circular. Luego se lleva una mano a la espalda, por encima de la curva del hombro, y se palpa los omóplatos tanto como el brazo se lo permite. Se le escapa un suspiro.

—Es... —murmura. Es extraño.

—¿Las alas?

—Las alas... sí.

Trago saliva cuando ella echa los hombros hacia atrás una vez más hasta adoptar una postura orgullosa. Las puntas blindadas de las alas podrían destruir los edificios de La Hondonada con total facilidad. O incluso con un pisotón. O con un pensamiento. Destruir es tan fácil dentro de un Arcángel.

—¿Estás bien? —consigo preguntar. Las palabras suenan forzadas, titubeantes.

—Ya te digo, Invocadora de Hielo —suspira Sona—. De hecho, me siento yo misma otra vez.

Me quedo completamente quieta. No desvío la mirada de la sonrisa que ha aparecido en su rostro. Tengo la sangre helada y amenazando con resquebrajarse.

Pero, entonces, Sona se ríe; un sonido fuerte y alto que llena el espacio y se sobrepone al zumbido de la electricidad que corre a través del Arcángel.

—Deberías verte la cara, Eris —jadea.

Yo lucho por respirar.

—¡Pero si no me la ves!

—La siento arder contra mi mejilla. ¿Tanto miedo te doy?

—No lo sabes tú bien.

Lo digo en plan de broma, aunque en realidad no lo es tanto. Sona, no obstante, se queda callada.

—Si te hace sentir más segura, tú también me das un poquito de miedo ahora mismo.

¿Me siento más segura? ¿Me atrevo siquiera? Yo le he dibujado esos tatuajes, marcándola como una de nosotros. Una de los nuestros. Los tatuajes no desaparecen solo porque la carne no esté visible. Incluso bajo toda esta luz roja procedente de los ojos del Arcángel y del brillo azul del suelo, la tinta prevalece.

—No te tengo miedo —le digo, aunque estoy mintiendo como una bellaca.

—¿Podrías tenérmelo? —inquiere.

Tardo un momento en asimilar su pregunta, pero entonces la siento golpearme el pecho con la fuerza de un mazo. Ella sabe lo que estoy pensando, que por supuesto que le tengo miedo, pero el miedo de verla así palidece en comparación con el de no verla todos los días, la sacudida en mis costillas cada vez que sonríe, el nudo en el estómago cada vez que se me acerca. «¿Podrías tenérmelo?». ¿Ella también me tiene miedo a mí?

¿Quiero que me lo tenga?

«Sí».

—Sí.

Se le suaviza la expresión. Sona da un único paso grácil y se coloca en posición de lucha. Deja los dedos a los costados, moviéndolos mientras vuelve a rotar los hombros. No me doy cuenta de lo que está haciendo hasta que dobla las rodillas y yo busco a tientas algo a lo que agarrarme.

No sirve de nada. La fuerza del salto del Arcángel me hace caer a cuatro patas. Bajo las palmas de mis manos, el suelo empieza a calentarse en cuanto los motores cobran vida. Su rugido acalla mi respiración sorprendida. Solo me pongo de pie, temblando, cuando no tengo más remedio que aferrarme a algo porque el suelo empieza a inclinarse. Con la goma de las botas aferrándome bien al suelo, veo que Sona ha ladeado la barbilla hacia los dedos de los pies.

—¿Te dan miedo las alturas? —murmura.

—¿Me estás vacilando?

—Sí. Ve hacia las ventanas.

Le hago caso. Apoyo las manos contra el cristal tintado de rojo y echo un vistazo por el borde.

—¿Eris?

—¿Sí?

—¿Estás bien? Te has quedado callada.

Me alegro de que no pueda ver cómo trago saliva.

—Solo estoy disfrutando de las vistas.

No me asustan las alturas, pero bajo nosotras, más allá del espejismo de ramas desnudas y nevadas que Jenny ha extendido por toda la zona, hay un puntito que representa mi hogar. Y me imagino cayendo. Las muchas técnicas que han utilizado siempre los Asesinos de Dioses para hacer caer a los mechas no servirían de nada con un Arcángel. Si este cayera del cielo, el único resultado posible sería una calamidad.

Veo que Sona llega a la misma conclusión, porque se le ponen los nudillos blancos y oigo cómo las garras del Arcángel rechinan contra sus palmas doradas.

—¿Qué se siente? —pregunto, pero ella sacude la cabeza.

—¿Qué *sentido* tiene, Eris? —murmura—. Destruyo la Academia; quemo a los Zénit y a sus subordinados, y a los estudiantes. ¿Y entonces qué? ¿Cuánto tardarán en reconstruirse? ¿Cuánto tardarán en recuperarse antes de empezar a crear más Ráfagas? ¿Antes de que modelos como este llenen los cielos? ¿Y qué hay de la ira que sentirán después? Argentea... Ya sabes lo que pasó allí. Sabes igual de bien que yo cómo se encarga Deidolia de solucionar el incumplimiento de las cuotas. Mata a uno y los demás responderán. Es sencillo. Eficiente. Efectivo. Y ellos no pierden nada. Tienen miles de manos más que seguirán proveyéndoles de carbón, hierro, bayas de invierno y lo que haga falta para evitar sufrir el mismo destino.

Aunque su voz está teñida de una rabia que sé que no va dirigida a mí, las palabras me duelen de todas formas. Estamos volando a novecientos metros por encima del nivel del mar en un mecha que mi hermana se ha pasado semanas construyendo y está sugiriendo que todo será en vano. Está insinuando que la forma de vida de un Asesino de Dioses, *mi* forma de vida, está ligada a una causa inútil.

Y lo peor de todo es que puede que tenga razón.

—¿Y qué se supone que debemos hacer, eh, Defecto? —grito—. Si no peleamos, seguiremos supeditados a Deidolia.

Sona coloca la cabeza recta, enderezando el suelo bajo nuestros pies, y rechina los dientes.

—Deidolia se volverá loca buscando a los Asesinos de Dioses después de Celestia a un nivel que ninguno de vosotros haya visto jamás, y todo por reemplazar el obstáculo con una espada.

—Creía que querías ser tú la que los atravesara con una espada —rezongo.

—Y quiero. Y *lo haré*, pero... el programa de Ráfagas podría resurgir otra vez.

—¡Pues volveremos a atacar!

—¿Y cuántos quedaremos, Eris, después de declararles la guerra? ¿Después de que su ira haya reducido a cenizas todo cuanto hay en miles de kilómetros a la redonda desde La Hondonada?

—¿Y ya está? ¿Se acabó? ¿Tanto te asusta Deidolia? ¡Ojalá lo hubieras dicho *antes* de que Jenny casi se mate por construir esta maldita cosa!

—¡Tengo miedo! —brama Sona y luego se encoge. Aunque enseguida se recupera—. No de perder la vida, ni de pelear, ni del plan. ¡*Yo* seré la causa de todo lo que venga después, Eris! Es... No puedo perder...

De repente, se detiene y gira la cabeza. Tengo que pegar la mano al cristal para evitar salir despedida hacia la izquierda.

—¿Qué cojones, Defecto? —gimo.

—Un helicóptero —jadea, y se me vuelve a helar la sangre en las venas.

Fuera, un puntito negro atraviesa el cielo. Tal vez a unos diez kilómetros de distancia, pero demasiado, *demasiado*, cerca. Lo suficiente como para ver a un Ráfaga con alas en pleno vuelo.

Me muerdo fuerte el interior de la mejilla y me obligo a salir del estupor.

—Sona...

—Lo sé —repone con el ceño fruncido—. ¿Estás preparada?

Pero no espera a tener una respuesta. El bosque se aleja y las rocas de las afueras derruidas se ven reemplazadas por una puntiaguda maraña de ramas desnudas, aunque eso también desaparece enseguida. El puntito que conforma el helicóptero se delinea en diferentes bordes: dos colas iguales y cuatro círculos borrosos que son las palas de rotor. Es grande, por lo que probablemente transporte a más de veinte personas.

Por esto, y no por primera vez, agradezco la crueldad de Sona.

Cierra la mano alrededor de la base del helicóptero casi con gentileza y se queda quieta. Tiene los hombros echados hacia atrás con rigidez. Se inclina sobre el helicóptero y sujeta entre el dedo índice y el pulgar uno de los rotores, que al instante cede ante la presión.

—¿Qué demonios estás haciendo?

—Echando un vistazo —dice, y luego se calla—. Es broma. ¿Crees que deberíamos comprobar si funcionan los misiles?

Las ventanas tintadas del helicóptero mantienen el caos que se desata dentro oculto de nuestra vista. No me hace falta responderle. Ambas sabemos que esa sería una muerte más rápida.

Veo cómo las garras se abren y el helicóptero alza el vuelo como un pájaro herido. El rotor averiado lo hace sacudirse de un lado a otro mientras se aleja.

—¿Ya? —le pregunto.

—Dame un segundo —murmura, y veo cómo la forma de sus omóplatos sobresale de su chaqueta antes de retraerlos—. Qué extraño...

—¿Qué estás haciendo?

Sona sacude la cabeza y esboza una sonrisa modesta.

Una columna de humo negro parte entonces el azul del cielo.

No distingo el momento justo en que el misil hace contacto, pero es imposible no ver lo que provoca: una explosión inmensa en la que las llamas se avivan, derriten el metal y lanzan la metralla chamuscada por los aires. Los restos del helicóptero caen del cielo como el trazo uniforme y negro de un pincel sobre un lienzo.

—Le he dado —celebra Sona, y la sorpresa en su voz me hace soltar una carcajada.

—¿No me digas? —Siento una opresión en el pecho que solo puedo reconocer como vértigo. Con la cara pegada al cristal, observo cómo los zarcillos de humo se retuercen bajo nosotras.

Poco después, una vez el esqueleto del helicóptero deja de arder, Sona localiza un hueco entre los árboles del Vertedero lo bastante grande como para aparcar al Ráfaga. Las ramas desnudan arañan la piel del mecha conforme descendemos, y respiro de alivio una vez siento tierra firme bajo los pies otra vez. Ayudo a Sona a sentarse, con cuidado por la inclinación del suelo, y empiezo a desconectar los cables. El Arcángel permanece inmóvil a nuestro alrededor.

Sona parpadea y su rostro recupera la expresión. Sus ojos, su piel y su cabello castaño están teñidos de rojo por culpa de la luz que penetra desde arriba. Aquella tonalidad consigue de alguna forma atenuar el brillo del ojo artificial.

—¿Piensas dejar que me levante o qué? —me pregunta, cerrando el ojo.

Me siento sobre los talones y ella se incorpora y me tiende una mano. Pasa un momento antes de caer en que quiere que le devuelva el parche, así que lo busco y se lo entrego.

Siento el aire cargado cuando salimos por el cuello del mecha. Nos encaminamos al esternón y esperamos a que el pequeño pero atronador grupo de voces emerjan de lo que parece un bosque vacío y lleno de basura. Ahí está mi equipo, discutiendo profusamente, seguido de Jenny, caminando de espaldas y con la cabeza ladeada hacia atrás mirando al cielo. Sigue inclinándose hacia atrás hasta que nos divisa, y luego se yergue y se encamina hacia el pie del Arcángel con un brazo estirado hacia la izquierda para comprobar que el espejismo funciona.

Mi equipo se sube al Ráfaga, donde Arsen olisquea el aire y suelta:

—¿Qué ha explotado?

—Un helicóptero —responde Sona.

—Mierda —exclama June.

—¿Eso es malo? —chilla Theo, con los ojos bien abiertos—. Tiene pinta de que sí.

—Sona se encargó de todo.

Todos oyen el peso de mi voz y dejan de pulular por allí para mirarme. Yo me abrazo mientras esbozo una sonrisa de oreja a oreja.

—¿Funcionará? —pregunta Xander, tan quieto y rígido como las ramas sobre nosotros.

Me giro hacia Sona. Ella alza el ojo hacia mí y la emoción en él me paraliza. Su mirada me destroza.

«No lo llevo bien». «No soy buena».

—Funcionará —responde Sona.

La sonrisa desaparece de mis labios, y ella lo ve.

CAPÍTULO TREINTA Y CUATRO

SONA

«¿Tanto te asusta Deidolia?».

Su voz resonaba por todos lados. Abrí la boca para responder, buscando a tientas qué decir. No casaba bien mis pensamientos y me daba miedo lo vulnerable que me sentiría al hablar.

Hace escasos meses, habría dado cualquier cosa por la oportunidad de destruir la Academia. Me importaban una mierda los daños colaterales, los inocentes. Se trataba de mí, de mi pueblo, de mi familia. No les pude enterrar apropiadamente. Murieron juntos y su último aliento fue entre una mezcla de caos, miedo y tierra. Lo mínimo que puedo hacer por ellos es cerciorarme de que la Academia sufra su misma suerte, cueste lo que cueste.

Eris es consciente, pero no sabe hasta qué punto han cambiado las cosas. No sabe que ella ha sido quien ha cambiado mis ansias y mi necesidad de vengarme. Ella aparece sentada sobre el chapitel en las fantasías de violencia que me ayudan a dormir por las noches, con las que mi odio crece y se alimenta, esperando el día en que Deidolia se percate de que supera con creces su rascacielos más alto.

No sé cómo decirle que, a pesar de todo, destruiría ese chapitel del cielo si me lo pidiera. Que sofocaría mi odio y me quedaría sentadita si le apetece arrancarme cada uno de los cables; que, si el plan de Jenny funciona y tras el contragolpe la hieren de alguna forma, no pensaría que ha merecido la pena.

Porque ella es más que todo esto. Que la suma de mi dolor, mi pasado y mi odio. Soy una bomba envuelta en piel que cuando más feliz está es cuando una deidad se arrodilla frente a ella.

¿Podría ser Eris feliz a mi lado?

No soy buena, aunque intento serlo.

Sin embargo, estoy a punto de matar a muchísima gente.

Por primera vez, no me duermo a su lado, donde, si se da la vuelta dormida, puede pegar la mejilla a mi espalda y posar la mano en la parte inferior de mis costillas. Tengo mi propio cuarto porque soy una de ellos. Sigo pensando que debería darles una explicación, pero no lo hago. Simplemente vuelvo a casa, cierro la puerta tras de mí y me meto bajo las sábanas. En la oscuridad me siento pequeña, como en el interior de mi propio pecho.

Las lágrimas empiezan a resbalar despacio por mis mejillas.

Al cabo de una hora, me estoy sacudiendo. Me tapo la boca con las manos y los sollozos quedan acallados por mis dedos. Me tiembla tanto el cuerpo que siento como si estuviese a punto de partirme en dos.

«¿Tanto te asusta Deidolia?».

No le tengo miedo a Deidolia, sino a mí misma.

—No —gimo, tensa, sacudiéndome—. Nonononono...

Echo de menos el miedo que sentía antes. De Jole, Lucindo, Rose y Victoria. De sus engaños sinceros y naturales; de su comodidad. Echo de menos mi piel y a mis padres.

Clavo las uñas en el colchón. Mis gritos cortan las paredes, pero no puedo parar, solo buscar en la nada, aferrarme al vacío. He perdido el equilibrio. Esto no acabará nunca, será lo último que sienta, me lo llevaré conmigo y nada más nada más nada más...

—Sona. —Alguien aparta las sábanas. Lo veo gracias a la luz amarillenta del pasillo que se cuela dentro. Aparecen unos brazos en torno a mí, levantándome. «No, por favor, no quiero levantarme». Pero no me sientan del todo, sino que me colocan sobre un regazo. Ella se ha apoyado contra el cabecero y me acaricia el pelo. Inclina la cabeza hacia mí—. Shhh. Oye, cariño, no pasa nada, estoy aquí, te tengo, estoy aquí, ¿vale?

—Lo siento. —Hablo entre sollozos y temblando contra sus rodillas—. Lo siento, lo siento, lo siento...

—¿Qué necesitas? —me pregunta en voz baja y tan suave como el terciopelo—. Dime qué necesitas, Sona, por favor. Puedo ayudarte. Haré que te sientas mejor.

Necesito no ser una asesina, o aceptar que lo soy.

—Fuera—le pido con voz ahogada. Siento un ramalazo de pánico en el pecho cuando noto que se mueve, porque no me refería a ella. Pero Eris lo sabe, y me ayuda a bajar de la cama. Coge mi chaqueta y me la coloca sobre los hombros antes de agacharse para ponerme unos guantes porque fuera hace frío. Me rodea con el brazo y salimos al pasillo. Asoma la cabeza a la sala común, todavía pegada a mí.

Xander está acurrucado bajo la mesa. Tiene los rasgos delicados relajados bajo las pestañas negras. Nova y Theo están tumbados bocarriba encima. Ella tiene los ojos esmeraldas cerrados bajo su melena rubia, pero la mirada de Theo viaja hasta Eris cuando esta se acerca.

—Vamos a salir —le avisa con voz ronca.

Desvía sus ojos pálidos y amables hasta mí antes de asentir hacia Nova y acariciar los rizos de Xander.

—¿Quieres que los despierte?

—¿Hace falta que los arrope o qué?

—Yo lo agradecería.

Eris pone los ojos en blanco.

—Más vale que este sitio siga de una pieza cuando vuelva.

Salimos al patio de La Hondonada. El aire invernal hace que me arda la cara hinchada y siento el calor y la sal contra las mejillas. Eris me ayuda a sentarme en la camioneta del equipo y se coloca tras el volante. El rugido del motor se me hace extraño ante la quietud de la noche.

O al menos ante la casi-quietud. De camino al portón, pasamos junto a Jenny y Voxter, y su discusión es lo único que los distingue de las sombras. Eris detiene el coche y se asoma por la ventanilla para saludar. Debemos de estar a unos tres metros de ellos, pero ellos no reparan en nuestra presencia; Jenny parece seguir viviendo en su mundo insomne y parece ser el único objetivo de la ira de Voxter.

—¿Dónde está? —gruñe él.

Jenny gira la mano enguantada como si quisiese mirarse las uñas.

—Um... Trato de acordarme... pero no lo consigo...

—Lo has construido en mis instalaciones. No puedes...

Jenny le resta importancia con un gesto.

—¿Que no puedo? Puedo hacer lo que me dé la gana, viejo.

Lo dice en tono bromista, pero Vox responde irritado.

—Jenny Shindanai, soy tu comandante, y si no me dices dónde está el Arcángel, te...

Ella vuelve a interrumpirlo, esta vez con una carcajada.

—Cuidado con lo que dices, Vox. Sabes que un día la encargada de dirigir este sitio seré yo. Eso significa que yo seré la que decida si tendrás una cama en la que puedas pasar tus últimos días.

De repente, Vox se lanza hacia delante y agarra a Jenny por los hombros.

—¿Dónde está el Arcángel? —grita, y Jenny se sorprende tanto por su tono que le flaquea la sonrisa.

—¡Oye! —grita Eris. Desde la perspectiva de ellos, está sentada como si nada, pero por dentro del coche está aferrando con fuerza la manilla, lista para salir si fuera necesario—. ¿Has vuelto a emborracharte, Voxter?

Por un breve instante, la expresión de Voxter cambia. Pero después pone una mueca y suelta a Jenny antes de señalar a Eris con el bastón.

—Ojalá —resopla, dándose la vuelta para caminar rumbo a la arboleda—. No hay alcohol suficiente en el mundo para aguantaros a las dos juntas.

Jenny lo observa irse con un brillo de desconcierto en los ojos, como si no terminase de asimilar lo que acababa de pasar. Sin embargo, vuelve a sonreír cuando desvía la vista hacia nosotras.

—¿Adónde vais, chicas? —pregunta.

Eris le copia el gesto despreocupado a su hermana y pisa el acelerador.

—Vete a dormir, Jen.

Permanezco callada una vez salimos de las lindes de La Hondonada y cuando dejamos atrás los árboles del Vertedero, cuyas ramas apuntan hacia el cielo despejado. Las armas en la parte de atrás de la camioneta repiquetean con las rachas de aire. Eris me pregunta si quiero escuchar música y yo respondo que sí antes de ponerme otra vez a sollozar. Ella sube el volumen, apoya un brazo sobre mis hombros y me abraza contra su cuerpo. Con la otra mano agarra la parte baja del volante. No existe la carretera, solo el polvo, el cosmos y nosotras.

—¿Quieres ir a algún lado en particular? —murmura Eris.

Pasan unos instantes antes de responder:

—No.

Ella sigue conduciendo. En círculos o en línea recta, da lo mismo.

Mis lágrimas le manchan la parte delantera de la camiseta mientras yo me estremezco bajo su brazo. Veo que la zona de las rodillas de sus pantalones se pliega o se estira según pisa el acelerador o levanta el pie. Las Tierras Yermas están demasiado vacías; se han convertido en polvo tras una lucha inútil. Por eso puede apartar la vista del camino y mirarme.

Mueve la mano hacia arriba. Sus dedos agarran la tira del parche y tiran de él. La tela se desata, húmeda por las lágrimas, y revela la piel de debajo en carne viva. Mantengo el ojo cerrado; dejo que emane sal, que no vea la luz.

Alzo la mirada y Eris agacha la cabeza para depositar un beso increíblemente dulce sobre el párpado cerrado, y tan suave como las alas de una polilla.

Abro ambos ojos y entonces ella se tiñe de rojo, un brillo carmesí que baña todas sus preciosas y devastadoras facciones.

—Para el coche. Ya —le pido, y ella lo hace. Salto del coche a las Tierras Yermas, caigo de rodillas en el desierto y me pongo a vomitar.

Me apoyo contra el neumático. Eris se sienta a mi lado. El cielo estrellado se expande sobre nosotras como testigo.

—No hace falta que lo hagas si no quieres —dice Eris, pero miente, y ambas lo sabemos. Porque esto es la guerra y la gente está muriendo en tropel. Y eso no está bien, así que no importa que sea demasiado joven o que lo esté pasando mal.

No importa si sobrevivo; lo que importa es que lo haga.

No podemos comportarnos como niñas porque hay que ganar.

—Sí que hace falta.

Ella permanece en silencio durante un rato. Aunque desconozco cómo, sé que estamos orientadas a Argentea. Me pregunto si las fotografías de mis padres siguen en su mesilla y su ropa en el armario, entremezclada con el aroma de la tierra.

—Que el mundo se vaya a la mierda —susurra Eris—. Sentémonos aquí y seamos testigos de ello.

El frío lo desdibuja todo; mi pierna contra la suya es el único pedazo de mí que parece real.

—No me dejes morir durante Celestia, Eris —le pido en susurros—. Me da miedo morir.

—No vas a morir —responde ella con tono fiero. Tiene la mirada puesta en el punto en que el cielo y el suelo se unen—. Estarás bien, y volverás a casa.

Me estremezco, pero no me quedan más lágrimas que llorar. Sus dedos encuentran los míos sobre la arena.

—Asustarse es normal —me susurra.

—Tú nunca estás asustada.

—Sí que lo estoy, todo el tiempo.

—¿De qué?

Ella sacude la cabeza, pero veo que trata de contestar. Le cuesta unos segundos, pero inspira hondo y responde:

—De todo.

La noche se alarga. Me da la sensación de que llevo años sin dormir, y, cuando me sumo en la inconsciencia con la cabeza en su regazo, caigo en una maravillosa nada. En el silencio.

Poco después, me sacuden para despertarme. Me sobresalto, cojo aire como por instinto y me atraganto con la arena. Eris está de pie y me está incorporando.

—Sona —me llama, con voz suplicante. Las estrellas se reflejan en sus ojos aterrorizados—. Levanta, Sona. Huelo humo.

CAPÍTULO TREINTA Y CINCO

SONA

Pasamos junto al primer Fénix en la entrada a las ruinas. Sus brazos y piernas yacen abiertos e inertes como los de una muñeca rota; los pies están clavados en la base diezmada de un hogar; el cañón termal se encuentra a un piso de altura sobre una pared de hormigón. Localizo la cabeza en el centro de la carretera, justo delante de la boca del bosque, con el cuello torcido sobre la tierra. El piloto está doblado y con medio cuerpo fuera del ojo derecho y el vientre clavado en el cristal.

Eris no apaga el motor antes de salir. Luego se sube al casco negro de hierro del Ráfaga y salta al pecho. Yo cojo la espada de la parte trasera de la camioneta y me apresuro a seguirla cuando echa a correr hacia los árboles. Ignora las voces que gritan su nombre, ignora las llamas que queman el bosque invernal. Tiene los guantes preparados.

No veo nada, y aunque tengo la sensación de que debería haber silencio en este gris vacío y en llamas, se oyen gritos por todas partes. Pisadas que hacen temblar el suelo y que me alejan del camino. En el interior de la humareda alguien chilla de tal forma que casi me arranca el alma de los huesos, y otro temblor me hace caer al suelo a cuatro patas. La escarcha ha desparecido; ahora no es más que barro que se me pega a las rodillas y a las manos y que me salpica en la mandíbula. El humo se mueve.

La bota del Fénix cae a meros centímetros de mis dedos y, al instante, una sensación como de arrugas se extiende por mi cuello desnudo. Mi piel se achicharra por culpa del calor que deprende el metal. Reculo y me llevo la mano a la clavícula, embadurnándola de tierra, y entonces una mano me agarra el antebrazo y tira de mí hasta ponerme de pie. Con un gruñido estrangulado, Eris pega el guante contra el Fénix y estampa la bota contra el metal. El mecha se estremece y todos los vellos de mi cuerpo se erizan cuando el vapor vuelve a moverse, y entonces veo unos dedos gigantescos descender de los cielos. Eris me grita algo que no comprendo y tira de mí hasta que las dos nos introducimos por la abertura dentada justo antes de que el puño del Fénix impacte contra el suelo.

No hay tiempo para una caza meticulosa y comedida. Vamos directas a por el piloto. A veces, Eris ve movimiento y desaparece sobre mí, a lo que le sigue un chillido estridente antes de que se materialice de nuevo en la escalerilla, con el gesto cada vez más torcido. No tardamos ni tres segundos en llegar a la cabeza. Una estocada de mi espada corta todos los cables conectados, y la siguiente separa la carne del cuello del piloto. Regresamos a las piernas y salimos al exterior en llamas.

Levanto la cabeza y veo que el Fénix nos ha traído hasta el patio de La Hondonada, o lo que queda de ella. Los arces han quedado reducidos a meras agujas titilantes que despiden chispas sobre los caminos de cemento. El hollín cubre toda la superficie. Cuando unos cuantos Asesinos de Dioses pasan corriendo y gritando por nuestro lado, veo que tienen los dientes teñidos de negro.

Por encima de nosotras, los Fénix se mueven como siluetas abotargadas tras la humareda, con los dedos, cañones o las miradas carmesíes escupiendo más y más llamas. Han quemado hasta los cielos. Nos han soltado como meros guijarros en el infierno.

—¡Gwen! —grita Eris, saliendo disparada hacia dos personas que corren hacia la linde del bosque. Ralentizan el paso y se giran. Tienen las caras cubiertas de cenizas y sudor. ¡Seung! ¿Qué demonios...? ¿Qué...?

Gwen está totalmente apoyada en Seung, que la sujeta con un brazo por debajo de las axilas. La chica tiene la pierna torcida en un ángulo extraño.

—Joder, estás viva —jadea Gwen, estirando el brazo para acunarle la barbilla. Tiene las palmas achicharradas, enrojecidas y en carne viva. Está llorando—. Gracias a los Dioses. Ay, gracias a los Dioses...

—No estábamos aquí —dice Eris con la voz ronca y cogiendo bocanadas de aire—. ¿Qué ha pasado? ¿Cómo nos han encontrado...?

—Han venido de todas direcciones —espeta Seung—. Los vimos primero al sur, y dimos la alarma allí, pero después en el norte, los dormitorios... Creo que hemos acabado con al menos doce de ellos, aunque...

—¿Y Jenny? —pregunta Eris en tono suplicante, con las manos temblándole a los costados—. Seung, ¿y Jenny?

—Viva, la última vez que la vi.

Eris se estremece y se dobla hacia adelante.

—Ay, Dioses... —exclama una y otra vez, mientras nuestro hogar se desintegra a nuestro alrededor. Se acurruca contra mí—. Ay, Dioses; ay, Dioses; ay, Dioses, Defecto, ¿qué hacemos? ¿Qué hacemos?

—Hay que moverse —respondo. Tengo una mano en su hombro con la que no dejo de sacudirla, y la otra apretando fuerte la de ella—. ¡Eris, hay que moverse!

Levanta la mirada y la clava en un punto a mi espalda con un espanto total y palpable. Me giro y sigo su línea de visión, y todos los ruidos se reducen a una única nota estridente.

Al otro lado del patio, delante del edificio que albergaba los dormitorios, dos figuras se encuentran agachadas en el suelo ceniciento. Su familiaridad no es lo que me hiela la sangre en las venas; su presencia hace evidente la ausencia de los otros tres Asesinos de Dioses que deberían estar con ellos.

Eris se suelta de mi mano y las dos echamos a correr. Theo tiene la cabeza apoyada en la curva del cuello de Nova, empapándole la clavícula de lágrimas, y las de ella resbalan por su rostro hasta mezclarse con el pelo de él. Nova tiene las manos entrelazadas en la espalda de Theo y le tiemblan con cada vez que respira.

—¿Dónde están? —grita Eris, inclinándose sobre ellos. Nova levanta la cabeza de golpe, aturdida y desconcertada. Sus ojos verdes empañados atraviesan el negro del hollín que tiznan su rostro. *¿Dónde están?*

—Arsen y June han vuelto a por Xander —solloza Nova. Theo vuelve a estremecerse y ella lo abraza con más fuerza—. Bajamos las escaleras juntos, Eris, te lo juro. Pero nosotros salimos y él... ¡no estaba!

Eris se da la vuelta y veo encenderse la chispa de sus pensamientos. Da un paso, pero yo la placo y ambas acabamos tiradas en el terreno chamuscado.

—¡Suéltame! —chilla, rabiosa.

Yo la sujeto con más fuerza y la inmovilizo contra el suelo. Ella empieza a soltar puñetazos y uno impacta contra mi pómulo con un claro y sorprendente chasquido. La ignoro y levanto la mirada hacia el edificio engullido por las llamas; incluso así de lejos el calor me araña la piel. Dejo que me pegue dos, tres y cuatro puñetazos más, y que hunda la rodilla en mi estómago. Solo cuando pretende quitarme el parche, bajo la mirada y, como si le hubiera dado a un interruptor, Eris desaparece. Se lleva las manos a los ojos y abre la boca para emitir un gemido inhumano y estridente. Es desgarrador. Las lágrimas se cuelan entre sus dedos.

—¡June! ¡Arsen! —grita Nova y, ante la sorpresa imbuida en sus nombres, pierdo la concentración. Eris me aparta a un lado. Consigue ponerse de pie y pega un salto en dirección a las puertas para evitar que la agarre por el tobillo.

Dos figuras emergen del infierno: uno con los ojos en forma de luna, muchos rizos alocados y los labios apretados en una fina línea; y una chica con la piel avellana y el pelo de un color verde flagrante que no puede quedarse callada, sino que emite chillidos reiterados acompañados de borbotones de sangre. Arsen está sujetando a Juniper por la cintura mientras retrocede y ella patalea en el aire en un intento por regresar a las llamas. Juniper echa el codo hacia atrás y lo estampa contra el puente de la nariz de Arsen. Él se encoge de dolor y echa una mirada frenética y asustada por encima del hombro.

—¡Ayúdame! —suplica cuando Eris los alcanza.

Ella le agarra la muñeca a Juniper en su siguiente sacudida y esta gira la cabeza. Cuando lo hace, reparamos en que los mechones que enmarca su rostro se le han chamuscado y los tiene pegados contra las mejillas llenas de churretes. La sorpresa le dura menos de un segundo antes de que vuelva a centrarse en las puertas.

—¡Xander! —grita Juniper, sacudiéndose contra Eris y Arsen—. ¡Dejad que vaya a por él! ¡Joder, dejad que vaya a por él! Te partiré la puta nariz, Arsen, lo juro por todo los putos Dioses, ¡te mataré! ¡Suéltame! ¡Xander! ¡Xander!

Los brazos de Arsen se tensan mientras él aprieta con más fuerza, pero si la chica se queda sin aire, no lo demuestra en sus chillidos.

—Por favor, June —murmura él, una y otra vez—. Se acabó, por favor...

—¡No, no, no!

—¡Está muerto, June! —brama Arsen, pegando la cabeza contra su pelo antes de caer de rodillas. Juniper se queda inmóvil, con la mirada vacía—. Está muerto —solloza Arsen—. Hemos llegado demasiado tarde.

Nova se lleva una mano a la boca. Theo levanta la cabeza y pestañea en su dirección.

—¿Estás bien? —le pregunta, con la mirada empañada y distante. En su mente está muy lejos de aquí.

Nova solamente se tumba sobre su regazo. Él la acaricia entre los omóplatos de manera ausente, mirando en derredor. Todos están en pijama, descalzos y con las plantas de los pies tiznadas de negro.

—Milo —dice Theo, sonriendo—. Estás vivo.

Me giro y descubro su figura descomunal a mi espalda. Esta vez, no veo ninguna chispa de agresividad inicial cuando me mira a los ojos, y no es porque el humo la haya emborronado. Bajo la cabeza y me aparto para franquearle el paso, y él le echa un brazo a su hermano por los hombros.

—Tenemos que irnos —indica Milo, mirando a Eris—. Eris, tenemos que irnos, *ya*.

Ella no lo oye. Está allí plantada, de pie e inmóvil mientras nuestro hogar arde en llamas frente a sus narices. Todos los dibujos en las paredes. Sus libros. La música de la sala común. La mesa donde bailamos. La alfombra donde todos dormíamos en las noches más frías, pegados los unos contra los otros como si fuéramos mininos recién nacidos. Su cría más joven y llena de tatuajes ha acabado engullida por las llamas.

Con las lágrimas emborronándome la visión —al final sí que me quedaban algunas— alargo el brazo hacia ella. Tengo que obligarme a hablar porque yo tampoco quiero irme. No quiero ceder a las llamas el hogar que nunca imaginé.

—Eris, tenemos que...

Ella se da la vuelta y, donde esperaba encontrar sorpresa, veo rabia. Bajo ese velo no me ve, solo ve el parche y la chaqueta, y solo oye el zumbido de mi interior. En ese momento, solo ve a la piloto Dos-Uno-Cero-Uno-Nueve.

Lo sé incluso antes de que levante los guantes.

Me lanzo a un lado una milésima antes de que el rayo de hielo salga despedido hacia adelante. Este pasa junto a mi oreja y se estrella contra las ramas de los árboles ardiendo sobre nosotros. Solo tardo un segundo en volver a ponerme de pie y, cuando la miro, su expresión ha cambiado.

—Sona —jadea Eris, la culpa tiñendo su voz—. Espera, yo no...

Alarga los brazos hacia mí y yo me tambaleo hacia atrás. Estampo la sonrisa amplia y falsa que pensé que había dejado atrás en la Academia en la cara.

—No pasa nada —digo, retrocediendo. Asiento en dirección a Milo—. Cuida de tu equipo. Yo... yo iré a ayudar a otra parte.

—¡Espera, Defecto! —me vuelve a llamar Eris, pero yo ya he echado a correr.

¿Cómo puedo ir tan rápido —el bosque no es más que un borrón a mi alrededor— cuando siento que tengo piedras en la garganta y atadas a los pies?

¿Es solo porque quiero destrozar algo? ¿Es más fácil vivir en un mundo así cuando te dejas dominar por la ira?

Pero a mi alrededor ya está todo destrozado y reducido a cenizas. Encuentro un Fénix muerto y me adentro en sus entrañas con la esperanza de toparme con un guardia aún con una pizca de vida en los pulmones. Solo hallo miradas vacías y cuerpos inertes. Ni la piloto, envuelta en un montón de cables de colores, se inmuta cuando le asesto una patada en el estómago. Qué rabia, joder.

Levanto el brazo y me arranco el parche antes de dejarlo caer sobre la piloto muerta. Cuando vuelvo a salir, noto que el mundo apenas ha cambiado. La calamidad solo es de un color.

Me doblo y escupo para quitarme el hollín de la lengua. Cuando me yergo, alguien está caminando hacia mí. Le cuelga una escopeta de la espalda que reluce con agresividad entre las llamas.

—Sigues aquí —gruñe Voxter, observándome mientras me limpio la saliva ennegrecida del labio. Agarra la empuñadura de su bastón, pero en vez de acabar en la punta de madera de siempre, se ha vuelto una espada.

—Eso parece. —Cojo aire, aunque solo consigo arañarme la garganta con el humo—. Estaban buscando el Arcángel.

—Y seguirán haciéndolo —escupe. Malditas Shindanai. Mechas en mi campus. Pilotos deambulando tan campantes. Este lugar lleva *semanas* ardiendo.

Levanta la espada y asesta una estocada hacia mi cuello. Yo la esquivo con facilidad —*esto* sí que puedo hacerlo— y saco la mía del costado. El barro me succiona las botas mientras nos rodeamos el uno al otro.

—No quiero pelear.

—No vamos a pelear —comenta Voxter con una sonrisa forzada, como si sus rasgos no supieran cómo mantenerla—. Tú moriste a manos de los tuyos, aplastada y quemada viva; no, tal vez saliste por piernas y volviste a casa.

—Mi *casa* acaba de reducirse a cenizas.

—La Academia sigue de pie.

Me abalanzo sobre él. Es muy fácil bloquearle los golpes y tirarlo de culo al barro. Le piso la muñeca con la bota.

—Soy mucho mejor que tú en esto —murmuro, y le paso la punta de mi espada por el cuello, manchada con la sangre del piloto del Fénix—. Tal vez tú seas un renegado, pero yo soy una asesina. Deberías considerarte afortunado.

Muevo la mano. Él se encoge y yo hundo la punta mínimamente en el cuello de su chaqueta de cañamazo. El barro suspira bajo mis pies cuando me separo de él. Sigo teniendo hollín en la lengua, entre los dientes. Me siento infectada, contaminada. Podría llorar, pero ya no me quedan lágrimas; podría lamentarme, pero no sé por dónde empezar.

—¡Tú nunca serás una de nosotros! —ruge Voxter a mi espalda, bocarriba en el suelo. Mueve las piernas y los brazos para conseguir incorporarse—. ¡Nunca serás humana!

—Estamos en guerra, Voxter. —No miro atrás. El mundo se derrumba a nuestro alrededor—. Lo que nos hace falta no es humanidad, sino *ganar*.

CAPÍTULO TREINTA Y SEIS

ERIS

—¿Eris?

No sé quién está hablando. Me cuesta mucho discernir a quién pertenecen las voces y, siendo sincera, parecen estar demasiado lejos como para que me importe.

—Eris, tienes que comer.

—¿Dónde está?

—Debajo de la cama, Nov.

—Ah.

—¿Llamamos a Jenny?

—Está ocupada.

—¿Y...?

—No.

—Milo.

—No quiere a la bot.

—Basta ya.

—June, tú misma viste lo que...

—¡He dicho que basta ya! ¡Vete a la mierda! Quién te ha pedido que vuelvas, ¿eh? ¡Suéltame, Arsen! ¡Que os den! ¡Sumíos en el odio si os da la gana!

—Juniper, espera...

Se oyen pisadas. Una puerta se cierra de un portazo. Las telarañas se mecen contra el zócalo.

—No los sigas, Milo.

—Alguien tiene que hacer de capitán.

Theo se ríe. Estamos a oscuras.

—¿Es eso lo que pretendes ser?

—Ahórrate las palabras. Hay muchos otros enemigos a los que enfrentarse. ¿Puede alguien conseguir, por favor, que coma?

Esta vez la puerta se cierra con más suavidad. Alguien se sube a la cama y el somier se me pega al hombro.

—Bueno, qué, ¿nos liamos?

—Bájate de la cama, Nova.

—Pero ella no la está usando.

—Hay que traer a Defecto.

—¡Ja! ¡No hace falta hacer nada, Theo! Ya estamos jodidos. Hagamos lo que hagamos, no importa.

Ella empieza a llorar. Yo me tapo la boca con las manos y me coloco en posición fetal.

—Venga.

La cama deja de aguantar su peso. Los oigo detenerse ante la puerta.

—Eris —me llama Theo con voz ronca—. Te quiero, y lo de Xander no es culpa tuya. No tienes culpa de nada, pero tienes que recomponerte; te necesitamos.

«Levanta». «Te necesitan». «Ponte de pie».

Hay un pequeño rayo que se cuela bajo la cama y que me baña en una luz grisácea.

«Tienes que moverte».

Tengo que moverme.

Observo cómo la nieve intenta colarse dentro.

Cuando me quedo a oscuras, alguien entra en el cuarto y deja un termo junto al poste de la cama. Llevo días sin comer porque el mero acto de tragar saliva es una ridiculez. «Llena el estómago para no morir, Eris». Como si no pudiera morir quemada después de hincharme a comer.

—No tengo hambre —digo.

—Me da igual —responde Sona.

Me sobresalto y me doy un golpe en la frente con la parte de abajo del somier, pero para cuando me doy la vuelta, ella ya se ha marchado.

Estoy destrozada y tan enamorada de ella que me como la sopa. Me entran ganas de levantarme y de enseñarle el termo vacío, pero eso requiere que me ponga de pie y ande, y no tendría otra cosa que decirle que «Me he terminado la cena, y siento haber intentado matarte», así que permanezco donde estoy. Esta vez me quedo mirando la puerta. Tal vez vuelva. Tal vez para entonces ya sepa qué decir.

No vuelve.

Antes del amanecer, cojo un abrigo y una manta y me arrastro de la cama a la ventana. La nieve entra en contacto con el colchón cuando abro la ventana y me escapo a las calles de Calainvierno. El pueblo es un viejo aliado de los Asesinos de Dioses, y los refugios se dispersan por toda la orilla del lago. Todo está en silencio. Las farolas están cubiertas de nieve, así que hay poca visibilidad en la calle.

Camino hacia el final del pueblo y encuentro un buen banco de nieve en la arboleda sobre el que me tumbo de costado. Ya he dejado de sentir la punta de la nariz y los dedos de los pies y las manos. El pelo se me queda tieso y congelado en torno a las orejas y las pestañas me pesan por culpa del hielo, pero cierro los ojos igualmente. Soy vagamente consciente de que dentro de poco moriré congelada, pero busco ese entumecimiento; busco el sueño eterno; estoy demasiado cansada como para pensar en las repercusiones.

No es mucho pedir, y, sin embargo, unos minutos después alguien me da una patada en el muslo.

—Hijo de... —rujo, poniéndome de pie y despidiendo nieve por todas partes. Tal vez lo que necesite sea una pelea; ¿quién necesita morirse de hipotermia cuando te pueden dejar inconsciente rápida y fácilmente? Sin embargo, en cuanto se me aclara la visión, me quedo quieta. Jenny ladea la cabeza con la coleta moteada de blanco.

—No insultes así a mamá —espeta, y a continuación me ofrece un termo—. ¿Quieres chocolate caliente? Aquí tienen un montón. Les pega. Aunque no he visto ninguna vaca.

—No tengo sed.

—Tú misma.

Ella da un sorbo y se apoya contra un invernero. Las botas le llegan por encima de la rodilla, lo bastante alto como para superar la altura de la nieve.

—Es irónico, ¿no te parece? —murmura—. Hemos pasado de un calor insoportable a una ventisca.

No respondo. Jenny me mira, pero en lugar de hacerlo divertida, distingo una expresión que dista de las que suele poner siempre.

—Siento lo del flacucho —dice con suavidad—. Lo de Xander. No se lo merecía.

Relajo los hombros.

—Luca tampoco.

—Ninguno se lo merecía —comenta, y añade—: Entonces, ¿qué hacemos, hermanita?

—Tienes un plan.

—Ya lo tenía de antes. Es el mismo. Deidolia ha descubierto lo del Arcángel y ha mandado a los Fénix a destruirlo, por lo que se piensan que lo han conseguido, ¿verdad? Así que, si antes no contábamos con el factor sorpresa, ahora sí.

—¿Que lo ha descubierto? —repito en voz baja.

Ella le pega otro trago al chocolate caliente antes de darse la vuelta y emprender el camino de regreso al pueblo. Me indica que la siga.

—Creo que tenemos un topo, Eris —me suelta Jenny como si nada y yo casi me tropiezo.

—Creía que había sido por lo del helicóptero —digo con voz ahogada—. Que nos encontraron por eso...

—Puede, pero no pienso arriesgarme. Celestia es dentro de cuarenta y ocho horas. Diles que el plan sigue adelante solo a las personas en quien más confíes.

—Confío en todos los Asesinos de Dioses.

Jenny me mira por el rabillo del ojo.

—¿No te he dicho siempre que te mantengas alerta para ver venir el siguiente ataque? Todo el mundo pega fuerte, Eris. Todos.

—Lo sé. También me enseñaste a ponerme siempre de pie.

—Y a pegar más fuerte.

—Y más rápido.

—Una y otra vez —acaba.

Se detiene y se lleva una mano a la cintura mientras echa un vistazo a las calles silenciosas ante nosotras. La nieve lo insonoriza todo, aunque tampoco es que se oyera mucho ruido sin ella. Hemos perdido al cincuenta por ciento de los Asesinos de Dioses. A la mitad de nuestros compañeros. Todos los equipos han sufrido bajas, no hay un alma que no se haya visto rota de dolor, Jen incluida. Tiene los ojos rojos, la cara hinchada y los labios agrietados y secos. El borde de una venda asoma por debajo de la bufanda. Se me revuelve el estómago porque me pregunto si sus tatuajes permanecen intactos o si la tinta se quema igual que todo lo demás.

—Partiremos antes del amanecer ese día. Ve a decírselo a Defecto.

Vacilo levemente antes de asentir, y ella se da cuenta.

—¿Qué? —estalla—. ¿Qué pasa?

—Creo… creo que la he cagado con Sona. Pensaba que ella… Levanté los guantes y…

—Joder, ¿has matado a mi piloto?

—¡Dioses, Jen!

—Te juro que como hayas arruinado nuestra…

—¡No la he matado! Solo que… ella y yo…

Jen se me queda mirando.

—Pues ve y arréglalo. Discúlpate.

Niego con la cabeza.

—Tengo la sensación de que eso es lo único que hago con ella.

—Pues esta vez que sea de verdad —responde Jen con aburrimiento—. En serio, siempre y cuando no afecte al plan, me importa una mierda vuestra peleíta de enamoradas.

—No es...

—¿Que no es qué, Eris? —me interrumpe fríamente—. ¿Importante? ¿Exasperante? ¿Fácil? Dime, ¿la señorita Steelcrest no es importante, exasperante o fácil para ti?

Pongo una mueca mientras me sonrojo. El estúpido calor arrasa con el entumecimiento y deja paso a todo lo demás.

—Iba a decir que no es así.

Jen sonríe.

—De acuerdo, entonces puedes matarla, pero después de terminar el trabajo. La muy zorra me lanzó al río, además.

—No pienso matarla.

Su expresión muda en algo raro. Se inclina hacia mí y me clava un dedo en el esternón.

—¿No? Pues entonces arréglalo —gruñe—. Arréglalo porque lo necesitas, y porque *la* necesitas a ella.

—Yo...

—¿Estás prestándome atención o qué? Espabila. Decide a quiénes necesitas porque quieras verlos cuando vuelves a casa. Porque son la razón de que tengas un hogar. —Coloca un dedo bajo mi barbilla. Parece exhausta, como si llevase sin dormir desde la última vez que la vi. Las patas de gallo son como garras bajo su mirada—. Sé que es mucho de golpe y hemos perdido mucho también.

Clava los ojos en los míos y es entonces cuando caigo en que no está cansada, sino cabreada.

—¿Me estás oyendo, Eris Shindanai? No hemos fracasado, no lo hemos perdido todo, así que podemos seguir adelante.

CAPÍTULO TREINTA Y SIETE

ERIS

Hecha polvo. Esas son las palabras que me vienen a la mente cuando termino de hablar del plan de Celestia.

Estamos reunidos en el ático del refugio, empapándonos de aire polvoriento y con trozos de gomaespuma amarillenta y aislante sobresaliendo del techo, por encima de los muebles dispares. Yo estoy sentada sobre una alfombra enrollada y Sona está en el extremo opuesto. Tiene la vista alzada, pero no hacia mí, como los demás. No me lo tomo como algo personal. A todos les resulta más fácil mirar al techo o al suelo, y tienen los hombros combados, aunque la postura no le pega a ninguno.

Me duele verlos así.

Arsen tiene surcos de lágrimas en las mejillas que no se ha molestado en limpiar. Nova se ha comido las uñas hasta casi dejárselas en carne viva y ahora se mordisquea la piel de alrededor hasta el punto de hacerse sangre. Juniper y Theo tendrían mejor aspecto si no fuera tan evidente que llevan días sin dormir y que ni siquiera han intentado hacerlo.

Y Sona... A Sona solo se la ve vacía. Nunca pensé que pudiera llegar a llevármela por delante. Por alguna razón, ese es el pensamiento que se me viene a la mente: que podría empujarla por el borde y ella no me lo impediría. Ni me miraría siquiera.

Hechos polvo. Todos están absolutamente hechos polvo, el mundo nos ha jodido tanto que hasta tiene su gracia; de hecho, me reiría de no saber que automáticamente rompería a llorar después.

—Tengo el ánimo por los suelos —me oigo decir en voz baja—, igual que todos vosotros. Estamos a oscuras y es horrible, pero tenemos que quedarnos aquí durante un tiempo. Nadie tiene permiso para acostumbrarse. Yo... necesitaba algo de tiempo, pero ya estoy mejor, ¿vale? Estoy de pie, aquí, y tenemos claro el siguiente paso. Ya veremos qué hacemos después cuando llegue el momento, como siempre. No vamos a perder a nadie más. ¿Qué te parece eso como charla motivacional, Nova?

Ella levanta la barbilla de los pliegues de su jersey.

—Regulero.

Giro la cabeza y observo el perfil de Sona.

—La decisión es tuya, Defecto.

Ella desliza la mirada por el suelo. El parche se le perdió en el caos y no la he visto intentar esconder el ojo artificial de ningún otro modo. La única vez que lo cierra durante más que un parpadeo es cuando duerme, e incluso entonces la luz roja le ilumina la curva de la mejilla.

—Saben dónde estamos —comenta Sona con total seguridad.

—No. Es imposible. Seguimos vivos, ¿no? —responde Arsen, levantando algunos trozos de aislante.

—Pues que vengan —dice Nova—. Destruiremos todo lo que nos echen, como hicimos con los Fénix.

Sona levanta la cabeza. No se la ve tan vacía como pensaba; es peor. La veo tan triste que el corazón no se me parte en dos, sino que se me retuerce y resquebraja, y me llevo las manos a los ojos cuando una picazón empieza a extenderse por los bordes.

—¿A cuántos Asesinos de Dioses más quieres perder? —inquiere Sona, alzando la voz—. Miraos. Si yo no lo consigo... ¿quién quedará en pie? Si yo fracaso y ellos vuelven a dar con nosotros, ¿quién más morirá por culpa de las represalias que yo instigue? Dioses... ¿quién cojones seguirá en casa cuando yo regrese?

—Eso no será un problema si haces bien tu trabajo —murmura Juniper.

—Pero ¿y si...?

—Si fracasas, no vuelvas.

Me tenso y aparto las manos de la cara. El veneno que despiden las palabras de Juniper se queda flotando en el aire.

—June —espeta Theo.

—Porque ¿sabes a qué hemos venido? —Juniper se ha puesto de pie y ha agarrado a Sona por los hombros, arrancándole la mirada bicolor del suelo—. ¿Sabes a qué hemos venido aquí, Defecto? Hemos venido a *morir*. Su mirada avellana es abrasadora, y lágrimas de rabia resbalan por sus mejillas. Los engranajes tatuados en su mano se estiran cuando ella aprieta los dedos, y le empiezan a temblar los hombros. Hemos venido a morir y a levantarnos otra vez a la mañana siguiente. Y así continuamente. Así que ten un poquito más de perspectiva. Vuelve a casa o no lo hagas. Reduce la ciudad a cenizas o mátanos a todos. Si lo haces, fracases o no, estarás honrándonos a todos, porque nos estarás dando una oportunidad. No es por Xander. Ni por los que han muerto. Sino por *nosotros*, Defecto. Hazlo por nosotros y por cualquiera que siga ahogándose bajo el yugo de Deidolia. Porque, si le das esperanzas a la gente, terminaremos con más Asesinos de Dioses de los que podamos contar.

Ella espera a que Sona asienta y, en cuanto lo hace, June la suelta con una risotada seca y amarga.

—Venga —dice Juniper, y tira de la manga de Arsen para ponerlo de pie—. Démosles espacio.

—Pero... —protesta Nova, y June tira de la parte de atrás de su jersey con la otra mano, con Arsen todavía bien agarrado. Nova, tan diminuta como es, empieza a patalear cuando esta la levanta del suelo con facilidad—. ¿Qué...?

Theo se pone de pie y sigue a la comitiva por las escalerillas del ático antes de cerrar la trampilla del suelo al bajar.

Sona me observa y me aguanta la mirada, pero tiene los hombros tensos. Como si esperara que me achantase. Como si estuviera tratando de volverse de piedra para no romperse cuando recule.

Me acerco y dice con suavidad:

—Eris.

Es una advertencia. Es evidente por cómo pronuncia las letras, pero, aun así, me gusta cómo lo hace: con cariño, porque sabe que soy peligrosa; es consciente de que soy frágil y no me culpa por ello. Ve que estoy formada por trocitos muy muy afilados.

Tiene marcas en el cuello donde la corté. Traté de correr hacia el fuego y ella me detuvo y la castigué por ello.

En silencio, apoyo la frente en su hombro. ¿Estoy rezando? Nunca antes he intentado hablar con los Dioses —aparte de para gritarles o maldecirlos— y no sé si debería sentir alguna especie de calma, porque no es así, no cuando el único pensamiento que se me pasa por la cabeza es el de «Por favor, no te apartes».

Y no lo hace.

—¿Cómo lo arreglo? —musito contra su hombro.

—No puedes. Solo puedes hacerlo mejor.

—Casi te mato. —Tengo tal nudo en la garganta que hasta me duele al tragar saliva—. Dioses, Defecto, ¿y si...?

—Matarme se te da fatal. Lo más probable es que también falles la próxima vez.

—Ay, para.

—Hasta podría quedarme muy quieta para darte...

—He dicho que pares. —Retrocedo y le acuno el rostro con las manos. Su expresión me deja completamente muda: no se está riendo, sino que sufre, y yo soy la causa, o al menos el catalizador. Mis dedos tiemblan contra su mandíbula. Lo siento —le digo, pero no es suficiente—. Lo siento mucho, Sona.

Sus manos encuentran mis muñecas.

—Podría odiarte —susurra, y sus palabras son como cables de corriente—. Podría odiarte, pero eso me mataría, y así no es como pienso morir por ti.

—No quiero que mueras por mí —rebato con firmeza—. ¿Me escuchas? No quiero.

—Pero tú lo harías por mí. Por todos los demás. No tienes derecho a ser la única que piense así, Eris. No puedes salvar a la gente y esperar que ellos no estén dispuestos a hacer lo mismo por ti. Me mira fijamente a los ojos; yo intento apartar la mirada, pero sus manos me agarran la barbilla y me obligan a permanecer inmóvil bajo el ligero peso de sus dedos. Luego susurra con un dolor desbocado y mudo—: No puedes querer a alguien y pretender que esa persona no sienta lo mismo por ti.

Estoy llorando. Pues claro que estoy llorando. Tengo el corazón de piedra, pero se me hace añicos al latir tan deprisa. Me encanta pelear, pero odio estas batallas. No se trata de una guerra, pero sí de que solo tengo una vida que ellos han moldeado de forma perversa. No quiero ser así. Quiero ser blanda y no tener que aguantar a nadie. Quiero ser capaz de amar a alguien a quien no le tenga miedo, y es que ahora siento tantísimo miedo todo el tiempo... Porque quiero tanto a esos chicos que me asusta, porque es tan *fácil* hacerlos desaparecer. Quiero tranquilidad, aunque no para siempre; quiero buenas peleas y una familia que esté viva y con la que tumbarme en la alfombra con mis libros, y a la que dejar en casa sabiendo que regresaré pronto.

—Yo... —empiezo, pero me trabo. Sacudo la cabeza—. Lo terminaré superando.

Ella esboza una leve sonrisa bajo mis manos.

—¿Superar el qué, Eris?

—Todo. Todo lo que este mundo nos ha hecho para destruirnos. —No es una plegaria, sino una declaración de guerra—. Todo eso me está carcomiendo por dentro, pero no pienso dejar que me gane.

CAPÍTULO TREINTA Y OCHO

SONA

Celestia

«No vamos a conseguirlo», pienso mientras la camioneta sigue traqueteando y casi nos manda de bruces contra el desierto. Frustrada, Jenny ha intentado agarrar el volante una vez más. La música atronadora de Nova y sus piques incesantes se complementan a la perfección, ya que o hacen reír al equipo o los dejan sin palabras ante la gravedad de las amenazas.

—¡Vas por donde no es! —chilla Jenny.

—¡Estoy siguiendo las putas estrellas, Jen! ¿Insinúas que el cielo está conspirando para llevarnos por donde no es? —responde Nova, cabreada.

—No culpo al cielo, idiota, sino a ti. Estás tan distraída escuchando esta música de mierda que no sabes ni adónde vas. ¡Ya te he dicho que debería conducir yo! Al menos iría más rápido. Y... ¿Hola? Tierra llamando a la princesita de hielo.

Nova se ha quedado callada, pero tiene los ojos abiertos como platos y clavados en la carretera. A continuación, gira el volante hacia la izquierda, con lo que Jenny se estampa la cabeza contra la esquina del techo de la camioneta.

—No insultes mis gustos musicales —le advierte Nova con total dulzura y suavidad al tiempo que Jenny suelta una sarta de improperios.

El amanecer cubre el horizonte una hora antes de que el Vertedero aparezca tras él, y es entonces cuando el olor a madera quemada contamina el aire junto con otro a carne chamuscada al que ninguno quiere prestarle demasiada atención. Juniper se tapa la nariz con el cuello de la camiseta y esconde la cara en el hombro de Arsen. Nova, que no suele quedarse callada durante mucho tiempo, escoge la canción más ofensiva y sube el volumen hasta lo imposible.

El Vertedero sustituye el hedor con el aroma a metal oxidado y con el frescor de la nieve. Nova maniobra a través de un laberinto de basura y de troncos de árbol. Llegamos a la punta alar del Arcángel. En cuanto atravesamos el espejismo de Jenny, lo que cubre nuestras cabezas pasa a ser metal y no ramas.

Una vez apagamos el motor, Jenny lidera la comitiva y salta sin dificultad a la curva del ala pese a la cesta de mimbre que carga en sus manos enguantadas.

Desayunamos sobre el pecho del mecha y nos protegemos del aire frío con varios termos de chocolate caliente y finas rebanadas de pan de leche untadas con mermelada. Disfruto de volver a escuchar piques en vez de susurros y del hecho de tener el estómago lleno. Y al pensarlo, me siento incómoda. Esta es la calma que precede a la tempestad.

Un rato después, cuando solo quedan migas de pan y el sol se yergue alto en el cielo, los demás también se dan cuenta. Jenny, que estaba sentada con las piernas cruzadas, se levanta y se limpia las manos en los vaqueros antes de llevárselas a la frente a modo de visera.

—Esperaba que hubiera más nubes —dice en voz baja.

Eris sacude la cabeza.

—No importa. Volaremos demasiado alto como para que nos vean. Los cañones tampoco podrán alcanzarnos.

Jenny desvía la mirada hacia su hermana.

—Entonces irás con ella —afirma sin emoción alguna.

Eris asiente antes de tomarse su tiempo lamiéndose la mermelada de los dedos. En cuanto se levanta y se saca los guantes de los bolsillos, sé que el momento de paz ya se ha acabado.

El equipo se pone de pie con ella. Nos sumimos en un silencio incómodo en el que tratan de buscar algo que decir. ¿Qué no se ha dicho ya? Los veo tratar de pensar en palabras de ánimo o aliento, o de suerte.

No quiero nada de eso; me basta con poder oír sus voces una vez más para reforzar el recuerdo de que, por una vez en la vida, sí que tengo una razón para seguir viviendo tras la batalla.

Nova traga saliva con fuerza.

—Esta es la batalla final, ¿verdad?

Jenny resopla.

—Esperemos que no. Pelear no forma parte del plan. La idea es conseguir una masacre rápida; entrar y salir. Estarán de vuelta antes del anochecer. ¿Os importaría cambiar esas caras largas y bajaros de mi Ráfaga?

El equipo obedece, no sin antes abrazar a Eris, que fracasa en el intento de fingir que acepta el gesto a regañadientes. Jenny me mira a los ojos y alza la barbilla, señalándome así que la siga. Cuando paso junto al equipo, Juniper me agarra de la mano y me abraza.

—Lo harás de maravilla —me anima con la voz entrecortada, y el resto me rodea y me besa en las mejillas hasta que me sonrojo.

—Ojalá pudiese estar ahí para verlo —expresa Arsen—. Pero seguro que sentimos los temblores desde Calainvierno.

Theo sonríe y se le arrugan las pecas.

—Dales una buena tunda, Sona.

—Después de esto tendrás más engranajes que todos nosotros juntos —musita Nova al tiempo que echa sus diminutos hombros hacia atrás. Ladea la cabeza antes de añadir—: Como si no fueses ya más mecha que todos nosotros.

—¡Nova! —la regaña Theo.

Nova estira el brazo para tirarme de un rizo y suelta una carcajada.

—Venga ya, Defecto sabe que estoy de coña.

—Le daré recuerdos a los Zénit de tu parte —respondo con una sonrisa que no me cuesta esbozar, que por fin me sale sola. Como debería haber sido siempre.

June me da un último apretón antes de retroceder.

—Te veremos pronto en casa, ¿vale?

Parpadeo.

Dioses… Joder… Tengo una casa a la que volver.

Obedeciendo a los gestos impacientes de Jenny, los dejo adulando a Eris durante un rato más, aunque sus tics son de lo más divertidos.

—Recuerda —rezonga Jenny, agachándose para abrir la escotilla—. He puesto el misil del suero de magma el último. Técnicamente debería atravesar hasta el nivel más profundo de la academia, pero para eso debes abrir un buen agujero en la base. Tú hoy no te reprimas, ¿vale? Úsalo todo, ¿lo captas?

—Entendido.

—Y Sona —insiste con suavidad. Se levanta, posa una mano en mi hombro y aprieta—. Quiero que sepas que no me importas. Me da igual que vivas o mueras, pero haz tu trabajo.

—Entendido.

—Y en cuanto a Eris, no pienso pedirte que cuides de ella. No lo necesita. Tú solo mantente alejada de su camino. Aun así, y por muy irónico que parezca, como le pase algo, te culparé a ti. Sé que no sientes dolor, o nada, más bien, pero algo se me ocurrirá.

Los pasos de Eris anuncian su llegada y Jen aparta el brazo de mí. Su expresión sigue siendo furiosa, pero, por un instante, veo que le titubea.

—Marchaos —nos ordena Jenny en cuanto Eris es capaz de oírla. Esta última pone los ojos en blanco.

—¿No vas a desearme buena suerte y a decirme que esperas que no muera?

—Si necesitas suerte, ya nos pueden dar por muertos —responde Jenny con desdén, dándose la vuelta. Pero permanece inmóvil un momento—. A estas alturas ya deberías saber que no tienes permiso para morir. Ninguna de las dos lo tenéis.

Y después se va. Desaparece en la arboleda junto con el equipo. Por una vez no me quedo fría por culpa de sus palabras.

Eris resopla con exasperación.

—Para ella es otro domingo más, ¿eh? ¿Qué te ha dicho?

—Me ha amenazado.

—Así es la Quebrantadora Estelar.

—¿Y qué hay de la Invocadora de Hielo?

Eris agarra la manilla de la escotilla.

—Tú primero.

Meto los pies por la abertura del mecha.

—Para que luego digan que no existe la caballerosidad.

—No es caballerosidad. —Se introduce después de mí, luego salta para cerrar la escotilla y dejarnos a oscuras—. Solo quiero que nos vayamos antes de que a Jenny le dé por volver e insista en pilotar ella misma esta cosa.

Nos miramos. Se ha puesto un poco pálida. Soy yo la que empieza a reírse primero, y ella me imita mientras ascendemos por el cuello del mecha.

CAPÍTULO TREINTA Y NUEVE

SONA

Celestia

Por mucho que deteste pensar así, no puedo odiar el hecho de volar.

Sé, *sé* que no es más que otro intento presuntuoso de la Academia por copiar a las deidades. Esta forma, al igual que todas las demás, es falsa y está cargada de narcisismo. Pero, por ahora, tengo alas y mis dedos rozan el cielo abierto.

—¿A cuánta distancia estamos? —pregunta Eris. Me la imagino sentada con las piernas cruzadas entre los ojos del mecha, dándole la espalda a las ventanas, aunque se enfurecería de saber que sospecho que tiene acrofobia.

—¿Te aburres? —inquiero, haciendo caso omiso de su pregunta. Deidolia aún no se ve en el horizonte, pero cada vez hay más vías del tren. Debería aparecer pronto. A esta altura, son meros hilos que hilvanan el desierto con forma de polígonos de color rojo pálido.

—No. —Se calla—. Eso sería un poco... eh...

—¿Sádico?

Prácticamente oigo cómo tuerce aún más el gesto.

—Iba a decir de mal gusto.

—A ti sí que cuesta pillarte el gusto.

—Serás... —empieza. Se le arruga la chaqueta cuando se pone de pie. Siento una pequeña vibración: ha pisado el suelo de cristal.

Dejo de batir las alas un momento, pero Eris al instante empieza a soltar una sarta de maldiciones que se superpone al ruido de los motores, señal de que ha perdido el equilibrio.

336

—¡Eso no es justo! —logra decir.

Crispo los labios.

—Eres consciente de que no puedo verte, ¿verdad?

Aparto la vista de las vías y la clavo en el punto donde el cielo se une a la tierra.

—¿Eris?

—¿Qué, Defecto?

—¿Por qué estás aquí? Realmente no hay ninguna razón.

—Vaya... vale —resopla. Luego, tras unos momentos, cuando se da cuenta de que estoy esperando a que me dé una respuesta viable, suspira—. ¿Pensabas que iba a desaprovechar la oportunidad de ver todo esto? Estoy en el mejor sitio de la casa.

Muevo los dedos de los pies mientras asimilo sus palabras y me recuerdo la solidez que tengo debajo, no la ingrávida sensación de las suelas de los pies colgando en el aire.

—El círculo se ha completado —murmuro.

—¿Qué?

—Escapamos juntas. Y ahora volvemos juntas. Con esto se cierra un ciclo.

—No vamos a cerrar nada —cavila—. Vamos a prenderle fuego.

El sol está en su cénit, marcando el mediodía. El Desfile debería estar en pleno apogeo ahora mismo. Aunque Celestia es el evento más celebrado del año en la Academia —y el más sagrado, ya que originalmente se creó para dar gracias a los Dioses que permitieron que el mundo completara otra revolución cósmica—, los estudiantes siguen confinados en su planta como si fuera un día cualquiera.

Sí que nos permitían tener nuestra propia fiesta, con luces colgadas sobre el ala de simulaciones y cierta indulgencia en nuestras dietas impuestas. A mí me gustaba robar dulces. Pastelitos de frutas glaseados, gofres de vainilla con coberturas de tonos pastel, trufas con pétalos recubiertos de azúcar que me traía a escondidas a mi cuarto para atiborrarme de ellos hasta reventar...

Era una niña resentida con un montón de caries. Apenas he cambiado. Ese pensamiento me hace sonreír.

El coronel Tether, la única persona que podría haber sido consciente de mis incursiones, se encontraba muy por debajo de mis pies, disfrutando del cálido brillo de los robles dorados del patio. Ese era el mayor acontecimiento de la fiesta de los estudiantes: ver las festividades que acontecían debajo con los ojos bien abiertos, deseosos siempre de que el humo de la contaminación dejase una buena vista. Entonces se maravillaban con todos los Ráfagas, tan imponentes en las calles, y susurraban emocionados que ellos, algún día, también estarían así de cerca de los Zénit. Yo me imaginaba lo mismo, sola en mi habitación y lamiéndome el pringue de mis manos pegajosas.

Un día, a mí también se me concedería el honor de asistir al Desfile de Celestia, y le partiría el cuello al primer Zénit que fuera lo suficiente imbécil como para cruzarse en mi camino.

«Ay, los pastelitos de melocotón». Esos eran mis favoritos.

—Allí —murmura Eris, justo cuando Deidolia aparece en el horizonte. Los rascacielos negros fragmentan el perfil de la ciudad como columnas de humo. Yo aleteo y me alzo más en el cielo mientras el vértigo me atenaza el pecho.

Me aseguro de colocarme bastante por encima de la niebla tóxica en cuanto esta aparece sobre el distrito de las fábricas como una manta asquerosa. Contengo el aliento en cuanto veo los chapiteles marcando las paredes, sobresaliendo hacia fuera como tumbas angulosas. Eris sigue mi ejemplo y deja de moverse cuando nos aproximamos a los chapiteles. Su metal oscuro está plegado con aberturas más oscuras, donde los cañones aparecerán como ampollas cuando estén preparados.

Murmura algo por lo bajo, grave y afilado, como una espada al cortar el humo.

—¿Qué has dicho? —le pregunto, esperando que repita un comentario burlón sobre Deidolia o una plegaria sombría y sarcástica a partes iguales. Algo que avive el fervor de la batalla.

—Que ahí está la afamada extravagancia de Deidolia —repite con una risita burlona—. ¿Hay estatuas por toda la ciudad?

—¿Qué estatuas?

—Justo ahí delante.

—Yo no...

—A las dos en punto. Esa con alas. Es... gigantesca.

Y ahí está, pegada contra la pared de metal entre dos chapiteles, con las alas extendidas y aplanadas como una polilla disecada. Ya entiendo por qué no la he visto: la estatua es negra desde la base hasta la cabeza, fundiéndose contra la barricada casi a la perfección salvo por el brillo penetrante que desprenden sus ángulos esculpidos. De hecho, parece que no tenga curva ninguna. Los filos son puntiagudos, y las plumas y los dedos acaban en pico.

La forma humanoide me hace pensar que deben de haberla esculpido a imagen y semejanza de una de las infinitas deidades, y yo casi me río al imaginarlas apostadas por todo el borde exterior de la ciudad. Como si aprobaran las imitaciones que fabrican dentro en masa, y peor aún, como si buscaran protegerlas.

Pero, por supuesto que aquí no hay Dioses, ni buenos ni malos, protectores o destructores. Solo hay gente violenta con juguetitos cazando a todos aquellos que carecen de esa brutalidad.

Pero entonces las deidades desaparecen de mi cabeza y solo queda el miedo, un miedo frío, vívido y feroz que resuena en mis oídos como un disparo y que me atenaza la garganta mientras me detengo en seco.

Porque, delante de mí, la estatua ha girado la cabeza.

Me mira a los ojos.

El rojo de los suyos es idéntico al mío.

A Eris se le corta la respiración.

—Eso es...

—Un Arcángel.

Le doy potencia a los motores y me alzo rápido en el cielo, cada vez más y más alto. Los chapiteles y las fábricas en la superficie se reducen a meros puntitos, pero el Arcángel sigue del mismo tamaño tras haber salido de su estasis y haberse lanzado a por mí. Es más rápido; una versión mucho más sombría y perfecta que la de los mejores esfuerzos de Jenny, sin piezas de aquí y allá. El pánico asciende como un océano en mi pecho.

—Sona…

—Agárrate fuerte.

Avanzo a toda velocidad por el cielo antes de que el Arcángel pueda alcanzar mi altitud y sobrepaso las murallas de la ciudad. La niebla tóxica se extiende por debajo, expandiéndose por el empañado horizonte y los rascacielos erigiéndose imponentes como dedos de las manos.

—¿Qué estás haciendo? —grita Eris.

—Esto no cambia nada —digo entre dientes—. La Academia caerá hoy.

Se me erizan los vellos de la nuca. Abajo, sobre la nube de contaminación, veo la sombra de dos siluetas aladas, cuando solo debería estar la mía.

Lo tengo encima.

La sombra se mueve con los brazos estirados hacia abajo, y más abajo, y más abajo. Va a por mis alas.

Las pliego y caemos en picado por el cielo. Pierdo pie en mi verdadero cuerpo, y a mi izquierda suena un golpetazo, seguido por un quejido de Eris. Nos adentramos en la niebla tóxica. Se me oscurece la visión.

La luz reaparece de golpe, demasiado rápido, como una lluvia de centellas. Me doy cuenta de lo que es demasiado tarde: el cristal resplandeciente de un rascacielos. Solo alcanzo a cubrirme la cara con los brazos antes del impacto. Un dolor, inmenso y paralizante, me atraviesa al instante de pies a cabeza. Se me ha fracturado el ojo derecho; lo siento como una agonía horrible en forma de telaraña.

La aparto de mis sentidos y luego me impulso lejos del edificio. Milagrosamente, este no se viene abajo pese a haber atravesado en la caída varias plantas que han quedado reducidas a un esqueleto de peñascos de cemento y vigas de hierro.

El Arcángel aterriza entre los enormes fragmentos de cristal en la calle a mi espalda, aflojando y relajando las alas.

La gente, como hormiguitas, se desperdiga en la calle de abajo, pero las pocas manzanas que nos separan se han visto desalojadas en mitad de las festividades. Los puestos ambulantes, que sé que venden de todo, desde kimonos de seda a máscaras de papel o mecheros, se encuentran abandonados. Debe de haber altavoces escondidos en las aceras, porque se oye un murmullo de música de fondo.

Me coloco de cara al Arcángel y levanto la cabeza. Él permanece muy quieto, observándome. «No puede evitar mirar». Una risotada seca me sube por la garganta. Incluso ahora, cuando ya no soy pequeña, cuando la gente siente miedo a mis pies. Siempre van a considerarme insignificante, ¿verdad?

Solo soy otra chica más de las Tierras Yermas, de otra ciudad masacrada. Pobrecita y patética bárbara que no venera este lugar.

Pero no me importa que no me vean. Ya tengo a gente que me importa que sí lo hace.

Arderán estando ciegos, pero arderán igualmente.

—Eris, confírmame que sigues viva, por favor.

Oigo un quejido. El alivio me embarga de forma vertiginosa, hormigueándome en la piel. Me la imagino rotando los hombros para salir del estupor de este revés.

—¿Vas a luchar con esa cosa, Defecto? —pregunta, respirando con dificultad.

—No me queda más remedio. Pero necesito que hagas algo.

—¿El qué?

—Que me ayudes.

—Ja. —Se calla—. Eh... No me apetece mucho.

Miro hacia su voz y bajo la mirada hasta su altura.

—Sé que no puedes verme, así que deja de mirarme. Odio cuando lo haces. ¿Cómo lo haces, a todo esto? —murmura, moviendo los pies. Camina de forma vacilante; siento las pisadas—. ¿Debería contar hasta tres o me lanzo sin más?

—Tú solo...

Un dolor penetrante, casi ligero, me atraviesa de repente. Soy incapaz de contener un grito cuando la escarcha cubre y hace añicos el cristal de mi ojo. Es lo único que puedo hacer para no caer de rodillas. Pierdo la visión del ojo derecho al instante.

—Mierda. ¿Estás bien?

Me muerdo el interior de la mejilla.

—Te pondré a tiro.

Me abalanzo hacia adelante con pasos fluidos y naturales; lo cierto es que Jenny ha hecho un trabajo magnífico. Pero solo estoy a una manzana de distancia cuando reparo en que el Arcángel no se ha movido ni un ápice, ni siquiera ha adoptado una posición defensiva. Y me percato de la razón un instante antes de que sea demasiado tarde.

El misil pasa junto a mi cabeza, y oigo el momento justo en que impacta contra el edificio a mi espalda y reduce el cristal, el hierro y el cemento a un gran estruendo de luz. La rabia crece deprisa, voraz, tragándose todo el miedo y la vacilación, y apenas dudo antes de lanzar mi propio misil por el aire, que deja una estela de humo negro a su paso. El Arcángel lo esquiva, como es de esperar, y se coloca en la trayectoria del segundo, que le da en el recodo del ala izquierda.

Un vapor negro cubre la calle, pero a través de él atisbo el resplandor de sus ojos rojos. Se los ve impávidos. Y entonces los distingo demasiado cerca de mí, atravesándome con fiereza mientras el mecha estrella una de sus garras cerradas en puños contra mi costado. Yo se lo permito y dejo que me estampe contra otro edificio; dejo que la destrucción se forme a mi alrededor, luego estiro los brazos y forcejeo con la oscuridad. Mis garras dan con un gancho, así que lo agarro y tiro para sacar al Arcángel de su escondrijo.

Estamos cara a cara, frente a frente, y Eris a mi lado murmura:

—Esa es mi chica.

El frío sale disparado junto a mi piel de verdad, afilado y bruto. La luz baña mi ojo roto y se traga la imagen del otro con un estallido blanco.

Lo primero que veo cuando retrocedo es escarcha contra el metal: su diseño intrincado y cristalino por toda la frente perfectamente esculpida del Arcángel.

Lo segundo es mi puño estrellándose contra ella. El metal no se fractura. Un gruñido de frustración vibra entre mis dientes. Vuelvo a levantar el puño.

Lo tercero es una toda una fila de agujeros negros abriéndose, uno a uno, a lo largo de la parte superior del ala izquierda del Arcángel. Un destello de luz por cada agujero. Uno a uno. Y lo demás parece suceder todo de golpe.

Me encuentro de espaldas, mirando al cielo velado, atravesado únicamente por los rascacielos que parecen dedos. El dolor me atenaza el pecho y me recorre los brazos. El metal está derretido y despidiendo vapor debido al impacto de los misiles. Huelo humo y, en alguna parte cerca de mí y a la vez demasiado lejos, Eris respira con dificultad. Oigo su tos, ronca y violenta. Por instinto, alargo el brazo en su dirección, pero la mano fea y garruda se eleva hacia las nubes.

El Arcángel desciende. Esta vez no usa los misiles. Estampa una de sus botas directamente contra mi estómago y el metal se arruga y se dobla hacia dentro. Con la segunda patada, me sorprendo de veras de que no me haya hasta partido las costillas. Aparecen puntitos negros en mi campo de visión, como una panorámica negativa del cielo plagado de estrellas.

Estas se desvanecen al instante siguiente por culpa de otro repentino destello de luz. El Arcángel recula solo un paso, con el hielo carcomiéndole la cadera izquierda. Cuando trata de recuperar el equilibrio, se libera otro rayo, que impacta contra el muslo, y el asfalto de la calle se resquebraja cuando el mecha cae de rodillas.

Eris tose una vez más y, entonces, arrastrando las palabras, ruge:

—¡Mándalo de vuelta a los infiernos, Defecto!

Entierro la mano en el edificio junto a mí y el cristal cede bajo la infraestructura de cemento al instante. Me apoyo en él y trato de recuperar el aliento. Sacudo la muñeca con toda la intención y el cuerpo extraño obedece, diseccionando el aire con una oleada de misiles. Impactan directamente contra el muslo, el hombro y el pecho del Arcángel. Tres de ellos rebotan contra el revestimiento del brazo por encima de sus ojos en el ultimísimo segundo.

Me pongo de pie y envuelvo su muñeca con una mano para apartarle la defensa. Con la otra, le agarro la nuca y estampo la rodilla contra sus costillas una y dos veces. En esta ocasión, cuando se le abren las válvulas en las puntas de las alas, pego un salto y asciendo en el aire frente a los destellos de luces. Las llamas y el humo explotan por todo el edificio a mis pies y yo no dudo en alimentarlos enviando otra ronda de misiles hacia el infierno desatado en el suelo.

—¿Está muerto? —jadea Eris con voz ronca—. Por favor, dime que ese hijo de put...

Una mano aparece a través de la nube de humo. Las garras se clavan en el borde del edificio más cercano y el Arcángel vuelve a entrar en nuestro campo de visión. Gira la cabeza y nos busca en el cielo.

No le doy tiempo a abrir las alas. Me giro, imbuyo potencia a los motores y el paisaje se empequeñece a nuestros pies.

—Mierda —digo rechinando los dientes. Tengo algún fallo en el ala izquierda; siento un ralentí en su velocidad. Solo espero que hayamos infligido daño suficiente al otro Arcángel y que este también flaquee.

—Eso de ahí delante es la Academia, ¿verdad? —pregunta Eris. Sus palabras suenan ahogadas.

—¿Estás bien? ¿Te cuesta respirar?

—Estaré bien cuando acabemos —espeta.

Y ahí está, nuestro objetivo bañado en oro. Estamos a unas diez manzanas. Más adelante, con sus posturas orgullosas, se erigen las joyas del Desfile de Celestia: Ráfagas y más Ráfagas y más Ráfagas, hombro con hombro en las calles adyacentes a la Academia, como buenos soldados preparados para desfilar. Desarmados y ridículamente inofensivos. Tal y como dijo Jenny, no son más que una mera atracción para las masas. La gente se encuentra apostada fuera de la zona acordonada, contemplándolos boquiabiertos, fantaseando con la posibilidad de ostentar ellos también ese poder algún día.

Los Ráfagas rodean la Academia en un radio de dos manzanas alrededor del campus. Llego hasta su extremo más periférico y decelero hasta detenerme.

Hago añicos esas fantasías patéticas y devotas y alivio a las masas de su ignorancia.

Los salvo a todos poco a poco, misil a misil que descargo sobre las máquinas apostadas debajo. Ah, preciosas llamas de los infiernos.

Deidolia y los Ráfagas no son invencibles. No son como los Dioses. No están exentos de sentir el dolor y el sufrimiento que han causado por todo el mundo.

Pero me doy cuenta de que no me importa si no lo ven, de que la gente aquí reunida hoy podría contarles a las siguientes generaciones que este fue un ataque no provocado, que esa chica de las Tierras Yermas bendecida por la Academia no tenía razón alguna para causar tal barbaridad.

Porque ahora mismo la que tiene el control soy yo.

Porque las personas a las que he querido han sufrido a manos de esta nación, y las personas a las que ahora quiero también han sufrido por su culpa, y porque ahora puedo hacer algo para detenerlos.

Porque en la guerra hay que elegir bando y yo he elegido el que me hace sentir humana, y no pienso disculparme por ello.

Soy violenta. Soy horrible. Pero todo lo que llevo dentro es mío y de nadie más.

No moriré siendo suya.

Los Ráfagas se desploman. La Academia se aproxima, rodeada por un infierno de metal derretido y deidades caídas. El público se ve como motitas en el suelo y, entre la gente se hallan los Zénit, indistinguibles. Tratan de buscar una vía de escape a través de las llamas. Más allá de los trozos de tierra que caen de arriba, del estupor de la gente a su alrededor.

Tengo que apuntar abajo y dejar que el esplendor del suero de magma de Jenny llegue a lo más profundo. Me coloco justo por encima de los árboles dorados, cuyas hojas se mecen felices entre las cortinas de humo que se arremolinan alrededor del campus.

Y, de golpe, solo se oye el silencio.

Ya no hay gritos. Ni zumbidos. El dolor y la rabia desaparecen y los reemplaza un manto perfecto de calma y tranquilidad.

Eris chilla. La luz se enhebra con la oscuridad.

Alargo el brazo —no sé si por ella o debido al increíble dolor que siento de repente en el ala izquierda— y el sol vuelve a verse en cuanto atravesamos la niebla tóxica. Me retuerzo cuando la punta del ala se quiebra y suelto un rugido de dolor. Sin pensar, echo la cabeza hacia atrás sin ser apenas consciente de que mi cuerpo real ha perdido pie en el suelo de cristal. Suena un golpe sordo a mi izquierda.

Pero yo miro al Arcángel, tan negro y afilado que, en mitad del cielo, solo parece que sea una fisura, y me topo con sus ojos rojos.

Le aguanto la mirada y luego agacho la mía y descargo el último misil directamente abajo.

Su descenso a través de las nubes parece casi parsimonioso. Anticlimático. Silencioso. «¿A cuántos habré podido matar?».

El Arcángel me agarra la nuca con las garras. Tiene el talón de la mano contra mi columna. Busco metal a tientas con las manos, pero solo hallo cielo. Dentro de mi cabeza, alguien está riendo y sollozando a la vez. Eris está inconsciente, así que debo de ser yo.

«¿Hemos ganado? ¿Se ha acabado?».

No soy buena, y... por los Dioses, ¿no tiene gracia que eso en realidad importe un bledo?

Siento una presión y luego un dolor sin igual cuando el Arcángel me arranca el ala. Entonces me deja caer hacia el suelo, hacia la ciudad que yo misma he hecho estallar en llamas.

CAPÍTULO CUARENTA

ERIS

Celestia

El día de hoy no está siendo tan divertido como pensaba.

—Venga —murmuro, abriéndome paso entre cables y cristal. Me noto aturdida y siento un pinchazo preocupante en las costillas cada vez que respiro—. Venga, Sona, tenemos que irnos.

Me arrodillo junto a su cuerpo desplomado. Tiene cables enredados en los brazos y el cuello, retorciendo la piel.

—Despierta —susurro mientras le quito los cables alrededor—. No hay tiempo para esto.

Me limpio las mejillas con el dorso de la mano y me hago un ovillo, apoyando la frente en su estómago.

—Venga —murmuro contra su camiseta—. Vamos, no puedes hacerme esto. No me dejes aquí sola. Levántate. Tenemos que volver a casa.

No se mueve. No lo entiendo. ¿Por qué no se mueve?

—¡Despierta! —chillo—. Dioses, ¡despierta!

Ay. Soy idiota.

Agarro los cables y tiro de ellos, desconectándolos todos a la vez. Sona se sienta de golpe con los ojos abiertos como platos. Yo me inclino, le agarro la barbilla y le giro la cara de un lado a otro para cerciorarme de que no haya sufrido una muerte cerebral.

—Estamos vivas —dice.

—Eso parece.

—Oh, mierda.

—Pues sí, mierda. —Suelto una carcajada—. Supongo que Nova tenía razón. Sí que ha sido una batalla de las grandes.

—Hemos perdido.

Le suelto la cara.

—Ja. Bueno, hemos... Ah, has traído la espada.

—Eso ya lo sabías. ¿No hacía falta? Seguramente tengamos que pelear en unos treinta segundos.

—Ajá. Pero solo te resultará útil si te la sacas de la puta pierna.

Está clavada en un ángulo raro. El mango está posado en la parte superior del muslo y la hoja se ha hundido varios centímetros. La punta de la espada aparece junto antes de la cadera. Sona suspira, molesta, y se la extrae. Se quita la chaqueta de Valquiria y arranca las mangas, atándolas después en torno a la herida.

Me mira y dice:

—Estás herida.

—Tú te acabas de desclavar una espada de la pierna. Cállate.

Se levanta con más elegancia de la que debería. La expresión engreída que pone me hace reír, y mis costillas protestan.

Oímos sirenas y pasos fuera. Una luz roja se cuela desde arriba a través del ojo funcional y me percato de que debo de estar soñando, cosa que me encanta porque lo necesitaba.

Y, entonces, como si nada, Sona pregunta:

—¿Qué hacemos? —Ese tono inflexible y tranquilo me pone los vellos de punta. Estoy despierta. Y no hay escapatoria.

—Yo me voy a cargar a tantos capullos como pueda —le respondo—. Moriré con las botas puestas. Puede que vaya al infierno, pero me los llevaré conmigo.

Le tiembla un poco el labio inferior.

—Tengo un plan —digo.

—¿Eh? —exclama, riéndose suavemente—. Ay, no.

Cuando termino de explicárselo vuelve a soltar una carcajada.

—¿Qué? —rezongo—. No está tan mal.

Sona curva las comisuras de la boca antes de darse la vuelta.

—No tienes mucha pinta de ser una damisela en apuros.

Pongo una mueca, gesto que tal vez le dé la razón.

—Tú sí que me pones en apuros. Puede funcionar.

Sona llega a su puesto entre las sombras y mira por encima de su hombro con una sonrisa tan mínima como efectiva.

Yo me arrodillo en la base de la cabeza con las manos en el suelo. Se oyen pasos sobre el metal y, a continuación, varios soldados de Deidolia aparecen en las cuencas de arriba como gusanos en un cadáver. Sueltan unas cuerdas y luego se deslizan gritando por ellas; después soy yo la que grito.

—¡Por favor, no disparen! ¡Estoy cooperando y voy desarmada!

Soy capaz de distinguir algunos detalles cuando se acercan; son soldados de Deidolia vestidos con un uniforme negro. También veo a algunos pilotos y sus miradas brillantes, como el arma que impacta contra mi sien.

Me concedo a mí misma un momento para situarme antes de alzar la vista de nuevo. Una grieta en el costado de la cabeza del Arcángel hace las veces de claraboya, por donde se cuela la luz grisácea. Un carrito de comida se ha volcado y ha desparramado la comida caliente por todo el hormigón. Hay un zapato con cordones negros volcado sobre una alcantarilla. Han arrancado las pancartas de papel y ahora están extendidas por el suelo y espachurradas bajo un millar de pies aterrorizados.

A continuación, la luz se fragmenta cuando Sona aparece. Su espada sesga el aire y en cuanto un chillido y un arco de sangre rasgan el aire, yo agarro el tobillo más cercano.

Me levanto en cuanto el soldado cae con la piel y los huesos carcomidos por el hielo.

Escucho un rumor de balas cerca de mi oreja. Me giro y reúno el suero en la palma de la mano antes de liberarlo hacia los disparos. La ráfaga impacta contra la clavícula de la soldado y su grito queda sofocado casi al instante. Sona se agacha tras el cuerpo congelado y las balas que siguen sus movimientos quiebran la piel congelada en trocitos. Localizo al tirador y me lanzo hacia él, pegando la palma contra su pecho mientras ambos caemos al suelo.

En cuanto aterrizamos, lo que sujeto es un cuerpo sin vida. Lo aparto de una patada con asco y también satisfacción.

La lucha me hace sentir toda una oleada de sensaciones; las balas, que rebotan y vibran contra el suelo bajo mis pies. El aire frío, que me deja los vellos de punta. Mi pelo, que se mece contra mis mejillas cuando estoy en el aire. Aguanto la respiración cuando desciendo y aprieto los dientes nada más caer sobre otro soldado. Algo pringoso me pega la camiseta al vientre.

Lo hago de puta madre.

Esto de dejarme llevar por la ira se me da de miedo.

Sona pega la espalda a la mía y desliza un dedo por la hoja de su espada. Gira la muñeca y salpica el suelo con motas rojas.

Dice algo en voz baja, o tal vez solo sea una risa sombría, peligrosa, encantadora. Después, se aleja.

Cuando me volteo para buscar al siguiente contrincante, siento una explosión de dolor contra el costado.

Logro alcanzar al soldado a pesar de verlo borroso antes de caer a cuatro patas. Me llevo una mano a las costillas derechas y, al apartarla, reparo en que está manchada de sangre.

—Oye, Defecto —la llamo con resignación, intentando concentrarme en mi respiración, que hace un ruido como de cable roto.

No recibo respuesta aparte de varios gritos y cuerpos que caen al suelo. Se oyen disparos. El repiqueteo de las balas. Una persona se mueve silenciosa por la estancia y desaparece en cuanto se cobra una vida. Luego reaparece tras otra y repite el proceso; no se detiene en un mismo sitio durante más de un instante.

Debo de estar volviéndome majara.

Los repiqueteos en mi pecho rompen la quietud.

La persona se agacha y una mano aterciopelada se cuela bajo mis brazos para ponerme de pie. Siento una ligera presión cuando su barbilla me roza la coronilla.

—¿Puedes apagar los guantes un momento? —pregunta Sona en voz baja.

Yo aprieto los dientes y lo hago. Ella se pasa mi brazo por detrás del cuello y yo veo puntitos negros cuando empezamos a caminar hacia la base de la cabeza del Arcángel.

—¿Adónde vamos? —rezongo, a sabiendas de que estoy apoyando casi todo el peso en ella.

Sona se ríe y siento sus carcajadas bajo la piel.

—No tengo ni idea.

Camina despacio. Yo levanto la cabeza. La luz no ilumina casi nada del cuello, pero veo que la modestia de Jenny no era infundada: el interior del Arcángel sí que está hecho una mierda. En la zona visible hay montones de cables enredados como telarañas y las barras de hierro se entrecruzan sin ton ni son. Los tornillos que las fijan no son del mismo color o tamaño. Y como el Arcángel tumbado está bocarriba, la escalera ante nosotras se alarga como una especie de puente, por llamarlo de alguna forma, sobre lo que parece un abismo infinito.

—¿Cómo coño consiguió Jenny que esta cosa volase? —murmuro.

Ambas oímos a la vez otra ronda de gritos y pisadas de suelas de goma contra el metal sobre nuestras cabezas. La siguiente ola. Reprimo un escalofrío cuando Sona me suelta.

—Gatea —me ordena, señalando la escalera.

Coloco las rodillas en ambas barandas y me impulso al siguiente escalón. Nos movemos hacia los pies, hacia la oscuridad. Mis pensamientos tienen vida propia. «¿Adónde vamos? A ningún sitio. No vamos a ningún sitio. Ja. No hay escapatoria. Esta vez sí que no».

No sé si es el pánico lo que me impulsa a mirar hacia atrás, hacia ella, pero me alegro de hacerlo. Hay un soldado en el cuello del mecha apuntándole a la nuca.

—¡Agáchate! —grito, y la primera bala pasa junto a nosotras y se pierde en el abismo.

El dolor de lo que sea que tenga en las costillas se atenúa y la adrenalina consigue que el dolor y el tiempo se desdibujen hasta

351

resultarme útiles. Lo siguiente de lo que soy consciente es de que Sona y yo nos hemos apartado de la escalera rodando y ahora recorremos una viga de apoyo antes de meternos bajo una cortina de cables. Con la espalda pegada al costado del Arcángel, me hago un ovillo y me tapo la boca con las manos en un intento por ocultar mi respiración agitada.

La viga es lo bastante ancha como para estar una junto a la otra, pero Sona se agazapa delante de mí con la espada desenvainada y la otra mano en un tornillo para mantener el equilibrio. Tiene el arma colocada de tal manera que cortaría a quienquiera que aparezca por la cortina de cables, y tal vez después salte y hasta logre llevarse a alguien más. Y luego...

Luego la coserán a tiros y la empujarán por el borde, y ella caerá y caerá...

Este no era el plan que teníamos. ¿Cuál era?

Salir. Abrirnos paso peleando, conectar a Sona al primer Ráfaga que nos encontráramos. Eso suponiendo que haya quedado alguno. Joder. Defecto lo ha hecho de puta madre, y el mundo le debe una, pero como tiene un humor de mierda, va a morir.

O... tal vez no.

Porque es valiosa.

Porque tiene todas esas modificaciones bajo la piel que a ellos les sirven de algo.

—Sona.

—¡Cállate!

—Para.

—¿Qué?

—¡He dicho que pares!

—¿A qué viene esto ahora? —masculla, girando la cabeza. Ha puesto una mueca y tiene el ojo izquierdo entrecerrado—. Hay que cargarse a todos los que podamos, eso es lo que dijiste. Y eso es lo que pienso hacer.

—Dije que eso es lo que pienso hacer *yo*. Pero tú... tú eres su inversión. Eres valiosa. Puede que te capturen con vida.

Se gira hacia mí por completo. El brillo de su ojo traza un arco en el aire. Estampa su mano libre justo junto a mi oreja. El golpe hace resonar el metal a mi espalda. Está muy cerca y cabreada, y también es guapísima. Lo único en lo que puedo pensar —porque ella ha apartado todo pensamiento elocuente de mi cabeza— es en que todo esto es una mierda.

—¿Cómo te atreves a decir eso? —grita, ignorando su propio consejo de permanecer en silencio—. ¡No les pertenezco!

Ahí están. Mi ira, mi imprudencia, mostradas en otra persona. Antes mi propio miedo me ahogaba, así que trataba de remediarlo pegando más, gritando más o siendo más violenta. Ahora me yergo e inspiro hondo.

—No —espeto, tan feroz como ella—, pero eres una de los míos, y eso significa algo. Lo significa todo.

—No le pertenezco a nadie —explota—. No soy de nadie...

—Pero ¿no es justo eso lo que parece, Sona? —Alzo una de mis manos ensangrentadas y la poso en su mejilla. Se me nubla la vista y balbuceo—: No estaba planeado, y tal vez sea un error, pero es lo que ha pasado. —«No lo hemos perdido todo. Podemos seguir adelante»—. ¿No sientes que nos pertenecemos la una a la otra?

Y entonces... se hace el silencio.

Espero a que se rompa. A que se destruya, a que mi pulso lo ahogue, porque nunca le he caído bien al silencio, porque siempre quedan más cosas que discutir.

Pero el momento no se rompe.

Sona permanece callada y posa la mano en mis costillas. Y entonces me besa despacio. Como si tuviéramos todo el tiempo del mundo. Como si estuviésemos a salvo, en el sofá de la sala común, con la chimenea manteniéndonos calientes y sin nada que hacer aparte de ver cómo se pone el sol.

Necesito que haga tantísimas cosas; que baile mal, que lea mis libros, que mantenga la ceniza a raya, que consiga que me sonroje, que pelee. Que vuelva a casa.

Necesito que viva.

Soy una Asesina de Dioses.

Si estoy atrapada contra una pared, la atravieso.

Mi guante cobra vida a mi espalda y lanzo el suero al metal que soporta el peso de mi columna. Empujo la pared con los hombros y esta se rompe como si fuera de cristal.

La caída apenas dura un segundo, pero veo claramente la sorpresa que asoma por las facciones de Sona y, ah, también el dolor.

Me quedo sin aire en los pulmones cuando mi espalda entra en contacto con el hormigón. Sona logra no caerse por el agujero. El pelo se me pega a la nunca por culpa de algo cálido y húmedo.

—¿Estás loca? —grita a lo que parecen kilómetros de distancia—. ¿Estás loca, Eris?

Sin embargo, no centra su atención en mí durante mucho tiempo. Por el rabillo del ojo veo unas formas oscuras y borrosas que la agarran. Se libera una vez, gritando algo incomprensible, y el hedor de la sangre vuelve a impregnar el aire. Aparecen más manos que la retienen y la obligan a soltar la espada. Estiro el brazo para cogerla yo. No me capturarán con vida.

Una bota la manda lejos y yo levanto la vista para ver que ha sido Sona. Se me queda mirando con una rabia tan palpable en los ojos que me encojo en el suelo.

—No te atrevas a dejarme aquí —chilla. Echa la cabeza hacia atrás, sus rizos se mecen y con un chasquido le rompe la nariz a un soldado. Patea la espada más lejos aún cuando aparecen más manos—. ¡No te atrevas a dejarme aquí sola!

Lanzo escarcha de las manos y esta devora asfalto, deidad y piel por igual. Con el suero goteando y la mandíbula y el cuello teñidos de rojo, consigo colocarme de costado y después apoyo el peso en los brazos y levanto la cabeza.

—Ya ganarás la siguiente —respondo con voz ronca. Sus gritos me desgarran por dentro. El hielo araña el suelo y los cristales se elevan como dientes al morder—. Cuando salgas de aquí y encuentres a Jenny… Ya podrás la próxima vez.

—Púdrete —escupe con los ojos titilantes de ira mientras la arrastran hacia atrás. La han capturado y lo sabe; aun así, se ríe, y es horrible—. Muérete, cariño, muérete.

«Eso quiero», pienso, cansada, porque lo cierto es que anoche no dormí lo suficiente. Y he perdido mucha sangre. La suma de todo eso es extraña. No estoy en el asfalto, en el hielo...

Estoy en casa, y soy pequeña. Estoy en el suelo, cabreada. Me he colocado en mala posición y Jenny me ha vuelto a hacer morder el polvo. Se inclina sobre mí con el pelo oscuro sobre mi cara y se pone a dar saltitos.

—Estás bien, estás bien —repite, con una sonrisa de lado a lado. Me ofrece la mano y yo se la aparto de un manotazo—. ¿Ves? Estás bien. Levanta o te cogerán. Tienes escarcha en las venas, pequeña Invocadora de Hielo. ¿Vas a quedarte ahí sentada a morir congelada? ¿No? Bien. Sigue adelante.

CAPÍTULO CUARENTA Y UNO

SONA

«¿La has matado?».

«No... No estoy segura. Creo que ella es la que me ha matado a mí».

«¿La has matado?».

«¿Me ha matado ella a mí?».

Está oscuro.

Me ha matado.

Sabía que lo haría. Pero esta vez se ha superado. Y yo también se lo he puesto fácil, como dije que...

—¿La has matado? —pregunta alguien—. Sona. Despierta de una vez.

Parpadeo. Hay luz y una mesa fría debajo de mí. Ya habíamos estado aquí antes. Y estoy segura de que escapamos. Miro en derredor. Tengo grilletes en las muñecas. Alguien está de pie junto a mí, con las manos en el borde de la mesa de metal.

Escapamos.

¿Importó acaso?

Murmuro su nombre, pero tengo la garganta tan acolchonada que la palabra apenas sale.

—Respóndeme, Sona.

Mi vista aterriza sobre algo que veo arriba.

Jole me mira con unos ojos que, gracias a mi debilidad, me resultan conocidos. Pero la expresión en ellos es nueva; albergan una rabia en su interior que no había visto antes. Me obligo a levantar la barbilla.

—Hazlo —pronuncio con voz ronca—. Lo que sea que te hayan mandado hacer. Adelante.

—¿Dónde está Rose, Sona? —pregunta Jole.

No respondo.

—¿La has matado?

La fiereza de mi mirada vacila por un instante, y él lo ve. De pronto, se lanza hacia adelante y hunde una mano en mi pelo antes de tirar fuerte de él hacia atrás. Otra parte de él que me resulta familiar: la mano que antes me daba apretones cariñosos en el hombro o me acunaba la mejilla con afecto. Ahora, esa misma mano estampa mi cabeza contra la superficie de metal.

La visión se me emborrona un momento antes de que vuelva a la normalidad. Siento náuseas. «¿Importó acaso?». Tuvo que hacerlo. ¿No es esa una respuesta?

—¡¡La has matado!? —brama, aunque ya no suena como una pregunta. Me tira del pelo con más fuerza—. ¡Dilo! ¡Di que la has matado!

—La he matado —susurro, y veo cómo las lágrimas empañan su mirada—. La he matado.

Él apenas se inmuta, y entonces:

—Discúlpate.

—¿Qué?

—¡Que te disculpes, joder! —grita Jole.

—¿Con... Rose?

—¿Con Rose? ¿¡Con Rose!? —repite, incrédulo—. ¡Con tu puñetera amiga, Sona! ¡Con la chica que solo te mostró amabilidad, que te defendió y se preocupó por ti! ¡Que hasta habría matado por ti!

«Soy una Asesina de Dioses», quiero decir. «Rose era leal a Deidolia. Merecía morir».

Pero algo me quema en el pecho y me deja sin respiración, por lo que la estancia empieza a volverse borrosa. El calor emana de sus mejillas, de sus lágrimas y palabras, y lo único que me veo capaz de decir con un graznido es:

—No lo siento.

Y sé que debería ser así. Lo sé. Pero hablamos de Rose. Rose, que era tan dulce como su nombre. Que nació en este lugar que yo tanto desprecio.

Jole me levanta la cabeza y me la vuelve a estampar contra la mesa. La habitación me da vueltas.

—¡Discúlpate! —chilla, y sus lágrimas resbalan hasta caer sobre mis mejillas. Dioses, o al menos a eso espero que se deba la sal que saboreo en la lengua y no a las mías propias—. ¡Dile que lo sientes!

Saco los dientes y muerdo los recuerdos que albergo de ella: su sonrisa, sus rizos, su voz campanuda. Rose nunca fue mía, sino de Deidolia. Todos lo son.

—No siento haberle rajado el cuello —gruño, negándome a apartar la vista de la sorpresa que cruza por sus facciones.

—Cállate —espeta Jole, pero lo hace con un sollozo. Trata de cubrirme la boca con una mano, pero yo aparto la barbilla.

—Una piloto muerta salva cientos de vidas de las Tieras Yermas, así que no dudaré en matar a miles más, ¡empezando por ti si no me quitas las putas manos de encima!

—No hay motivos para usar un lenguaje tan soez, señorita Steelcrest.

Hay alguien en el umbral de la puerta, alguien a quien no reconozco.

Y no me hace falta. Porque en la solapa de su traje de chaqueta negro atisbo un árbol. Sus ramas desnudas están entrelazadas como lo estarían los dedos de las manos y, por debajo, las raíces se expanden débilmente, enredadas con el cosmos. Hace mucho tiempo, el Árbol del Éter era el símbolo ceremonial de los Dioses y decían que incluso estaba grabado en las puertas de acceso a los cielos. Pero cuando Deidolia se expandió, los Zénit lo reclamaron como emblema oficial.

—No —gruño. La rabia y la sorpresa me queman las mejillas—. Deberías estar muerto. ¡Todos deberíais estar muertos!

—Señor Westlin —prosigue el Zénit con voz fría, ignorándome—. Creo que ya ha conseguido lo que ha venido a hacer, ¿no es cierto? La Academia le agradece su ayuda.

Jole me suelta de inmediato, pero se inclina y pega los labios a mi sien.

—Es cierto lo que dicen —musita con tantísimo veneno en la voz y tan seguro de sus palabras—. Sois monstruos, todos vosotros.

Se aleja. Yo cierro los ojos. Estoy agotada, y tampoco hay necesidad de mirar.

—¿Dónde está la Invocadora de Hielo? —exijo saber.

—Señorita Steelcrest.

—Dime dónde está.

—¿Podemos presentarnos como merece? A mí me enseñaron a estrechar la mano, así que esto es un tanto incómodo, pero al menos déjame decirte mi nombre antes de comenzar.

Y a mí me enseñaron a encogerme en su presencia. A la mierda los Ráfagas. Las verdaderas deidades de Deidolia eran los Zénit. Y a diferencia de los mechas, su poder no es falso. Cinco de ellos controlan todo siempre. Cinco personas con el mundo en sus manos, ya sea para alimentarlo, protegerlo o, si les apeteciera oír el sonido de todo, absolutamente todo, partiéndose y rompiéndose, para espachurrarlo entre sus dedos.

Pero no puede ser mayor que yo.

—Qué educado —murmuro—. Pero aún eres un niño. No terminaron de enseñarte.

No es más que un crío, como yo. Tiene gracia y a la vez es doloroso. Ojalá esta época en la que los niños heredamos guerras acabara. «¿No podríamos parar sin más?», quiero preguntar. «¿No querrías comportarte acorde a tu edad y acabar con la brutalidad en tu interior? ¿No somos demasiado jóvenes para sentir tanta crueldad?».

—Y, aun así, he heredado mi título cuarenta años antes de lo esperado. Fuiste… —Una pausa, una respiración. ¿Podría ser él el último Zénit?—. Fuiste muy minuciosa.

—¿Solo quedas tú?

—Sí.

—Mis disculpas —digo. Mi intención era matarte a ti también.

—Estuviste a punto. —Abro los ojos y veo que se está pasando una mano por la muñeca, remangándose. Un vendaje recubre su brazo de forma impecable. Ladea la cabeza un poco mientras lo examina y me fijo en que también tiene una gasa en la nuca.

Lo he quemado.

¿Estaba consciente mientras sucedía todo?

¿Vio cómo se derrumbaban mientras yo los observaba asfixiarse?

Ladea la cabeza. Tiene el pelo oscuro recogido en un moño, unos pómulos angulosos y unos bonitos rasgos de duende. Me asquea caer en la cuenta de que se parece mucho a cómo habría imaginado a Xander de mayor. Si Xander hubiera tenido la oportunidad de crecer, claro.

—¿Por qué? —pregunta.

—¿Por qué qué?

—¿Por qué el exceso?

Ignoro su ridícula pregunta.

—¿A cuántos terminé matando? ¿A cuántos Zénit, subordinados y coroneles? Ya que estamos, cuenta también a los transeúntes.

Tuerce el gesto.

—No hemos terminado de contar. Conseguiste derrumbar varias decenas de pisos con ese último misil.

No sé identificar qué me golpea antes, si el triunfo o la repulsión, o simplemente el agotamiento, ahora que la lucha ha acabado. Porque, ¿qué queda después de esto? Tal vez haya sido suficiente. Solo queda un Zénit, y es un adolescente. Está solo. Esta nación ostenta un peso gigantesco. No ha sido una caída espectacular, pero vale igualmente.

—¿Dónde está la Invocadora de Hielo? —pregunto otra vez.

—Vosotras dos sois un caso extraordinario —cavila el Zénit—. Una piloto y una Asesina de Dioses.

—*Yo* soy una Asesina de Dioses —le rebato con un gruñido, y él se ríe. La calidez de su risa no concuerda con la inexpresión de sus ojos.

—Una Asesina de Dioses —repite con una nota de diversión en la voz. Tiene algo en la mano, algo con lo que juguetea entre los dedos. Un bolígrafo—. Dime, Bellsona. ¿Cómo han podido encariñarse tanto los renegados de ti?

—¿Por mi encantadora personalidad?

Él se vuelve a reír.

—No, no. Me refiero a que los Asesinos de Dioses odian a todos los pilotos. Los Zénit. La Academia. Deidolia. Todo lo relacionado con nosotros. ¿Cómo has desafiado todo eso? ¿Cómo es que, pese a todo lo que les han inculcado desde pequeños, han llegado a aceptar el hecho de no eres humana?

Levanto la cabeza.

—Soy humana.

El Zénit deja de mover el bolígrafo, da un paso al frente y me clava la punta en la mano hasta atravesármela y llegar al metal de la mesa. La sangre mana de la herida y me empapa la cadera. Él no se encoge. Y, por supuesto, yo tampoco. Satisfecho con la falta de reacción, ensancha su sonrisa de suficiencia.

—Los mártires son un tema peliagudo, ¿no es verdad, señorita Steelcrest? —murmura a meros centímetros de mí, y yo desearía que oliera a humo, a carne quemada. Pero no huele a nada más que al aroma suave del ungüento en sus heridas. Ya está curándose. La gente de las Tierras Yermas... se alimentan de la esperanza más que de cualquier otra cosa. Los Asesinos de Dioses se la proporcionan. O, al menos, tanto como se lo permitimos.

Mantengo las facciones a raya, pero el corazón me empieza a latir como loco en el pecho.

—El acuerdo decía, a grandes rasgos, que nos atacaran de vez en cuando. Que derribaran a los Ráfagas más comunes: los Berserkers, los Argus, los Fénix. Que mataran a los pilotos demasiado imperfectos como para evolucionar en nuestras deidades más formidables y que le proporcionaran a la gente la suficiente esperanza como para seguir adelante. En sus cabezas, son rebeldes. Voxter debía dejar nuestros mejores Dioses en paz. Nunca, jamás, debía atacar Deidolia directamente, y nosotros dejaríamos que sus bárbaros se aferraran a ese fino hilo de esperanza. A cambio, no masacraríamos hasta la última alma de las Tierras Yermas que hubiera en su ejército.

Una mirada amarga aparece en su rostro, pero la oculta enseguida. La sonrisita se convierte en otra de absoluta frialdad.

—Y entonces llegaste tú. Por azares de los cielos o de los infiernos, Voxter no te mató en cuanto te vio y pensó que sería todo un espectáculo que sus Asesinos de Dioses juguetearan con el esqueleto de un Arcángel. Solo cuando Jenny Shindanai se las apañó, sin saber cómo, para que volara, se dio cuenta de su error; de que sus Asesinos de Dioses no serían más que otra mota de polvo en el desierto si alguna vez llegaban hasta Deidolia. Les suplicó a los Zénit que lo arreglaran, y ellos enviaron a unos cuantos Fénix y consideraron el problema resuelto. Pero Voxter volvió a meter la pata. Para cuando se molestó en avisar de que Celestia seguía siendo el objetivo, bueno... el prototipo de Arcángel no estuvo listo hasta que fue casi demasiado tarde.

Desclava el bolígrafo de mi mano y se forma un charquito de sangre debajo. Casi podría echarme a reír. Y me doy cuenta de que quiero reírme, así que lo hago. El sonido sale de mi garganta como si detestara verse libre, pero yo sigo tirando de él como un hilacho en una manga raída. Jenny Shindanai va a matar a Voxter. Va a matarlo y será tan horripilante e increíblemente violento que me da mucha rabia perdérmelo.

Él aguarda pacientemente a que acabe y entonces giro la cabeza de nuevo hacia él, sonriente.

—Mis predecesores fueron estúpidos, señorita Steelcrest —dice con suavidad. Esa afirmación sí que me hace reaccionar. La sorpresa cruza mi rostro un instante antes de poder reprimirla. No esperaba que otro Zénit pudiera considerar nunca esa posibilidad, y mucho menos plasmarla en voz alta—. Demasiado clementes y empáticos con los caprichos de la gente en el bando perdedor. Ciegos ante el hecho de que todas y cada una de esas personas, dada la oportunidad, permitirían que esta nación acabase hecha cenizas.

Como si no fuéramos el puente hacia los cielos, la única raza pura en este mundo mortal.

«Menudo fanático de mierda», pienso. «Nunca tuviste la más mínima oportunidad, ¿verdad?».

—¿Cuándo vas a matarme?

El Zénit vuelve a ladear la cabeza, como si le sorprendiera mi pregunta.

—Me llamo Enyo.

—Me importa una mierda.

—Señorita Steelcrest, no voy a matarte.

Miro al techo y dejo que la luz bañe mi visión. El odio ha cavado surcos en mi cuerpo; ha abierto un camino por mi garganta por el que las palabras salen sin esfuerzo alguno, pero lo hacen con cansancio, porque estoy cansada de ellas, agotada de esta ira sin fin.

—Yo dejaría que este lugar se hiciera pedazos —murmuro—. Dejaría que ardiera en llamas.

Quiero que sea una maldita tumba, tan profunda como los infiernos; quiero que la tierra respire y grite y que el dolor campe aquí a sus anchas. Quiero coger a Eris de la mano y bailar con ella sobre este maldito lugar abrasado hasta que nos duelan los pies, hasta que olvidemos que hemos sido nosotras las que la hemos cavado. Porque las opciones eran huir o pelear, perderlo todo o ganar algo. Había poco donde elegir para empezar.

—No importa —dice Enyo—. Porque no eres una de ellos.

—En este lugar... —sacudo la cabeza—. En este lugar estáis mal de la puta cabeza.

Enyo mueve una mano para restarle importancia.

—Hasta cierto punto. Pero, contigo, pienso con total claridad. Eres puro talento natural, Bellsona... algo muy raro de ver. No vamos a permitir que se pierda en la primera incineradora que veamos ni a encerrarte en una celda para que solo cojas polvo. Y en cuanto a ese odio y asco... son emociones triviales que pueden redirigirse. —Hace una pausa—. Corromperse.

Se me revuelve el estómago al oír esa palabra.

—El proceso de corrupción se basa en el dolor —consigo decir—. No funciona con los pilotos. No funcionará conmigo.

El Zénit me dedica una mirada larga y, por un momento de lo más extraño, tengo la sensación de que está ligada a algo parecido a la decepción.

—Eres una piloto, Bellsona —afirma Enyo—. Y, al igual que cualquier otra máquina, hay partes de ti que se pueden apagar o encender a placer. La vista, las funciones corporales más básicas... Diablos, hasta las papilas gustativas. Eso incluye la capacidad de sentir dolor. Solo hay que pulsar un botón. Y resulta que yo, como Zénit que soy, dispongo de ese interruptor.

Ahogo el estallido de pánico que envenena mis palabras.

—Creía que la tortura era indigna de vuestro estatus.

Esta vez, la mirada que destella en sus ojos permanece inamovible. Tenía razón. Era aflicción. Una aflicción horrible y espantosa. Me aferro a ellas como a un clavo ardiendo.

—Vuelves a acertar, señorita Steelcrest. Pero he insistido. Al fin y al cabo... —la sonrisa cortés desaparece—, has matado a mi familia.

Enyo levanta la mano y chasquea los dedos. Un grito sale despedido de mi garganta cuando un dolor, muy real e intenso, me recorre la mano derecha y se concentra en la carne abierta de la herida.

—Muy bien. —Enyo suspira y deja que el bolígrafo repose entre sus dedos. Con la otra mano, me remanga la camiseta hasta por encima del codo—. Veamos si podemos deshacernos de esos sentimientos tan molestos, ¿eh?

Capa a capa, me va desollando los engranajes tatuados. Al final, mis gritos terminan siendo meros quejidos, y es entonces cuando lo oigo trabajar con demasiada claridad. Cuando llega al último, lo único para lo que me queda energía es para crisparme un poco, cosa del todo inútil contra los grilletes de hierro.

—¿Dónde está la Invocadora de Hielo? —murmuro cuando soy capaz de recordar algo más aparte de este dolor. Durante algunos momentos me escabullo de él, pero me olvido de preguntar. A veces estoy muy lejos de aquí, en casa; otras estoy en un lugar muy parecido a este, pero sin ser el mismo. Lo sé porque mis costillas se mueven de forma diferente, y respiro no para fingir, sino para prepararme, porque siento el pulso errático en los dedos y no sé por qué. Tuve un corazón, pero nunca uno así. Ella pone los ojos en blanco. «Venga ya, Defecto. ¿Tengo cara de asustarme fácilmente?».

«Asustarse es normal».

Entonces vuelvo en mí; estoy chorreando rojo, al igual que el resto del mundo. Nada nuevo, la verdad.

—¿Dónde está? —lo vuelvo a intentar, porque siempre nos salvamos la una a otra, y yo ahora necesito que me salven.

Enyo me acaricia la frente y yo siento la calidez de su mano.

—Mi querida piloto, lograremos grandes cosas juntos. No te preocupes. Consuélate. —Pronuncia las palabras como una plegaria—. Deidolia es misericordiosa.

AGRADECIMIENTOS

Se suponía que este libro iba a tratar sobre duelos a espada entre mechas y chicos cabreados, pero ha acabado siendo una historia de amor, como suele pasar. Una comedia romántica con robots, si lo preferís. Si os habéis leído el libro antes de leer esto seguro que me odiáis por decirlo, pero yo creo que tiene su gracia; además, sí que sería una señal de que os habéis leído el libro de verdad, por lo que podéis odiarme todo lo que queráis. Os quiero mucho, gracias por todo.

Hay muchísima gente a la que adoro y tengo papel más que de sobra para tratar de demostrarlo, así que vamos allá:

A mi adorada Kiva, las frutas de mi bizcocho. Eres espectacular. Gracias por pedirme que respire. Mataremos dragones juntas cuando esta realidad lo permita. Escribiremos nuestros nombres en el buzón, pondremos la bañera en mitad de la cocina, y el gato del que somos esclavas se paseará orgulloso por las alfombras que habremos extendido por el suelo.

A Titan. Yo soy mayor, pero a veces tú pareces un viejo. Me has enseñado mucho sobre el mundo sin pretenderlo. Tenías razón en lo que de vivimos en olas.

A papá. Eres un apoyo y tienes un sentido del humor de lo más raro. Creo que el mundo me habría dado por todos lados si no hubiese heredado tu sarcasmo y tu capacidad para mantenerte firme. Y cuando yo no consigo hacerlo por mí misma, tú me proteges. Soy fuerte por ti. Espero que te gusten los robots.

A mamá. Te gusta pensar que fui yo quien te elegí, pero creo que más bien tuve suerte. Me siento afortunada de tener la relación que tengo contigo y de cómo la vivo; de que, cuando me hago de menos, tú me dices que nadie puede hablar así de tu hija; de que me digas que me merezco todo lo bueno. No sabes lo mucho que eso significa para mí. Lo llevo siempre conmigo porque hay veces en las que no me siento así y me salva.

Y a mis padres en general: sí, mis personajes son huérfanas, pero, por favor, no le deis muchas vueltas. En la historia hay mucho amor y esa es la emoción que habéis inspirado vosotros. Jamás podré agradecéroslo lo suficiente.

Para el equipo de Feiwel & Friends. *Gearbreakers* no podría tener una casa mejor. Emily, te agradezco infinitamente que me digas lo que hace falta, que me insistas y que demuestres pasión porque, gracias a ti, puedo decir con total sinceridad que estoy orgullosa de mi trabajo. Tengo ganas de ver qué pasa después.

A Weronika, por encontrar mi libro entre todo el sentimentalismo y empujarme a convertirlo en algo inquebrantable. Eres una luchadora y te lo agradezco mucho.

A Kerstin, por tu entusiasmo abrumador y la calidez que desprendes; me ha ayudado en los momentos difíciles.

A Ally y Alex, y los electrones de Alex.

Al maravilloso equipo de la mesa redonda: Nicki, Eric, Daniel, Spencer, Chance y Avery. Me dejáis con la boca abierta con vuestras habilidades y vuestras palabras raras y cariñosas.

Y, con muchísimo cariño, a los lectores LGBTQ+. No dejéis que os convenzan de que no merecéis historias con un amor impactante. Para mis chicas del club Gal Palz: Ginger, Emiri, Fiona, Judas, Nikki, Maria, Rebecca, Olivia, Kat, Andy, Ryan, Stella, Jennifer, Leanne, Ames, Lindsay y Haley. Sí, estoy pasando lista. Dioses, estoy tan contenta de poder ofreceros esta historia ciberpunk sáfica. No sabéis lo feliz que me hacéis. Muchísimas gracias, queridas mías.